TRAICIÓN EN FARLEIGH PLACE

TRAICIÓN EN FARLEIGH PLACE

Traducción de Roberto Falcó

RHYS BOWEN

Título original: *In Farleigh Field*
Publicado originalmente por Lake Union Publishing, Estados Unidos, 2017

Edición en español publicada por:
Amazon Crossing, Amazon Media EU Sàrl
38, avenue John F. Kennedy, L-1855 Luxembourg
Septiembre, 2021

Adaptación de cubierta por studio pym, Milano
Imagen de cubierta © Louise Heusinkveld © VisitBritain-Rod Edwards
© Nuttapoom Amornpashara / Getty Images; © worker
© Everett Historical / Shutterstock
Producción editorial: Wider Words

Impreso por: Ver última página

Primera edición digital 2021

ISBN Edición tapa blanda: 9782496706482

www.apub.com

SOBRE LA AUTORA

Rhys Bowen es una autora superventas, habitual de la lista de libros más vendidos de *The New York Times*, que ha escrito más de treinta novelas de misterio. Su trabajo incluye la serie de Molly Murphy, ambientada en la ciudad de Nueva York a principios del siglo XX, y la de Royal Spyness, que narra las peripecias de una aristócrata venida a menos en la Inglaterra de 1930.

Ha obtenido catorce galardones, incluidos varios premios Agatha, Anthony y Macavity, y sus libros se han traducido a varios idiomas, por lo que tiene un gran número de seguidores en todo el mundo. Ciudadana británica expatriada, Bowen vive a caballo entre California y Arizona.

Este libro es para Meg Ruley, que creyó en él desde el principio y me ayudó a darle forma. Meg, eres mi mayor valedora y el día que nos conocimos fue uno de los momentos más importantes de mi vida.

Septiembre de 1939

De: El gobierno de Su Majestad
Para: La población civil de Gran Bretaña

Mientras dure la guerra, es obligatorio cumplir con estas siete reglas en todo momento:

1. No malgastar comida.
2. No hablar con desconocidos.
3. No revelar ningún tipo de información a nadie.
4. Prestar atención a las instrucciones del gobierno y llevarlas a cabo.
5. Denunciar cualquier actividad sospechosa a la policía.
6. No difundir rumores.
7. Guardar bajo llave todo aquello que pudiera resultar de alguna utilidad al enemigo en caso de invasión.

ELENCO DE PERSONAJES

Roderick Sutton, conde de Westerham, dueño de Farleigh Place, finca señorial de Kent

Lady Esme Sutton, esposa de Roderick

Lady Olivia Sutton (Livvy), veintiséis años, hija mayor de los Sutton, casada con el vizconde Carrington, madre de Charles

Lady Margaret Sutton (Margot), veintitrés años, segunda hija, actualmente afincada en París

Lady Pamela Sutton (Pamma), veintiún años, tercera hija, actualmente trabaja para un «departamento del gobierno»

Lady Diana Sutton (Dido), diecinueve años, cuarta hija, debutante frustrada

Lady Phoebe Sutton (Feebs), doce años, quinta hija, su inteligencia y perspicacia la perjudican en ocasiones

Sirvientes de Farleigh (plantilla mínima)

Soames, mayordomo

Señora Mortlock, cocinera

Elsie, camarera

Jennie, doncella

Ruby, fregona

Philpott, doncella de lady Esme

Niñera

Miss Gumble (Gumbie), institutriz de lady Phoebe
Señor Robbins, guardabosque
Señora Robbins, esposa del guardabosque
Alfie, niño de Londres, evacuado a la campiña
Jackson, mozo de cuadra

Vecinos de Farleigh
Reverendo Cresswell, párroco de la iglesia de All Saints
Ben Cresswell, hijo del párroco que ahora trabaja para un «departamento del gobierno»

En Nethercote
Sir William Prescott, financiero de la ciudad
Lady Prescott, esposa de sir William
Jeremy Prescott, hijo de sir William y lady Prescott, piloto de la RAF

En Simla
Coronel Huntley, veterano del ejército británico
Señora Huntley, esposa del coronel
Señorita Hamilton, solterona
Doctor Sinclair, médico
Diversos lugareños, incluida una pareja de artistas, un albañil y un austríaco sospechoso

Oficiales del Regimiento Real de West Kent
Coronel Pritchard, oficial al mando
Capitán Hartley, ordenanza
Soldados rasos

En Dolphin Square

Maxwell Knight, jefe de espías

Joan Miller, secretaria de Knight

En Bletchley Park

Comandante Travis, subdirector de un departamento secreto del gobierno

Trixie Radcliffe, debutante, actualmente realiza un trabajo útil

Froggy Bracewaite, descifrador de códigos

En el MI5

Guy Harcourt, antiguo *playboy*, ahora compañero de Ben Cresswell

Mike Radison, jefe de sección

En Reconocimiento Aéreo

Mavis Pugh, muchacha entusiasta

En París

Madame Gigi Armande, famosa diseñadora de moda

Herr Dinkslager, oficial nazi y hombre peligroso en cualquier situación

Conde Gaston de Varennes, amante de Margot

Prólogo

Elmsleigh, Kent
Agosto de 1939

Era un verano mucho más caluroso de lo habitual. Ben Cresswell sentía que el sol le abrasaba las piernas a través de los pantalones de críquet. Estaba sentado en el porche del club, esperando a que le llegara el turno de batear. El coronel Huntley se encontraba a su lado, secándose el rostro encendido y empapado de sudor. Llevaba las rodilleras porque estaba a punto de batear. No era tan bueno como Ben, pero era el capitán del equipo. En el críquet de pueblo, la veteranía solía prevalecer sobre la habilidad.

Solo quedaban dos *overs* más antes del té. Ben confiaba en que el joven Symmes no los deleitara con uno de sus inopinados golpes y quedara eliminado antes del descanso. Hacía un calor de mil demonios. Tenía la boca seca. Cerró los ojos y escuchó el agradable sonido del bate al impactar con la bola, el zumbido de las abejas en la madreselva tras el club y el traqueteo rítmico de un cortacésped en uno de los jardines próximos. El aroma del césped recién cortado impregnaba la cálida brisa, junto con el tenue olor a humo de las hojas que ardían en una hoguera lejana. «Los aromas y sonidos de un domingo estival inglés, inalterable en el tiempo», pensó Ben.

Una salva de aplausos lo devolvió de nuevo al partido, donde dos figuras vestidas de blanco avanzaban corriendo por el terreno de juego, mientras un receptor corría para alcanzar la pelota. Sin embargo, su esfuerzo fue en vano y la lanzó muy tarde. Otra carrera. «Fantástico», pensó Ben. Quizá, por una vez, fueran a ganar. Más allá del campo de juego, segado como con tiralíneas, la aguja de la iglesia de All Saints, donde su padre ejercía de párroco, arrojaba una larga sombra en el jardín comunal del pueblo. Al otro lado, un roble antiguo dibujaba una sombra similar sobre el monumento erigido en memoria de los hombres del pueblo caídos en la Gran Guerra. Había dieciséis nombres. Ben los había contado. Dieciséis hombres y muchachos de un pueblo de doscientos habitantes.

—Absurdo —murmuró Ben para sí.

—¿Dónde está el joven Prescott? —le preguntó el coronel Huntley, interrumpiendo sus cavilaciones—. No nos habría ido nada mal que nos hubiera echado una mano hoy. Tiene un don especial frente a los lanzadores rápidos. No hay otro como él.

Ben apartó la mirada del campo de críquet y la dirigió al coronel. Era un hombre corpulento, rubicundo, con el rostro teñido de un rojo remolacha perpetuo debido a una larga estancia en India y a su gran afición al whisky escocés.

—Está realizando su examen de piloto.

—¿Examen de piloto? ¿A eso dedica el tiempo ese idiota imberbe?

—Sí, señor. Ha asistido a una escuela de vuelo. Quiere estar preparado. Cuando se declare la guerra, se alistará en la RAF como piloto. No quería acabar de barro hasta el cuello en las trincheras de Europa como los pobres muchachos que cayeron en la última guerra.

El coronel asintió.

—Fue una sangría. Por suerte para mí, me destinaron a la frontera norte-oriental. Espero que esta vez no cometan los mismos errores.

—¿He de entender... que la guerra es inevitable? —preguntó Ben.

—Ya lo creo. No me cabe la menor duda. Ese desgraciado de Hitler va a invadir Polonia y estamos obligados a declarar la guerra. Es una cuestión de honor. Diría que todo sucederá en las próximas semanas.

Hablaba con la alegría de un hombre que sabe que es demasiado mayor para que lo llamen a filas.

—La semana pasada vinieron a vernos los de protección civil. Querían que levantara el jardín posterior y construyera un refugio antiaéreo. Les dije que era del todo imposible. En ese jardín es donde juega a cróquet mi mujer. Si va a empezar el racionamiento, ¡no pueden esperar que renuncie también a su campo de cróquet!

Ben esbozó una sonrisa cortés.

—Sí, nosotros recibimos una visita muy similar. Nos dejaron varias láminas de zinc y planos. Como si mi padre hubiera construido algo en su vida. ¡Pero si lo único que sabe hacer es encender la radio!

El coronel lanzó una mirada reprobatoria a Ben.

—¿Y usted, joven? ¿También tiene pensado hacerse piloto?

Ben le dirigió una sonrisa de disculpa.

—Ya me gustaría, señor, pero en estos momentos no puedo permitirme las clases de vuelo. Tendré que esperar a ver si la RAF me acepta.

El coronel carraspeó, como si acabara de caer en la cuenta de lo improbable que era que le sobrara el dinero al hijo de un párroco que acababa de licenciarse en Oxford y que trabajaba de profesor en una modesta escuela. Miró a su alrededor, buscando desesperado un nuevo tema de conversación, y exclamó:

—¡Vaya! ¡Esto sí que es una sorpresa! Es lady Pamela. No sabía que le interesaba el críquet.

Ben se sonrojó y se enfadó consigo mismo. Pamela avanzaba hacia él con su elegancia innata y un gesto sereno. Lucía un vestido de seda, elegante como siempre. Un mechón de su melena rubia se desprendió del peinado y se lo apartó justo cuando vio a Ben. Los hombres se pusieron en pie.

—Me alegro de que haya venido a animarnos, milady —dijo el coronel, que le ofreció su asiento en el banco—. Siéntese aquí, juntó al joven Cresswell. Yo estoy a punto de entrar a batear y es mejor que estire un poco las piernas para que fluya mejor la sangre.

Pamela le regaló una sonrisa cautivadora y aceptó el asiento que le había ofrecido el coronel.

—Hola, Pamma —dijo Ben—. No esperaba verte aquí. Creía que estabas en París, con tu hermana.

—Así es, pero papá me pidió que volviera. De hecho, me ordenó que trajera a Margot conmigo. Está seguro de que la guerra estallará en cualquier momento y tenía miedo de que quedáramos aisladas en el continente. Sin embargo, mi hermana se ha negado.

—¿Tal es su pasión por aprender el oficio de diseñadora que no se arredra ni ante la amenaza de la guerra?

Pamela lo miró a los ojos y esbozó una sonrisa divertida.

—Yo más bien diría que el objeto de su pasión es cierto conde francés. Ese es el auténtico motivo de su negativa a abandonar Francia.

—Vaya —dijo Ben, que se maldijo por haber empleado un tono más propio de un escolar—. ¿Tu hermana se ha enamorado de un francés?

—Son bastante atractivos —dijo Pamela, sin apartar los ojos de él—. Muy atentos. Y tienen ciertas costumbres, como besar las manos de las mujeres. ¿Quién podría resistirse?

—Espero que tú —le soltó antes de que pudiera cambiar de opinión.

—A mí no me atrae excesivamente el hombre galo —concedió Pamela y miró a su alrededor—. ¿Jeremy no juega hoy?

Ben sintió un puñetazo en el estómago al darse cuenta de que no había ido a verlo a él, sino a Jeremy. Claro, el maldito Jeremy.

Le vino una imagen a la cabeza. Pamela, Jeremy y él en una tarde estival como aquella, varios años antes, trepando al roble de Farleigh Place, hogar del padre de Pamela, conde de Westerham. Jeremy era el primero, como siempre, Pamela lo seguía de cerca, subiendo hasta que la rama en la que se había encaramado empezó a balancearse de forma violenta.

—No subas más —le advirtió Ben. Ella le respondió con una sonrisa desafiante. Y, entonces, el horrible crujido. El gesto de sorpresa de Pamela al precipitarse, a cámara lenta, y luego el golpe seco al caer contra el suelo. Tardó una eternidad en bajar y llegar hasta ella. Jeremy fue el primero en llegar junto a ella. Ben fue el último, como era habitual. Pamela estaba inmóvil. De pronto abrió los párpados, examinó el rostro preocupado de Ben, luego miró a Jeremy y se le iluminaron los ojos.

—Estoy bien. No os asustéis —dijo.

No estaba bien. Se había roto un brazo. Pero fue la primera vez que Ben se dio cuenta de que era Jeremy, no él, el único que le importaba. Y también la primera vez que fue consciente de lo mucho que le importaba ella a él.

Cuántos recuerdos de veranos de antaño…

Se oyó un grito de «¡Apelación!» y un gruñido proferido por la multitud.

—Será necio —murmuró el coronel Huntley—. Ni la ha tocado. Eliminado otra vez.

Se puso en pie, pero antes de que pudiera abandonar el edificio del club para abordar al bateador eliminado, se oyó un zumbido en el cielo. Los presentes alzaron la cabeza cuando el avión apareció por encima de las colinas, volando muy bajo. El zumbido se convirtió en un rugido. El avión siguió descendiendo.

—No irá a aterrizar aquí… —se dijo el coronel Huntley—. Pero ¿en qué está pensando el muy cretino?

Sin embargo, el avión iba a aterrizar. Rozó la gran haya cobriza antes de tocar suelo, dispersando a los jugadores, y a punto estuvo de aterrizar en la zona de bateo.

El avión estaba pintado con tonos amarillo chillón y negro, como una avispa gigantesca. Rebotó sobre la hierba y se detuvo frente al edificio del club.

—Pero qué diablos… —oyó Ben que murmuraba el coronel, pero no se molestó en responder. Antes incluso de que el piloto se quitara las gafas y el casco, el joven supo que era Jeremy, que observó a la multitud. Vio a Ben, le dedicó su habitual sonrisa y lo llamó con un gesto impetuoso.

—¡Acabo de comprarlo! —exclamó a gritos—. ¿No es una preciosidad? Sube, que te llevo a dar una vuelta.

Pamela se levantó y echó a correr hacia el avión antes de que Ben pudiera reaccionar.

—¿Puedo ir yo también?

—Hola, Pamma —dijo Jeremy—. No esperaba verte en un partido de críquet. Creía que estabas en París, pero lo siento, solo tiene dos plazas y no vas vestida para subir a la cabina, a pesar de que el modelo te sienta como un guante… —Dejó la frase a medias—. Si te parece bien, iré a verte luego —añadió—. Y si te gusta, le pediré a tu padre que me deje llevarte a dar una vuelta con mi nueva adquisición.

—De acuerdo. —Pamela se volvió y de camino al pabellón se rozó a propósito con Ben, enfadada, y dijo—: Los hombres siempre os salís con la vuestra, ¿no es cierto? Habla con mi padre, claro. Ve a verlo y disfruta de su compañía.

—No quiero dejarte sola. Seguro que habrá otras ocasio… —murmuró Ben.

—Por el amor de Dios, pero si sé que te mueres de ganas de subir a un avión —dijo Pamela—. Venga, ve. —Y le dio un suave empujón sin mala intención.

Ben, cohibido por el mar de miradas que lo rodeaba, se dirigió hacia el aparato. Jeremy tenía el rostro iluminado y radiante de felicidad. Conocía de sobra el gesto porque lo había visto miles de veces… a menudo cuando su amigo había hecho algo prohibido.

—Entiendo que has aprobado el examen —dijo Ben con frialdad.

—Con honores, amigo mío. El examinador me ha dicho que he nacido para volar. A fin de cuentas, hay un halcón en el escudo de armas de mi familia, ¿no? Venga, no te quedes ahí parado. Sube.

Ben ocupó el asiento trasero.

—¿No necesito un casco o algo por el estilo?

Jeremy se rio.

—Como nos estrellemos, no habrá casco que pueda salvarte, así que no le des más vueltas al asunto. Piensa que solo me llevó cinco minutos dominar el tema y ahora es pan comido.

El motor aceleró y el avión empezó a traquetear por la hierba, hasta que se alzó. Rodearon el pabellón, sobrevolaron de nuevo el campo de críquet y rozaron la gran haya cobriza que había al final del jardín de la vicaría. El pueblo de Elmsleigh se extendía a sus pies: construido en torno al prado comunal, con el campo de críquet en el centro, el monumento a la Gran Guerra ocupando un lugar prominente a un lado y la iglesia de Santa María, con su elegante campanario perpendicular al otro. Bajo el ala derecha se encontraban los inmaculados jardines de Nethercote, hogar de Jeremy. El avión viró y apareció ante ellos el pueblo de Sevenoaks, con el valle de Shoreham y la cresta de North Downs hacia el sur. El río Medway era una reluciente estela a la izquierda y el Támesis refulgía con mayor intensidad en el lejano horizonte. El viento le alborotó el pelo a Ben, que estaba al borde de la euforia.

Jeremy se volvió hacia él.

—Esto es el no va más, ¿verdad? Me muero de ganas de que empiece el espectáculo. Así deberían ser las guerras: un enfrentamiento entre caballeros. Guerrero contra guerrero y que gane el mejor. Tienes que conseguir el título, amigo mío, así podríamos volar juntos.

Ben pensó que no valía la pena mencionar que no podía permitirse un dispendio como las clases de vuelo. Jeremy no entendía que el dinero pudiera ser un problema. En Oxford, lo invitaba continuamente para que lo acompañara en sus escapadas nocturnas a Londres, para ir al teatro o a clubes nocturnos, o incluso a pasar el fin de semana a París. Jeremy habría corrido con los gastos de los dos encantado, pero Ben era demasiado orgulloso para aceptarlo y siempre se inventaba algún trabajo académico que tenía que acabar. Así fue como se ganó la fama de empollón, inmerecida. Y de estudiante brillante, también inmerecida. Al final se graduó con un expediente notable y Jeremy salvó el pellejo con un expediente solo satisfactorio, pero en su caso poco importaba. Era hijo único y algún día habría de heredar el título y todo lo que ello conllevaba.

—¿Qué te parece? —le preguntó Jeremy alzando la voz.

—¡Es increíble!

—¿A que sí? Vamos a acercarnos a Francia.

—¿Tienes suficiente combustible?

—¿Cómo quieres que lo sepa? Acabo de comprarlo —confesó Jeremy entre risas. Sin embargo, viró el avión, trazaron un amplio círculo y regresaron hacia el pueblo. Ahí estaba bajo ellos, la calle principal que conducía hasta el prado comunal, rodeada por campos de lúpulo y de manzanos. Todo con un aspecto inmaculado, paradigma de la campiña inglesa. Jeremy se inclinó hacia un lado y señaló—: Mira, ahí está Farleigh. ¿No te parece que tiene un orden casi perfecto desde aquí arriba? Brown hizo un trabajo fantástico con el diseño de los jardines.

Jeremy empujó la palanca hacia delante y el avión descendió. Farleigh Place, hogar ancestral de la familia de Pamela desde 1600, se extendía ante ellos; un edificio de piedra gris, inmenso, erigido entre varias hectáreas de vegetación, con un camino de acceso curvo que se abría paso entre los parterres de flores ornamentales, el lago a un lado, y los jardines de la cocina más allá.

Jeremy soltó un grito de euforia.

—Mira, Ben, tienen invitados para el té. ¿Qué te parece si les damos una sorpresa?

El avión viró bruscamente. Ben se agarró con fuerza y cerró los ojos cuando el cielo quedó a sus pies. El estómago también le dio un vuelco. El aparato descendió más y más hasta sobrevolar el lago y la isla central, luego pasaron por encima de los castaños, los mismos árboles de los que habían recogido sus frutos de niños. En el jardín había una pista de tenis de hierba, rodeada de varias mesas y gente de blanco, que aguardaba a que Soames sirviera el té.

—Creo que hay espacio suficiente para que aterricemos a su lado —gritó Jeremy—. Es una pena que no lleven esos sombreros livianos que puedan salir volando.

Hicieron la maniobra de aproximación por el sur, flanqueados por los castaños, que prácticamente rozaban los extremos de las alas. Ben estaba demasiado eufórico para ceder al miedo. El profesor de vuelo tenía toda la razón: Jeremy manejaba la nave como si fuera un don innato. Los invitados que había en el jardín se pusieron en pie cuando el avión apareció entre los árboles con un estruendo y retrocedieron alarmados al ver cómo se agitaba la ropa de mesa. El avión estaba a escasos metros del suelo… Luego a solo unos centímetros.

Jeremy se fijó en el reloj de sol en el mismo momento que Ben. Ahí estaba, a merced de las inclemencias del tiempo, olvidado en el centro del jardín oriental. Ben abrió la boca para decirle a su amigo:

—Cuidado, hay un rel…

Lo hizo en el mismo instante en que Jeremy tiraba de la palanca con todas sus fuerzas hacia la derecha. El ala se hundió en el suelo y el avión dio una vuelta de campana.

PRIMERA PARTE
PAMELA

Capítulo 1

Bletchley Park
Mayo de 1941

Lady Pamela Sutton observaba los deprimentes carteles del gobierno que tenía colgados en el pequeño cubículo de la Nave 3. Algunos exhibían alegres exhortaciones para que los ciudadanos se esforzaran al máximo, para que siguieran adelante sin inmutarse, mientras que otros recogían funestas advertencias sobre las consecuencias en caso de que alguien no cumpliera con su cometido. El alba empezaba a despuntar al otro lado de las cortinas opacas que cubrían las ventanas. Oía el coro de pajarillos del bosque, su trino alegre, cantando como hacían antes de que estallara la guerra y como habrían de seguir haciendo cuando esta finalizara, fuera cuando fuera. Había durado demasiado y no se atisbaba el posible final. Pamela se frotó los ojos. Había sido una noche muy larga. Estaba tan cansada que le escocían los ojos. Según la normativa de la administración pública, las mujeres no podían trabajar en el turno nocturno con los hombres para no poner en peligro la moralidad del pueblo. Era una norma que no dejaba de ser curiosa cuando la escasez de traductores masculinos obligaba a que una de las chicas trabajara en el turno de noche.

—Francamente, no creo que ninguno de los muchachos suponga una amenaza para mi honor —dijo—. Les interesan más los problemas matemáticos que las chicas.

No obstante, desde entonces se había arrepentido de sus palabras en no pocas ocasiones. El turno de noche era durísimo. Gracias a Dios estaba a punto de acabar y podría irse a dormir, si bien no le resultaba muy fácil conciliar el sueño con todos los trenes que pasaban junto a la ventana.

—Maldita guerra —murmuró y se echó el aliento en las manos para intentar que sus dedos ateridos entraran en calor. Aunque estaban en mayo, al caer la noche el frío y la humedad de las naves eran insoportables. Desde el uno de mayo ya no recibían la ración de carbón. Pero eso no era lo peor, la cocina de hierro estaba mal sellada y expulsaba sus gases nocivos. Últimamente todo era horrible. No había comida decente y desde hacía un tiempo su dieta consistía en huevos en polvo, ternera en conserva y salchichas que parecían de serrín en lugar de carne. Era obvio que su casera nunca había sido una gran cocinera antes de la guerra, pero los platos que preparaba ahora eran incomestibles. Pamela envidiaba a los compañeros que tenían el turno de día. Al menos ellos podían disfrutar de la cocina del comedor, que en teoría era bastante buena. Tenía la opción de salir a desayunar algo antes del final del turno, pero al terminar la jornada laboral ya no podía con su alma.

Cuando estalló la guerra se moría de ganas por hacer algo útil. Jeremy se había alistado en el ejército el primer día y la RAF lo recibió con los brazos abiertos. Había sido uno de los pilotos más condecorados de la batalla de Inglaterra, pero luego, en una decisión muy típica de él, se adentró demasiado en Francia persiguiendo a un avión alemán y lo abatieron. Ahora se encontraba en Stalag Luft, un campo de prisioneros para miembros de las Fuerzas Aéreas, en algún lugar de Alemania, y hacía meses que nadie tenía noticias suyas. Ni siquiera sabía si estaba vivo o muerto. Pamela cerró los ojos con fuerza para no derramar ni una lágrima. «Siempre hacia delante», se repetía a sí misma. Eso era lo que se esperaba de ella.

—Debemos dar ejemplo —le dijo su padre con voz atronadora, palabras que acompañó de un sonoro puñetazo en la mesa—. No permitas que nadie vea que estás disgustada o que tienes miedo. La gente espera mucho de nosotros y debemos demostrarle cómo se hacen las cosas.

Ese era el motivo por el que la había elegido para el trabajo. Su amiga Trixie Radcliffe, que celebró su fiesta de debutante en la primavera de 1939, había invitado a doce chicas a tomar el té en Londres. Fue en los primeros días de la guerra, cuando aún se podían hacer cosas civilizadas como tomar el té en el Hotel Brown.

—Oye, Pamma, un conocido me presentó a un chico que podría darnos trabajo —le dijo Trixie, haciendo gala de su habitual entusiasmo—. Está buscando a chicas como nosotras. De buena familia. Nada de tonterías ni de histéricas.

—Vaya. ¿De qué tipo de trabajo se trata? ¿Clases de buenos modales para las componentes del Cuerpo Auxiliar de Mujeres Militares o del Servicio Naval Real?

Trixie se rio.

—Para nada. Me ha parecido entender que se trata de un proyecto secreto. Me ha preguntado si podía confiar en mí, si era capaz de tener la boca cerrada y no contárselo a nadie.

—¡Caray! —exclamó Pamela, sorprendida.

Trixie se inclinó hacia ella.

—Cree que he recibido una educación para estar a la altura de las circunstancias y que, por lo tanto, no defraudaré a nadie y no revelaré secretos. Hasta me ha preguntado si bebo mucho. —Se rio—. Imagino que la gente se va de la lengua después de un par de copas.

—¿Qué le has dicho?

—Que había cumplido la mayoría de edad justo antes del estallido de la guerra y que desde que había empezado el racionamiento no había tenido oportunidad de demostrar si soy de buen beber o no.

Pamela se rio, pero enseguida recuperó el tono serio.

—A saber para qué nos querrá. ¿Nos enviará a Alemania de espías?

—Me preguntó si hablaba alemán. De hecho, me dijo si «tenía alemán», y yo interpreté que se refería a si tenía un novio alemán. Mucho me temo que me dio la risa floja. Le aseguré que ambas habíamos estudiado en un internado de Suiza y que tenías un don especial para los idiomas. Parecía muy interesado en ti, por cierto. Cuando le dije que te conocía todo cambió.

—Caray —repitió Pamela—. No sé si me veo como espía, seduciendo a oficiales alemanes. ¿Y tú?

—No, querida, yo tampoco te veo seduciendo a alemanes. Siempre has sido muy... casta. Sin embargo, creo que a mí se me daría muy bien. Por desgracia, tengo demasiado acento inglés cuando hablo alemán. Me descubrirían al instante. Pero no creo que nos quiera para hacer de espías. El muchacho en cuestión también me preguntó qué tal se me daban los crucigramas.

—Vaya cosa más rara —dijo Pamela.

Trixie se acercó aún más, hasta susurrarle al oído:

—Creo, más bien, que se trata de un trabajo relacionado con el descifrado de códigos o algo parecido.

Y así fue. Ambas tomaron el tren en Euston Station en dirección a Bletchley Junction, situado a una hora al norte de Londres. Casi había oscurecido cuando llegaron. La estación y el pueblo eran de lo más anodinos. Todo el lugar parecía impregnado por una capa de polvo proveniente de la fábrica de ladrillos. No acudió nadie a recogerlas a la estación y tuvieron que arrastrar la maleta por el largo sendero que discurría junto a la vía del tren, hasta que llegaron a una valla metálica con alambre de espino en lo alto.

—Vaya. —Hasta Trixie se inquietó—. No parece un lugar muy acogedor, ¿verdad?

—No tenemos por qué hacerlo —aseguró Pamela.

Las dos amigas se miraron fijamente, esperando a que la otra tomara la iniciativa.

—Al menos podemos averiguar qué quieren que hagamos y luego declinar educadamente con un «no, muchas gracias, prefiero dedicarme a la cría de gorrinos».

Unas palabras que les infundieron ánimos.

—Venga, no podemos echarnos atrás.

Trixie tiró de su amiga y se acercaron a la puerta principal. El soldado de la RAF que estaba de guardia en la garita de hormigón comprobó sus nombres en la carpeta que tenía y las dirigió al edificio principal, donde debían presentarse ante el comandante Travis. Nadie se ofreció a llevarles el equipaje, algo que confirmó las sospechas de Pamela de que se encontraban en mundo muy distinto al que estaban acostumbradas. El camino se abría paso entre dos hileras de naves anodinas y conducía al edificio principal. Era una mansión que había construido una familia de nuevos ricos en el punto culminante del exceso victoriano, un popurrí de estilos que aunaba los ladrillos con los hastiales y las columnas orientales, y un jardín de invierno que sobresalía en un extremo. Los recién llegados de las clases más bajas del escalafón social solían mostrarse muy impresionados, pero en el caso de las chicas criadas en mansiones señoriales, el efecto era el contrario.

—¡Qué monstruosidad! —exclamó Trixie, entre risas—. Si esto es gótico…

—Pero las vistas son bonitas —afirmó Pamela—. Mira… ahí hay un lago, un soto y una gran extensión de terreno. Me pregunto si tendrán caballos para montar.

—Esto no es una fiesta, querida —replicó Trixie—. Hemos venido a trabajar. Venga, vamos a averiguar para qué nos han llamado.

Entraron en el edificio principal y se hallaron en un espacio más parecido al que estaban acostumbradas: techos altos con elaboradas molduras, paredes recubiertas de paneles de madera, vidrieras y alfombras mullidas. Por una de las puertas laterales apareció una joven con un fajo de papeles y no se sorprendió al verlas.

—Ah, imagino que son la última remesa de debutantes —dijo, mirando el cuello de visón de Trixie con desdén—. El comandante Travis está arriba. La segunda puerta a la derecha.

—Qué recibimiento tan caluroso —susurró Trixie cuando dejaron las maletas y empezaron a subir por la elegante escalinata de roble.

—¿Crees que hemos cometido un grave error? —le preguntó Pamela con un hilo de voz.

—Ahora ya es tarde para dar media vuelta. —Trixie le estrechó la mano y llamó a una puerta de roble pulido. El comandante Travis, el subdirector, las miró sin poder disimular su escepticismo.

—No han venido aquí a pasarlo bien —les dijo de buenas a primeras—. Hay mucho trabajo y tendrán que dejarse la piel, pero confío en que les resulte gratificante. Van a aportar su grano de arena para derrotar al enemigo y su misión es tan importante como la de los muchachos del frente. Nuestra prioridad es la confidencialidad. Tendrán que firmar la ley de secretos oficiales y cuando lo hayan hecho no podrán hablar del trabajo que realicen con nadie que no forme parte de la unidad. Ni tan siquiera entre ustedes. Ni con sus padres o novios. ¿Les ha quedado claro?

Ambas asintieron y, tras unos segundos, Pamela se armó de valor para preguntar:

—¿En qué consistirá exactamente nuestro trabajo? Hasta ahora no nos han dicho nada.

El comandante levantó una mano.

—Lo primero es lo primero, joven. —Sacó dos hojas de papel y dos plumas—. La ley de secretos oficiales. Léanla y firmen aquí, por favor. —Señaló el lugar exacto con el dedo.

—¿Nos está diciendo que tenemos que prometer que jamás revelaremos lo que ocurra aquí, antes de saber qué ocurre aquí? —preguntó Trixie.

El comandante Travis se rio.

—Tiene usted mucho temple. Me gusta. Pero me temo que se ha convertido en un riesgo para el país desde que atravesó esa puerta. Y le aseguro que el trabajo que pueda llevar a cabo aquí será infinitamente más interesante y gratificante que cualquier otro empleo que pudiera conseguir.

Trixie miró a Pamela, se encogió de hombros y añadió:

—¿Por qué no? ¿Qué podemos perder?

Miró la pluma y firmó. Pamela la imitó. Más tarde, ya a solas, supo que la habían destinado a la Nave 3 para traducir mensajes alemanes cifrados. Pamela ignoraba cuál era el cometido de Trixie, ya que solo podían compartir información con miembros de su nave, pero sabía que estaba disgustada porque no le había ofrecido un trabajo más exigente y glamuroso.

—Tareas de archivo y mecanografía. ¿Se te ocurre algo más aburrido? —le preguntó—. Mientras, seguro que los hombres están pasándoselo en grande, trabajando con extrañas máquinas. De haber sabido que me asignarían un trabajo tan aburrido e ingrato, nunca habría venido. ¿Qué tal tú? ¿También te ha tocado algo tan poco gratificante?

—Claro que no, yo me voy a pasar todo el día departiendo con Hitler —afirmó Pamela, que estalló en carcajadas—. Era broma, cielo. No podemos perder el sentido del humor. Y, sí, estoy segura de que mi trabajo es tan ingrato como el tuyo. A fin de cuentas, no somos hombres, ¿verdad?

Y nunca le contó más detalles a Trixie acerca de su trabajo. Era muy consciente de la importancia de la tarea que le habían asignado y sabía que cualquier error de traducción que llegara a cometer podía provocar cientos de muertes. Sabía también que la mayoría de los mensajes cifrados que le asignaban eran de baja prioridad, ya que los más importantes eran para los hombres, pero en ocasiones se llevaba la alegría de encontrar alguna joya oculta.

Al principio el trabajo le pareció de lo más estimulante, pero al cabo de un año ya estaba cansada y hastiada. Todo le parecía muy irreal y el flujo constante de malas noticias que llegaban del frente había empezado a hacer mella en alguien de natural tan alegre como Pamela. Las naves eran terriblemente austeras: un frío insoportable en invierno y un calor infernal en verano. Y la iluminación de que disponían se limitaba a una vulgar bombilla colgada del techo. Al final del interminable turno, tenía que volver a su alojamiento: una habitación lúgubre situada junto a las vías del tren. En el camino de vuelta, montada en la destartalada bicicleta que se había comprado, solía pensar en la primavera de Farleigh, en los jacintos silvestres que florecían en la primera semana de mayo. En los corderos que correteaban por el campo. En las excursiones a caballo que hacía con sus hermanas a primera hora del día. Las añoraba muchísimo, a pesar de que debía admitir que nunca había tenido una relación muy estrecha con ninguna de ella, salvo con Margot, a la que hacía siglos que no veía y a la que echaba mucho de menos. No se parecían en nada: Livvy le llevaba cinco años y siempre había sido la más formal y remilgada, obsesionada por decirles a las demás cómo debían comportarse.

Pamela se dio cuenta, no sin cierto pesar, de que apenas conocía a Phoebe, la pequeña. Siempre le había parecido una chica muy lista y tenía madera de amazona, pero se pasaba casi todo el día encerrada en su habitación, aislada del resto de la familia. Y luego estaba Dido, un auténtico incordio, dos años más joven que ella, tremendamente competitiva y desesperada por alcanzar la mayoría de edad y ser presentada en sociedad…, por tener, en definitiva, todo lo que tenía Pamela. Sin embargo, Dido siempre la había considerado una rival, nunca una cómplice como Margot, y por ello nunca habían mantenido una relación tan íntima.

Pamela se puso de nuevo a trabajar cuando le entregaron una cesta llena de transcripciones. Estaban empezando a llegar los mensajes de primera hora, lo que siempre era una buena noticia. Significaba que los geniecillos de la Nave 6 habían dado con los ajustes correctos de Enigma y las transcripciones que le habían entregado estaban escritas en alemán de verdad, o en una variante más o menos comprensible. Tomó la primera tarjeta. La máquina Typex producía largas filas de letras divididas en grupos de cinco. Las X eran puntos, las Y eran comas y los nombres propios siempre iban precedidos por una J. Miró el primer mensaje. WUBY YNULL SEQNU LLNUL LX. Era uno de los que llegaban a diario. *Wetterbericht.* La previsión meteorológica para el sector seis. Y «null» significaba que no ocurría nada importante. Escribió la traducción rápidamente y la dejó en la cesta.

El siguiente mensaje también era rutinario. ABSTI MMSPR UCHYY RESTX OHNEX SINN. Un mensaje de prueba de un mando alemán para verificar que los códigos del día eran los correctos. «Gracias, Hamburgo, funcionan perfectamente», dijo con una sonrisa al dejar caer la traducción en la cesta. El siguiente estaba incompleto. Faltaban la mitad de las letras. No era extraño que recibieran mensajes como ese, que los obligaban a poner en práctica todas sus dotes para hacer crucigramas y a exprimir al máximo sus conocimientos de la terminología bélica alemana. Pamela dedujo que el tema guardaba relación con la 21.ª División Blindada, parte de las fuerzas de Rommel destinadas en el ejército. Pero las siguientes letras ---FF-I---G la habían desconcertado. ¿Se trataba de dos palabras o tres? Si era más de una, quizá la primera fuera *auf.* Miró fijamente el mensaje, hasta que las letras empezaron a dar vueltas debido a la mala iluminación. Le dieron ganas de abrir las cortinas opacas, pero solo el guarda tenía permiso para ello, y a una hora en concreto. Le dolían los ojos.

«Tengo que descansar», pensó.

Sin embargo, recuperó la concentración de inmediato y se le dibujó una sonrisa en la cara. Empezó a probar letras. *Auffrischung*. ¡La 21.ª División Blindada tenía que descansar y realizar reparaciones!

Se levantó de un salto y se fue corriendo a la sala de control. Wilson, el jefe de guardia, la miró con el ceño fruncido. No le hacía ninguna gracia tener a mujeres en el turno de noche e intentaba ignorar a Pamela en la medida de lo posible.

—Creo que he encontrado algo interesante, señor —anunció ella. Le mostró el mensaje con su traducción debajo. El hombre lo examinó detenidamente con el ceño fruncido antes de levantar la cabeza.

—Me parece que ha puesto bastante de su propia cosecha, ¿no cree, lady Pamela?

El hombre se obstinaba en dirigirse a ella utilizando el título nobiliario. Para los demás compañeros era P.

—Pero podría significar que van a retirar la 21.ª División Blindada. ¿Acaso no es importante?

Se acercaron dos compañeros más para comprobar a qué se debía tanto alboroto.

—Puede que tenga razón, Wilson —dijo uno de ellos—. *Auffrischung*, buena palabra —la felicitó y le lanzó una sonrisa de ánimo.

—Pues a ver si se le ocurre otra cosa que tenga sentido, Wilson —le soltó el otro—. Todos sabemos que P posee un mayor dominio del alemán que nosotros.

—Debería enviarlo al cuartel general por si acaso —dijo el primero—. Enhorabuena, P.

Pamela regresó a su puesto con una sonrisa en los labios. Acababa de vaciar la cesta de mensajes entrantes cuando oyó un coro de voces en el otro extremo de la nave que anunciaba la llegada del turno matinal. Pamela cogió el abrigo del gancho.

—Hace un día precioso —dijo uno de los jóvenes que se dirigía hacia ella. Era un tipo alto y desgarbado que observaba el mundo a través de unas gafas con cristales muy gruesos. Se llamaba Rodney y era el epítome del alumno brillante de Oxford o Cambridge que había cedido a los cantos de sirena de Bletchley Park—. Afortunada tú que puedes disfrutarlo. Creo que esta tarde hay partido de béisbol. Te lo digo por si te interesa. Me temo que yo soy un auténtico negado. Y esta noche hay un baile country, pero imagino que te tocará trabajar. —Hizo una pausa y se pasó la mano por el pelo alborotado con un gesto nervioso—. Supongo que no querrías ir al cine conmigo en tu noche libre, ¿verdad?

—Eres muy amable, Rodney —dijo Pamela—, pero prefiero aprovechar la noche libre para recuperar las horas de sueño perdidas.

—Es verdad que tienes un poco de ojeras —concedió su compañero, haciendo gala de su célebre falta de tacto—. El turno de noche siempre acaba pasando factura, ¿verdad? Pero todo sea por una buena causa, o eso dicen.

—Eso dicen —repitió ella—. Ojalá nos ofrecieran alguna prueba del progreso que hemos logrado. El país, quiero decir. Últimamente todas las noticias son malas, ¿no crees? Y los pobres habitantes de Londres, soportando los bombardeos una noche tras otra. ¿Cuánto tiempo crees que podremos aguantarlo?

—Tanto como sea necesario —respondió Rodney—. Es así de fácil.

Pamela lo observó con admiración mientras este se alejaba. En esos momentos, su compañero representaba la columna vertebral de Gran Bretaña. Era un ratón de biblioteca delgaducho y algo torpe que, sin embargo, hacía gala de una férrea determinación para aguantar todo lo que fuera necesario con tal de derrotar a Hitler. Una actitud que le hizo sentir vergüenza por el sentimiento de tristeza y la falta de fe cuando cogió la bicicleta para volver al pueblo.

Su habitación en la pensión de la señora Adams estaba cerca de la estación y oyó el silbido de un tren que se acercaba. «Si mis padres pudieran ver dónde vivo ahora…», pensó con una triste sonrisa. Pero no tenían ni idea de dónde trabajaba o a qué se dedicaba. La ley de secretos oficiales le impedía revelar ningún tipo de información a nadie. No había sido tarea sencilla convencer a su padre de que la dejara irse de casa, pero había cumplido veintiún años y había debutado en sociedad, por lo que no podía prohibírselo. Cuando le dijo: «Quiero aportar mi grano de arena, papá. Siempre nos has dicho que debíamos dar ejemplo y eso es lo que pretendo», al pobre no le quedó más remedio que dar su brazo a torcer.

Bajó de la bicicleta y caminó con ella por la acera. Estaba tan cansada y tenía tanta hambre que sintió un leve mareo, pero lanzó un suspiro mientras se preguntaba qué desayuno la esperaba hoy: ¿gachas con grumos? ¿Pan frito con la grasa sobrante del cordero asado del domingo? Tostadas con margarina y mermelada aguada, con suerte. Sin darse cuenta, se puso a pensar en las delicias que solía comer en Farleigh: los riñones, el beicon, el revuelto de arroz con huevo duro y abadejo… ¿Cuánto tiempo había de transcurrir antes de que pudiera volver allí? Pero si iba a pasar unos días a casa, ¿de dónde sacaría fuerzas para reincorporarse al trabajo?

Frente a la estación había un quiosco de prensa y uno de los titulares rezaba: «Héroe vuelve a casa». Pamela miró la primera plana. Desde el inicio de la guerra y debido a la escasez de papel, el tipo de letra era más pequeño y las fotografías también se habían reducido de tamaño. Pero ahí, hacia la mitad de la primera página del *Daily Express*, vio una fotografía granulada de un hombre con uniforme de la RAF y reconoció de inmediato su sonrisa radiante. Buscó dos peniques en el bolsillo y cogió un ejemplar.

«El as de aviación, el teniente Jeremy Prescott, logra huir milagrosamente del campo de prisioneros alemán. Es el único superviviente de la fuga». Antes de que pudiera seguir leyendo, le fallaron las fuerzas y se dejó caer de rodillas al suelo.

Varias personas la rodearon y la ayudaron a levantarse.

—Tranquila, cielo, yo te aguanto —dijo una voz.

—Acércala al banco, Bert, y que alguien vaya a buscarle una taza de té al café de la estación. Está pálida como la cera.

Fue la amabilidad de la gente más que ninguna otra cosa lo que provocó el sollozo de Pamela. Toda la tensión, las largas noches, el duro trabajo, las noticias deprimentes... El sollozo abrió las compuertas de todo aquello y del torrente de lágrimas que empezaron a correrle por las mejillas.

Sintió que la llevaban prácticamente en volandas hasta un banco, donde la ayudaron a sentarse con delicadeza. Se dio cuenta de que no había soltado el periódico.

—¿Qué ocurre, ha sido una mala noticia? —le preguntó la mujer del quiosco.

El cuerpo de Pamela aún se estremecía entre sollozos.

—No, ha sido una buena noticia —logró decir al final—. Está vivo. Está a salvo. Y va a volver a casa.

Esa tarde le comunicaron que debía presentarse ante el comandante Travis. El corazón le dio un vuelco. ¿Qué error había cometido? ¿Acaso alguien había denunciado lo ocurrido en la estación? Estaba completamente avergonzada por la falta de control que había demostrado. Su padre se habría muerto de vergüenza, le habría dicho que era una decepción para el país. Y ahora la preocupación se había apoderado de ella: ¿había dicho algo que no debía? Había oído rumores de gente que se iba de la lengua, que infringía las medidas de seguridad. Esas personas desaparecían y nunca más volvía a saberse de ellas. Circulaban bromas sobre su paradero, pero las risas que provocaban siempre parecían algo forzadas, porque cabía la posibilidad de que las bromas fueran ciertas.

Lo cierto era que nunca convocaban a nadie por asuntos triviales. Montó en la bicicleta con energía y se dirigió al campus.

El comandante Travis levantó la vista de los documentos en cuanto ella entró en su despacho. Señaló la silla que tenía junto al escritorio y Pamela se sentó en el borde.

—Me han comentado que ha tenido un pequeño problema hoy, ¿es cierto, lady Pamela? —le preguntó. Aquel tono tan formal no hizo sino acrecentar su preocupación.

—¿Un problema, señor?

—Ha llegado a mis oídos que ha sufrido un desvanecimiento junto a la estación. ¿Acaso no se alimenta bien? Sé que la comida no siempre resulta muy apetitosa.

—Me alimento bien, señor.

—¿Es por el turno de noche? Sé que este trabajo acaba pasando factura.

—Pero todos tenemos que entrar en las rotaciones y arrimar el hombro. No me gusta especialmente. Cuando me toca el turno de noche me faltan horas de sueño, pero imagino que les ocurrirá lo mismo a mis compañeros.

—¿Se encuentra bien? —le preguntó y le lanzó una mirada de complicidad. Esperó un par de segundos antes de añadir—: ¿Tiene algún vínculo especial con alguno de sus compañeros?

Pamela no pudo reprimir la risa.

—No estoy embarazada, si es eso lo que insinúa.

—Pues a mí no me parece que sea una de esas mujeres que padece desvanecimientos sin más. —Se apoyó en el escritorio y se inclinó hacia delante—. Si no se trata de eso, ¿qué le ocurre?

—Lo lamento, señor. Me siento como una tonta. Tiene razón. Ese tipo de comportamiento no es habitual en mí.

El comandante examinó su expediente.

—¿Cuándo fue la última vez que se tomó un día de descanso?

—En Navidad fui un par de días a casa, señor.

—Pues ya le toca.

—Pero andamos escasos de personal en la Nave 3. No debería…

—Lady Pamela, estoy convencido de que sus compañeros harán un trabajo de primera. No puedo permitir que nadie se derrumbe por falta de descanso. Tómese una semana libre.

—Pero no hay nadie que pueda reemplazarme y no debemos…

—¿Cuándo finaliza su turno actual?

—A final de semana.

—Pues aguante hasta entonces y luego váyase a casa.

—Pero, señor…

—Es una orden, lady Pamela. Váyase a casa. Disfrute del descanso y vuelva con energías renovadas.

—Sí, señor. Gracias.

No fue consciente de las implicaciones de lo que acababa de suceder hasta que empezó a bajar las escaleras. Ella volvía a casa y Jeremy iba a regresar a Inglaterra. Puede que ya estuviera en Nethercote. De repente el mundo le pareció un lugar perfecto.

Capítulo 2

Farleigh Place
Cerca de Sevenoaks, Kent
Mayo de 1941

El muchacho que vivía con el guardabosque fue el primero que lo vio. Había salido al alba a comprobar las trampas (desde el inicio del racionamiento, el conejo se había convertido en un ingrediente habitual del menú, incluso en una casa grande). Se trataba de una tarea que había aceptado con gusto, ya que le encantaba la libertad y la soledad del campo. Todavía sentía una mezcla de asombro y respeto reverencial por aquel espacio abierto casi infinito, por el verde que todo lo dominaba, la inmensidad del cielo azul pálido. Después de vivir tanto tiempo en un piso de Stepney, en un callejón mugriento sin vistas, Farleigh le parecía demasiado bueno para ser real.

Sin embargo, esa mañana en concreto había vuelto de vacío. El guardabosque sospechaba que algún hombre del pueblo debía de robarles los conejos o las perdices que atrapaban, y había pensado en la posibilidad de poner un cepo. Aquella simple idea añadía un toque de emoción a las tareas diarias del muchacho. Se preguntó cómo se sentiría al ver a uno de los chicos del pueblo atrapado en un cepo, los mismos matones que disfrutaban de lo lindo intimidándolo por el simple hecho de que era un alfeñique y un forastero.

Aceleró el paso para regresar a casa cuanto antes. El estómago le rugía y se moría por comer unas gachas y huevos, pero de los de verdad, no aquel sucedáneo en polvo que sabía a cartón. Iba a ser un día de verano caluroso y perfecto. Los últimos jirones de neblina aguantaban suspendidos sobre los prados y el canto de un cuco ahogaba el trino de los demás pájaros.

El muchacho salió del bosque y se adentró en el jardín que rodeaba la gran casa, mirando a su alrededor con cierto temor en busca de la manada de ciervos, que aún le imponían un gran respeto. La gran extensión de hierba estaba salpicada de robles, castaños y hayas, y más allá de los árboles atisbó la gran mansión que se alzaba como un castillo de cuento de hadas. Estaba a punto de tomar el camino que conducía a la casita, cuando vio algo tendido en la hierba, algo marrón y, a su lado, algo largo y ligero que aleteaba, como si fuera un ave herida. No se imaginaba qué podía ser y se acercó con cautela, muy consciente de que en el campo los peligros inesperados acechaban en cualquier rincón. Cuando se acercó, vio que se trataba de un hombre. O que había sido un hombre. Llevaba un uniforme del ejército y estaba tumbado boca abajo, con las extremidades dispuestas de un modo muy poco natural. De la mochila que llevaba en la espalda salían varias cuerdas, atadas a lo que parecía un tejido de color blanquecino. Le llevó un poco darse cuenta de que era un paracaídas, o los restos de uno, porque ahí estaba, inerte, sin vida, desgarrado y ondeando de un modo triste, azotado por la brisa. Fue entonces cuando entendió que el hombre había caído del cielo.

Se puso en pie, sin saber qué hacer. De repente empezó a sentir un leve mareo por culpa de las horribles heridas que había sufrido el cadáver y las manchas de sangre de la hierba. Antes de poder tomar una decisión, oyó un ruido sordo de cascos en la hierba y el tintineo de unas bridas. Levantó la vista y vio a una chica montada a lomos de un poni blanco y gordo que galopaba hacia él. Vestía un casco de terciopelo, pantalones de montar y una casaca. Cuando se acercó más, la reconoció: era lady Phoebe, la hija menor de la casa grande. Horrorizado, se dio cuenta de que aplastaría al cadáver si no la detenía. El muchacho echó a correr agitando los brazos.

—¡Alto! —gritó.

El poni se detuvo en seco, relinchó y corcoveó, pero la chica no perdió el equilibrio.

—¿Qué crees que haces? —le espetó—. ¿Es que estás loco? Podrías haberme derribado. Además, Bola de Nieve podría haberte aplastado.

—No podía permitir que siguiera su trayectoria, señorita —le dijo—. Se ha producido un accidente y no le conviene verlo.

—¿Qué tipo de accidente?

El muchacho echó la vista atrás.

—Ha caído un hombre del cielo. Está destrozado. Es horrible.

—¿Que ha caído del cielo? —Lady Phoebe se irguió para intentar verlo—. ¿Te refieres a un ángel?

—A un soldado —respondió él—. Me parece que no se le ha abierto el paracaídas.

—Cielo santo. Es horrible. Déjame verlo. —Intentó avanzar con el poni, pero el animal no paraba de resoplar, nervioso.

El muchacho se interpuso entre ella y el cadáver.

—No mire, señorita. Le aseguro que no le conviene verlo.

—Por supuesto que quiero verlo. No soy aprensiva. He visto la matanza del cerdo. Eso sí que fue horrible, los gritos… Entonces decidí que no volvería a comer beicon. Pero resulta que me encanta, así que no aguanté demasiado.

Obligó al poni a que avanzara y el muchacho tuvo que apartarse. El animal dio varios pasos muy nervioso y se detuvo. No quería acercarse más. Phoebe se irguió en la silla y miró.

—Caray. Debemos avisar a alguien.

—Tendríamos *de* llamar a los militares. Es uno de ellos, ¿no?

—«Tendríamos que» —lo corrigió ella—. Qué mal hablas.

—Al diablo con mis conocimientos de gramática, señorita, si me permite.

—No te lo permito. Y no soy «señorita». Soy lady Phoebe Sutton y deberías dirigirte a mí como «milady».

—Lo siento —se disculpó el muchacho, que tuvo que tragarse el «señorita» que estaba a punto de pronunciar.

—Debemos avisar a mi padre —dijo ella con rotundidad—. A fin de cuentas, estas son sus tierras, aunque el ejército pueda disponer de ellas. Pero esto es propiedad de Farleigh. Venga, es mejor que me acompañes.

—¿A la casa grande, señorita? Quiero decir, milady.

—Por supuesto. Papá siempre madruga. Los demás aún estarán durmiendo.

El muchacho echó a andar junto al poni.

—Eres el chico que se aloja con el guardabosque, ¿no es así? —preguntó lady Phoebe.

—Así es. Me llamo Alfie. Llegué del Humo el invierno pasado.

—¿Humo? ¿Qué humo?

El muchacho se rio.

—Así como nos referimos a Londres los *cockneys*.

Lady Phoebe le dirigió una mirada recriminatoria.

—No te he visto por la finca.

—Me paso el día en la escuela del pueblo.

—¿Te gusta?

—No está mal, aunque los chicos me molestan un poco por mi edad y no tengo a nadie que me defienda.

—Esto no está bien.

Alfie observó su rostro altanero, aquel gesto que rebosaba seguridad en sí misma.

—Quizá no se haya dado cuenta, pero la gente no es buena —dijo—. Hay una guerra. Los pilotos sobrevuelan Londres cada noche para bombardearla y no les importa a quién maten, les da igual que sean mujeres, niños, ancianos… Les da absolutamente igual. Una vez vi a un bebé tras la explosión de una bomba. Tirado en la calle, pero parecía que no tenía ni un rasguño. Me acerqué a cogerlo y estaba frío como el hielo. Y en otra ocasión vino corriendo una mujer, gritando; la explosión le había arrancado la ropa y ¿sabe qué gritaba? Gritaba: «¡Mi hijo! Está enterrado bajo los escombros. Que alguien salve a mi hijo».

Phoebe adoptó un gesto más afable.

—Hiciste bien en venir aquí, lejos de Humo —le dijo—. ¿Qué edad tienes?

—Once, casi doce.

—Yo acabo de cumplir doce —anunció con orgullo—. Antes quería que me enviaran a una escuela cuando cumpliera los trece, pero no creo que lo hagan. Al menos mientras dure la guerra. Mis hermanas tuvieron más suerte y sí que pudieron ir.

—¿Aún no ha ido a la escuela?

—No. Siempre he tenido institutriz. Pero es aburridísimo estudiar sola. Para mis hermanas fue distinto porque se tenían la una a la otra y eran traviesas y le gastaban bromas a la institutriz. Pero mis padres no contaban conmigo. Dido dice que soy un accidente.

—¿Quién es Dido?

—Mi hermana Diana. Tiene diecinueve años. Está furiosa con la guerra porque el año pasado tendría que haber debutado en sociedad y no pudo.

—¿Debutar en qué?

Phoebe se rio, pero fue una risa falsa, teñida de superioridad.

—¿Es que te has caído del guindo? Cuando llega el momento, las chicas como nosotras somos presentadas en sociedad. A partir de entonces vamos a bailes y tenemos que buscar marido. Pero Dido no ha podido hacerlo y se muere de aburrimiento. Las mayores tuvieron su temporada de fiestas y presentaciones.

—¿Y se han casado?

—Livvy sí, pero ella siempre ha sido una niña buena, según dice Dido. Se casó con el muermo de Edmund Carrington y ya ha dado a luz al heredero.

—¿Al herrero? —preguntó Alfie, lo que provocó la carcajada de lady Phoebe.

—Al heredero, no al herrero. Ha tenido el hijo que heredará el título de su padre en el futuro. Nuestros padres no pudieron tener un hijo, lo que significa que Farleigh lo heredará algún primo lejano cuando muera papá y que a nosotras nos dejarán en la calle. O eso dice Dido. Pero yo creo que solo me toma el pelo. Hoy en día ya no pasan esas cosas, ¿verdad? Sobre todo con la guerra.

La jovencita hizo una pausa mientras Alfie asimilaba toda la información y prosiguió:

—Pero no te creas que las otras obedecen las reglas al pie de la letra, algo que saca de quicio a papá. Margot se fue a estudiar moda a París y conoció a un francés muy apuesto. No quiso irse cuando le ofrecieron la oportunidad, y ahora está atrapada en París y no sabemos qué ha sido de ella. Y Pamma... bueno, es muy guapa y lista. Ella quería ir a la universidad, pero papá dijo que era una pérdida de tiempo invertir en la educación de una mujer. Creo que quería casarse con un chico, pero él se alistó en la RAF y lo derribaron y ahora está en un campo de prisioneros en Alemania. Así que es todo bastante triste, ¿no te parece? Esta horrible guerra le está estropeando la vida a todo el mundo.

Alfie asintió.

—Mi padre está en el ejército, en el Norte de África —confesó—. Apenas recibimos noticias suyas y cuando nos llega alguna, es un pedacito de papel con la mayoría de las palabras tachadas por el censor. Mamá se cansó de llorar la última vez que llegó una.

Alfie se estaba quedando sin aliento. Tenía que caminar rápido para seguir el ritmo del poni y no paraba de hablar al mismo tiempo.

Estaban cruzando la suave hierba del bosque, atravesando un soto, y llegaron a la linde de los jardines formales. Había unas hileras perfectas de rosales y otros arbustos, pero los parterres parecían medio abandonados y nadie se había preocupado de podar las rosas. A un lado, habían levantado el césped y habían plantado un pequeño huerto. Y más allá, en el patio donde se detenían los carruajes, ahora había varias hileras de vehículos camuflados del ejército.

Alfie, que no solía acercarse a la casa grande, la observaba maravillado. Había estado en el Palacio de Buckingham en una ocasión, y este edificio era igual de grande y majestuoso. Estaba construido con piedra gris, tenía tres plantas y en el tejado se alzaban sendas torres en ambos extremos. En el centro había dos alas que le daban su forma de E, y la imponente entrada central formaba el brazo central de la letra. Las columnas sustentaban un frontón adornado con figuras clásicas en combate. Sin embargo, esa sensación de esplendor se veía menoscabada por un grupo de soldados sentados en las escaleras de mármol, que se reían y fumaban. Había más soldados en torno a los vehículos militares de todas las formas y tamaños, y del otro lado de la casa llegaba el ruido de las pisadas de las botas y los gritos de los sargentos al mando del entrenamiento matinal.

Se les acercaron dos oficiales.

—Hola, jovencita, ¿vas a salir a dar un paseo? —le preguntó uno de ellos en tono afable.

—Ya lo he hecho, gracias —respondió Phoebe—. Vamos a llevar a mi poni de vuelta a la caballeriza.

En cuanto pasaron los soldados, la chica miró a Alfie.

—No le digas a mi padre que he salido a cabalgar sola. Se pondría furioso. Se supone que no debo salir sin el mozo. Pero eso es una tontería, ¿no crees? Soy una amazona magnífica y el mozo se hace mayor y no le gusta galopar.

Alfie asintió con la cabeza. Ahora que estaba cerca de la casa grande, se le hizo un nudo en el estómago. Recordaba con demasiada claridad el día que había llegado allí. Cuando bajó del tren procedente del Humo, como él lo llamaba, no era más que un alfeñique, un niño de aspecto lastimero con unos pantalones cortos demasiado grandes, que dejaban al descubierto las rodillas cubiertas de costras. Le moqueaba la nariz y se la secó con el dorso de la mano, dejando un rastro de suciedad en la mejilla. No era de extrañar que hubiera sido de los últimos niños evacuados en encontrar a alguien dispuesto a acogerlo. Al final, la señorita Hemp-Hatchett, jueza de paz y capitana de las Muchachas Guías, lo montó en el asiento trasero de su Morris y lo llevó a Farleigh.

—Tendrá que conformarse con él, lady Westerham —le dijo con un tono capaz de poner firme a varias generaciones de Muchachas Guías—. No hay más niños y tiene una casa más grande que el resto de nosotras.

Luego se fue y lo dejó ahí plantado, observando embelesado el vestíbulo de mármol, con sus armas y retratos de los antepasados que lo miraban con gesto de desagrado.

—¡Qué caradura, maldita sea! —estalló lord Westerham cuando lady Westerham le comunicó lo sucedido—. ¿Quién demonios se cree que es para darnos órdenes? ¿Dónde cree esa gente que vamos a poner al mocoso? El ejército ha ocupado dos tercios de la casa. Solo nos queda una miserable ala y, encima, es la más incómoda. ¿Acaso cree que voy a poner a un niño de los suburbios de Londres en una cama plegable en mi dormitorio? ¿O que va a compartir cama con una de nuestras hijas?

—No grites, Roddy —le pidió lady Westerham sin perder la calma, acostumbrada ya a los arrebatos de ira de su marido después de treinta años de matrimonio—. Parece que se te vayan a salir los ojos de las órbitas y es de lo más desagradable. Estamos en guerra. Debemos arrimar el hombro y quiero que los demás tengan la impresión de que hemos hecho más de lo que nos correspondía.

—Entonces, ¿se supone que debemos permitir que un mocoso de los suburbios campe a sus anchas por nuestra casa? Carta blanca para robarnos la cubertería de plata, ya verás. Pues no pienso permitirlo, Esme. Ni hablar. ¿Cómo voy a disfrutar de un *gin tonic* en mi estudio sabiendo que podría interrumpirme un niño del arrabal en cualquier momento? Dile a esa Hemp... lo que sea que no vamos a aceptarlo. Y no hay nada más que hablar.

—Ese niño necesita un hogar, Roddy —insistió lady Westerham con tacto—. No podemos devolverlo sin más a las calles que bombardean cada noche. Sus padres podrían haber muerto. ¿Cómo te sentirías si te arrancaran de la vida que has llevado siempre?

—¿Y los aparceros?

—Ya han acogido a otros niños.

—¿Y el servicio? ¿No hay ninguna casa disponible?

—No puedes poner a un niño en una casa vacía. —Hizo una pausa hasta que se le iluminó el rostro—. Tengo una idea. Los Robbins deben de tener una habitación libre porque su hijo fue llamado a filas. El padre no es el hombre más agradable que existe, lo admito, pero la madre es buena cocinera. Al pobre no le vendría nada mal engordar un poco.

Alfie había escuchado la conversación a escondidas, solo y temblando de frío en el vestíbulo. Nadie se había dado cuenta de que su mayor miedo era quedarse en un lugar como ese, donde viviría en un pánico constante por temor a cruzarse con un fantasma o romper algo sin querer. Una casita con una buena cocinera le parecía una idea mucho más atractiva.

—Toma, aguanta las bridas para que pueda desmontar —dijo Phoebe, unas palabras que lo devolvieron de golpe al presente. Alfie se dio cuenta de que estaba acostumbrada a dar órdenes. Él se limitó a obedecer, aunque nunca había tocado un caballo. El poni se quedó quieto y tranquilo mientras Phoebe sacaba los pies de los estribos y bajaba. Luego se fue al establo y Alfie la siguió. Acababan de doblar una esquina cuando apareció un mozo que corría hacia ellos, con la cara roja y agitando los brazos.

—No debería haberse llevado a Bola de Nieve sin mí, milady. Ya sabe lo que dijo milord.

—Tonterías, Jackson. Sabes que monto muy bien. —Phoebe sacudió la cabeza en un gesto desafiante. El poni la imitó y estuvo a punto de arrancarle las riendas de las manos a Alfie.

Sé que es una amazona fabulosa, milady, pero me temo que a su padre lo que le preocupa son todos los soldados que corren por aquí. La finca ya no es un lugar seguro.

Un leve rubor tiñó las mejillas de Phoebe, que replicó:

—Puedes llevarte a Bola de Nieve. Tengo que decirle algo importante a mi padre.

El mozo se llevó al poni y Alfie siguió a Phoebe, que se dirigía a la casa grande. Tuvo que correr para alcanzarla antes de que llegara a las escaleras. Durante un fugaz instante sintió la tentación de dejar que entrara sola, así él podría regresar a la casa del guardabosque, donde sabía que le esperaba el desayuno. Sin embargo, en el último momento Phoebe se volvió cuando ya había abierto la puerta.

—Venga, Alfie. ¡No te quedes ahí como un pasmarote! —le soltó con un deje de impaciencia.

El vestíbulo era tan sobrecogedor como recordaba el muchacho. Las pisadas de ambos resonaron desde el suelo de mármol hasta la bóveda pintada del techo. En ese preciso instante, un grupo de oficiales bajaba por la escalinata principal.

—Podríamos contárselo a ellos —le susurró Alfie al oído.

—Ya te he dicho que estas tierras son de mi padre, así que él debe saberlo antes que nadie —replicó Phoebe.

Al pasar junto a los oficiales, estos la saludaron con un gesto de la cabeza y ella dobló a la izquierda. La larga galería que abarcaba todo el edificio estaba cubierta con tableros de contrachapado. Había una puerta recién instalada en la que podía leerse Estancias de la

FAMILIA: ZONA PRIVADA. Phoebe la abrió y entraron en la galería, cubierta de paneles de roble. El techo alto estaba adornado con rosas Tudor doradas, que compartían espacio con las cabezas de varios animales y con tapices de escenas de caza. A Alfie le pareció un entorno algo inquietante, pero Phoebe siguió andando como si nada.

Al final del pasillo llegaron a otro vestíbulo con una escalinata a un lado, aunque no era tan espectacular como la central. Phoebe miró a su alrededor.

—Espero que se haya levantado. Seguro que sí.

Al oír su voz apareció uno de los mayordomos.

—¿Ha salido a montar, milady? Hace un día espléndido…

—¿Ha visto a mi padre, Soames? —lo interrumpió Phoebe—. Debo hablar con él de algo importante.

—Hace unos minutos lo he visto bajar, milady, pero no sé dónde ha ido. ¿Quiere que lo localice?

—No es necesario, ya lo encontraremos nosotros. Venga, Alfie —dijo Phoebe, que se alejó por un pasillo central con las paredes cubiertas de retratos familiares—. ¿Papá? —gritó—. ¿Papá? ¿Dónde estás?

Lord Westerham estaba sentado a la mesa del desayuno, a punto de dar buena cuenta de un plato de revuelto de arroz con arenques.

«Gracias a Dios que aún tenemos arenques —pensó el señor de la casa—. Una de las pocas cosas que aún vale la pena comer». No era un producto habitual en la pescadería del pueblo, ya que la pesca en el Mar del Norte se había convertido en una actividad peligrosa. Sin embargo, cuando la pescadera recibía arenques siempre enviaba un mensaje a Farleigh y reservaba un par bajo mano.

—Sé lo mucho que le gustan los arenques a lord Westerham —decía la mujer.

En los viejos tiempos, habrían tomado dos arenques cada uno, pero ahora la señora Mortlock debía conformarse con utilizarlos para el revuelto, en lugar de hacerlos ahumados, como era tradición.

Lord Westerham se había llevado un bocado cuando oyó que alguien gritaba. Y acababa de identificar la voz de su hija pequeña, cuando esta irrumpió en la sala.

—¿A qué viene semejante alboroto? —la reprendió lord Westerham, blandiendo el tenedor—. ¿Es que la institutriz no te ha enseñado las nociones básicas del buen comportamiento?

—Sí, papá, siempre me dice que una dama nunca debe levantar la voz, pero se trata de una emergencia. Tenía que hablar contigo de inmediato. Hemos encontrado un cuerpo. Bueno, lo ha encontrado Alfie, que ha evitado que lo aplastara con el poni.

—¿Cómo? Pero ¿qué me estás contando? —Lord Westerham dejó el tenedor y miró fijamente a Alfie, intentando recordar quién era y qué hacía ese desconocido en su sala del desayuno.

—Un cuerpo, padre. En el campo. Ha caído del cielo. Es horrible, pero debes venir a verlo.

—No se le abrió el paracaídas —añadió Alfie, que lamentó su osadía de inmediato, en cuanto lord Westerham lo fulminó con la mirada. Era todo un personaje, con esas cejas tan densas, y Alfie tragó saliva nervioso. Miró hacia la puerta para valorar la posibilidad de huir corriendo.

—¿Qué hacías en mis tierras? Robando, seguro —afirmó lord Westerham.

—No, señor. Me alojo con su guardabosque, ¿recuerda? —preguntó Alfie.

—Ah, sí, es cierto.

—Y todas las mañanas, bien temprano, me envía a comprobar las trampas —dijo Alfie—. Hoy he visto una cosa rara, no sabía qué era, por eso me he acercado, y resultó que era un hombre que estaba muy maltrecho. Daba grima. Entonces ha aparecido su hija, al galope, y por eso la he parado. Y ella me ha dicho que usted debía ser el primero en saber lo ocurrido.

—Bien hecho, bien hecho. —Lord Westerham dejó la servilleta y se puso en pie—. Bueno, imagino que será mejor que me lleves a verlo, ¿no? —Adoptó un gesto de enfado cuando dos setters ingleses salieron disparados hacia la puerta, convencidos de que su amo estaba a punto de salir—. Y asegúrate de que no se escapen los perros. No quiero que husmeen el cadáver. —Miró cómo agitaban la cola emocionados y adoptó un tono de voz suave, que nunca utilizaba con sus hijos—. Lo siento San Juan, lo siento, Señorita. Esta vez no podéis venir. Pero ya os lo compensaré luego. —Les dio una rápida palmadita en la cabeza—. ¡Quietos! —le ordenó y ambos canes se sentaron con gesto de preocupación.

Al llegar al final de la larga galería, Phoebe se dio la vuelta y vio que los perros permanecían sentados bajo un rayo de sol.

Capítulo 3

Cocina de Farleigh
Mayo de 1941

—¿A qué venía ese alboroto, señor Soames? —La señora Mortlock levantó la vista de la mesa de la cocina. Estaba trabajando con harina cuando el mayordomo atravesó la puerta—. Elsie ha dicho que ha oído gritos cuando le subía el agua caliente a la señorita Livvy.

—Lady Phoebe parecía muy alterada por algo —respondió el señor Soames, con su temple habitual—. No he podido oír toda la historia, pero han dicho algo de un cuerpo.

—¿Un cuerpo? Pues vaya. ¿Qué será lo siguiente? —La señora Mortlock se limpió las manos y formó una pequeña nube de harina—. Pobre lady Phoebe. No me diga que ha encontrado un cuerpo. Algo así podría trastornar a una joven delicada como lady Phoebe.

El señor Soames se rio.

—Creo que lady Phoebe es tan dura como cualquiera de nosotros. Pero, como muy bien dice, no deja de ser preocupante que se produzca semejante hallazgo aquí en Farleigh.

—¿Dónde lo han encontrado? ¿Se trata de algún conocido? —preguntó la señora Mortlock, que se alejó del cuenco en el que estaba trabajando, arrastrada por el interés que se había apoderado de ella.

—Lo único que sé es que ha encontrado un cuerpo. Y como la joven milady ha entrado vestida con la ropa de montar, he dado por supuesto que lo ha encontrado en las tierras de la finca.

—Son los soldados —dijo Ruby, la fregona—. Son unos depravados sexuales.

La señora Mortlock contuvo un grito.

—¿Quién te ha enseñado a hablar así, Ruby? —preguntó el señor Soames—. No me gusta oír semejante lenguaje en boca del servicio de esta casa.

—Lo aprendí de Elsie —replicó Ruby—, que hablaba con Jenny. Y ella lo ha aprendido de los periódicos, que no paran de hablar de sexo en Hollywood. Elsie dijo que los soldados son unos depravados sexuales. Mientras sacaba brillo a las aldabas algunos la habían invitado a que los acompañara al pub.

—Pues espero que tuviera la decencia de ponerlos en su sitio —afirmó la señora Mortlock—. Hable con ella, señor Soames. No podemos rebajar nuestros principios por el hecho de que haya una guerra.

—Ya lo creo que hablaré con ella, señora Mortlock. Es lo que ocurre cuando no hay un ama de llaves ni sirvientes experimentados que supervisen lo que ocurre, que los jóvenes empiezan a tener sus propias ideas…

—¿Han dicho en qué estado se encontraba el cuerpo? —preguntó la señora Mortlock.

—Seguro que es una chica del pueblo. Imagino que la arrastrarían hasta aquí para dar rienda suelta a sus instintos más básicos y que la pobre murió del trauma —afirmó Ruby.

—Por suerte Ruby estará tan ocupada lavando y pelando patatas que es poco probable que se cruce con ninguno de esos soldados —afirmó la señora Mortlock, que lanzó una mirada de advertencia a la joven criada—. Y como no se ponga manos a la obra de inmediato, no podremos servir el almuerzo a tiempo. No sé qué dirá el señor cuando vea que hemos vuelto a hacer pastel de verduras, pero es que ya no nos quedan cupones de carne para el resto del mes.

—No me parece justo *de que* la familia no pueda comer la carne de los animales que cría en la granja.

—No te parecerá justo «que» la familia... ¡Ay, Ruby, tu gramática deja mucho que desear! —exclamó el señor Soames con un suspiro.

—No me quejo —dijo la señora Mortlock—. Sé que estamos mejor que la mayoría y es justo que los que cultivan los alimentos los compartan con los que viven en las ciudades. Pero supone todo un reto elaborar un menú apetitoso con solo un cuarto de libra de carne por persona a la semana.

—Y a mí no me parece justo estar atrapada en una cocina fregando platos cuando podría estar ganando un buen dinero en una fábrica —murmuró Ruby, entre dientes.

—¿Qué fábrica te contrataría? —le espetó la señora Mortlock—. Para trabajar ahí hay que ser ágil e inteligente. Y tú eres un pedazo de alcornoque. No durarías ni un día. Ya lo creo que no. Deberías dar gracias al cielo de que la señora te contratara aquí. Si no, habrías acabado como una campesina más, recogiendo patatas bajo la lluvia gélida.

—Pues no crea que me importaría. Al menos tendría a alguien con quien hablar —dijo Ruby—. Esto es muy aburrido desde que se fueron todos los lacayos y nos quedamos Elsie, Jenny, la doncella de la señora y la niñera.

—Te aseguro que para nosotros no es mucho más divertido, Ruby —afirmó el señor Soames—. No me entusiasma tener que servir la mesa y hacer el trabajo de los lacayos a mi edad y con mi experiencia. Pero pongo la mejor cara que tengo porque sé que la familia depende de mí. Y lo que jamás me permitiré es defraudar a la familia. Hay que hacer que la casa siga funcionando como siempre. ¿Te queda claro?

—Sí, señor Soames —concedió Ruby con un deje de duda.

—¿No cree que deberíamos subirle una taza de chocolate caliente con coñac a lady Phoebe? —preguntó la señora Mortlock—. Dicen que el coñac es el mejor remedio para este tipo de sustos.

—Conociéndola como la conozco, me atrevería a decir que lady Phoebe está encantada, más que asustada, por haber encontrado un cuerpo, señora Mortlock. Y ahora mismo le llevo un desayuno abundante y sustancioso. —El señor Soames se fue con una sonrisa en los labios.

Phoebe estaba saliendo del dormitorio cuando se abrió una puerta del pasillo, de la que asomó una cabeza con cara de sueño.

—¿Eras tú la que corría por el pasillo arriba y abajo despertando a todo el mundo cuando apenas despuntaba el alba? —preguntó lady Diana Sutton con su voz petulante. Llevaba un pijama de seda azul y tenía el pelo apelmazado.

—Hace horas que ha salido el sol, Dido —afirmó Phoebe—. He salido a montar y ¿a que no adivinas qué he encontrado?

—Me muero de ganas de saberlo. Me mata el suspense. —Lady Diana salió al pasillo y se apoyó en el marco de la puerta, adoptando una postura que aunaba displicencia y sofisticación. O eso era al menos lo que esperaba la joven—. ¿Champiñones, tal vez? ¿O se trata de un zorro?

—Un cuerpo, Dido —afirmó Phoebe.

—¿Un cuerpo? ¿De una persona? ¿Muerta?

—Los cuerpos suelen ser de personas. Y este estaba muy muerto. Había caído de un avión.

—¿Cómo lo sabes?

—Porque llevaba los restos del paracaídas que no se había abierto correctamente.

—Caray. —Dido dejó a un lado su sofisticación—. ¿Se lo has dicho a papá?

—Sí y ha ido a hablar con los militares.

—Espera un momento —le pidió Diana—. Voy a cambiarme y así me enseñas dónde está antes de que se lo lleven.

—No creo que le haga mucha gracia a papá —le advirtió Phoebe—. Menos aún cuando está con los militares.

—No seas tan cobardica, Feebs —le espetó Diana—. Ya sabes que debo aprovechar al máximo las escasas oportunidades de diversión que tenemos aquí. No sé tú, pero yo me muero de aburrimiento. No es justo. A estas alturas ya tendría que haber debutado en sociedad. A lo mejor hasta podría haberme comprometido con un conde francés guapo, como Margot, pero en lugar de eso tengo que conformarme con esos muermos de soldados y los campesinos. Es que papá no me deja ni ir a Londres. Y tampoco puedo trabajar la tierra porque dice que los campesinos solo tienen una cosa en la cabeza. ¿Es que no sabe que esa cosa es justamente lo que yo quiero?

—¿A qué cosa te refieres? —le preguntó Phoebe—. ¿A un novio?

—Al sexo, pequeña. Ahora no lo entiendes, pero un día lo comprenderás. —Fulminó a su hermana con la mirada—. Odio esta estúpida guerra. Y pienso ir a ver ese cuerpo tanto si me lo enseñas como si no.

Se volvió y salió del dormitorio dando un portazo tan fuerte que los cuadros de las paredes temblaron en los ganchos.

Capítulo 4

Un campo de Farleigh
Mayo de 1941

—¿Y bien? —Lord Westerham miró al oficial que tenía junto a él—. Es uno de los suyos, ¿no? —No le hacía ninguna gracia tener al Regimiento Real de Kent alojado en su casa, pero toleraba bastante bien al coronel Pritchard, el oficial al mando. Era un caballero como estaba mandado, y se había preocupado de que sus hombres provocaran el menor trastorno posible.

El coronel Pritchard se puso pálido al ver el estado del cadáver. Era un hombre bajito y atildado con un bigotito inmaculado. Sin el uniforme nadie lo habría tomado por un militar, acaso un caballero de la ciudad o un director de banco. Apartó el zapato de la hierba empapada de sangre.

—Nuestros hombres no saltan de aviones —afirmó—. Somos una unidad de infantería.

—Pero ¿no lleva su uniforme?

—No sabría decirle. Es cierto que guarda cierto parecido. —El coronel frunció el ceño—. Pero, como ya le he dicho, si algún hombre de los que tengo a mi mando hubiera recibido permiso para saltar de un avión, deberían habérmelo comunicado. Además, también me habrían informado de su desaparición.

—Entonces, ¿cuál es el procedimiento que debemos seguir? —preguntó lord Westerham—. No podemos dejarlo aquí abandonado en mis tierras. Asustará a mi ciervo. Alguien tendrá que llevarse el cuerpo. ¿Llamamos a la policía para que se lo lleve a la morgue más cercana?

—No me parece que sea la opción más apropiada —afirmó el coronel Pritchard—. A fin de cuentas, es un muchacho vestido de uniforme. Esto es asunto del ejército. Alguien sabrá quién es. O quién era, más bien. Alguien debió de ordenar un salto en paracaídas anoche... aunque no entiendo por qué habrán elegido este lugar.

—Tal vez el viento lo desviara de su curso.

—Anoche no soplaba ni una débil brisa —afirmó el coronel Pritchard—. Además, a juzgar por los restos del paracaídas, poco tiempo estuvo en el aire. Supongo que podríamos echar un vistazo a las placas de identidad del pobre muchacho. Así sabremos quién es y de dónde venía. —El coronel sintió un escalofrío de desagrado al pensar en ello.

Entre ambos hombres le dieron la vuelta al cuerpo. Era como mover un saco lleno de objetos, como si tuviera todos los huesos rotos. Lord Westerham también se estremeció. La parte delantera del cadáver había quedado en un estado lamentable. Su rostro resultaba irreconocible. El coronel apartó la cara cuando desabrochó el primer botón del uniforme y le sacó las placas de identificación. Apenas podía distinguir la roja de la verde. El cordón que las unía estaba pegajoso y rígido. Las moscas ya habían localizado el cadáver. Cada vez había más y el zumbido inundaba el silencioso prado. El coronel Pritchard se sacó un cuchillo del bolsillo y cortó el cordón.

—No se lee nada. Tendrán que lavar la sangre. —Sacó un pañuelo blanco almidonado del bolsillo y guardó las placas con cuidado.

—Mire, era uno de los suyos —dijo lord Westerham, que señaló el distintivo del hombro. A pesar de la sangre y la suciedad se podía leer «Regimiento Real de West Kent».

—Dios de los cielos —murmuró el coronel Pritchard sin apartar la mirada—. Pero ¿qué hacía el pobre desgraciado? ¿Creía que era una excursión o fue una broma de mal gusto? ¿Acaso tenía un amigo en la RAF y quería sorprendernos por la mañana mientras pasábamos lista? Esperemos que su triste final disuada a sus compañeros de cometer semejante estupidez.

Diana bajó corriendo las escaleras y salió al exterior. No le pasaron por alto las miradas de reojo de los soldados con los que se cruzó y esbozó una leve sonrisa. Llevaba pantalones de hilo rojos y una blusa de cuello *halter* blanca. No iba muy abrigada teniendo en cuenta el frío que hacía a esa hora del día, pero el modelo le sentaba como un guante. En los pies, unas cuñas de suela de esparto. Cuando cruzó el primer jardín, tenía las sandalias empapadas de rocío y se arrepintió de no haberse puesto un cárdigan. Pero todos esos pensamientos se desvanecieron cuando se acercó a un grupo de soldados que estaba levantando un cuerpo para ponerlo en una camilla. El cadáver estaba tapado con una sábana. Había una ambulancia no muy lejos de allí. Los hombres miraron a Diana, que percibió su gesto de asombro y el repaso que le dieron.

—No se acerque aquí, señorita —le advirtió uno de ellos, que intentó detenerla—. Me temo que se ha producido un accidente horrible.

—No es una «señorita», es la hija del lord —lo corrigió un hombre mayor que llevaba los galones de sargento—. Debes dirigirte a ella como «milady».

—Lo siento, milady —dijo el joven.

—No te preocupes. A mí no me importan todas estas reglas sin sentido. Me llamo Diana. Y he venido a ver el cuerpo.

—No creo que sea buena idea, lady Diana, créame —dijo el sargento—. El pobre ha quedado en un estado lamentable.

—¿Cree que era un espía? —preguntó Diana—. He oído historias de espías alemanes que se lanzan en paracaídas, ¿usted no?

Sus palabras arrancaron una sonrisa de los militares.

—Si se trataba de un espía, logró hacerse con uno de nuestros uniformes —dijo el sargento—. Yo diría que no, que simplemente estaba realizando una misión de entrenamiento que acabó mal. Pobre desgraciado. —Entonces recordó con quién estaba hablando e hizo una mueca—. Le ruego que disculpe mi lenguaje, milady.

—Tal vez estaba probando un nuevo prototipo de paracaídas —concedió otro soldado—. Hay muchas cosas que no nos cuentan. Nos usan como conejillos de indias.

Sus compañeros asintieron con la cabeza.

—Llevaba una alianza, el muy idiota —dijo el soldado joven con una mueca de desprecio.

—Porque estaría casado.

—Un estúpido, eso es lo que era —insistió el joven.

—¿Por qué lo dices? —preguntó Diana—. ¿Fue un estúpido por casarse?

—No, milady. Digo que fue un estúpido porque si se le hubiera enganchado el anillo en algún lado durante el salto, le habría arrancado el dedo.

Diana sintió un escalofrío ante la facilidad con la que hablaban de detalles tan estremecedores. Pero lo cierto era que habían combatido en Francia y habían sobrevivido a la batalla de Dunkerque. Habían visto volar en mil pedazos a varios amigos. Para ellos, un salto en paracaídas que acaba en tragedia no era nada del otro mundo. Subieron la camilla a la ambulancia, que se llevó el cuerpo.

Los hombres emprendieron el camino de vuelta a la casa y Diana los acompañó.

—¿Cuánto tiempo creéis que os quedaréis? ¿Lo sabéis?

—Mientras dure la guerra, si no me equivoco —dijo el otro.

—Yo no, Smitty. Tengo ganas de acción. No me importaría que me destinaran al norte de África mañana y enfrentarme a Rommel —afirmó el primer soldado que se había dirigido a ella.

—Pero si acabas de incorporarte a filas, Tom. No dirías lo mismo si hubieras estado con nosotros en Dunkerque. Nunca me había sentido tan agradecido de volver a casa. Los chicos de los barcos hicieron un trabajo fabuloso. Yo volví a bordo del yate de un desconocido. Era de un hombre muy peripuesto, y nos metió a veinte a bordo. Íbamos todos como sardinas. En un momento dado pensé que íbamos a zozobrar, pero al final lo logramos. Cuando nos dejó en la playa, dio media vuelta a por más soldados. Hay que tener muchas agallas.

Diana asintió.

—Y ¿qué hacéis durante todo el día? —les preguntó.

—Adiestramiento. Maniobras. Prepararnos para una invasión.

—¿Crees que nos invadirán los alemanes?

—Creo que es solo cuestión de tiempo —dijo uno de ellos—. Tienen una maquinaria de guerra excelente. Pero estaremos preparados. No los dejaremos pasar sin plantar cara.

—Sois todos muy valientes —afirmó Diana. Se le dibujó una sonrisa en la cara al ver cómo se ruborizaban.

—Debería venir a uno de los bailes que se organizan en el pueblo, milady —dijo el soldado rubio—. Son muy divertidos.

—Tal vez te tome la palabra —dijo Diana, que no añadió «si me lo permite mi padre».

Lamentó haber llegado tan rápido a casa y los miró mientras se dirigían a sus habitaciones.

De vuelta en casa, Phoebe subió a su habitación a cambiarse de ropa. No podía presentarse en el comedor con la ropa de montar, a pesar de que hubieran relajado las normas de etiqueta durante la guerra. Ahora que estaba sola, se dio cuenta de que se sentía algo mareada, pero lo atribuyó al hecho de que aún no había desayunado.

—¿Has salido a montar, Phoebe? —Miss Gumble, la institutriz, entró en la habitación. Era alta, delgada y tenía un buen porte. Su rostro parecía algo descarnado, pero debía de haber sido muy guapa en su juventud. De hecho, venía de una buena familia y habría podido casarse con un buen partido, pero la Gran Guerra le robó la posibilidad de encontrar marido.

La habían contratado como institutriz de Phoebe cuando enviaron a Dido al internado de Suiza. Se llevaban de fábula. Si bien Phoebe era una niña inteligente y era todo un placer darle clase, Miss Gumble no había dejado de dar vueltas a la posibilidad de dejar el trabajo y ofrecerse como voluntaria para ayudar al ejército. Tenía la cabeza bien amueblada. Estaba convencida de que podría haber contribuido al esfuerzo del país de diversas maneras.

Phoebe alzó la mirada.

—Ah, hola, Gumbie. No te había oído entrar. ¿Sabes qué? Hoy por la mañana, cuando he salido a montar, he encontrado un cuerpo en el campo.

—¿Un cuerpo? Cielo santo. ¿Se lo has dicho a tu padre?

—Sí, y ha ido con los militares a echarle un vistazo. Era un hombre al que no se le abrió el paracaídas y ha debido de caer de un avión. Estaba destrozado.

—Debe de haber sido horrible —afirmó la institutriz.

—Sí, bastante —admitió Phoebe—. Pero te habrías sentido orgullosa de mí. Nadie se ha dado cuenta de lo alterada que estaba. Lo peor ha sido que he estado a punto de arrollarlo con el poni. ¿Te lo imaginas? Suerte que el niño de Londres que está viviendo con el guardabosque lo ha evitado. Ha sido muy valiente.

—Bien por él. —Miss Gumble se situó detrás de Phoebe para ayudarla a abotonarse el vestido de algodón. Desde que Phoebe había declarado que ya era demasiado mayor para tener niñera, su institutriz había asumido ese tipo de tareas. Era lo bastante lista para darse cuenta de que una niña de doce años necesitaba que alguien cuidara de ella, por mucho que afirmara lo contrario. La madre de la pequeña, lady Esme, era una mujer agradable, pero no tenía buena mano para la crianza. Básicamente dejaba que sus hijas cuidaran de sí mismas. A Miss Gumble le sorprendió que todas hubieran salido tan bien. Le dedicó una sonrisa a Phoebe.

—Yo de ti, bajaría y me tomaría un buen desayuno para reponer fuerzas antes de ponernos a trabajar. Siempre he pensado que la comida es el mejor remedio después de un mal trago. La comida y un té caliente y dulce. Pueden obrar auténticos milagros.

Phoebe se deshizo las coletas y empezó a cepillarse el pelo.

—Me pregunto quién era, el pobre.

—Imagino que un soldado que estaba haciendo maniobras nocturnas —afirmó Miss Gumble—. Ya sabes, cosas de comandos.

—Últimamente ocurren muchas cosas horribles, ¿no te parece? —preguntó Phoebe mientras intentaba deshacerse de un nudo de su melena rubia—. Alfie me ha dicho que vio un bebé muerto en la calle y una mujer que había sobrevivido a una explosión que le había arrancado la ropa.

—Pobre Alfie —murmuró Miss Gumble—. Lo mandaron aquí para alejarlo de las penurias de la contienda y resulta que la guerra lo ha seguido hasta aquí.

La institutriz le tomó el cepillo de las manos.

—Dame el lazo del pelo. No puedes bajar como si fueras Alicia en el País de las Maravillas.

Phoebe se volvió obediente y dejó que le recogiera el pelo.

—Gumbie… ¿Cuánto crees que durará la guerra? ¿Mucho tiempo?

—Eso espero —respondió Miss Gumble.

Phoebe se volvió bruscamente, escandalizada.

—¿Quieres que siga la guerra?

—Sí, porque si termina pronto, significará que los alemanes nos han conquistado.

—¿Conquistado? ¿Quieres decir que habrán invadido Inglaterra?

—Eso me temo.

—¿Crees que podría ocurrir?

—Lo que yo creo, Phoebe, es que todo es posible. Haremos todo lo que esté en nuestras manos, claro. El señor Churchill ha dicho que nos enfrentaremos a ellos en las playas y en los jardines de nuestras casas, pero no puedo evitar preguntarme cuántos de nosotros estaríamos dispuestos a hacerlo si llegara el momento.

—Mi padre lo haría —afirmó Phoebe.

—Sí, estoy convencida —concedió Miss Gumble—, pero hay mucha gente que no plantaría cara. Ya estamos cansados de la guerra y como siga mucho tiempo más… bueno, aceptaremos sin más a aquel que pueda devolvernos a la vida normal.

Le ató el lazo a la pequeña.

—Venga, baja antes de que tu padre se coma lo más bueno.

Capítulo 5

Farleigh, sala del desayuno
Mayo de 1941

A Phoebe le gustaba mucho más este comedor que la cavernosa estancia recubierta de paneles de roble donde solían comer antes de la guerra. La habitación había sido la sala de conciertos, pintada de azul claro con molduras doradas y unas cristaleras con vistas al lago. El sol entraba a raudales. Le parecía un lugar cálido y seguro, porque aún tenía frío. Phoebe había llegado con la esperanza de desayunar huevos revueltos, pero tuvo que conformarse con un plato de revuelto de arroz y arenque. Enseguida entró su padre, seguido de los setters ingleses, que saltaban emocionados a su alrededor.

—Espero que me hayas dejado algo, jovencita —le advirtió él, acercándose a la comida—. ¿Podéis iros y dejarme en paz? No voy a daros beicon, estamos en guerra —les dijo a los perros.

—Creía que ya habías desayunado. —Phoebe se llevó a la boca una buena cucharada de arroz. Estaba casi frío, pero los trozos de arenque le daban un buen sabor.

—Me han interrumpido en mitad del mío, por si no lo recuerdas. —Lord Westerham quitó la tapa del hornillo—. Ah, qué bien, hay de sobra. Imagino que no habrá bajado nadie más.

—Dido ya está despierta. Quería que le enseñara el cadáver.

—Como no vaya con cuidado, acabará mal. —Lord Westerham levantó la mirada cuando entraba lady Esme, que traía un sobre en la mano—. ¿Has oído eso, Esme? La tonta de tu hija quería ver el cuerpo de un hombre que ha caído en nuestra propiedad. —Ocupó su lugar en la cabeza de la mesa y los perros se sentaron junto a él, a la expectativa.

Lady Esme no se mostró muy sorprendida.

—Me ha parecido oír algo mientras tomaba el té de la mañana —admitió—. Bueno, es un poco curiosa. Supongo que yo también lo era a su edad. ¿De quién era el cuerpo?

—De un soldado, aunque el coronel no entiende cómo puede tratarse de uno de sus hombres. A mí me parece un asunto algo turbio.

—Yo encontré el cuerpo, mamá —se apresuró a añadir Phoebe.

Lady Westerham tenía un pedazo de tostada en la boca y se había sentado junto a su marido.

—Ah, ¿sí? Debe de haber sido muy emocionante.

Phoebe la miró. Miss Gumble era lo bastante perspicaz para saber que se había llevado un buen susto, pero no su madre, que seguía a lo suyo y estaba abriendo el sobre como si nada.

—Ah, es una carta de Clemmie Churchill —anunció, mostrando algo de entusiasmo por primera vez—. Esperaba noticias suyas sobre la fiesta de Chartwell del mes que viene.

—¿Fiesta? —bramó lord Westerham—. ¿Acaso Clemmie Churchill no sabe que estamos en guerra?

—Claro que sí, pero Winston echa de menos Chartwell y necesita que le levanten el ánimo, por eso ha organizado esta fiesta, en la casa que tanto añora él —afirmó—. Y ahora calla y déjame leer, Roddy.

La mujer leyó toda la página.

—Pobrecilla —afirmó.

—No creo que la mujer del primer ministro pueda ser descrita como «pobrecilla» —murmuró lord Westerham entre bocado y bocado.

—Dice que Winston no hace más que trabajar, apenas duerme y por eso está siempre de mal humor.

Lord Westerham resopló.

—Winston siempre ha tenido mal humor. Desde que lo conozco. Cuando algo no sale como él quiere, estalla. Tiene su lógica que no le haga mucha gracia perder la guerra.

Lady Esme siguió leyendo.

—Ya sabes que le encanta Chartwell. Los invitaría encantada a que se alojaran aquí, pero…

—Esme, que te quede muy claro que actualmente ya estamos hacinados —le advirtió lord Westerham—. No puedes invitar al primer ministro de Inglaterra y pretender que comparta habitación con las doncellas. —La idea le arrancó una risa.

—No digas tonterías, querido —replicó lady Westerham, sin levantar la mirada de la carta—. Ah, no —añadió al seguir leyendo—. Qué decepción.

Lord Westerham enarcó una ceja.

—Como ya te dije, tiene que asistir a una ceremonia en el aeródromo de Biggin Hill el mes que viene, en honor de los valientes que murieron en la batalla de Inglaterra. Clemmie quería que la ayudara con la fiesta de Chartwell, pero Winston se enteró y lo ha prohibido. Dice que no quiere saber nada de fiestas mientras dure la guerra. En estos tiempos tan difíciles debemos dar ejemplo y no abrir la casa para una *soirée*. ¿No te parece una decisión muy típica de él?

—Ese hombre y sus malditos extranjerismos —observó lord Westerham. Aunque conocía a Churchill desde hacía años, aún no le había perdonado que su madre fuera estadounidense.

—Haz el favor de callar y deja de interrumpirme, Roddy. —Lady Westerham frunció el ceño desde el otro extremo de la mesa—. Oh, es una idea fabulosa, escucha. Quiere saber si podrían venir a tomar el té en el jardín después de la ceremonia. Para Winston sería una sorpresa deliciosa pasar un rato con los antiguos vecinos.

—¿El primer ministro vendrá aquí a tomar el té? ¿Y qué piensas darles de comer? ¿Dientes de león? ¿O traerán sus propias cartillas de racionamiento? —preguntó lord Westerham.

—No seas tan quisquilloso. Sé perfectamente que te encantaría volver a ver a los Churchill. Y tenemos nuestro huerto. Las fresas ya habrán madurado y también habrá pepino y berro para los sándwiches. Sea como sea, algo haremos. Entonces, ¿te parece que le escriba y que le diga que es una idea fantástica?

Antes de que lord Westerham pudiera responder, se abrió la puerta y entró Olivia, la mayor de las hermanas Sutton. Aunque solo tenía veintiséis años, empezaba a destacar por su aspecto de matrona. Llevaba un vestido azul marino, con el cuello blanco y un fruncido enjaretado en la parte delantera, que destacaba su generoso busto. Además, llevaba el pelo recogido en un moño en la nuca, algo que no le favorecía, ya que tenía el rostro muy redondo.

—Charlie está acatarrado —dijo—. Espero que no vaya a más. ¿Ha llegado ya el correo, papá? ¿Hay algo de Teddy?

—No, solo un par de facturas y una carta para tu madre de parte de la señora Churchill —respondió lord Westerham—. Seguramente tu marido se lo está pasando tan bien que no se acuerda ni de escribirte.

—No digas eso. Solo está cumpliendo con su deber. Ha ido a donde lo han destinado.

—No me parece a mí que las Bahamas sea un infierno. —Lord Westerham miró a su mujer, que esbozó una sonrisa.

—Me alegro por él. He oído que tienen unas playas preciosas.

Todos levantaron la mirada cuando irrumpió Dido. Tenía la piel de gallina en los hombros desnudos y los brazos, pero su rostro refulgía después de estar fuera.

—Vaya, el clan al completo. ¿Qué haces, mamá? Creía que me habías dicho que una de las pocas ventajas de ser una mujer casada era poder desayunar en la cama.

—Querida, antes esperaba con anhelo a que me subieran el huevo pasado agua acompañado de las tostadas del delicioso pan fresco. Sin embargo, para desayunar tostadas con margarina… no vale la pena quedarse en la cama.

—He oído que has ido en busca del cuerpo, Dido —dijo su padre, que la observaba con ojo crítico—. No me digas que has salido vestida así. Necesitas que te examinen la cabeza. Andar así por ahí fuera con todos esos soldados ociosos… Algún día te llevarás un buen susto, querida.

—Los soldados han sido muy amables conmigo, papá. Además, casi no llego a tiempo de ver el cadáver —dijo Dido mientras se servía la última cucharada de arroz con arenque—. Hurra por la señora Stubbins, que ha vuelto a encontrar arenques.

—Quién me iba a decir a mí que llegaría el día en que nos alegraríamos de poder comer arenques —afirmó lord Westerham—. Supongo que más vale un poco que no tener nada, pero echo de menos poder disfrutar de dos arenques solo para mí. —Se volvió y señaló a su hija con el dedo—. En el futuro, no quiero que te pasees sola por la finca, y menos aún vestida así. Parece como si fueras en pijama.

—Es la última moda, papá. O lo era cuando aún se publicaba *Vogue*. Aunque, la verdad, no tiene mucho sentido seguir la moda cuando estás atrapada en un rincón perdido de la campiña. —Dejó su plato junto al de Phoebe y se inclinó para darle una palmada en la cabeza al setter antes de coger la servilleta que se le había caído—. Si me consiguieras un trabajo en Londres, no te daría tantos quebraderos de cabeza. Y tampoco tendría tiempo libre, ¿no? —añadió con amargura—. Me muero de aburrimiento. Se está librando una guerra. ¿Hay algo más emocionante? Quiero formar parte de ello.

—Ya lo hemos hablado en otras ocasiones, Dido —la reprendió lord Westerham—. Eres demasiado joven para irte a trabajar sola a Londres. No me importa que eches una mano con los animales en la granja, o que ayudes en la escuela del pueblo para enseñar a los niños, pero nada más. Y es mi última palabra. No quiero volver a hablar del tema.

Dido lanzó un suspiro y ocupó su lugar en un extremo de la mesa. Todos levantaron la cabeza al oír unos pasos lentos y familiares, y al cabo de unos segundos entró Soames con una bandeja de plata.

—Ha recibido una carta, milady —dijo—. La han entregado a mano.

Lady Esme adoptó un gesto de sorpresa y la tomó.

—Qué mañana tan ajetreada, cielo santo. ¿Quién me escribirá ahora?

El resto de la familia la observó expectante. Lady Esme cogió el sobre, observó el emblema del reverso y sonrió.

—Ah, es de lady Prescott. Me pregunto qué querrá. Creía que nos consideraba demasiado anodinos y pasados de moda para ellos.

—Tal vez necesita una taza de azúcar —dijo lord Westerham con un resoplido—. Son tiempos difíciles para todos, hasta para los Prescott.

—Ah, yo creo que los Prescott no lo están pasando tan mal —dijo Livvy—. Cada vez que salgo a pasear con Charlie en su cochecito, veo una furgoneta de reparto en su casa.

—¿Qué dice, mamá? —preguntó Dido.

Lady Esme levantó la mirada con una sonrisa de satisfacción y empezó a leer:

Estimada lady Westerham:

Quería compartir una buena noticia antes de que le llegara la buena nueva por otras vías. Nuestro hijo Jeremy ha vuelto a casa, a pesar de las pocas esperanzas que albergábamos. Como es natural, se encuentra algo débil ya que se le infectó una herida de arma de fuego, pero confiamos en que se recuperará por completo.

Cuando haya recobrado el buen ánimo, nos gustaría ofrecer una cena en su honor y confiamos en que puedan acompañarnos.

Atentamente,

Madeleine Prescott

Dobló la carta y miró a su familia con una sonrisa radiante.

—¿No es maravilloso? Debo escribir a Pamela de inmediato. Estará encantada.

—¿Por qué lo estará más ella que el resto de nosotras? —preguntó Dido—. ¿O acaso es tu favorita?

—Dido, querida, ya sabes que Pamma siente un gran apego por Jeremy. De hecho, si no hubiera estallado la maldita guerra, creo que a estas alturas ya habrían hecho público el anuncio. —Esbozó una enigmática sonrisa.

—Te mueres de ganas de casar a tus hijas, ¿verdad? Jeremy Prescott nunca me ha parecido un hombre que destaque por su fidelidad.

—Estoy convencida de que a la mayoría de los jóvenes les gusta ir de flor en flor, pero que son capaces de sentar cabeza cuando llega el momento —dijo lady Esme—. Además, lo importante es que haya vuelto a casa y que todo irá bien. —Se levantó—. Debo escribir a Pamma sin más dilación.

Dido la observó alejarse.

—No sé dónde encontraré yo marido —dijo—. Si me quedo aquí atrapada en el campo, imagino que tendrá que ser un porquero.

Phoebe no pudo reprimir la risa.

—Olería muy mal —dijo—. Pero tendrías beicon de primera.

—Lo decía con sarcasmo, Feebs —replicó Dido—. Solo quería recordaros a todos que yo no he tenido mi presentación en sociedad, a diferencia de mis hermanas.

—Yo no pedí que estallara esta condenada guerra —le espetó lord Westerham—. Y aún eres joven. Ya tendrás tiempo para organizar todas esas fiestas y bailes cuando todo esto haya acabado.

—Siempre que te gusten los bailes folclóricos alemanes —dijo Phoebe.

Lord Westerham se puso rojo como un tomate.

—No me hace ninguna gracia, Phoebe. Ni una pizca. Los alemanes no ganarán la guerra y se acabó.

Tiró la servilleta y salió del comedor.

Un poco más tarde, el ordenanza del coronel, el capitán Hartley, fue a buscar a su oficial.

—Hemos comprobado las placas, señor, y no coinciden con las de ningún miembro del Regimiento de West Kent. Es más, cuando hemos pasado lista hoy por la mañana no faltaba nadie, solo Jones, que tiene dos días de permiso porque su mujer ha tenido un hijo, y Patterson, que está ingresado en el hospital por una apendicitis.

—Entonces, ¿qué cree que deberíamos hacer ahora? —El coronel Pritchard se rascó la cabeza y se descolocó la gorra—. Averiguar quién es este tipo y por qué llevaba nuestro uniforme.

—Señor, me temo que no podemos descartar la posibilidad de que fuera un espía. El hecho de llevar un uniforme de nuestro regimiento le ofrecía la excusa ideal para moverse por la zona sin llamar la atención, ¿no le parece?

El coronel Pritchard frunció los labios e inspiró aire entre los dientes.

—No es la primera vez que oigo hablar de ello, pero siempre había creído que no eran más que rumores.

—Estoy convencido de que tenemos muchos quintacolumnistas entre nosotros.

—¿De verdad? —El coronel Pritchard lo fulminó con la mirada—. ¿Ingleses que quieren trabajar para los alemanes?

—Eso me temo, señor. Si alguien tuviera que ponerse en contacto con ellos, ¿qué mejor forma que lanzar en paracaídas a un hombre en una noche de luna nueva?

El coronel Pritchard dirigió la mirada al jardín. No daba crédito a que estuvieran en Inglaterra, la tierra verde y placentera, en palabras de William Blake, y que, sin embargo, ya no pudieran sentirse seguros ni en casa. Las bombas caían por doquier y no podían descartar que los espías se hubieran infiltrado entre ellos.

—Envía las placas al servicio de inteligencia del ejército. Pueden venir y llevarse el cuerpo. Ya no podemos hacer nada más —dijo y levantó la mirada al ver que se aproximaba un soldado a paso rápido. El recién llegado se detuvo, se cuadró y los saludó.

—Le pido disculpas, coronel, pero yo era uno de los hombres que recibió la orden de trasladar el cuerpo. Cuando llegamos, me pareció que había algo que no encajaba y no tardé en comprender de qué se trataba. Aún tenía la gorra en la solapa y la insignia no era la correcta.

SEGUNDA PARTE

BEN

Capítulo 6

Cárcel de Wormwood Scrubs
Acton, oeste de Londres
Mayo de 1941

La puerta de la cárcel de Wormwood Scrubs se cerró tras Ben Cresswell con un estruendo contundente e irrevocable. Aunque había pasado de ida y vuelta por esa misma puerta varias veces en los últimos tres meses, aún sentía un extraño escalofrío de miedo cuando entraba, y una absurda sensación de alivio cuando salía de nuevo, como si hubiera huido sin que lo hubieran descubierto.

—Te han soltado antes de tiempo por buen comportamiento, ¿no? —le preguntó con una sonrisa el policía que estaba de servicio. Era un chiste algo sobado, pero, al parecer, el agente aún no se había cansado de él.

—¿A mí? Ni hablar. He saltado el muro. ¿No lo ha visto? —replicó Ben, con su gesto más serio—. ¿Y usted, haraganeando?

—¡Esfúmate! —El policía se rio y le dio un suave empujón.

Se suponía que el traslado del MI5 a Wormwood Scrubs por motivos de seguridad era alto secreto, pero todos los trabajadores de la cárcel parecían conocer de sobra lo que tramaban los recién llegados que habían ocupado una de las alas. De hecho, hasta un chófer de autobús se había tomado la licencia de anunciar «Parada del MI5». «Al diablo con la confidencialidad», pensó Ben mientras cruzaba la calle hasta la parada de autobús. Las celdas que les habían asignado eran frías y húmedas; habían quitado algunas de las puertas, por lo que resultaba fácil oír lo que sucedía en la de al lado. Sin embargo, se encontraba en un lugar más aislado y peor comunicado que el antiguo cuartel general de Cromwell Road.

En los últimos tiempos, una parte de la División B, responsable del contraespionaje, se había trasladado al Palacio de Blenheim, en Oxfordshire, si bien corría el rumor de que, a pesar de ser una residencia señorial, las habitaciones eran más austeras y primitivas que las de la cárcel. Aun así, Ben habría preferido que lo destinaran allí para poder hacer algo útil por su país. Desde que lo habían reclutado para el MI5, hacía ya un año, solo había tenido la oportunidad de poner en práctica sus dotes para el contraespionaje siguiendo rumores y chivatazos en toda la región metropolitana del Gran Londres. La mayoría de los rumores eran una pérdida de tiempo. Solían ser falsas alarmas o simples ajustes de cuentas. Una mujer entrometida había asomado la cabeza entre las cortinas opacas y había visto a un hombre que cruzaba su jardín trasero con aire furtivo. Tenía toda la pinta de un nazi invasor, claro, de no haber sido porque se trataba del amante de la vecina, que aprovechaba para hacerle una visita mientras su marido no estaba. O una mujer que creía que sus vecinos simpatizaban en secreto con los alemanes porque siempre ponían Mozart en la radiogramola. Cuando Ben le dijo que Mozart era, en realidad, austríaco, la mujer resopló ofendida. «Son la misma cosa. ¿Acaso no era austríaco Hitler? Además, siempre cocinaban con ajo. Se olía a un kilómetro. Si eso no basta para levantar sospechas, yo ya no sé qué necesitarán», le dijo.

Ben se volvió para mirar las torres rojiblancas de ladrillos que había a ambos lados de la puerta. ¡Los arquitectos victorianos nunca decepcionaban cuando se trataba de conferir un aspecto imponente a una cárcel! Entonces, echó a andar por Du Cane Road, hacia la estación de metro de East Acton. Confiaba en llegar antes al centro de Londres en metro que en autobús, pero tampoco estaba muy seguro. Si había caído alguna bomba que afectara a la línea, todo se detenía. Caminaba a trompicones, con paso algo irregular, debido a la prótesis que llevaba en la pierna izquierda. Aun así, se movía bastante rápido, pero ya no podía jugar a rugby ni de lanzador en críquet.

Estaba a punto de cruzar a la estación de metro cuando un hombre salió del estanco con un periódico bajo el brazo, miró fijamente a Ben y frunció el ceño.

—Oye, hijo. ¿Por qué no llevas uniforme? —le preguntó, amenazándolo con el dedo—. ¿Qué eres, un maldito objetor de conciencia?

No era la primera vez que oía una acusación como esa desde el inicio de la guerra.

—Tuve un accidente de aviación —dijo—. Sufrí graves heridas en la pierna y aún tengo secuelas.

El hombre se ruborizó.

—Lo siento, no sabía que eras de la RAF. No debería haber empleado ese tono con uno de nuestros valientes. Que Dios te bendiga.

Ben ya no se molestaba en corregir a nadie. Que pensaran que era de la RAF. Lo habría sido de no haber sufrido el maldito accidente de avión en Farleigh. ¿Cómo habría sido su vida entonces? No dejaba de darle vueltas a la posibilidad. ¿Lo habrían derribado en Alemania y estaría languideciendo en un *stalag* como Jeremy? ¿De qué diablos servía el esfuerzo bélico? Al menos él estaba haciendo algo mínimamente útil en su actual trabajo. O lo haría si le dieran un caso al que hincarle el diente.

Ben suspiró. El problema era que todo el país se encontraba sometido a una gran tensión, todo el mundo temía la posibilidad de una invasión alemana que podía ser inminente. Compró el billete y subió las escaleras hasta el andén ya que aquella línea no era subterránea en el tramo de las afueras de la ciudad. El andén estaba abarrotado de gente, lo que indicaba que hacía un buen rato que no pasaba ningún tren. Se abrió paso hasta la cola y se detuvo, con la esperanza de que no tardara en llegar el convoy y de que no fuera muy lleno. Debía llegar al centro cuanto antes. Por una vez, tenía lo que podía considerarse una misión importante.

—Te quieren los peces gordos —le dijo su compañero de celda Guy Harcourt, con un deje de satisfacción, cuando volvió de almorzar.

—¿Los peces gordos? —preguntó Ben.

—El mandamás Radison, ni más ni menos. No le ha hecho mucha gracia que salieras a almorzar en lugar de comer un sándwich de queso en el escritorio. —Era un joven elegante y de aspecto lánguido, paradigma de los asistentes a una fiesta en una casa de campo, jugando al cróquet con Bertie Wooster. Muy divertido, pero no una lumbrera. Ben pensó que sería un espía de primera. Nadie sospecharía jamás de él. Habían estudiado juntos en Oxford, donde Harcourt apenas tocaba los libros, pero aun así lograba aprobar los exámenes. Nunca habían trabado amistad. En primer lugar, porque Harcourt era demasiado rico, demasiado aristocrático para que Ben formara parte de su círculo, por lo que fue toda una sorpresa que Harcourt se pusiera en contacto con él al principio de la guerra y lo reclutara para el MI5. Los alojaron en el mismo hotel de Cromwell Road y se llevaban bastante bien.

—Yo no me atrevería a llamarlo almuerzo —replicó Ben—. ¿Sabes que están haciendo croquetas con carne de caballo? He tenido que pedir la coliflor con queso tres días seguidos; las alternativas eran aterradoras.

—Yo nunca voy a comer ahí —dijo Harcourt—. Siempre me acerco al Queen's Head de la esquina. La cerveza es nutritiva, ¿no? Esa será la base de mi dieta mientras dure la guerra. Es que, ¿carne de caballo? Es obvio que esos inútiles nunca han salido en una partida de caza. Y espera, porque luego les tocará a los perros y los gatos. Ya puedes ir encerrando a tus labradores.

—¿Te ha dicho Radison qué quería? —preguntó Ben.

—Mi querido amigo, ¿no se supone que somos una organización del servicio secreto? —le preguntó con una sonrisa—. Me parece harto improbable que se presente aquí y me diga por qué quiere hablar con otro agente. Estas cosas exigen su buena dosis de misterio.

—¿Parecía enfadado conmigo?

—¿Por qué lo preguntas? ¿Acaso has emborronado el cuaderno? —preguntó Harcourt con una sonrisa.

—No, que yo sepa. Pero he sido algo brusco con el tipo que quería que encerráramos a sus vecinos judíos por considerarlos espías nazis.

—Pues más vale que te des prisa y vayas a ver qué quiere, ¿no te parece? Y ¿puedo quedarme con tu silla si no vuelves? Es más estable que la mía.

—Muy gracioso. —Ben intentó disimular los nervios que se habían apoderado de él.

No se le ocurría qué podía haber hecho, pero departamentos como el suyo se sustentaban en la red de contactos de cada uno y Ben no tenía padrinos.

El señor Radison lanzó a Ben una mirada de recelo cuando este entró en su despacho después de llamar a la puerta.

—Habías salido a comer, ¿no? —preguntó.

—Creo que tengo permiso para tomarme un descanso durante el almuerzo, señor —respondió Ben—. Además, he ido a la cantina. Hoy había croquetas de caballo.

Radison asintió con un gesto de comprensión.

—He recibido un mensaje del cuartel general. Debes presentarte en esta dirección de Dolphin Square.

—¿Dolphin Square? —Había oído algunos rumores sobre unas dependencias en Dolphin Square, aunque se suponía que nadie sabía que el MI5 tenía una oficina ahí o quién estaba al mando de ella. Sin embargo, estaba casi seguro de que debía de tratarse de un personaje nebuloso conocido como capitán King o Mr. K. Alguien estaba al margen de la jerarquía habitual de las distintas divisiones. Ben sintió una leve emoción empañada por cierto temor. ¿Qué quería de él? Tenía una lesión en la pierna que le impedía manejarse con absoluta normalidad, pero hasta el momento ninguna de las misiones lo había obligado a correr campo a través. A pesar de lo aburridas que eran las tareas que le asignaban, las llevaba a cabo a la perfección. Siempre había hecho gala de un gran entusiasmo y buena predisposición. De modo que quizá le esperaba una buena noticia, acaso un ascenso o una tarea interesante, por fin.

Capítulo 7

Londres
Mayo de 1941

Ben despertó de su estado de ensoñación cuando se anunció por los altavoces la llegada del tren, acompañada del aviso para que los pasajeros tuvieran cuidado con el hueco entre el andén y el convoy. Se abrieron las puertas y la multitud inundó el vagón, arrastrando a Ben consigo. Logró agarrarse a la barra cuando se cerraron las puertas y el tren se puso en marcha. Se consideró afortunado de poder sujetarse; no tenía mucho equilibrio y la pierna mala podía ceder en el momento más inoportuno. A pesar de ello llegó a la estación de Notting Hill Gate, donde cambió a Circle Line en dirección a Victoria. El trayecto transcurrió sin contratiempos y lanzó un suspiro de alivio al bajar en Belgrave Street en dirección al río. Era un día de ambiente estival muy agradable, algo cálido para ser mayo, y los londinenses que podían escapar de la oficina durante unos minutos ocupaban cualquier parcela verde que podían encontrar para disfrutar de la luz del sol. Dolphin Square se alzaba ante él, un gigantesco bloque rectangular de pisos de lujo. Era la primera vez que lo veía y se preguntó cuántos de esos pisos estaban aún ocupados por gente adinerada que necesitaba conservar una segunda residencia en la capital. Albergaba la sospecha de que todo aquel que podía permitirse un piso como ese prefería estar lo más lejos posible del Blitz.

En torno al cuadrángulo central se alzaban cuatro edificios grandes y modernos; la dirección que le habían dado era Hood House 308. Examinó los timbres que había junto a la puerta principal y se sorprendió al ver que el 308 correspondía a una tal señorita Copplestone. ¿Le habían dado una dirección equivocada? ¿O acaso alguien quería gastarle una broma pesada enviándolo a casa de una solterona de mal carácter? No era del todo descabellado que fuera una ocurrencia de Halstead para darle un poco de alegría a una tarde especialmente aburrida, pero la orden procedía de Radison, el epítome del funcionario sin sentido del humor. Al final Ben pulsó el timbre con cierta aprensión.

—¿En qué puedo ayudarlo? —le preguntó alguien en un tono displicente.

Ben sintió la tentación de irse de aquel lugar, pero al final respondió:

—No sé si me han dado la dirección correcta. Me llamo Cresswell y me han dicho…

—Le abro la puerta, señor Cresswell —dijo la voz eficiente—. Tome el ascensor. Es la quinta planta, a la derecha.

Al menos lo estaban esperando. El temor inicial se mezclaba con la emoción a medida que el ascensor ascendía lentamente. Cuando llegó a la quinta planta, salió y comprobó que el pasillo estaba enmoquetado y olía a barniz, con un levísimo aroma a tabaco de pipa. Dio con el piso y comprobó que el nombre de la señorita Copplestone aparecía también en la placa de la puerta. Respiró hondo antes de llamar. Le abrió una mujer joven y atractiva. El elegante traje y su porte aristocrático eran la prueba irrefutable de que en otras circunstancias habría sido una debutante y se habría casado con un joven anodino de pedigrí impecable. La guerra había ofrecido a las jóvenes como ella una vía de escape, una posibilidad de demostrar que podían asumir todo tipo de tareas y que su vida no se limitaba a la charla insustancial y a los profundos conocimientos de protocolo que les permitían saber dónde debía sentarse un obispo en una mesa.

—¿Señor Cresswell? El señor Knight lo está esperando. Entre —le dijo en un tono que evidenciaba sus elevados orígenes—. Lo avisaré de su llegada.

Ben esperó, oyó un murmullo de voces y lo hicieron pasar a una sala grande y con mucha luz, cuyas ventanas ofrecían una vista espléndida desde el Támesis hasta el Parlamento, edificio protegido por globos de barrera que se alzaban sobre este para impedir un posible bombardeo a baja altura. El hombre sentado al escritorio de roble estaba de espaldas a aquellas vistas. Era un tipo delgado, en buena forma; era obvio que le gustaba disfrutar del aire libre. Tenía algo en las manos y, para sorpresa de Ben, no se trataba de un trozo de cuerda como le había parecido al principio, sino que resultó ser una pequeña serpiente.

—Ah, Cresswell, me alegro de que haya venido. —Se guardó la serpiente en un bolsillo y le ofreció la mano—. Soy Maxwell Knight. Siéntese.

Ben acercó el sillón de cuero.

—¿Alumno de Cambridge? —preguntó Knight.

—De Oxford.

—Qué pena. Siempre he sido de la opinión que Cambridge produce hombres capaces de pensar con creatividad.

—Me temo que ya no estoy a tiempo de dar marcha atrás —afirmó Ben—. Además, Hertford College me ofreció una beca. Y Cambridge no.

—De modo que nos encontramos ante un alumno becado.

—Sí, señor.

—¿Y antes de asistir a la universidad?

—Estudié en Tonbridge. También con beca.

—Y, no obstante, se codea usted con la aristocracia. Conoce al conde de Westerham.

Aquella afirmación lo pilló del todo desprevenido.

—¿Lord Westerham?

—Sí. Me han dicho que son buenos amigos. ¿Es así?

—No me atrevería a definir nuestra relación en esos términos, señor. No puedo decir que sea mi amigo, pero me conoce bastante bien. Mi padre es el párroco de All Saints, en Elmsleigh, el pueblo que está al lado de Farleigh. Me crie jugando con las hijas de lord Westerham.

—Jugando con las hijas de lord Westerham —repitió Max Knight con una leve sonrisa.

El rostro de Ben no revelaba emoción alguna.

—¿Puedo preguntarle el motivo por el que me han convocado, señor? ¿Acaso mis orígenes guardan alguna relación con la calidad de mi trabajo?

—En estos momentos, sí. Mire, necesitamos información. Alguien de dentro.

Ben levantó la cabeza y frunció el ceño.

—¿Información sobre qué?

Los ojos azul pálido de Max Knight no se apartaron de Ben.

—Hace tres noches, cayó un hombre de un avión y aterrizó en una de las fincas de lord Westerham. No se le abrió el paracaídas. Como imaginará, quedó en un estado lamentable. Sufrió demasiados daños en el rostro para formarnos una idea de su aspecto. Pero llevaba un uniforme del Regimiento Real de West Kent.

—Se han instalado en Farleigh, ¿no es así? —Ben arrugó la frente—. Pero es un regimiento de infantería. ¿De dónde salió el paracaídas?

—Eso es lo que ignoramos. El comandante dice que sus hombres no se dedican a saltar de aviones en vuelo y que no falta ninguno. Las placas identificativas eran de un soldado que murió en la batalla de Dunkerque y resulta que la insignia de la gorra correspondía a la que llevó el regimiento en la Gran Guerra.

—Entonces, ¿se trata de un espía? —A Ben se le aceleró el pulso.

—Es posible. Una de nuestras brillantes colaboradoras, a la que le ha correspondido la tarea de examinar la ropa, tarea sumamente ingrata, como podrá imaginar, determinó que llevaba los calcetines equivocados.

—¿Calcetines? ¿Equivocados?

—Sí, es una buena costurera y dice que los calcetines oficiales del Ejército Británico tienen un talón distinto. También ha encontrado el número cuarenta y dos.

—¿Cuarenta y dos?

—Talla métrica.

—Ah, entiendo. —Ben asintió—. De modo que los calcetines provienen del continente.

—Me alegro de que contemos con la ayuda de estudiantes de Oxford. No se les escapa nada —dijo Max Knight y Ben se sonrojó.

—Supongo, por lo tanto, que la pregunta es qué hacía en la finca de lord Westerham —prosiguió Knight—. ¿Estaba ahí a propósito o por accidente?

—¿Soplaba viento fuerte esa noche? Puede que se desviara de su curso por el viento o por algún defecto del paracaídas.

—Lo hemos comprobado. Soplaba un viento de dos nudos. Además, nadie se desvía de su rumbo si el paracaídas no se abre correctamente. Se precipita al vacío.

—Cabe la posibilidad de que fuera una coincidencia que el lugar de aterrizaje fuera la finca de lord Westerham —dijo Ben—. Tal vez recibió instrucciones de saltar cerca de Londres o de la base de Biggin Hill de la RAF.

—En tal caso, ¿por qué no llevaba un uniforme de la RAF en lugar del Regimiento de West Kent? —Respiró hondo con tanta fuerza que pareció casi un suspiro—. Entiende ahora por qué nos encontramos en un atolladero, ¿verdad, Cresswell? Si el aterrizaje fue intencionado, si era un espía alemán (y debemos suponer que así es), entonces lo enviaron para establecer contacto con alguien del lugar, en una zona en la que el uniforme del Regimiento de West Kent no llamaría la atención.

—¿Y los bolsillos? —preguntó Ben—. ¿Han encontrado algo de interés en los bolsillos?

—Estaban vacíos. Solo tenía una pequeña fotografía en el del pecho.

—¿Una fotografía? —preguntó Ben, con un deje mezcla de interés y temor.

—De un paisaje. Estaba cubierta de sangre, claro, pero en el laboratorio han podido limpiarla. Hemos tenido que arrancársela de las manos al servicio de inteligencia del ejército, por cierto. No les entusiasmaba la idea de compartir información. Hoy en día no le gusta a nadie.

Abrió un cajón y sacó una carpeta delgada. La abrió y se la mostró a Ben, que se levantó y la examinó. No era una fotografía muy buena. Parecía una instantánea que podría haber tomado cualquier turista de vacaciones, y después de mancharse de sangre y de que la limpiaran, resultaba aún más anodina. Por lo que lograba distinguir, era una imagen de la campiña inglesa, con los terrenos divididos por setos. Al fondo se alzaba una pequeña colina rematada por una arboleda. Entre los árboles parecía intuirse un pueblo y un campanario de base cuadrada que descollaba sobre los pinos silvestres. Ben la observó fijamente.

—No me suena de nada y diría que no corresponde al condado de Kent —afirmó—. Tiene un aspecto más inhóspito, azotado por el viento. Son pinos silvestres, ¿verdad? A juzgar por el campanario cuadrado, se ajusta más a la zona del suroeste. ¿Podría ser Cornualles?

Max Knight asintió.

—Podría ser. Pero ¿qué hacía en el bolsillo? ¿Se supone que era su destino? En ese caso, ¿por qué saltó en medio de Kent? ¿Debía entregarla a alguien para comunicarle el punto de encuentro cuyo último fin desconocemos?

—O puede que el nombre del pueblo tenga algún significado que ignoramos —sugirió Ben.

Knight suspiró de nuevo.

—Sí, es posible. Si se fija, verá que había unos números escritos en el reverso. Casi se han borrado, pero la pluma dejó marca en el papel fotográfico. —Miró a Ben—. Puede cogerla.

Ben tomó la fotografía con cautela y la sostuvo a contraluz: 1461.

—Mil cuatrocientos sesenta y uno. ¿Se libró alguna batalla importante en esa fecha?

Knight lo miró fijamente durante un buen rato.

—Eso es lo que debe usted averiguar. Voy a adjudicarle el caso. Según los informes de que dispongo, es usted rápido y diligente, y no le gusta pasarse el día sentado de brazos cruzados. En circunstancias normales le habría encargado el trabajo a alguno de nuestros hombres más experimentados, pero posee algo que no tiene nadie más en el departamento: es uno de ellos.

Capítulo 8

Dolphin Square, Londres
Mayo de 1941

Ben se movió en la silla, inquieto.

—Disculpe, señor, pero ¿qué quiere que haga? ¿Que averigüe dónde se tomó la fotografía?

—Eso puede esperar. Lo que quiero ahora es que vaya a pasar unos días a casa.

—Pero, señor, ¿no se trata de una cuestión con cierto apremio?

—El mensajero ha muerto, Cresswell. Y con él, probablemente haya desaparecido también el mensaje que llevaba. Tendrán que reagruparse y volver a intentarlo, pero es probable que en esta ocasión quieran utilizar un método distinto, ya que pensarán que estaremos atentos a la posible llegada de más paracaidistas. Lo que debemos averiguar es quién era el destinatario del mensaje. Y ahí es donde entra usted en juego. Váyase a casa y pregunte a la gente, pero sin llamar la atención.

—¿Qué tipo de preguntas?

Maxwell Knight miró a Ben como si fuera corto de entendederas.

—Estoy seguro de que el cadáver caído del cielo aún será la comidilla del lugar. Es probable que alguien sugiera que era un espía alemán. Analice sus reacciones.

—Pero ¿qué sugiere exactamente? —preguntó Ben con cautela.

—Debemos asumir que el hombre no saltó en paracaídas en ese lugar de forma accidental. Si era un espía alemán, y eso es lo que debemos suponer, ¿por qué eligió la finca de lord Westerham?

—Tal vez porque era un espacio abierto y cómodo cerca de Londres.

—En tal caso, ¿por qué no llevaba dinero en los bolsillos? No podría haber llegado muy lejos. No llevaba papeles, por lo que cabe imaginar que debía entregar el mensaje en persona a alguien no muy lejos de ahí. O que debía acudir a una casa cercana. Y no había señales de radio ni ninguna otra forma de comunicarse con la base. Tengo la teoría de que iba a entregar la fotografía a otra persona, pero, en tal caso, la pregunta es: ¿a quién?

Ben soltó una risa incómoda.

—No estará sugiriendo que lord Westerham o uno de sus vecinos trabaja para los alemanes…

Max Knight lo miró fijamente.

—Imagino que sabrá que entre determinados miembros de nuestra aristocracia pervive cierto sentimiento proalemán. El duque de Windsor es un buen ejemplo de ello. Se desvivió por visitar a Hitler en su propia guarida. ¿Por qué cree que lo nombraron gobernador de las Bahamas? Para que los americanos lo vigilen de cerca y frustren cualquier complot para subirlo al trono y manejarlo como una marioneta.

—Cielos —dijo Ben—. Pero tener vínculos con Alemania, o simpatías, no implica que un ciudadano inglés esté trabajando activamente para ayudar al enemigo, ¿verdad? Hasta el propio duque de Windsor haría lo correcto si lo abordaran emisarios de Hitler. Jamás se avendría a destronar a su hermano…

—¿Haría lo correcto? —Max Knight miró a Ben impertérrito—. Eso nos gustaría creer, pero en el pasado ha hecho gala de cierta debilidad y propensión a dejarse manejar, ¿no cree? Abandonó su servicio al país por una mujer… una mujer de moral cuestionable, por si fuera poco. Tal vez el actual monarca no posea el encanto de su hermano, pero al menos tiene fuerza de carácter. Si alguien puede sacar el país adelante es él.

—Entonces, ¿quiere que vaya a Farleigh y que intente aflorar los sentimientos proalemanes?

—Vaya a casa, y tenga los ojos y las orejas bien abiertos, eso es todo. Lord Westerham y sus vecinos. Imagine un radio de ocho kilómetros. ¿Qué incluiría?

—¿Contamos los dos o tres pueblos?

—Es probable. Aunque estoy convencido de que todos los lugareños le informarán de inmediato de cualquier forastero, de todo aquel que se comporte de un modo extraño o que fuera de vacaciones a Alemania, Suiza o Austria en el pasado. O que le guste Beethoven. No, a mí me interesa el pez grande. Alguien capaz de hacer daño de verdad. ¿Quién vive en Farleigh hoy?

Ben se rio.

—Una brigada del Regimiento Real de West Kent.

Max Knight respondió con una sonrisa.

—El servicio de inteligencia del ejército los está examinando. De momento no han dado con ninguna pista. El regimiento dormía cuando nuestro desconocido cayó del cielo. Según el comandante, todos sus hombres llevaban una vida de lo más anodina antes de la guerra. Buena gente. La columna vertebral del país. Hay carniceros, panaderos, candeleros… Me refería a la familia.

—En estos momentos… —Ben hizo una pausa—. Están lord y lady Westerham. Su hija mayor Olivia, y dos más pequeñas, Diana y Phoebe. Olivia está casada, pero regresó a Farleigh con un bebé cuando destinaron a su marido al extranjero.

—¿Tiene más hijas lord Westerham?

—Dos más. La última vez que supe de ella, Margot vivía en París. Decidió quedarse para no abandonar a su novio francés.

—¿Qué hacía en París? ¿Estudiar?

—Ah, no. Ya había debutado en sociedad. Quería ser modista y se fue a trabajar de aprendiz con Gigi Armande. Creo que se le da bastante bien.

Max Knight anotó algo en un cuaderno.

—¿Y la otra hija?

—Pamela. Ha encontrado trabajo en Londres. Sé que tiene que ver con la guerra. Me parece que trabaja de secretaria.

Ben era consciente de que Max Knight lo estaba escrutando. Aquel tipo tenía una mirada penetrante, como si pudiera leerle la mente a la gente. Ben empezó a ruborizarse, pero en ese instante Max apartó la mirada.

—Todo muy digno de admiración, ¿no cree? La quintaesencia de la familia inglesa y sus criados. Entiendo que no han contratado a ninguna doncella del continente o a un nuevo mayordomo suizo.

Ben rio.

—Mi padre me ha dicho que se han quedado con el personal mínimo. Todos los lacayos han sido llamados a filas, pero como la familia solo ocupa un ala, no necesita mucho personal. La cocinera y Soames, el mayordomo, llevan con ellos toda la vida.

—¿Y los vecinos?

—Imagino que se referirá a los vecinos de clase alta, no a los granjeros.

Max esbozó algo parecido a una sonrisa.

—Digamos que me interesan más los vecinos de clase alta.

—El más cercano es mi padre. Su iglesia linda con la finca Farleigh y le aseguro que los intereses de mi padre no van más allá de la historia y los pájaros.

—¿Pájaros?

—Le gusta mucho observarlos. Es el típico párroco de pueblo, soso como él solo, aunque tiene un corazón que no le cabe en el pecho. Mi madre murió cuando yo era un bebé. Contrajo la gripe española en 1920 y mi padre ha vivido solo desde entonces.

—¿Y los demás vecinos? —Era obvio que Max Knight descartaba al padre de Ben.

—Están el coronel y la señora Huntley, en la granja. Volvieron de la India a mediados de la década de los treinta. No conozco a nadie más leal que él. También está la señora Hamilton, una anciana soltera. Y luego los Prescott. Sir William y su mujer. Tienen una finca llamada Nethercote. Como ya sabrá, es un personaje conocido en Londres.

—Y tienen un hijo.

Ben asintió.

—Jeremy. Él y yo estudiamos juntos en Oxford. Ingresó en la RAF, pero lo derribaron en Francia y ahora está en un campamento de prisioneros alemán.

—Qué mala suerte —concedió Max Knight. Había algo en su gesto que Ben no podía interpretar. Parecía como si estuviera disfrutando de la situación. Ben se ruborizó cuando Knight le preguntó—: ¿No sintió la tentación de alistarse en la RAF?

—Me habría gustado, señor. Por desgracia, sufrí un accidente de avión antes de la guerra y padecí graves heridas en la pierna izquierda. No puedo doblarla lo suficiente para subir y bajar de los aviones con facilidad.

—Qué infortunio. —Max Knight asintió con un gesto de compasión—. Pero al menos aquí está haciendo algo útil, ¿no cree? Es un trabajo igual de importante.

—Si usted lo dice, señor —afirmó Ben con gesto impertérrito.

—¿No le ha parecido importante hasta ahora? —preguntó Knight, esbozando una leve sonrisa.

Ben ignoraba cómo había llegado esa información a su expediente y qué otras cosas sabían de él.

—¿Eso es todo, señor?

—De momento, sí. Le enviaré una nota a Mike Radison para avisarle de que trabajará con nosotros durante un tiempo. A partir de ahora, solo debe informarme a mí, ¿entendido? Y no es necesario que le recuerde que nada de lo que hemos dicho puede salir de esta sala.

—Por supuesto, señor.

—Y es de vital importancia que sus vecinos de Kent no tengan ni la más ligera sospecha de la razón que lo ha llevado de vuelta a casa.

Seguro que no sospecharán nada. Creerán que soy un lisiado y que tengo un vulgar trabajo de oficina en un ministerio.

—Pues dejemos que crean eso. Tal vez incluso pueda insinuar que últimamente el trabajo le ha pasado factura y que le han recomendado que se tome un descanso.

—¿Quiere que finja inestabilidad mental además de incapacidad física? —preguntó Ben con un tono amenazante poco habitual.

Max Knight sonrió.

—Siempre que nos permita cumplir con nuestros objetivos. Se sorprendería si supiera las historias que inventan algunas de las personas que recluto.

Ben recordó que corrían rumores acerca de un tal capitán King o Mr. K., el agente que vivía en Dolphin Square, y se emocionó ante la posibilidad de que lo hubieran reclutado como espía, aunque fuera en territorio nacional.

Ben se puso en pie y Max Knight le tendió la mano.

—Me alegro de haberlo conocido, Cresswell. Creo que es el hombre ideal para el trabajo.

Se estrecharon la mano y Ben recordó entonces la serpiente que Knight tenía en el bolsillo.

—Una cosa más, señor. Esa serpiente… ¿es una mascota? ¿Un amuleto?

—Me gusta mucho la naturaleza, Cresswell. Y los animales. Descubrí este pobre ejemplar cuando unos niños de un pueblo estaban a punto de acabar con ella. Pero creo que se ha adaptado muy bien a la vida en la oficina.

—¿No le preocupa que pueda escapar del bolsillo?

—Si alguna vez lo hace, que tenga buena suerte. Sin embargo, creo que sabe que se ha arrimado a un buen árbol. Y le sugiero que haga usted lo propio.

Ben dudó.

—Discúlpeme, señor, pero ¿cómo puedo contactar con usted?

—Venga aquí o envíeme un telegrama con un número en el que pueda contactar con usted. Nunca usamos la red telefónica, por motivos obvios.

Cuando Ben ya salía por la puerta, Max Knight le preguntó:

—Ese accidente de avión… El piloto no sería Jeremy Prescott, ¿verdad? Porque no sufrió ni un rasguño. Espero que no sea motivo de resentimiento.

Ben se volvió.

—Prefiero estar aquí que en un *stalag* alemán, señor. Y quién sabe cómo estará después de que derribaran su avión. —Hizo una pausa—. Fue un accidente. Así de sencillo. No le guardo rencor. Siempre hemos sido muy buenos amigos.

Entonces se fue. Hasta que no llegó al ascensor no se dio cuenta de que Maxwell Knight conocía todos los detalles de sus amigos y vecinos ya antes de que empezara la entrevista. Era él a quien habían investigado y al que lo habían sometido a una prueba.

De vuelta en la cárcel de Wormwood Scrubs, Ben ocupó su puesto de trabajo habitual cuando apareció Harcourt.

—Has vuelto. No te han echado con cajas destempladas y una velada amenaza para que no volvieras.

—Eso parece.

—Vaya. Entonces, ¿no puedo quedarme con tu silla? La mía ha empezado a chirriar y resulta de lo más molesto, amén de incómodo, ya que también se balancea.

—Si quieres, te la puedes quedar durante una semana. Me han dicho que me tome un permiso.

—¿Un permiso? ¿Por qué?

—Exceso de celo.

Ben esbozó una mueca de desagrado. No le resultó nada fácil pronunciar las palabras.

—Cielo Santo. No sospechaba que estuvieras al borde de una crisis —afirmó Harcourt, que se acercó al escritorio de Ben y lo miró fijamente—. Lo siento mucho, amigo.

—Tampoco es que esté a punto de perder la chaveta ni nada parecido —respondió Ben, que sentía la necesidad de decirle a su amigo que no le ocurría nada grave—. Simplemente el matasanos cree que debo tomarme un par de semanas de descanso, eso es todo.

—Ojalá mi médico me recetara lo mismo —dijo Harcourt—. Daría lo que fuera por disfrutar de un buen plato de fresas, un té con *scones* y un buen partido de críquet.

—No creo que pudieras encontrar suficientes hombres para formar un equipo de críquet —dijo Ben.

—Es probable.

—Nunca te lo he preguntado —dijo Ben, que decidió que la mejor defensa era un buen ataque—, pero ¿por qué no te has alistado?

—Que quede entre tú y yo, pero es porque tengo los pies planos. No sabes la vergüenza que me da. Normalmente le digo a la gente que tengo un problema de corazón. Yo estoy en plena forma, pero el médico no me dio el permiso. Francamente, preferiría estar luchando en algún lugar exótico del extranjero y no tener que andar justificándome cada dos por tres con cada hijo de vecino que me cruzo por la calle.

—Lo sé. Es un auténtico incordio —concedió Ben.

—Al menos tú puedes levantarte la pernera y enseñarles la pierna —dijo Harcourt—. Yo sé que nunca me creen cuando les digo lo del corazón y sé de buena tinta que no se tragarían lo de los pies.

Se produjo un silencio incómodo.

—Entonces, ¿te vas a pasar unos días a casa? —preguntó Harcourt.

—No muchos.

—Qué suerte. Kent es maravilloso al final de la primavera. Los manzanos en flor, los jacintos silvestres… Eres muy afortunado. ¿Te importa si voy a visitarte? Mis padres viven en Yorkshire. Demasiado lejos para ir un fin de semana.

La pregunta pilló desprevenido a Ben.

—Claro que no. Siempre eres bienvenido. De hecho, mi padre tiene a una cocinera de primera. Te garantizo que no habrá carne de caballo en el menú.

—¿Te vas hoy ya? —Harcourt lo miró de nuevo—. ¿Vas a limpiar el escritorio?

—No es el final de trimestre de la escuela. Y no voy a dejar nada confidencial. Solo algunos lápices y poco más.

—Es que he oído que podrían trasladarnos a Blenheim Palace en breve para reunirnos con el resto de la División B. Y en tal caso…

—En tal caso es más que probable que te den una silla nueva —dijo Ben.

Harcourt se levantó con su gracia innata, pero se volvió antes de irse.

—Entonces, ¿no tiene nada que ver con Dolphin Square?

Ben lo miró sorprendido.

—¿Dolphin Square?

—Sí, la excursión que has hecho hoy.

—¿No es ese bloque de pisos tan feo donde tienen su segunda residencia londinense la gente de posibles?

—Pues sí. Pero también he oído... —Harcourt se encogió de hombros—. Bueno, da igual. Es probable que lo entendiera mal.

—¿Por qué crees que he ido a Dolphin Square? —preguntó Ben.

—Es que, bueno, he pasado por delante del despacho del jefe... y ya sabes que los tabiques de esta oficina son más finos que el papel. Resulta que he oído que decía: «¿Quiere que vaya a Dolphin Square? ¿Ahora?». Entonces salió al pasillo y empezó a buscarte. Y, claro, ya sabes que las cazo todas al vuelo, y me he limitado a atar cabos.

—Pues me parece que te has hecho un nudo —dijo Ben—. ¿Qué pasa en Dolphin Square? ¿Es la tapadera de un servicio de operaciones especiales?

—¿Cómo quieres que lo sepa? —replicó Harcourt—. Soy un mandado, como tú. Pero es que... —Se acercó a la puerta y la cerró—, he oído que hay un tipo que responde a diversos nombres, que dirige todo el tinglado desde ahí. Y no responde ante nadie, solo ante Churchill y el rey.

—Vaya. ¿Y está de nuestra parte?

—Eso espero. De lo contrario, podría hacer mucho daño.

—Entonces, es una suerte que nos haya tocado el bueno de Radison, que al menos es de confianza, ¿no crees? —preguntó Ben. Recogió varios lápices, un cuaderno escolar de rayas, unos caramelos de fruta que se habían puesto duros y un mapa del metro de Londres, y lo metió todo en su maletín—. Espero verte dentro de un par de semanas. Cuídate.

—Tú también, amigo. Recupérate.

Y para sorpresa de Ben, Harcourt le estrechó la mano.

Capítulo 9

Bletchley Park
Mayo de 1941

—¿Te han dado un permiso? —preguntó Trixie—. ¿Cuándo?

Pamela la encontró en su habitación, dándose los últimos retoques de maquillaje antes de acudir al turno que empezaba a las cuatro de la tarde. Mientras las demás chicas se ponían un traje de dos piezas o un vestido de algodón para ir a trabajar, la opción más sensata, Trixie siempre iba vestida como si la hubieran invitado a una cena de gala. Hoy tocaba un vestido de seda floreado.

—Cuando acabe la rotación —dijo Pamela.

—Pero no es justo. —Trixie negó enfadada con la cabeza y sus rizos se sacudieron de un lado a otro. Siempre llevaba una permanente al estilo Shirley Temple, a diferencia de Pamela, que lucía su melena rubia en un peinado a lo paje—. Yo pedí un permiso la semana pasada y me lo denegaron. Me dijeron que ya me había tomado una semana en Navidad y que tendría que esperar hasta julio al menos.

—Es obvio que desempeñas un papel más importante que el mío —dijo Pamela.

—¿Hay algún motivo para esta súbita marcha? —preguntó Trixie—. Espero que no se deba a una mala noticia y que te hayan dado una baja por motivos familiares.

—Bueno, en cierto sentido lo es —admitió Pamela—. Acabo de recibir la noticia de que un amigo mío va a volver a Inglaterra después de huir de un campamento de prisioneros alemán. Hacía mucho tiempo que no teníamos noticias suyas. Ni siquiera sabíamos si seguía con vida. Cuando me enteré, fue una sorpresa tan grande que perdí el conocimiento frente a la estación. Nunca me había ocurrido algo tan vergonzoso… Bueno, solo una o dos veces, cuando me desmayé por asistir a misa a primera hora sin haber desayunado. De adolescente tuve una fase muy religiosa.

—Cielos —exclamó Trixie—. Yo no. Pero es comprensible que te desmayaras. Yo no soy la misma cuando me toca el turno de noche. Duermes fatal y tener que leer con esa luz tan horrible da dolor de cabeza, ¿verdad? —Se acercó y le estrechó los hombros con un brazo—. Has sido muy lista. Te has desmayado y les has hecho creer que estabas al borde de una crisis y necesitabas un descanso, con lo que has logrado justo lo que querías, irte a casa a ver a tu chico.

—No sé si diría que es mi chico —replicó Pamela, que se ruborizó—. Crecimos juntos. Fuimos a bailar varias veces, pero nunca fue algo serio. No me pidió que fuera su novia antes de incorporarse a la RAF. Apenas me ha escrito. Y estoy segura de que no he sido la única mujer de su vida. Es guapísimo y muy rico.

—Querida, creo que me dignaré a ir hasta Kent para hacerte una visita —dijo Trixie con una sonrisa maliciosa—. Guapo y rico. ¿Quién puede resistirse?

—Las manos quietas —le advirtió Pamela entre risas—. Este es mío. Al menos, eso espero. Lo averiguaré dentro de unos días. —Se tapó la cara con las manos—. Dios, qué emoción. Me muero de ganas.

—Deberías prepararte para cualquier cosa —se apresuró a añadir Trixie con voz serena—. Lo digo porque si tuvo un accidente, es probable que haya sufrido heridas graves y podría haber quedado desfigurado.

No se le había ocurrido. Guardó silencio unos segundos y añadió:

—Si fue lo bastante fuerte para huir de un campo de prisioneros y llegar sano y salvo a casa desde Francia, creo que ha sido muy valiente.

—O insensato —replicó Trixie—. Si yo estuviera en un campo de prisioneros de guerra medio decente, creo que me quedaría quietecita jugando a cartas, a esperar a que acabase la guerra, en lugar de volver a casa para que me enviaran de nuevo al frente.

—En el caso de los pilotos es distinto —dijo Pamela—. Para ellos es una cuestión muy importante. Una partida de ajedrez que se libra en las alturas. A Jeremy le encantaba.

—¿Jeremy? ¿Estamos hablando de Jeremy Prescott?

—Sí. ¿Lo conoces?

A Trixie se le iluminaron los ojos.

—Todas las debutantes de mi época hablaban de él. Era el soltero favorito de todas. Puedes considerarte muy afortunada si lo pescas.

—Eso espero —dijo Pamela, que se agachó para sacar la maleta de debajo de la cama; la abrió y empezó a hacer el equipaje.

El tren de Bletchley tardó una eternidad. En más de una ocasión tuvo que ceder el paso a trenes de mercancías y militares. A medida que se aproximaban a Londres, los destrozos de los bombardeos se hacían más evidentes. Edificios renegridos medio en ruinas, una casa a la que le faltaba una pared y que dejaba al descubierto un dormitorio intacto, con una cama metálica, un edredón de rosas y una palangana de porcelana en el rincón. En la siguiente calle había desaparecido una hilera de casas, pero en mitad de la destrucción se alzaba un local de *fish and chips*, intacto, con un cartel pegado en la puerta: AÚN ESTAMOS ABIERTOS. Pamela cerró los ojos para intentar borrar esas imágenes de su cabeza. Estaba agotada porque había tomado el tren directamente del trabajo, pero ni siquiera el traqueteo le permitió dormir. Estaba de los nervios desde que había oído una conversación en su nave la noche anterior.

El largo edificio en el que trabajaba estaba dividido en pequeñas habitaciones a ambos lados de un pasillo central. En mitad de su turno, sintió la imperiosa llamada de la naturaleza. Tuvo que recorrer toda la nave para llegar al servicio de mujeres que había al final. Estaba a punto de llegar a la puerta cuando se dio cuenta de que se había dejado la linterna y sin ella no podría encontrar los retretes. Mientras volvía, oyó a dos hombres hablando en voz baja.

—¿Vas a decírselo antes de que se vaya?

—Ni hablar. Sigo creyendo que es un error. Voy a intentar convencer al viejo.

—Pero es muy buena. Lo sabes tan bien como yo. Es la persona ideal para el trabajo.

—¿De verdad? Es una más de los candidatos.

—Podría ser muy útil en ese puesto.

—Depende de a quién muestre fidelidad: a ellos o a nosotros. No me parece que debamos asumir ese riesgo.

Y entonces uno de los dos se acercó y cerró la puerta. Dos cosas le quedaron muy claras: hablaban de ella, pero no esperaban que hubiera oído su conversación.

«¿A qué se referían?», se preguntó. ¿Tenían algún motivo para dudar de su lealtad? ¿Y a quién creían que podía profesar lealtad? Le resultaba inconcebible que sospecharan que era una espía alemana. Esperó con impaciencia a que el tren se detuviera en Euston Station.

En Charing Cross reinaba el caos habitual. Cuando Pamela salió del metro que le había permitido cruzar Londres hasta Euston se cruzó con varios militares de las distintas ramas que se dirigían a cumplir una nueva misión o que volvían a casa de permiso antes de regresar a África o a Extremo Oriente. Había grupos de niños con etiquetas colgadas del cuello que esperaban juntos a que los evacuaran, mientras las madres no les quitaban ojo, angustiadas. El tren del andén contiguo estaba a punto de salir. En casi todas las ventanas asomaba un soldado que se despedía de su novia o su madre. Una chica se puso de puntillas para besar a su novio.

—Cuídate, Joe —le dijo.

—No te preocupes por mí, todo irá bien —respondió él—. Soy como un gato con siete vidas.

Pamela les dirigió una mirada de lástima y anhelo. ¿Cuántos jóvenes habían dicho lo mismo para no volver? Sin embargo, envidiaba el modo en que se miraban, como si no existiera nadie más en el mundo. El tren de Pamela se había detenido en el andén y tuvo que abrirse paso entre la multitud para poder subir. Había elegido un vagón con pasillo y tuvo que pasar entre los soldados con sus petates que ya habían tomado posición, hablando y fumando como si fuera una excursión dominical.

Algunos intentaron flirtear con ella descaradamente.

—Siéntate aquí, guapa —le dijo uno de ellos, dando palmadas en el petate—. Se te pasará el viaje volando. ¿Quieres un cigarrillo?

Pamela rechazó sus invitaciones con buena cara, consciente de que esa fanfarronería era inevitable y que lo único que necesitaban en ese momento era una sonrisa de una chica guapa. Cuando encontró un compartimiento con un sitio vacío, lo aceptó encantada. Había una madre con un niño que se chupaba el pulgar en su regazo, una marina de la Women's Royal Naval Service de uniforme y dos mujeres robustas de mediana edad, que se quejaban amargamente de que los trenes ya no ofrecieran compartimientos solo para mujeres.

—Es una vergüenza que hayamos tenido que pasar entre esos hombres —dijo la más rolliza—. ¿Sabes qué me ha dicho uno de ellos? «Tranquila, abuela, que no eres mi tipo».

—Qué descaro. El mundo se ha vuelto loco.

Ambas miraron a Pamela en busca de un gesto de compasión.

—Espero que no te dijeran nada inapropiado, querida.

—Nada que no pueda asimilar —afirmó ella con una sonrisa.

Sonó el pitido. Se oyeron pasos y puertas que cerraban de golpe cuando el tren empezó a salir de la estación. Los que acababan de subir se abrían paso por el pasillo. Pamela miró por la ventana mientras el tren cruzaba el puente del Támesis y disfrutó de unas espectaculares vistas de la ciudad de Londres, con la cúpula de St. Paul que se alzaba con valentía entre las ruinas. Cuando llegaron a Waterloo, en la orilla sur, vio que alguien se había apoyado en la puerta de su compartimiento, un joven que vestía americana de tweed. Había algo que le resultaba familiar en los rizos oscuros que le rodeaban el cuello. Pamela abrió la puerta, lo que obligó al hombre a apartarse y se volvió.

—¿Ben? Pero si eres tú, cielo santo —dijo con el rostro iluminado—. Ya decía yo que me sonaba esa nuca.

—¿Pamela? —La miró con incredulidad—. ¿Qué haces aquí?

—Lo mismo que tú, supongo. Voy a pasar unos días a casa. Si quieres, puedes entrar, hay espacio para uno más.

—Ah, ¿sí? Creía que era solo para mujeres. Si a las demás no les importa…

—Claro que no. —Pamela dio unas palmaditas en el asiento vacío que tenía en frente y Ben dejó su bolsa en el compartimento superior.

—Menuda coincidencia que volvamos a casa juntos —dijo Pamela sin dejar de sonreír—. Me alegro mucho de verte. Hace siglos de la última vez.

—En Navidad te vi un momento en la iglesia. Tienes muy buen aspecto.

—Y tú también. Espero que no te estén exprimiendo demasiado.

—Es un trabajo muy monótono, bastante repetitivo, pero necesario, supongo —afirmó con una sonrisa avergonzada.

—Trabajas en uno de los ministerios, ¿no?

—En una oficina vinculada a uno de los ministerios. Son tareas de investigación. Consultar mucha información inútil. ¿No haces tú lo mismo?

—Más o menos. Trabajo administrativo básicamente. De archivo, todo muy aburrido. Pero alguien tiene que hacerlo.

—¿Estás en el propio Londres? —preguntó.

—No, nos han trasladado a Berkshire. Hay que mantener los archivos a salvo de las bombas. ¿Y tú?

—Hasta ahora en Londres, pero no sé adónde me mandarán. Tengo la sensación de que en los últimos tiempos envían a todo el mundo al campo.

Se hizo un silencio e intercambiaron una sonrisa.

Ben carraspeó.

—¿Sabes algo de Jeremy?

A Pamela se le iluminó la cara.

—¿No te has enterado? Veo que no has leído mucho la prensa últimamente.

—Nunca leo los periódicos. Solo publican malas noticias.

Pamela se inclinó hacia delante.

—Ha vuelto a casa. Huyó del campo de prisioneros y logró llegar a Francia. ¿No es maravilloso?

—Increíble —afirmó él—. Bueno, si alguien puede huir de un campamento de prisioneros y cruzar media Europa sin que lo pillaran ese es Jeremy.

—Lo sé. —Pamela lanzó un suspiro—. Cuando leí la noticia en el periódico, me costó creerlo, la verdad, pero llamé a mi familia y me dijeron que ha vuelto a Nethercote para recuperarse del calvario. ¿Por qué no me acompañas a verlo?

—¿Estás segura de que quieres que vaya?

—Claro. Seguro que Jeremy tiene tantas ganas de verte a ti como a mí. Y si… ya sabes… si está muy maltrecho, prefiero tenerte a mi lado.

—De acuerdo, te acompañaré.

—Tienes que venir a casa en cuanto hayas saludado a tu padre. Estoy segura de que todo el mundo tiene ganas de verte.

—¿Cómo están?

—No he vuelto desde Navidad, pero por lo que me ha contado mamá en sus cartas, papá vive en un estado constante de enojo por tener tan poco espacio… como si un ala de Farleigh fuera un espacio reducido. —Se rio—. También está enfadado porque es muy viejo y no puede arrimar el hombro, como le gusta decir a él. Se alistó en la guardia local, pero creo que les incordia más que ayuda. Ya sabes lo que le gusta dar órdenes. Mamá sigue como siempre, ajena a todo lo que ocurre a su alrededor. Livvy ocupa la segunda planta con Charles. Ha desarrollado un gran instinto maternal y cierta corpulencia.

—¿Has tenido noticias de tu hermana Margot?

A Pamela se le ensombreció el rostro.

—Hace siglos que no sé nada. Estoy muy preocupada. Espero que se encuentre a salvo con su conde francés, pero las noticias que llegan de Francia en los últimos tiempos no son nada halagüeñas.

—¿Y las dos benjaminas siguen en casa? ¿O Dido ya ha encontrado trabajo?

—Le encantaría, pero papá dice que es demasiado joven para irse de casa, y eso que tiene diecinueve años. Está muy frustrada. Ya la conoces, no es de esas a las que les gusta pasar el día encerrada en casa tocando el piano. Lógico. Ha sido muy injusto que no haya tenido una ceremonia de presentación en sociedad como nosotras. Sin bailes. Sin la posibilidad de conocer a un buen partido. La última vez que la vi, me dijo que estaba pensando en huir e irse a trabajar a una fábrica.

—Creo que podría encontrar un empleo menos melodramático que el de operaria en una fábrica —afirmó Ben—. ¿No podrías conseguirle un puesto donde estás tú? Da la sensación de que siempre faltan secretarias, ¿no? Podríais trabajar juntas.

—Por desgracia, ya comparto habitación con una amiga. ¿Y en tu ministerio? ¿Por qué no le echas una mano? Si tuviera un trabajo, podría ir en tren a Londres todos los días. Papá no se opondría a ello.

—El problema es que tenemos distintos turnos rotatorios y no encontraría un tren para ir a Londres en mitad de la noche. Además, no creo que a tu padre le hiciera mucha gracia saber que andaría por ahí en pleno apagón. Bastante me cuesta a mí, y eso que solo tengo que ir a la estación de metro más cercana.

Pamela hizo una mueca.

—Lo sé. Yo también trabajo en turnos rotatorios. Es demencial, ¿verdad? No estoy acostumbrada al turno de noche y la falta de sueño me sienta fatal.

—No podría estar más de acuerdo —concedió Ben—. De hecho, he conseguido el permiso gracias a eso. Me han dicho que sufro agotamiento por trabajar demasiadas horas.

Una de las ancianas que iba sentada junto a la ventana soltó un resoplido.

—Demasiadas horas… —repitió, fulminándolo con la mirada—. En el desierto como mi nieto tendrías que estar. Luchando contra Rommel. Eso sí que es agotador y no pasarse todo el día en una oficina en Londres.

—Ya vale, Tessie —le pidió la amiga, que le agarró la mano. Miró a Ben y a Pamela—. Ha sufrido mucho. Acaban de llamar a filas a su hijo, con treinta y nueve años. Es el único que tiene.

—Lo siento —dijo Ben—, pero...

—El señor Cresswell sobrevivió a un grave accidente de aviación —replicó Pamela enfadada—. Enséñales la pierna, Ben.

La primera mujer se ruborizó.

—Oh, cuánto lo siento. He sido muy desconsiderada. Es que estoy muy disgustada. Esta guerra nos está afectando a todos. Es un sinvivir constante.

Se produjo un silencio incómodo.

—A mis compañeros les ocurre lo mismo —le confesó Pamela a Ben con un susurro—. Es muy injusto. No todo el mundo tiene que ir armado. Es imposible ganar una guerra si no cuenta con el apoyo adecuado en casa.

—A veces siento la tentación de comprarme un uniforme. Me lo haría todo más fácil.

—Hasta que te pidieran que mostraras las placas de identificación y no llevaras ninguna.

«Placas de identificación», pensó Ben. Habrían descubierto al paracaidista en cuanto lo hubiera parado la policía militar y le hubiera pedido su número. Eso implicaba que no tenía pensado ir muy lejos. Max Knight tenía razón. Su contacto tenía que ser alguien cercano.

Cambiaron de tren en Sevenoaks y esperaron a que pasara el de cercanías para bajar en la siguiente parada: Hildenborough.

—Hay un buen trecho desde la estación —dijo Ben—. Es una pena que los trenes ya no paren en Farleigh Halt.

Pamela se rio.

—No podemos esperar que paren solo para nosotros durante la guerra. En estos momentos, ser aristócrata no significa nada. Y es lógico. De repente todos somos iguales.

—¿Va a venir alguien a recogerte? —Ben miró a su alrededor en busca de algún vehículo.

Pamela negó con la cabeza.

—No les he dicho nada de mi llegada. Quería darles una sorpresa. A nadie le amarga una sorpresa como esta hoy en día, ¿no crees?

—Yo tampoco se lo he dicho a mi padre. ¿Podrás recorrer tres kilómetros cargando con la maleta? Si quieres te la llevo.

—Tú ya tienes tu bolsa —le dijo—. Además, estoy en forma. Últimamente tengo que desplazarme mucho en bicicleta. Hace un día espléndido, ¿verdad? Eso es justo lo que me ha recomendado el médico, un paseo por el campo.

—Es una delicia volver a respirar aire fresco —dijo Ben mientras echaban a andar por el camino—. El aire de Londres está siempre impregnado de humo y polvo de las bombas.

—Yo tengo la suerte de estar en el campo y vivo rodeada de naturaleza.

—¿Dónde me has dicho que estabas? —preguntó él.

—A una hora al norte de Londres. Nos han instalado en una casa grande. Aunque no tan bonita como Farleigh.

—A algunos de nuestros muchachos los han trasladado a Blenheim Palace.

—Vaya, imagino que supondrá un ascenso para la mayoría, ¿no?

Ben se rio.

—Por lo que me han dicho, no es que sea un lugar muy cómodo. Los han compartimentado en unos cubículos de contrachapado horribles, no tiene calefacción y la planta superior está infestada de murciélagos.

—Qué acogedor. —Sus miradas se cruzaron durante unos segundos. Pamela se dio cuenta de que su amigo tenía unos ojos muy bonitos. Eran de un azul turquesa… como si estuviera mirando el océano. No entendía cómo era posible que no se hubiera fijado antes—. Me alegro mucho de verte de nuevo —le dijo al final—. Nunca cambias. Eres firme como una roca. Siempre estás a mi lado.

—Así soy yo. El bueno de Ben —dijo, pero se arrepintió de inmediato de haber empleado un tono sarcástico—. Pero sí, siempre estaré a tu lado cuando me necesites.

Pamela se inclinó hacia delante y deslizó una mano entre sus dedos. Siguieron caminando en silencio, acompañados por las alondras que alzaban el vuelo entre los campos de heno, cantando por encima de ellos, y embriagados por el dulce olor de los manzanos, que lo impregnaba todo.

—Entonces, ¿me acompañarás a ver a Jeremy esta tarde? —le preguntó al final, rompiendo el hechizo.

—Te lo he prometido. ¿Por qué no paramos en casa de mi padre, bebemos algo y luego te llevo la maleta hasta Farleigh?

—Es una idea fantástica —respondió y lo agasajó con su sonrisa más encantadora.

Capítulo 10

Parroquia de All Saints, Elmsleigh, Kent
Mayo de 1941

La vicaría era un gran edificio victoriano de ladrillo rojo, construido cerca del cementerio. Pasaron junto a las lápidas deterioradas por el paso del tiempo y Ben entró por la puerta principal. Nunca estaba cerrada con llave.

—¡Pero si es el señor Ben! —La señora Finch había salido de la cocina al oír la puerta y levantó los brazos en un gesto de alegría. Sin embargo, la mirada de sorpresa se convirtió en asombro—. Y lady Pamela también. Me alegro mucho de verla, milady.

—¿Cómo está, señora Finch? —preguntó Pamela.

—No me quejo. Vamos tirando y, dada la situación, no estamos tan mal. Mucho mejor que la gente de Londres, eso sí, con esos bombardeos todas las noches… Además, tampoco falta la comida. Tengo un pequeño huerto en la parte de atrás y las dos gallinas nos dan huevos… cuando las ratas o los zorros no se nos adelantan. Además, todo el mundo aprecia mucho al párroco y es habitual que nos dejen un poco de carne o pescado en la puerta de casa. No me sorprendería que fueran de origen ilegal o del mercado negro, pero eso no se lo digo al párroco, claro. Ojos que no ven, corazón que no siente.

Entonces se rio.

—Han tenido mucha suerte. Ayer nos dieron un par de pichones y he hecho empanada. Estaba a punto de servir la cena, ¿por qué no nos acompaña, milady?

—Debería irme a casa. Me espera la familia —dijo Pamela.

Ben le tomó la mano sin pensárselo dos veces.

—Quédate —le pidió—. Si tu dieta se parece en algo a lo que nos ofrecen en la cantina, te aseguro que la empanada de pichón te parecerá un manjar de los dioses.

Pamela no apartó la mano y sonrió.

—¿Cómo voy a resistirme, con lo bien que me lo habéis pintado? Gracias, señora Finch. —Miró alrededor, observando los muebles de roble, que acusaban el paso de los años y las infinitas capas de cera que les había dado la señora Finch y las amas de llaves que la habían precedido. Entonces desvió la vista de los campos que se extendían al otro lado de la ventana, hasta los tejados de Farleigh, que descollaban por encima de los árboles. Y pensó: «Aquí es donde me siento segura».

El pastor Cresswell llegó de la iglesia justo cuando la señora Finch empezaba a poner la mesa. Una sonrisa le iluminó el rostro cansado.

—Qué sorpresa tan agradable, hijo. No sabía que ibas a venir.

—Ha sido todo repentino —dijo Ben, que se acercó a su padre y le estrechó la mano—. Alguien ha decidido que merecía unos días de permiso, así que aquí estoy.

—Y también Pamela. —El párroco se volvió con una sonrisa, pero se la quedó mirando—. No tienes muy buena cara, querida.

—Es por culpa de los turnos nocturnos. Me cuesta mucho dormir de día.

—Es lógico, pero en cuanto pases unos días aquí quedarás como nueva. Buena comida. El aire del campo. Olvídate de la guerra durante unos días. Esto sigue como siempre.

—Excepto por el regimiento del ejército que se ha instalado en mi casa —le recordó Pamela.

—Y ese cuerpo que encontraron en la finca —apuntó la señora Finch, dejando la empanada en un salvamanteles.

—¿Cuerpo? ¿En el campo? —preguntó Pamela.

—Un soldado al que no se le abrió el paracaídas —añadió el ama de llaves con deleite—. Dicen que quedó en un estado lamentable.

—Qué horrible. ¿Quién era?

La señora Finch se arrimó a ella.

—Vestía uniforme del ejército, pero yo creo que era un espía alemán. Dicen que están por todas partes. Hasta se visten de monja. Es increíble, ¿verdad?

—Señora Finch, ¿qué le he dicho de los chismes? —la reprendió el pastor Cresswell—. Recuerde los carteles: «Las indiscreciones cuestan vidas». No tenemos ningún motivo para creer que ese pobre desgraciado fuera algo más que la simple víctima de unas maniobras que acabaron mal. Expresé mi disconformidad cuando se lo llevaron; me habría gustado ofrecerle un funeral decente.

El pastor se inclinó para cortar la empanada con ganas de cambiar de tema. El olor de las hierbas aromáticas le arrancó una sonrisa de satisfacción.

—Eso sí que es un almuerzo como Dios manda. Deme su plato, milady. ¿Cuándo fue la última vez que disfrutó de una comida en condiciones como esta?

Comieron hasta hartarse. La masa cubría una suculenta porción del ave con una salsa suntuosa, acompañada de coliflor con salsa blanca, manzanas al horno y crema.

—La verdad es que ya debería irme —dijo Pamela, levantándose—. Pero tengo muchas ganas de ver a Jeremy. No creo que a mi familia le importe demasiado si me acerco primero a Nethercote.

No les he dicho a qué hora llegaba exactamente. Y me has prometido que me acompañarías, Ben. —Pamela le lanzó una mirada seductora.

—Si es lo que quieres… —Se levantó y dejó la servilleta en la mesa—. Papá, ¿te importa que acompañe a Pamma hasta Nethercote?

—No es necesario que me pidas permiso, hijo. Ya eres adulto. Si Pamela quiere que la acompañes cuando vaya a visitar a su galán, no lo dudes.

Aquellas palabras, «su galán», le sentaron como un puñetazo. Sabía que eran ciertas, claro. Siempre lo habían sido. Pero, en el fondo, nunca había perdido la esperanza, sobre todo cuando Jeremy desapareció. Y ahora no le quedaba más remedio que ceder ante su rival. Se preguntó si Pamela tenía la más ligera sospecha de sus sentimientos.

Salieron de la casa y cruzaron el pueblo. Apenas había signos de vida en la única calle. Sonó una campanilla cuando salió una mujer de Markham's, el comercio donde se vendía un poco de todo y que también hacía las veces de estafeta de correos, con una cesta en el brazo. Los saludó con un gesto amable de la cabeza.

—Lady Pamela, señor Ben. Qué tiempo tan apacible para esta época del año, ¿verdad?

Y prosiguió su camino, como si el regreso de ambos no fuera algo extraordinario. Londres y todo lo que quedara más allá de Sevenoaks no formaban parte de su experiencia y, por lo tanto, no eran dignos de su interés. De la escuela llegaba el sonido de las voces de los niños que cantaban las tablas de multiplicar y apareció un carro de una granja, cargado con estiércol. No habían hablado desde que habían salido de la vicaría. Pamela se volvió hacia él.

—Aquí no cambia nada, ¿verdad? Todo sigue igual.

—Salvo que no hay jóvenes —replicó Ben.

Ella asintió.

Dejaron atrás el pueblo y la carretera que tomaron pasó a ser de un solo carril, flanqueada por un mar de flores. Al llegar a la impresionante puerta de hierro forjado de la entrada de la casa de los Prescott, Nethercote, Pamela se quedó paralizada.

—Imagino que no pasa nada por que me presente sin invitación, ¿no? ¿Deberíamos haber llamado antes para avisar de nuestra visita?

—¿Desde cuándo necesitamos invitación para acudir a casa de Jeremy? —A Ben se le escapó la risa.

—Pero es que ahora las cosas son distintas —replicó ella, con la frente surcada de arrugas—. Jeremy acaba de huir de un campo de prisioneros. Tal vez no quiera… vernos.

Ben respiró hondo.

—Yo diría que sueña con verte de nuevo desde el día que partió en su avión —dijo. Pamela le lanzó una mirada nerviosa—. Si nos dicen que no desea visitas, nos vamos.

—No sabes cuánto me alegro de que me hayas acompañado —confesó ella—. Sin ti me habría echado atrás y habría huido como un conejo asustado.

—Tú nunca te has comportado como un conejo asustado, Pamma. Eres la más fuerte de todos. Venga, vamos a darle una sorpresa a Jeremy.

Cruzaron la puerta y tomaron el camino de grava. La elegante casa de estilo georgiano se alzaba ante ellos: ladrillos rojos con molduras blancas, de unas proporciones perfectas, con jardines formales a ambos lados. Los parterres eran de tulipanes. Las glicinias colgaban de los espaldares. El césped lucía un aspecto inmaculado. Saltaba a la vista que la contienda bélica no había influido en el trabajo de los jardineros.

A medida que se aproximaban a la casa, vieron una bicicleta vieja junto a las escaleras de la puerta delantera que no encajaba del todo en aquella escena perfecta. Ben estaba a punto de señalarlo, cuando se abrió la puerta y salió lady Diana Sutton.

—Por supuesto, así lo haré. Muchas gracias. Adiós —se despidió con la mano de una persona invisible que permanecía en el interior de la casa y bajó las escaleras.

Entonces vio a Pamela y a Ben.

—Hola, pareja. ¡Qué sorpresa!

—¿Qué haces aquí, Dido? —preguntó Pamela con la voz entrecortada.

—Vaya, qué recibimiento tan caluroso —dijo Dido—. ¿Por qué no pruebas con un «Me alegro mucho de verte después de tanto tiempo, querida hermana»?

—Claro que me alegro de verte. —Pamela no salía de su asombro—. Pero es que…

—Si tanto te interesa saber el motivo de mi visita, he venido en nombre de la familia a ver a Jeremy para darle ánimos. —Cogió su bicicleta—. Alguien tenía que hacerlo.

Se fue sin decir nada más, acompañada del crujido de la grava bajo las ruedas de la bicicleta.

TERCERA PARTE
MARGOT

Capítulo 11

París
Mayo de 1941

Nunca se había dado cuenta de que el miedo tenía un olor especial. Siempre le habían dicho que los perros olían el miedo, pero nunca lo había oído decir de los humanos. Sin embargo, ahora lo identificaba, dulzón y palpable, sentada en la silla de una habitación oscura. No sabía si el miedo procedía de sus propios poros o era parte del edificio, si manaba de las paredes donde tantos habían sucumbido al terror y a la desesperación. Le habían vendado los ojos en el trayecto hasta ahí, pero no necesitaba que le dijeran dónde se encontraba. Estaba en el cuartel general de la Gestapo e iban a dejarla sola y a oscuras para quebrantarle el espíritu.

Lady Margot Sutton estaba sentada en la silla de madera, inmóvil, mirando a la oscuridad. Ignoraba el tiempo que llevaba ahí o si aún era de día fuera. Sabía que la habitación no tenía ventanas porque, en tal caso, por mucho que tuviera cortinas opacas siempre se filtraba una rendija de luz. Habían ido a buscarla a medianoche dos hombres que se limitaron a decir:

—Acompáñenos, por favor.

Lady Margot reaccionó de inmediato como la habían educado.

—¿A qué se refiere? ¿Por qué iba a acompañarlos? No pienso hacerlo. Estamos en mitad de la noche y estaba durmiendo.

Entonces uno de los hombres dijo:

—Tiene que acompañarnos, Fräulein. Le damos un minuto para que se vista. —El hombre examinó su bata de encaje con desagrado.

Fue la palabra «Fräulein» lo que los delató. No vestían uniforme, pero eran alemanes, lo cual solo podía significar una cosa: Gestapo. Y nadie plantaba cara a la Gestapo. Aun así, no pensaba permitir que se regodearan en su miedo. Sus orígenes aristocráticos ingleses eran la única baza de que disponía. Los alemanes respetaban a los aristócratas ingleses ya que no se habían rendido.

—Esto es del todo inadmisible —insistió Margot, en una imitación malhumorada de la reina Victoria—. ¿Quién les ha dado autoridad para comportarse así? ¿Qué desean de mí?

—Nos limitamos a obedecer órdenes, Fräulein —replicó el hombre—. Enseguida averiguará quién desea hablar con usted.

—No soy «Fräulein». Soy lady Margaret Sutton, hija de lord Westerham.

—Sabemos perfectamente quién es —replicó el hombre, impertérrito—. Un minuto, lady Margaret, o nos veremos obligados a llevárnosla en camisón.

Margot regresó al dormitorio. No acertaba a pensar con claridad. ¿Qué podía llevarse consigo? ¿La pistola que le había dado Gaston? No, tendría más posibilidades si se declaraba inocente y mostraba su indignación. «A fin de cuentas, soy inocente —se dijo—. No sé nada, no puedo contarles nada».

Así pues, se puso un traje negro de Maison Armande, una blusa blanca y unas perlas. No pensaba darles el gusto de que pensaran que tenía miedo de ellos. Entonces se le ocurrió una idea: «¿Y si Gaston vuelve al piso y no estoy?». ¿Cómo podía transmitirle su ubicación?

—¿Lady Margaret? —la llamó una voz desde el otro lado de la puerta.

—Me estoy cepillando el pelo —respondió ella—. ¿Tengo que coger cepillo de dientes o volveré enseguida a casa?

—Creo que eso dependerá de usted —respondió la voz.

Mientras se pintaba los labios, vio la tarjeta de Madame Armande en el tocador. Cogió el pintalabios y escribió LLÁMALA en el reverso, y la dejó donde estaba. Gaston era perspicaz y Armande conocía a todo el mundo en París. Sabría cómo dar con una mujer inglesa desaparecida. «Si sigo viva para entonces», pensó.

El lugar donde se encontraba era frío y húmedo y de repente sintió la necesidad de orinar. Pero apeló a su fuerza de voluntad para aguantarse. Corría el rumor de que varios miembros de la realeza habían entrenado su cuerpo para no ir al baño en todo el día cuando se encontraban de visita en el extranjero. Le pareció oír un grito a lo lejos. ¿O era un llanto? No sabía si procedía del exterior o del interior del edificio. Entonces oyó pasos y se puso tensa. Era alguien con un andar pesado y que llevaba botas. Se acercaron mucho, pero pasaron de largo y lanzó un pequeño suspiro de alivio cuando se perdieron a lo lejos. Intentó pensar en otras cosas: el verano en Farleigh. Los partidos de tenis en el jardín. Las fresas con nata. Papá, con la cara roja y un sombrero ridículo. Mamá, que siempre lograba mantener un aspecto fresco y sereno, sin importar lo que estuvieran haciendo sus hijas.

—Farleigh —susurró—. Quiero volver a casa.

Se sobresaltó al oír que se abría la puerta y se filtraba un rayo de luz. Entró un hombre, un tipo alto que vestía uniforme de oficial alemán. Encendió un interruptor y Margot parpadeó deslumbrada. Por primera vez vio que estaba en una habitación desnuda, de unos tres metros por dos. En el rincón había un cubo que podría haber utilizado, de haber sabido que estaba ahí. El oficial acercó una segunda silla y se sentó frente a ella.

—Lady Margaret, le pido disculpas por las formas bruscas que han empleado los hombres que la han traído hasta aquí. Me temo que, en ocasiones, malinterpretan mis órdenes cuando les pido que traigan a alguien para interrogarlo. ¿Le apetece un café?

El café era todo un lujo en París.

—Sí, por favor, se lo agradecería —respondió ella antes de decidir si le convenía mantener un tono distante.

«Quizá haya exagerado con mi reacción —pensó—. Quizá solo quieran hacerme alguna pregunta sobre por qué sigo aquí». Les trajeron el café, con leche y azúcar. En ese momento le pareció que nunca había probado algo tan delicioso.

—Gracias, es usted muy amable —dijo.

El oficial asintió.

—Me llamo Dinkslager. Barón Von Dinkslager. Ya ve que pertenecemos a la misma clase social. Simplemente nos gustaría hacerle un par de preguntas antes de que vuelva a casa. —Hablaba un inglés excelente, sin apenas acento alemán, y era un hombre sumamente apuesto, con aire de galán de cine y la arrogancia del típico oficial alemán—. Es usted lady Margaret Sutton, hija de lord Westerham, ¿no es así?

—Es correcto.

—Y ¿le importaría decirnos por qué motivo no ha abandonado París? ¿Por qué no volvió a casa antes de la ocupación, cuando aún podía?

—Estaba estudiando diseño de moda con Madame Armande —dijo—. Supongo que pequé de inocente, pero creí que en París la vida seguiría su curso habitual.

—Y así ha sido —afirmó el oficial.

—Discrepo. Escasea la comida y hace meses que no tenemos café.

—Debería culpar de ello a los bombarderos ingleses. Y a la Resistencia. Si destruyen las líneas de suministro, no es culpa nuestra que los parisinos no tengan suficiente para comer.

El oficial cruzó las piernas. Llevaba unas botas altas negras, perfectamente lustradas.

—De modo que el único motivo que la llevó a quedarse aquí fue la moda.

—No —admitió Margot, que no le veía sentido alguno a mentir—. Me enamoré de un francés.

—El conde De Varennes. También aristócrata —dijo.

Ella asintió.

—Así es.

—Y ¿dónde se encuentra el conde De Varennes?

—No lo sé. Hace meses que no lo veo.

—¿Cuándo fue la última vez que lo vio?

—Después de Navidad. Me dijo que tenía que irse de París.

—¿Le contó el motivo?

—Me dijo que debía atender sus propiedades del sur de Francia. Además, su abuela, que aún vive en el *château*, tenía una salud frágil y quería ayudarla.

—Su abuela. —Se le dibujó una sonrisa en los labios—. O es usted muy inocente o miente muy bien, lady Margaret. Su abuela murió hace cinco años.

—Pues es obvio que soy muy inocente —respondió ella—. Nuestra niñera nos lavaba la boca con jabón cuando decíamos una mentira. Es algo que aún temo.

—¿No se le pasó por la cabeza que su amante podía estar trabajando para la Resistencia?

—Sí que se me pasó por la cabeza —replicó ella en tono desafiante—, pero Gaston no me dijo nada porque creía que era mejor así. De este modo, si alguna vez me interrogaban, podría afirmar con sinceridad que no sabía nada.

—¿Y no lo ha visto desde Navidad?

—No.

—¿Le sorprendería saber que ha estado varias veces en París desde entonces?

Margot tuvo que hacer un gran esfuerzo para mantener un gesto impertérrito.

—Sí, me sorprendería. Tal vez no quería ponerme en peligro. Es un hombre muy atento.

—¿O puede ser que haya encontrado un nuevo amor? —apuntó Dinkslager, esbozando la más leve de las sonrisas.

—Puede ser. Es un hombre muy apuesto.

—¿Y si ha encontrado un nuevo amor?

—Supongo que no me quedaría más remedio que seguir adelante con mi vida, retomar los estudios de moda y aprender a vivir sin él.

El oficial soltó una carcajada.

—Admiro a los británicos, lady Margaret. Si una francesa perdiera a su amante, rompería a llorar y se golpearía el pecho.

—En tal caso, me alegro de no ser francesa. Me resultará mucho más fácil sobrellevarlo.

El oficial no dejó de sonreír.

—Me cae bien, lady Margaret. Me gusta su temple. Yo también provengo de una familia noble. Nos entendemos bien.

—Entonces comprenderá que digo la verdad cuando afirmo que no tengo nada que contarle. Llevo una vida muy sencilla en París. Voy al taller. Hago lo que me ordena Madame Armande. Regreso a mi piso del Noveno Distrito. Ceno cualquier cosa y me voy a la cama.

—No cabe duda de que le gustaría regresar a Inglaterra, si surgiera la oportunidad.

Margot vaciló. «Claro que me gustaría volver a casa, idiota», le dieron ganas de gritar. Pero, en lugar de ello, respondió:

—Sé que en Inglaterra la vida no es mucho más fácil que en París debido a los bombardeos constantes y a la amenaza de una invasión inminente.

El oficial descruzó las piernas, inclinó la silla hacia atrás y la miró.

—Hace meses que no tiene noticias de Gaston de Varennes. ¿Es correcto?

—Sí.

—Entonces, ¿le sorprendería saber que en estos momentos se encuentra bajo nuestra custodia?

La pregunta le hizo perder la compostura. Dinkslager lo vio en sus ojos, aquel destello de temor antes de decir:

—Sí, me sorprende.

—¿Y le alarma?

—Por supuesto que me alarma —respondió con un tono desafiante—. Amo a Gaston de Varennes, independientemente de que él me quiera o no.

—¿Y aprueba su colaboración con la Resistencia?

—Como ya le he dicho, hasta ahora ignoraba que formaba parte de esa organización. Sin embargo, siendo ciudadano francés, entiendo que sienta el deseo de expulsar a los invasores de su país. Si los alemanes invadieran Gran Bretaña, mi familia reaccionaría de igual modo.

Dinkslager dejó caer las patas delanteras de la silla con un fuerte estruendo y se inclinó hacia ella.

—Gaston de Varennes ha demostrado ser un hombre muy obstinado, lady Margaret. Comprenderá que su vida no sea muy valiosa. —Chasqueó los dedos, que resonaron con una fuerza inesperada en un espacio tan reducido—. De modo que le convendría decirnos lo que sabe.

—¿Quiere que lo convenza de que hable? Es absurdo, barón. Me halaga que piense que puedo ejercer esa influencia sobre él, pero le aseguro que no es así.

—Imagino que es consciente de que, si chasqueo los dedos, la llevarán a rastras a una habitación mucho menos agradable que esta, donde la obligarán a que nos revele hasta el último detalle de su vida.

Margot tuvo que hacer un esfuerzo titánico para mantener la compostura.

—He oído historias parecidas, pero le aseguro, barón Von Dinkslager, que nada de lo que pudiera contarle resultaría de su interés.

—Créame, lady Margaret, que si la llevamos a esa habitación, deseará tener algo que contarnos. Sería capaz de inventarse lo que fuera. Traicionaría a su novio, a su madre y a quien fuera con tal de salir viva de ahí.

Margot lo miró fríamente.

—Si va a matarme, hágalo ahora y acabemos cuanto antes con la situación. Veo que lleva revólver. Dispáreme.

—No siento el menor deseo de dispararle. Es usted mucho más valiosa viva que muerta. Pero me sorprende. ¿Permitiría que su amante muriera sin luchar por él? No cabe duda de que los ingleses son muy fríos.

—Le aseguro que no soy fría y que no quiero que Gaston muera, pero sospecho que nada de lo que yo pueda decirle le hará cambiar de opinión. —Entonces se dio cuenta de la situación—. Ahora lo entiendo. Usted sabe que no puedo revelarle nada importante. Soy el cebo, ¿verdad? Va a utilizarme para hacerle hablar.

—Supongo que depende de lo importante que sea usted para él, y de si la considera más importante que su país. Me temo que no nos quedará más remedio que esperar y ver cómo reacciona, ¿no cree? —De repente el oficial calló y levantó la mirada, sorprendido.

Fuera se oían voces. Una de ellas era de mujer. Dinkslager se levantó y en ese instante irrumpió Gigi Armande. Llevaba unas pieles negras sobre los hombros y lucía un maquillaje perfecto. Aunque Margot no la hubiese conocido, no habría tenido la menor duda sobre quién era.

—¿Qué ocurre? —preguntó el oficial alemán en francés—. ¿Quién la ha dejado entrar?

—Mi pobrecilla —dijo Gigi, ignorando por completo la pregunta de Dinkslager. Se acercó a Margot y le dio un beso en cada mejilla—. ¿Qué se les ha pasado por la cabeza para traerte a un sitio como este? Debería estar avergonzado, barón, por intimidar a una niña inocente como ella. Y nada menos que una aristócrata británica que lleva una vida del todo intachable, y que se deja la piel confeccionando vestidos para mí. Soy Madame Armande, por si acaso fuera usted la única persona de todo París que no me reconoce. Le aseguro que los oficiales de más alta graduación de su ejército me conocen muy bien y me permiten vivir en el Ritz.

—Madame Armande —dijo el oficial—, sé muy bien quién es. Esta inocente joven es la amante de un líder de la Resistencia. Lo hemos tomado prisionero, pero se niega a cooperar, por ello albergamos la esperanza de que esta dama pueda hacerlo entrar en razón.

—Entiendo el punto de vista de lady Margaret —dijo Armande, que rodeó a Margot con un gesto protector—. Si él habla, lo matarán de todos modos, ¿no es así? Y si habla y no lo matan, sus compañeros de la Resistencia se encargarán de él.

—Podríamos llegar a un acuerdo, Madame. Esta joven dama podría resultarnos más valiosa que un guerrillero de la Resistencia.

—¿En qué sentido?

Se volvió hacia Margot.

—Lady Margaret se mueve entre las altas esferas de Inglaterra. Su familia conoce a los Churchill, ¿no es así? ¿Y al duque de Westminster? Y a varios miembros de la Cámara de los Lores.

—Así es, pero no entiendo…

—Voy a hacerle una propuesta. Liberaré al conde De Varennes si usted accede a hacernos un pequeño favor.

Margot lo miró con recelo.

—¿Qué tipo de favor? Y ¿qué garantías tengo de que lo liberará? ¿O de que no lo han matado ya?

—No tiene ninguna garantía —respondió Dinkslager, levantando las manos en un gesto que pretendía reflejar la inutilidad de sus quejas, pero añadió—: Sin embargo, tiene la posibilidad de salvarlo. Creo que siempre es mejor eso que la certeza de que sufrirá una muerte lenta y dolorosa, y que usted podría correr el mismo fin.

—No le permito que se dirija a ella en estos términos —lo interrumpió Madame Armande—. Voy a llevármela ahora mismo. Se quedará en el Ritz conmigo, bajo mi protección, y luego hablaré con sus generales para protestar por el trato que le han dispensado.

Dinkslager se encogió de hombros.

—Usted es una mujer pragmática, Madame. Lo sabemos a ciencia cierta. Llévesela con usted. La hago responsable de ella. Pero hágala entrar en razón. Si accede a hacernos un pequeño favor, le garantizo personalmente que podrá volver a Inglaterra. —Se volvió hacia Margot—. Puede irse, de momento. Retomaremos la conversación dentro de un par de días. Piense en lo que le he propuesto, pero no tarde demasiado. No puedo mantener a De Varennes con vida indefinidamente. Del mismo modo en que no puedo garantizarle su libertad. Y, se lo ruego, no cometa ninguna insensatez, como intentar abandonar París. La estaremos vigilando. Y dele las gracias a Madame Armande por interceder por usted.

Margot se levantó, dolorida después de pasar tanto tiempo sentada, y abandonó la sala acompañada de su patrona. En cuanto llegó a la puerta, Madame Armande se volvió para mirar al oficial alemán e intercambiaron una sonrisa.

Capítulo 12

Nethercote, Elmsleigh, Kent
Mayo de 1941

Jeremy estaba sentado en una *chaise longue* de la galería, sobre varias almohadas, con una manta de felpilla sobre las rodillas. La galería se encontraba en la parte posterior de la casa. Era un anexo con cúpula de cristal que se había construido junto a la sala de estar, con muebles de mimbre blanco y plantas tropicales. Había orquídeas por todas partes y el dulce aroma del jazmín lo impregnaba todo. Las ventanas ofrecían unas fantásticas vistas del jardín y de la pista de tenis. El cielo estaba surcado de nubes blancas que arrojaban sus sombras sobre el césped inmaculado. Había una pérgola en la que habían empezado a florecer las primeras rosas, que también trepaban por la gruesa pared de ladrillos que ocultaba el huerto. Jeremy se volvió al oír sonido de pasos. Se le iluminó el rostro.

—Vaya por Dios, aquí están mis dos personas favoritas. Qué maravilla.

—Tienes un aspecto fabuloso, Jeremy —dijo Pamela.

A decir verdad, estaba pálido y muy demacrado. Llevaba una camisa blanca de cuello abierto. Las mejillas hundidas y los mechones oscuros de su pelo sobre el mar blanco de su tez recordaban más bien a un poeta romántico, una suerte de lord Byron en su lecho de muerte. Pamela se acercó hasta él.

—Cuando me dijeron que ibas a volver, no me lo creía. Es un milagro.

—No te pongas melodramática, Pamma —dijo—. Ven y dame un beso.

Ben permaneció en un segundo plano mientras ella se inclinaba sobre Jeremy y le besaba en la frente.

—Esperaba un beso algo menos casto —dijo Jeremy entre risas—. Pero no mientras Ben esté presente. ¿Qué tal estas, amigo? Me alegro de verte.

Le tendió la mano y Ben se la estrechó. Los ojos de Jeremy refulgieron con un destello de felicidad sincera.

—Bienvenido a casa, viejo amigo —le dijo Ben—. Y estoy de acuerdo con Pamma. Es un milagro que estés aquí.

—La verdad es que todo lo ocurrido parece un auténtico milagro, ya lo creo —dijo Jeremy—. Lo tenía todo en contra.

—Cuéntanos los detalles —dijo Pamela—. Solo sé lo que he leído en el periódico.

—No hay mucho más que contar. —Jeremy parecía algo avergonzado—. Planeamos la huida del maldito *stalag*, pero alguien debió de delatarnos, porque nos estaban esperando en el bosque que había a la salida del túnel. Abrieron fuego sin piedad.

—¡Cielos! —Pamela intercambió una mirada con Ben—. ¿También te dispararon?

—Tuve suerte, porque la bala me atravesó el hombro. Me tiré al río y me hice el muerto. Dejé que me arrastrara la corriente y luego me escondí entre los juncos de la orilla. Oí que se marchaban entre risas. Luego me puse a nadar y me dejé arrastrar. Encontré un trozo de madera y me aferré a él durante un buen tiempo. Más adelante el río desembocó en otro más grande, en una zona donde había varias barcas. Logré subir a una gabarra de las que remontaban el río, en plena noche. Y no te creerás la suerte que tuve, porque resulta que transportaba hortalizas. Me escondí entre las coles. Habría sido un plan brillante, pero la herida del hombro se infectó. Creo que pasé gran parte del trayecto delirando.

—Pobrecillo. —Pamela le acarició el hombro.

—No fue muy divertido, te lo aseguro. Remontamos el río durante un par de días y luego oí a alguien que hablaba francés. Supuse que debíamos de estar en Francia o Bélgica. Sea como fuere, mejor eso que Alemania. Decidí ponerme en marcha en mitad de la noche y me dirigí hacia el oeste. Estuvieron a punto de pillarme un par de veces, pero la suerte no me abandonó. Encontré a un miembro de la Resistencia, que envió varios mensajes y me ayudó a cruzar Francia, hasta un barco que me estaba esperando.

Jeremy miró a Pamela y luego a Ben.

—Menuda aventura —afirmó este último.

—No me han quedado muchas ganas de repetirla —confesó Jeremy—. Pero el miedo es un gran acicate. Sabía que si me atrapaban me pegarían un tiro.

—¿Y qué vas a hacer ahora? ¿Te reincorporarás a la RAF? —preguntó Ben.

—Me han ofrecido un puesto de oficina hasta que sea apto para pilotar de nuevo —dijo Jeremy—. La bala me dañó los músculos del brazo derecho y soy un saco de huesos. Lo primero que tengo que hacer es recuperarme, pero aquí no me costará. Como imaginaréis, mi madre se desvive por mí y la señora Treadwell es una cocinera fabulosa. Dios mío, cuántas veces he soñado con comidas como esta cuando nos daban un mendrugo de pan negro y una sopa aguada.

Dirigió la mirada hacia a la ventana.

—Supongo que debo tomármelo con calma y no precipitarme para volver antes de tiempo. Me llevará un tiempo recuperarme. Pero no puedo dejar de pensar en los demás. Los que huyeron del *stalag* conmigo. Todos cayeron ametrallados sin piedad. Sus familias se estarán preguntando dónde están, sin saber que han muerto.

Se volvió hacia ellos con un amago de sonrisa.

—Pero aquí estoy, en el lugar con el que soñaba. Y, mírate, Pamma. Estás más guapa de lo que recordaba. Tienes un aspecto más adulto.

—Tengo dos años más —apuntó Pamela—. Y ya he cumplido los veintiuno, por lo que oficialmente soy una mujer adulta.

Ben se removió inquieto ante la larga mirada que se produjo entre ambos.

—Debería irme y dejaros a solas —dijo.

—¿Te importaría, viejo amigo? —le preguntó Jeremy—. Me muero de ganas de besarla.

—Claro —respondió Ben, que intentó fingir que no le importaba—. Vendré a verte dentro de unos días.

—Sí. Sería fantástico. Tengo muchas ganas de saber qué has hecho durante todo este tiempo y de volver a la normalidad. El último año ha sido como una pesadilla de la que acabo de despertar.

—Me temo que no he hecho nada emocionante —dijo Ben—. Me alegro de que hayas vuelto a casa.

—No es necesario que te… —le dijo Pamela, pero Ben ya se había adentrado en la oscuridad de la sala contigua. Y se fue.

Jeremy miró a Pamma y se movió para hacerle sitio a su lado en la *chaise longue*.

—Ven aquí, criatura divina —le dijo.

—¿Cuál es el hombro que tienes herido? —le preguntó Pamela sentándose a su lado—. No quiero hacerte daño.

—Está vendado y evoluciona favorablemente, gracias —le aseguró—. Ven. —Le rodeó el cuello con el brazo y la atrajo hacia sí—. Dios, cuántas veces habré soñado con este momento —dijo.

Le dio un beso apasionado y sin freno, con tanta intensidad que Pamela estuvo a punto de soltar un grito de dolor. La lengua de Ben se abrió paso entre sus labios y él intentó desabrocharle los botones de la blusa, uno de los cuales salió volando ante la insistencia y torpeza de sus dedos. Al final logró introducir la mano bajo la blusa y sus dedos se deslizaron bajo el sujetador para acariciarle un pecho. Cuando Pamela sintió el roce de los dedos sobre su piel cálida, buscando el pezón, apartó la cara.

—¡Aquí no, Jeremy! Podría vernos cualquiera —dijo con una sonrisa—. Tengo tantas ganas como tú de retomar lo que dejamos a medias, pero…

Él no podía apartar su mirada ávida.

—Los únicos que podrían vernos trabajan para mi padre, que les paga muy bien para que no abran la boca.

Pamela se incorporó.

—Lo siento. Esto es demasiado y me parece un poco precipitado. Me alegro mucho de verte, pero nunca habíamos llegado tan lejos. Además, hace tanto tiempo…

—Maldita sea, Pamma. Soy humano. ¿Sabes cuántas veces he soñado con esto mientras estaba en aquel agujero infecto?

—Lo siento, es que me has pillado un poco desprevenida, eso es todo.

—Tengo que aprender a controlarme, ¿verdad? A comportarme como un buen muchacho. —Le lanzó una sonrisa perversa—. En cuanto pueda levantarme, te llevaré conmigo y huiremos juntos.

—¿Nos fugaremos para casarnos? ¿A Gretna Green? —preguntó Pamela, que no sabía si debía sentir emoción o miedo.

Jeremy la miró divertido.

—Mi dulce amor, sigues siendo una chica inocente y romántica, ¿verdad? ¿Quién puede pensar en casarse cuando hay una guerra en marcha? Quiero llevarte a un hotel discreto de Londres. Quiero acostarme contigo.

—Ah. —Pamela tenía las mejillas encendidas.

—Como has dicho, cielo, ya eres una mujer adulta. —Le lanzó una mirada provocativa—. ¿O quizás hay otra persona de la que no sé nada? En tal caso lo comprendería. He estado fuera mucho tiempo y ni siquiera sabías si estaba vivo o muerto.

—No hay nadie más —dijo ella—. Solo tú. Eres el único hombre de mi vida.

A Jeremy se le iluminó el rostro.

—Pues me alegro de que así sea.

Pamela respiró hondo antes de proseguir.

—Creo que ha venido a verte mi hermana pequeña.

—Así es. Es todo un personaje, ¿verdad? Muy divertida.

Una sensación de alivio se apoderó de ella.

Justo cuando Ben salía por la puerta, apareció un Rolls-Royce. Se abrió la puerta del conductor y bajó sir William Prescott, alisándose la americana para asegurarse de que no se le había arrugado durante el viaje. Siempre tenía un aspecto inmaculado. Vestía con elegancia, un traje a medida de Savile Row, y el pelo veteado de canas le confería un aspecto digno. Antes del estallido de la guerra había circulado el rumor de que estaba sopesando la posibilidad de presentarse como candidato al Parlamento, pero la contienda había dado al traste con sus aspiraciones, dando por sentado que tuvieran algún viso de realidad. Rodeó el vehículo y abrió la puerta del acompañante.

Mientras Ben reflexionaba sobre el hecho de que antes de la guerra habría sido un lacayo quien se hubiera encargado de hacerlo, bajó lady Prescott. Ella también destacaba por su elegancia, pero con un toque más rural. Mientras que sir William transmitía una imagen urbana, de altas finanzas y mundo de la banca, su mujer era el paradigma de la esposa que cultivaba rosas para los concursos florales, que organizaba mercadillos para la iglesia y otros actos benéficos. Fue ella la que reparó en Ben y le dedicó una sonrisa de oreja a oreja.

—¡Qué alegría verte aquí, Ben! No sabíamos que ibas a venir. Entiendo que ya sabes que Jeremy ha vuelto. ¿No es fantástico? Te juro que hubo momentos en que pensé que no volvería a verlo. Y luego recibimos el telegrama. Todo un milagro.

Sir William le tendió la mano.

—Me alegro de verte, Cresswell. ¿Cómo estás? ¿Mucho trabajo?

—Bastante, señor. ¿Cómo está usted?

—Ando de cabeza, hijo. Intentando cerrar un acuerdo con los yanquis. Tal vez no quieran involucrarse en la guerra, pero necesitamos su ayuda económica. Churchill es el único que puede convencerlos. Si no conseguimos su dinero, nos vamos a pique.

—¿Los americanos van a darnos dinero?

Sir William soltó una carcajada breve y algo forzada.

—Nos lo prestarán, hijo, nos lo prestarán. Y a un interés muy favorable para ellos. Pero lo necesitamos con desesperación. Dinero y suministros, y tendremos que devolverlo si algún día ganamos esta maldita guerra.

Lady Prescott no mostraba un gran interés por el acuerdo con los estadounidenses.

—Imagino que has venido a ver a Jeremy, ¿no? Está en los huesos, el pobre. No sé cómo sobrevivió todas esas semanas, atravesando territorio enemigo y hostil. Nos ha dicho que se pasó varios días sin comer. Y con esa herida horrible infectada. ¿Cómo lo has visto?

—Creo que se está recuperando muy bien —respondió Ben, recordando la mirada lasciva que le lanzó a Pamela. Por un instante sintió la tentación de no mencionarla y dejar que se llevaran una sorpresa, pero al final carraspeó—. Pamela le está haciendo compañía.

—¿Pamela? Qué detalle. —Lady Prescott sonrió ampliamente—. Imagino que su madre la llamó para darle la noticia y que ha vuelto de inmediato. ¿Cómo está? La hemos echado mucho de menos.

—Se encuentra bien. Algo cansada, pero entre las jornadas interminables, los turnos de noche y la brigada antiincendios…

—Estáis arrimando el hombro, eso es lo que importa —afirmó sir William en tono campechano.

—¿Te quedarás muchos días, Ben? —preguntó lady Prescott.

—Aún no lo sé. Tal vez una semana.

—Tienes que venir a cenar antes de volver a Londres. Hace demasiado que no organizamos una fiesta en condiciones. Además, se lo prometí a lord Westerham. Y también me gustaría que viniera tu padre, claro.

—Es muy amable. —Ben asintió con un gesto solemne—. Debería irme.

—Me alegro de verte, hijo —reiteró sir William, que tomó a su mujer del brazo para entrar en casa.

Ben regresó a la vicaría a grandes zancadas, intentando reprimir su propia ira. No debería haber accedido a ir. Era obvio que Jeremy y Pamela no lo necesitaban para nada y que se morían de ganas de librarse de él. Y aquellas miraditas que habían intercambiado... Ben parpadeó varias veces para intentar borrar el recuerdo.

«Eres un ingenuo —se dijo—. Si de verdad la querías, tendrías que haberte movido cuando él estaba desaparecido y todo el mundo lo daba por muerto. Así podrías haberla consolado y quizá habría llegado a confiar en ti y con el tiempo...».

Prefirió no seguir pensando en ello porque sabía que nunca habría traicionado a Jeremy. Sí, anhelaba estar con Pamela, pero Jeremy era su amigo. Y ahora estaba convencido de que iban a casarse y que serían felices para siempre. En ese instante tomó la decisión de quitarse a Pamela de la cabeza de una vez por todas y de seguir adelante con su vida.

Capítulo 13

Vicaría de All Saints, Elmsleigh
Mayo de 1941

El pastor Cresswell estaba sentado en su estudio, mirando por la ventana al mirlo que cantaba desde lo alto de la valla de mimbre. Despertó de su trance cuando Ben llamó a la puerta y entró en la sala.

—Siento molestarte, padre —dijo.

—¿Cómo dices? Ah, no molestas. Ni mucho menos. Estaba intentando pensar en un tema para el sermón del domingo. —Lanzó un suspiro—. Últimamente resulta muy difícil. Ya no podemos predicar sobre el fuego eterno porque la gente conoce el infierno de primera mano. De modo que tiene que ser un sermón esperanzador, que les levante el ánimo. Pero ¿cómo podemos saber que Dios está de nuestro lado cuando a los alemanes les dicen lo mismo? No dejo de pensar en Daniel y el foso de los leones. Hay que confiar en Dios a pesar de las circunstancias. ¿Qué opinas?

Ben asintió. Desde su marcha a Oxford, le resultaba más y más difícil creer en la versión de Dios que predicaba su padre. Nunca se lo había confesado, claro, pero desde el accidente y el estallido de la guerra, dudaba de la propia existencia de Dios.

—¿Aún tienes un mapa catastral de la zona?

—Debería tenerlo en algún sitio. Mira en el segundo cajón del secreter. —Observó a su hijo, que abrió el cajón y lo encontró lleno de papeles—. ¿Quieres ir a hacer senderismo mientras estás aquí?

—Tal vez. —Ben dejó el montón de papeles en la mesa—. Deberías organizar todos estos documentos, padre. ¿Quieres que lo haga mientras esté por aquí?

—Gracias, te lo agradecería —respondió el pastor Cresswell—. Nunca encuentro el tiempo para hacerlo. A la señora Fitch le encantaría tener carta blanca para entrar en el estudio, pero sabe que está fuera de su jurisdicción. Solo le permito pasar el cepillo por la moqueta. Si dejara que se saliera con la suya, me pondría todos los papeles en orden alfabético y entonces ya no podría encontrar nada.

Ben sonrió. Dejó a un lado un panfleto de preparación para la confirmación, otro de la fiesta benéfica de la iglesia del año pasado, un programa de Gilbert y Sullivan de D'Oyly Carte y diversas cartas, antes de desenterrar un mapa de Francia, uno de Suiza y finalmente el que buscaba.

—Ah, aquí está —dijo—. Luego me pondré con el resto de los papeles, pero necesito tomar prestado esto, si no te importa.

—Si estás pesando en salir a caminar, consúltamelo antes. Es probable que se hayan producido algunos cambios que no recoge el mapa. La casa antigua que hay detrás de la granja Broadbent tiene nuevos dueños. Unos artistas de Londres, me han dicho. Ni que decir tiene que no se han dejado caer por la iglesia. —Sonrió—. Pero he oído que han intentado bloquear el sendero que cruza su propiedad. La gente les ha advertido que no pueden hacerlo. Es una antigua servidumbre de paso del pueblo a Hildenborough. Pero no creo que haya servido de gran cosa. Y en época de guerra nadie se molestará en llevarlos a juicio.

—Eso no me preocupa, padre. No será por falta de sitios a los que ir a andar. ¿Conoces a los nuevos inquilinos?

—Me temo que no. Creo que de vez en cuando van al pub. Son dos hombres de Londres. Uno de ellos es un artista de renombre. El doctor Sinclair dijo que lo habían invitado a tomar un jerez en su casa y que los cuadros eran espantosos. Manchurrones negros y rojos. Uno de ellos es danés. Hansen. Pero no es el famoso. Tenía un nombre ruso. ¿Stravinski? Algo así.

Mientras su padre hablaba, Ben abrió el mapa sobre una mesa, tomó una regla y trazó un radio de ocho kilómetros. Cerca de Tonbridge había una zona extensa y llana, muchos campos en los que podía haber aterrizado el paracaidista. En ese sentido, si había elegido uno de lord Westerham, lo lógico era pensar que su contacto se encontraba a una distancia accesible a pie. Así pues, los posibles destinos eran la finca Farleigh, las casitas del pueblo o las más grandes situadas en torno al prado comunal: la vicaría de su padre, la casa del doctor Sinclair, la de la señora Hamilton y la del coronel Huntley. En ese radio había también un par de granjas: la de Highcroft y la de Broadbent. Y luego estaban la finca Nethercote, de la familia Prescott, a un kilómetro del pueblo. Y nada más.

Ben lanzó un suspiro. Conocía a los habitantes del pueblo de toda la vida, a menos que hubiera llegado un vecino nuevo, aparte de los dos hombres del secadero. Y el coronel, Nethercote y Farleigh. Todos ingleses y patriotas de pura cepa. Nadie dispuesto a ayudar a los alemanes. Llegó a la conclusión de que se trataba de un error. El hombre que se había caído no era un espía que intentaba transmitir un mensaje a un contacto. Tenía que tratarse de un accidente: un hombre que había caído de un avión por error, en el lugar equivocado.

No obstante, un hombre poderoso y de alto rango le había encargado que investigara, de modo que debía cumplir con la tarea y hacerlo bien. Dobló el mapa.

—Si no te importa, me lo quedaré unos días.

El párroco levantó la mirada y asintió.

—¿Qué? Ah, no, adelante, todo tuyo. —Miró a su hijo—. ¿Por qué has vuelto a casa?

—¿Qué ocurre? ¿No te alegras de verme?

—Claro que sí, pero me preguntaba si la pierna te había dado muchos problemas y no podías...

—¿Me estás preguntando si me han echado? ¿De un trabajo de oficina? ¿En época de guerra? —preguntó con voz aguda—. Es increíble. A pesar de lo que puedan pensar los demás, no soy un tullido. Puedo andar perfectamente. Pamela y yo vinimos de la estación cargando con la maleta. El único problema es que no puedo doblar la rodilla, eso es todo. De modo que, si organizan un partido de críquet en el pueblo, no me apuntes para jugar de portero.

Su padre lo miró sorprendido ante aquel estallido de ira.

—Lo siento, Benjamin. No pretendía ofenderte. Lo que ocurre es que me sorprendió un poco verte aparecer por casa así, de buenas a primeras, porque en la actualidad no dan permiso a nadie.

Ben respiró hondo para intentar reprimir el gesto de desagrado que le provocaba la mentira que iba a decirle a su padre.

—De hecho, me han dicho que últimamente he trabajado demasiado y que debía tomarme unos días libres. Los turnos nocturnos acaban pasando factura. Y cuando tenemos libre, debemos colaborar con la brigada antiincendios.

—¿Sigues en el centro de Londres? ¿Has visto muchos bombardeos?

—Bastantes.

—Estás en uno de los ministerios, ¿no?

—Así es.

—¿Es un trabajo interesante?

Ben sonrió.

—Estamos en guerra, padre. Aunque tuviera el trabajo más aburrido del mundo, no podría contarte nada.

—Lo entiendo —dijo el pastor—. Bueno, me alegro de tenerte en casa. Disfruta al máximo de tu estancia. Y de la cocina de la señora Finch. Respira un poco de aire fresco.

—Eso haré. Gracias.

Cuando estaba a punto de salir del estudio, su padre le dijo:

—Y lady Pamela, ¿por qué ha vuelto?

—Por lo mismo que yo, creo. Últimamente le ha tocado hacer muchos turnos nocturnos.

—No esperarán que una chica trabaje toda la noche, ¿verdad?

—Todo el mundo tiene que trabajar. Siempre —respondió Ben.

—Pero no creo que necesiten archivar nada de noche. ¿Dónde has dicho que estaba?

—No te lo he dicho. Pero es un departamento del gobierno y los han trasladado a las afueras de Londres.

—Lady Pamela es una chica muy lista. Tiene un cerebro privilegiado —dijo el pastor Cresswell—. Habría destacado en Oxford. Intenté decírselo a su padre, pero no quiso ni oír hablar del tema. Es de esos hombres que quieren casar a su hija a la primera oportunidad que tenga para desentenderse de ella. Una filosofía digna de la Edad Media.

Las palabras de su padre le hicieron pensar en la otra parte de su investigación.

—Eso me recuerda una cosa, padre. A ti te gusta mucho la historia. ¿Qué ocurrió en el año 1461? ¿Algún hecho destacable?

El pastor Cresswell miró hacia fuera, donde un caballo tiraba de un carro de estiércol.

—¿1461? La guerra de las Dos Rosas, ¿no?

—¿La guerra de las Dos Rosas? —Ben intentó rescatar algún recuerdo de las clases de historia de la escuela de Tonbridge.

En su momento tuvo que aprender de memoria una ristra interminable de fechas y batallas, que olvidó una vez hecho el examen.

—La casa de Lancaster contra la casa de York. Ganaron estos, ¿verdad?

—En 1461, si no recuerdo mal, Eduardo IV destronó a Enrique VI por sus ataques de locura. Eso es. Se produjeron dos batallas sangrientas, una en la frontera galesa en el cruce de Mortimer, y otra en Yorkshire. La batalla de Towton. Una de las más sangrientas de la historia. Murieron docenas de hombres y Eduardo se alzó con la victoria.

Ben necesitaba saber más.

—¿Y sabes si se libró en un terreno donde hubiera una colina empinada?

—No tengo ni idea —respondió el pastor Cresswell algo sorprendido—. No sabía que te interesaban las batallas, al menos las antiguas.

—Es que me hicieron una pregunta en el trabajo. Me llegan muchas de este tipo.

—Bueno, las marcas galesas son bastante accidentadas. ¿Y Yorkshire? Tiene el valle y los páramos, pero son laderas más suaves, si no recuerdo mal de cuando las recorrí en mi época de estudiante.

—Gracias. —Ben le dedicó una sonrisa a su padre—. Me has ayudado mucho. Es fantástico tener un padre que es una fuente de sabiduría.

—Ah, yo no diría tanto. —El pastor carraspeó, medio avergonzado—. Ya sabes que siempre me ha gustado la historia y que soy un gran aficionado a la lectura. La radio no me entusiasma y las noches de invierno pueden ser muy largas y solitarias. Por eso leo tanto.

Ben miró a su padre con compasión. Desde el fallecimiento de su madre había pasado muchos años solo y, sin embargo, no tuvo ningún inconveniente en enviarlo a un internado porque sabía que era lo mejor para su hijo si quería ser un hombre de provecho.

—No tendrás un mapa topográfico y catastral de toda Gran Bretaña, ¿verdad? —preguntó.

—Me temo que no. Imagino que habrá uno en la biblioteca de Sevenoaks o Tonbridge. —Miró a Ben con interés—. Me alegra que hayas decidido hacer ejercicio. Tienes que reforzar la musculatura.

—De hecho, estaba pensando en esas batallas, la del cruce de Mortimer o la de Towton.

—Me sorprende que muestres tanto interés por unas batallas de la antigüedad en plena guerra —confesó el pastor Cresswell—, pero imagino que tendrás tus motivos. Siempre es bueno mantener la cabeza ocupada. Y yo debería retomar el sermón.

El pastor se volvió y abrió la Biblia.

Ben cogió el mapa y se dirigió a la sala de estar. Lo abrió en una mesa baja y lo examinó de nuevo. Entonces abrió la libreta que llevaba consigo en el bolsillo del pecho y sacó la pluma. «¿Inquilinos del secadero? —anotó—. Comprobar si hay vecinos nuevos en el pueblo. Luego mapa del cruce de Mortimer y Towton». No obstante, no entendía qué relación podían guardar dos batallas medievales con la actual contienda. Tal vez ocurrió algo en 1461 y en la guerra de las Dos Rosas se produjo un punto de inflexión cuyas consecuencias llegaban hasta la actualidad. Tenía que ir a la biblioteca o a su antigua escuela de Tonbridge para consultar los libros sobre el tema. Y fue entonces cuando se dio cuenta de que la parte de investigación le resultaba muy atractiva. Como si fuera un rompecabezas.

Capítulo 14

Farleigh Place, Kent
Mayo de 1941

El Rolls-Royce aplastó la grava del camino de acceso de Farleigh Place. Pamela se alegraba de haber aceptado el ofrecimiento de sir William para acompañarla en coche a su casa. Se dio cuenta de que estaba en baja forma y no podía resistir tan bien como antes las caminatas que exigía la vida en el campo. Además, debía admitir también que se había alegrado de la súbita aparición de los padres de Jeremy, que los habían interrumpido. La pasión desaforada que parecía haberse apoderado de su hijo la había inquietado. En parte lo entendía, después de haber pasado tanto tiempo encerrado, pero sus insinuaciones habían logrado incomodarla. Ella no era una chica ingenua y cándida. En su época también había tenido que pararles los pies a jóvenes muy fogosos en bailes de la alta sociedad. Pero siempre había sido consciente de que estaba esperando a Jeremy, de que se estaba reservando para él. Sin embargo, el hecho de que hubiera admitido sin pudor que quería acostarse con ella la había descolocado. Claro que quería que le hiciera el amor. Pero en su fantasía ella llevaba un vestido de novia blanco, un velo, y luego llegaba la luna de miel en una preciosa casa de Italia, donde él la tomaría en brazos y le susurraría: «Por fin solos, mi amor».

—¿Cómo llegaste a casa? —le preguntó sir William cuando salían de Nethercote.

—Vine andando con Ben. Sé que parece increíble, pero ambos tomamos el mismo tren en Londres. Pura coincidencia.

—Es un buen chico, Cresswell —dijo sir William—. Y no puedo evitar sentir un poco de pena por él. Mira que tener que conformarse con un vulgar trabajo de oficina y perderse toda la diversión…

—¿De verdad le parece divertido? —preguntó Pamela—. ¿Cree que lo es para los que están luchando en el frente?

—Al menos saben que están haciendo algo que vale la pena. Defienden a su país. ¿Hay algo más valioso que eso? Es la oportunidad de mostrar que uno tiene lo que hay que tener. Y mi hijo le privó de esa posibilidad por sus ansias de alardear ante los demás. Asumiendo riesgos. Me temo que es algo innato en él. Esperemos que su última hazaña lo haya hecho entrar en razón.

Llegaron al muro de ladrillos que rodeaba la finca de Farleigh; sir William cruzó la puerta, entre dos columnas rematadas con sendos leones. Pamela miró por la ventana para disfrutar de la visión de aquel lugar tan querido y familiar. Los castaños estaban en flor, con sus candelas blancas. Los parterres, sin embargo, no estaban muy bien cuidados y el césped no lucía el mismo aspecto inmaculado que el de Nethercote. Se inclinó hacia delante en el asiento, con ganas de ver la casa de una vez, pero a medida que se aproximaban los recibió una procesión de camiones del ejército, un convoy que les cortó la vista de Farleigh y que le recordó que no formaban parte de la familia Sutton.

—Espero que esos monstruos no hayan estropeado la propiedad —dijo sir William cuando pasó de largo el primer camión.

—Papá no se ha quejado, por lo que imagino que de momento no debe de haber tenido ningún problema en ese sentido.

—Se oyen auténticas historias de terror —dijo sir William—. Que usan los retratos de los antepasados para hacer prácticas de tiro, que orinan en los tapices... Vandalismo gratuito.

—Cielos, espero que no sea así —admitió Pamela—. Papá sería capaz de matar con sus propias manos a cualquiera que cometiera la imprudencia de dañar algo de Farleigh. Por suerte, los objetos de valor se pusieron a buen recaudo cuando supimos que el regimiento iba a alojarse aquí.

El patio estaba lleno de vehículos del ejército y sir William tuvo que maniobrar para sortearlos.

—Me temo que no puedo acercarme más a la puerta —dijo.

—No se preocupe, déjeme aquí. Puedo ir andando.

Sir William detuvo el coche junto al lago.

—¿Seguro que no te importa?

—En absoluto. Gracias por traerme, se lo agradezco mucho. Tendré que desempolvar mi antigua bicicleta para desplazarme. No creo que haya gasolina para el coche.

—Solo para gente como yo. —Sir William le dedicó una sonrisa ufana, pero aun así bajó del vehículo y le abrió la puerta—. Me alegro de que hayas vuelto, querida. Si alguien puede ayudar a Jeremy para que se recupere, esa eres tú. Durante su cautiverio siempre tuvo una fotografía tuya. No te imaginas el disgusto que se llevó cuando la perdió en el río, la noche de su evasión.

Pamela asintió, sin saber qué decir.

—Entre tú y yo —dijo sir William en voz baja—, su madre confía en que no permitas que vuelva a volar. Él se muere de ganas, claro, pero ya lo conoces. En cuanto le dejen ponerse a los mandos de un avión empezará a perseguir Messerschmitt y Junkers hasta Alemania si es necesario.

Pamela esbozó una sonrisa.

—Me lo imaginaba. Es algo que le apasiona.

—Le gusta vivir al límite. Siempre ha sido así. —Le tomó la mano a Pamela—. Te agradecería que vinieras a vernos a menudo.

—Por supuesto, eso haré. Y gracias por traerme.

Le soltó la mano y Pamela subió corriendo los escalones y entró en casa.

En cuanto cerró la puerta, oyó unas voces que parecían provenir de la que había sido la sala matinal, pero que ahora se había convertido en un modesto salón. Se encontraba en la parte delantera de la casa y ofrecía buenas vistas del lago y el camino. Entró y encontró a toda la familia reunida, tomando el té. Estaban sentados en semicírculo y en la mesa había una bandeja de té con un servicio de plata, un plato con sándwiches pequeños, otro con galletas, un pedazo de pastel de frutas y más comida que quedaba oculta bajo una cúpula de plata. Olivia tenía a su hijo en brazos y lo mecía en las rodillas mientras la niñera observaba la escena desde la puerta, algo nerviosa. Los dos perros estaban tumbados a los pies de lord Westerham. Missie, siempre alerta, levantó las orejas cuando oyó los pasos de Pamela, se puso en pie y empezó a menear la cola.

—¡Es Pamma! —exclamó Phoebe, que recibió a su hermana con una sonrisa de oreja a oreja muy reconfortante.

—Hola, querida. Bienvenida a casa.

Lord Westerham también se alegró al ver a su hija y le tendió los brazos.

Pamela se acercó y le besó en la mejilla.

—Hola, papá. —Miró a su alrededor—. Hola, Feebs. Mamá. Livvy. A ti ya te había saludado, Dido.

—Sí, de forma muy cálida, si no recuerdo mal —dijo Diana, que llevaba pantalones de nuevo, estos de color azul marino, y una blusa de algodón blanca atada en la cintura. Parecía una chica de campo de lo más moderna y elegante.

—Lo siento. Es que me ha sorprendido verte en casa de Jeremy. No había caído en la cuenta de que os conocíais.

—Intentaba comportarme como un alma caritativa y visitar a un vecino que lo está pasando mal —replicó Diana con una mueca.

—Él está muy agradecido. Me ha dicho que has sido muy buena —dijo Pamela con su mejor cara.

Se acercó a la mesa de centro y se sirvió una taza de té.

—Adivina qué… ¡hay *crumpets*! —exclamó Phoebe—. La señora Mortlock es un ángel.

Pamela sonrió a su hermana. Phoebe había crecido mucho desde la última vez que la había visto. Estaba en esa fase incómoda, a medio camino entre la infancia y la edad adulta, pero se notaba que iba a ser una auténtica belleza. Y tenía un rostro iluminado por un entusiasmo desbordante. Pamela miró la bandeja, en la que solo quedaba un *crumpet*.

—No es lo mismo con margarina —dijo lady Esme—, pero, por suerte, la señora Mortlock llenó la despensa de mermeladas antes de que empezaran a racionar el azúcar. Si somos comedidos, podría durarnos un año más y quizá por entonces ya haya acabado la guerra.

—Gumbie dice que espera que la guerra no acabe pronto —terció Phoebe.

—¿Cómo? —Lord Westerham se irguió en su sillón—. No me digas que has contratado a una institutriz nazi, Esme.

—¿Nazi? —Lady Westerham lo miró desconcertada—. Oh, no, querido. Es imposible que lo sea. Es de Cheltenham.

—No, papá. Se refería a que, si la guerra se acaba enseguida, significará que Alemania ha ganado. Me dijo que nos llevará tiempo ganar a los alemanes y expulsarlos de Europa.

—Eso es cierto —concedió Pamela—. Este *crumpet* es delicioso, por cierto. Tendríais que ver los mendrugos de pan seco y margarina que me da la casera. Es una cocinera pésima.

—Debo decir que de momento nuestra cocinera se las apaña bastante bien, dadas las circunstancias —dijo lord Westerham, que se sirvió una galleta—. No recuerdo cuándo fue la última vez que probé un filete de ternera decente, claro. Pero no podemos esperar seguir disfrutando de los mismos manjares de antes de la guerra. Bueno, Pamela, ¿y tú cómo te encuentras? ¿Qué tal va el trabajo?

—Muy bien, gracias, aunque es agotador. Trabajamos más horas que un reloj y a menudo en turno de noche. Pero al menos tengo la sensación de que estoy haciendo algo. Y cuando tenemos un día libre, intentamos aprovecharlo al máximo: deportes, conciertos y salas de fiestas.

—¿En qué consiste tu empleo exactamente? —preguntó Diana—. ¿No podrías ayudarme a conseguir uno?

—Soy secretaria. Archivo documentos y esas cosas. Y no, seguro que a papá no le haría ninguna gracia que vivieras tan lejos de casa.

—Tienes razón —afirmó lord Westerham—. Ya te lo he dejado claro muchas veces, Dido: aún no tienes edad para irte de casa.

—Muchos chicos se alistaron en el ejército con solo dieciocho años y murieron en la Gran Guerra.

—Lo cual demuestra que tengo toda la razón —insistió lord Westerham, señalándola con un dedo—. ¿Crees que voy a permitir que mi hija pequeña corra peligro? Quiero protegerte. Y quiero proteger a mi familia.

—Aún no has saludado al pequeño Charles —dijo Livvy en tono molesto—. Ya se tiene en pie y el otro día dijo «dada». Tú lo oíste, ¿verdad, mamá?

—Pronunció una palabra, eso seguro —concedió lady Esme. Pamela sonrió al darse cuenta de que su madre seguía llevando lo que antes de la guerra se llamaba vestido informal, de tela sedosa en tonos pastel y con el dobladillo asimétrico—. Lo que no tengo claro es que supiera lo que decía.

—Seguro que sí. Echa mucho de menos a Teddy. Y yo también. Hace semanas que no sé nada de él. Espero que esté bien.

—Pero ¿no está en las Bahamas con el duque de Windsor? —preguntó Pamela.

—Sí, pero hay submarinos alemanes. Y complots, ya sabes. Espías y asesinos.

—Y hablando del tema, el otro día se produjo un hecho que levantó bastante revuelo —dijo lord Westerham—. Un pobre muchacho cayó en una de nuestras fincas.

—¿Cayó? —preguntó Pamela.

—No se le abrió el paracaídas. Debió de caer de un avión.

—Cielo santo —exclamó Pamela—. Qué horror.

—Y ¿sabes qué, Pamma? —intervino Phoebe con orgullo—. Lo encontré yo. O, más bien, lo encontramos el chico evacuado que vive con el guardabosque y yo. Estaba cubierto de sangre, hecho un guiñapo. Muy asqueroso.

—Qué grima, Feebs. —Pamela se volvió hacia su padre—. ¿Habéis podido averiguar quién era?

—No, pero todo ese asunto huele a chamusquina. Creíamos que era uno de los soldados del regimiento que está alojado aquí, pero el coronel afirma que no es así. Lo que nos obliga a preguntarnos quién demonios era. No me extrañaría que se tratase de un maldito espía alemán. Aun así, nadie se ha tomado la molestia de desplazarse hasta aquí para averiguarlo.

—Cuida el lenguaje delante de las niñas, Roddy —lo reprendió lady Esme.

—Ya no son niñas. Y si lo peor que les puede pasar es escuchar la palabra «maldito», pueden considerarse malditamente afortunadas.

Phoebe se rio. Pamela intercambió una sonrisa con Livvy, pero en el fondo ya estaba pensando en el espía alemán. En el trabajo había oído conversaciones de que los alemanes estaban enviando mensajes cifrados a Gran Bretaña, a simpatizantes o espías que se habían infiltrado en la comunidad. Sin embargo, le parecía casi imposible de creer que algún espía se tomara la molestia de operar en esa zona tan bucólica del norte de Kent, lejos de las ciudades, de las fábricas y de cualquier otro objetivo susceptible de ser bombardeado.

Phoebe observaba a Pamela con interés. El cerebro le iba a mil por hora y saltaba a la vista que se había apoderado de ella una intensa emoción. Se revolvió en su asiento. No veía la hora de que acabara el té.

Lord Westerham se dio cuenta de lo que ocurría.

—¿Qué te sucede, pequeña? —le preguntó—. Estás hecha un manojo de nervios.

—No me pasa nada, pero es que ya he acabado y tengo cosas que hacer.

—¿No quieres pastel? Es muy raro en ti —afirmó lord Westerham.

—El *crumpet* me ha dejado llena —respondió Phoebe, provocando la risa burlona de Diana—. ¿Podríais disculparme?

—No veo inconveniente —concedió lord Westerham—. Siempre que los asuntos que requieren de tu atención no sean ilegales, inmorales o una condenada estupidez.

—Ah, no, papá —repuso Phoebe con inocencia—. Voy a tomar el aire. Es que hace un día espléndido, ¿no crees? Si quieres, puedo llevarme a los perros.

—Buena idea, pero que no molesten a los soldados. La semana pasada se quejaron de que los perros los habían obligado a interrumpir unas maniobras.

—No me acercaré a ellos —prometió Phoebe.

—¡Y nada de salir a montar tu sola! —La señaló con un dedo amenazador—. Ya me han dicho que has montado a Bola de Nieve sin decírselo a nadie.

—No voy a montar, papá. —Abrió la puerta—. Venga, perros, vamos a dar una vuelta.

No tuvo que insistir. Los dos animales salieron corriendo tras ella, meneando su cola larga y suave.

Phoebe los sacó por la puerta doble del nuevo comedor para no arriesgarse a molestar a los soldados si utilizaban el vestíbulo principal. Los perros la adelantaron, ladrando a una pareja de patos que acababa de salir del lago. Las aves echaron a volar frenéticamente, y los canes esperaron con la lengua fuera a que Phoebe los alcanzara. Rodearon el lago, cruzaron el jardín y se adentraron en el primer soto. Al otro lado se encontraba la finca donde habían hallado el cuerpo. Phoebe miró nerviosa a su alrededor, preguntándose si aún habría sangre en la hierba. La lluvia que había caído de noche tendría que haberlo limpiado todo.

Al otro lado del soto, tomó el camino que avanzaba serpenteando entre la vegetación. De pronto le pareció ver un gamo y los perros aguzaron las orejas, mirándola expectantes.

—No —les advirtió ella con firmeza—. Vuestro amo no quiere que os dediquéis a perseguir gamos.

Más allá de los árboles se alzaba el muro que rodeaba la finca, donde había una pequeña cabaña de ladrillos. Phoebe llamó a la puerta y la abrió una mujer con un delantal floreado, que reaccionó con sorpresa al ver a la joven.

—Hola, señora Robbins —la saludó Phoebe.

—Hola, milady. Qué sorpresa. Me temo que el señor Robbins no se encuentra aquí en estos momentos.

—No venía a verlo a él, sino a Alfie. ¿Está en casa?

—Sí, milady. Acaba de llegar de la escuela y, de hecho, estaba tomando el té. Si le apetece entrar… —La mujer abrió un poco más la puerta.

—Sentaos —ordenó Phoebe a los perros—. Quietos.

Entró en la casa. La cocina se encontraba junto al diminuto recibidor. Estaba orientada hacia el muro de la finca y era bastante oscura, pero las cacerolas de cobre refulgían sobre unos fogones antiguos, que desprendían olor a pan recién horneado. Phoebe vio la hogaza en el centro de la mesa. Ahí estaba Alfie, llevándose a la boca una rebanada de pan untada con mermelada. Cuando vio a Phoebe, dejó el pan en el plato, pero los restos de mermelada le dibujaron una sonrisa en las mejillas. Se limpió la mermelada con el dedo.

—Hola, Alfie —dijo Phoebe.

—Hola. —Parecía sentirse incómodo.

—He venido a verte —anunció Phoebe—. Quería decirte una cosa.

—¿Desea milady una taza de té también? —preguntó la señora Robbins—. ¿Y tal vez una rebanada de pan? Acabo de sacarlo del horno.

A pesar de los dos *crumpets*, los sándwiches y la galleta que había comido, Phoebe no pudo resistirse a la tentación.

—Se lo agradecería mucho, gracias —dijo y arrimó una silla junto a Alfie.

La señora Robbins cogió la hogaza, la sujetó contra el estómago y cortó una rebanada. Por un momento Phoebe temió que fuera a hacerse daño, pero la mujer cogió la rebanada, la puso en un plato y se la ofreció a Phoebe, acompañada de la mantequilla. Phoebe la probó y exclamó:

—¡Es mantequilla!

—Claro que sí —afirmó la señora Robbins entre risas—. El señor Robbins detesta la margarina, por lo que he llegado a un pequeño acuerdo con la mujer del granjero de Highcroft. Pero no se lo cuente a nadie, ¿de acuerdo?

—Claro que no. —Phoebe untó el pan con mantequilla y con mermelada de fresa—. No sabes la suerte que tienes de que te den comida tan buena —le dijo a Alfie.

—Lo sé. Está deliciosa, ¿verdad? ¿Qué querías decirme?

—Te lo cuento luego —dijo y miró a la señora Robbins, que le dejó una tetera al lado. Ya le había añadido la leche y el azúcar y el té parecía muy fuerte.

—Os dejo a solas, ¿de acuerdo? —dijo la mujer—. Pero avisadme si necesitáis algo. Estaré detrás, apañando las judías.

Alfie miró a Phoebe, expectante.

—Acabo de descubrir algo interesante —dijo Phoebe con un susurro, por si la señora Robbins aún los escuchaba.

—¿Sobre el cuerpo?

—Sí. Mi padre dice que había algo raro con el uniforme. Cree que podría ser un espía.

—Eso es lo que se dice en el pueblo —afirmó Alfie, orgulloso de haber oído la información antes—. En la escuela no se hablaba de otra cosa. Hasta los mayores estaban celosos de que lo hubiera encontrado yo.

—¿Se dice algo sobre las intenciones del espía? A lo mejor lo enviaron para establecer contacto con alguien de aquí, ¿no crees?

Alfie negó con la cabeza.

—Dicen que los alemanes están lanzando paracaidistas por toda Inglaterra.

—Pues yo creo que tenía el objetivo de reunirse con alguien —afirmó Phoebe—. Por eso me parece que es nuestro deber averiguar qué planes tenía.

—¡Caray! —exclamó Alfie—. ¿Tú y yo? ¿Buscando espías?

—¿Por qué no? Nadie sospecharía de dos niños, ¿no crees? ¿A qué hora sales de la escuela?

—A las cuatro.

—Pues quedamos mañana y prepararemos una lista de los posibles sospechosos —dijo Phoebe.

—No voy a ir a la casa grande.

—Claro que no. No quiero que mi familia se entere de lo que estoy haciendo. Quedamos en el pueblo. Junto al monumento a los caídos, en el prado comunal. —Phoebe sonrió—. Será divertido, ya verás. Por fin vamos a hacer algo útil.

Ambos se volvieron cuando los perros empezaron a ladrar y al cabo de poco oyeron el petardeo de una motocicleta.

—Me pregunto quién será —dijo Phoebe, que se acercó a la ventana y vio a un joven de uniforme que bajó de la moto y se acercó a la señora Robbins mientras los perros saltaban, medio en broma, medio en serio. Phoebe los llamó y los riñó. El motociclista le entregó algo a la señora Robbins y se fue. Phoebe observó a la mujer, que permaneció inmóvil, mirando el papel que tenía en las manos. Al final, la joven ya no pudo aguantar más.

—¿Ocurre algo, señora Robbins? —preguntó.

La mujer levantó la mirada con gesto afligido.

—Es nuestro George. El telegrama dice que torpedearon su barco y que ha desaparecido. Lo dan por muerto. —Miró a su alrededor, sobrepasada por la noticia—. Tengo que encontrar a mi marido para decírselo.

—Yo iré a por él, señora Robbins —dijo Alfie—. No se preocupe.

Y se fue sin más, dejando a Phoebe a solas con la mujer del guardabosque.

—No me sorprendería que le diera algo al saber la noticia. Lo tenía en un pedestal. Creía que era la perfección personalizada. Para mi marido nada ni nadie estaba a la altura de nuestro George. Y no quería que se alistara como voluntario. No estaba obligado. Tenía un trabajo de primera necesidad. Pero el muy tozudo quería ayudar, quería alistarse en la Marina para ver mundo. —La mujer rompió a llorar y los lagrimones empezaron a correrle por las mejillas—. Solo tenía dieciocho años. —Entonces pareció caer en la cuenta de que estaba hablando con lady Phoebe—. Lo siento, milady. No tenía ningún derecho a…

—Tiene todo el derecho del mundo —le aseguró Phoebe.

Pero la mujer negó con la cabeza.

—No puedo montar una escena como esta. No soy distinta a las demás madres que han recibido una mala noticia hoy. Tenemos que aprender a seguir adelante. A proseguir con nuestra vida sin él.

Entonces se llevó una mano a la boca y regresó a la casa. Phoebe se quedó plantada fuera. No sabía qué hacer. ¿Debía entrar para intentar consolar a la señora Robbins o era mejor que la dejara en paz? Antes de que le diera tiempo de tomar una decisión, llegó el señor Robbins corriendo, con la cara roja y sudando, seguido de Alfie.

—¿Dónde está? —preguntó.

Phoebe se limitó a señalar la puerta. El señor Robbins irrumpió en la casa. Alfie dudó y miró a su amiga.

—Creo que es mejor que me vaya —dijo Phoebe—. Ahora lo único que haría sería molestar.

Alfie asintió.

—¿Nos vemos mañana? —preguntó ella.

Alfie asintió.

Phoebe volvió a la casa grande. Oyó que su familia seguía de tertulia, pero prefirió subir a su habitación sin hacer ruido. Miss Gumble la miró cuando entró.

—¿Qué te ocurre, Phoebe? —le preguntó la institutriz.

—Es por George Robbins, el hijo del guardabosque. Ha desaparecido en combate y lo dan por muerto. —Se volvió—. Odio esta guerra horrible. La odio y la odio. Está muriendo mucha gente y nunca podré ir a la escuela y nunca volverá a pasar nada bonito. —Cogió el conejo de peluche que tenía en la cama y lo lanzó contra la pared. Se dejó caer sobre el lecho y rompió a llorar.

Miss Gumble se acercó a la pequeña, se sentó a su lado y le acarició el hombro.

—No pasa nada, querida. Llora cuanto necesites.

—Papá siempre dice que tenemos que ser fuertes y dar ejemplo. Phoebe tragó saliva para intentar controlar las lágrimas.

—Cuando estés conmigo, puedes llorar tanto como quieras —dijo Miss Gumble—. Será nuestro pequeño secreto. Toma, límpiate la nariz. —Le dio un pañuelo y Phoebe logró esbozar una sonrisa llorosa.

—¿Sabes qué, Gumbie? A veces preferiría que dejáramos ganar esta estúpida guerra a los alemanes, que invadieran Inglaterra, pero dejaran de luchar. No estaría mal, ¿verdad? Pamela estuvo en Alemania antes de la guerra. Fue a esquiar y se lo pasó bien. Además, nuestro rey tiene antepasados alemanes, ¿no?

Miss Gumble la miraba fijamente con rostro impertérrito.

—Que no te vuelva a oír decir eso, Phoebe Sutton —le advirtió en un tono que Phoebe no le había oído usar jamás—. Si los alemanes invadieran Inglaterra, tendrías que despedirte de la vida y de todas las comodidades que has conocido. A los de tu clase seguramente no os iría muy mal, siempre que tu padre saludara la bandera nazi y dijera «*Heil*, Hitler». Pero los demás lo pasaríamos peor. Mi madre era judía. Su familia huyó de Alemania antes de la última guerra porque les inquietaba el sentimiento antijudío que se había apoderado del país. Y desde entonces, todo ha ido a peor. Empezaron rompiendo los escaparates de las tiendas judías, luego los obligaron a llevar una estrella amarilla, les prohibieron ir a la escuela y a la universidad, empezaron las palizas en la calle. Estoy convencida de que Hitler no parará hasta que haya exterminado a todos los judíos.

Cuando Phoebe se refrescó la cara con agua fría para que nadie supiera que había llorado, bajó de nuevo y encontró a su familia en el salón. Lord Westerham la miró en cuanto entró.

—¿Ya has dado un paseo? ¿Se han portado bien los perros? —preguntó.

Pero Pamela se fijó en la cara de su hermana.

—¿Qué te pasa? —le preguntó—. Estás pálida.

—Son los Robbins —dijo Phoebe—. Acaban de recibir un telegrama. El barco de su hijo ha sido torpedeado y George ha desaparecido. Lo dan por muerto.

—Es horrible —afirmó lady Westerham—. Estaban tan orgullosos de él…

—Deberíamos hacer algo, mamá —le pidió Phoebe—. Organizar un oficio religioso, un monumento en su memoria o algo parecido. Para que sepan que nos importa.

—Acaban de declararlo desaparecido. No podemos perder la esperanza.

—Mamá, si los alemanes han torpedeado su barco y ha desaparecido en mitad del océano, no hay muchas posibilidades de encontrarlo, aunque haya sobrevivido —sentenció Dido, que levantó la mirada de la revista.

—Alguna hay. Puede ser que subiera a un bote salvavidas y vaya a la deriva. No sería el primer marinero que ha sobrevivido durante mucho tiempo.

—Aun así, ¿no crees que tendríamos que hacer algo? —insistió Phoebe.

—Yo esperaría, pequeña —afirmó lord Westerham, con una dulzura inusitada en él—. Debemos permitir que mantengan la esperanza el máximo tiempo posible.

Pamela miraba por la ventana, intentando reprimir la angustia que amenazaba con arrollarla. Alguien debería haber descifrado el código de los submarinos de ese día. Alguien debería haber podido advertir al convoy y enviar aviones a protegerlo. Hasta entonces, su trabajo en Bletchley Park le había parecido una especie de rompecabezas académico, algo que no guardaba relación alguna con acontecimientos reales. Pero en ese instante se dio cuenta de la magnitud del trabajo que hacía. El impacto fue brutal. Se levantó de un salto.

—Debería volver al trabajo —dijo—. No puedo quedarme aquí bebiendo té y descansando cuando los alemanes siguen hundiendo nuestros barcos y matando a nuestros conocidos.

Lady Esme se levantó y le puso una mano en el hombro.

—Estás disgustada, querida. Como todos. George Robbins era un muchacho decente, pero no creo que el trabajo que haces en la oficina te vaya a permitir salvar muchas vidas, ¿no? No estás luchando en el frente. Yo te sugeriría que te sentaras y tomaras otra taza de té.

Como era de esperar, Pamela no supo qué decir. Se sentó y dejó que su madre le pusiera una taza de té en la mano.

Capítulo 15

París
Mayo de 1941

Los vecinos de la Rue des Beaux-Arts observaron a través de las persianas cerradas el gran Mercedes negro que se había detenido frente al número 34 esa mañana de mayo a primera hora. Las volutas de neblina aún cubrían algunos tramos del Sena. Aquellos que volvían a casa con la *baguette* cruzaron la calle y siguieron por la otra acera, como medida de precaución. Los que se iban a trabajar o los estudiantes de camino a la primera clase de la École des Beaux-Arts pasaron corriendo, con la mirada agachada. No valía la pena arriesgarse a lanzar una mirada furtiva. Era obvio que se trataba de un vehículo alemán, algo que se confirmó cuando bajó el chófer vestido con uniforme militar. Todos lanzaron un suspiro de alivio al comprobar que los alemanes no se dirigían a su apartamento. En lugar de ello, bajó del vehículo una mujer joven y delgada, seguida de otra que guardaba un gran parecido con Madame Armande, la gran diseñadora de moda.

Gaston de Varennes le había comprado el apartamento a Margot cuando se hicieron amantes. Él vivía en la mansión de familia en la Rue Boissière, en el Distrito Dieciséis, mucho más elegante, situado entre los Campos Elíseos y el Sena, pero por aquel entonces hacía gala de un carácter muy conservador en muchos sentidos. No habría accedido a que Margot viviera con él, sobre todo porque su madre aún tenía la costumbre de presentarse sin avisar. El matrimonio era una opción descartada. Margot era protestante. Su abuela detestaba a los ingleses y él no quería enfrentarse a los deseos de su familia en lo que se refería a elegir una mujer. Por eso había instalado a Margot en un pequeño apartamento de la Rue des Beaux-Arts, cerca del Boulevard Saint-Germain del Sexto Distrito. Si se asomaba a la ventana, podía ver el Sena y Notre Dame. Se encontraba en una zona agradable, aunque los grupos de estudiantes bulliciosos no habían desaparecido.

Cuando Hitler invadió el país, los alemanes ocuparon la mansión familiar, así como el *château* de la campiña. Gaston se había unido a la Resistencia casi de inmediato y encontró el apartamento en un barrio de bohemios y estudiantes, algo que ya les iba bien a los dos, ya que él podía entrar y salir sin que nadie se fijara.

La portera asomó la cabeza del cuchitril que tenía junto a la puerta cuando entró Margot.

—*Bonjour, mademoiselle* —le dijo—. Parece que vamos a tener un buen día, ¿no cree?

—Eso espero, Madame —respondió Margot.

Abrió la puerta metálica de ballesta del ascensor, y Armande hizo el ademán de seguirla.

—Madame, se lo agradezco, pero no es necesario que me acompañe —dijo Margot—. Solo tengo que meter algo de ropa y los artículos de tocador en una bolsa. Tardaré muy poco.

—Le prometí a ese alemán detestable que no te perdería de vista —replicó Gigi Armande—. Y una no puede ir por ahí incumpliendo las promesas que hace a los oficiales alemanes. Además —añadió—, tengo que asegurarme de que no te dé por tirarte de cabeza por la ventana, presa de la desesperación.

—Le prometo que no me tiraré por ninguna ventana.

—O que intentes huir por las azoteas.

Armande obligó a Margot a entrar en el ascensor y la siguió. El espacio era tan reducido que apenas cabían y Margot sintió el aroma embriagador del perfume de su jefa. La cabina ascendió con una lentitud exasperante, entre crujidos y lamentos. Margot no paraba de darle vueltas a la cabeza, pero no se le ocurría ninguna respuesta. Cuando llegaron a la tercera planta, salió antes que Armande e introdujo la llave en la cerradura. El apartamento estaba helado y vacío. Tenía tres habitaciones: una sala de estar espaciosa, un dormitorio y una cocina diminuta, además de un baño y un aseo junto al recibidor. Margot no sabía qué hacer.

—¿Le importaría que hiciera un poco de café antes de irnos? —preguntó—. He pasado casi toda la noche en vela y tengo un dolor de cabeza atroz.

—Querida, mete lo que necesites en una bolsa y ya desayunaremos en el Ritz, donde te aseguro que el café es auténtico y no ese sucedáneo repugnante de la achicoria.

Armande examinó la sala de estar y se sentó en el sofá. Estaba radiante y relajada.

A Margot le daba algo de reparo el desorden que reinaba en el piso y vio que la ropa que había llevado el día anterior estaba en el suelo. Se agachó para recogerla, avergonzada.

—No te molestes en recoger nada —le dijo Armande con un deje de impaciencia y la miró—. Me parece que aún no eres del todo consciente de ello, pero estás en graves problemas, *chérie*. Oficialmente estás arrestada, por lo que podrían venir a por ti en cualquier momento para llevarte a ese edificio y meterte en el sótano, del que solo se oyen cosas horribles.

Se le suavizó el gesto.

—Debes aprender a seguirles la corriente, *chérie*. Yo lo he logrado y aún vivo en el Ritz. Finjo que hago lo que quieren. Finjo que simpatizo con ellos. Están lejos de casa y saben apreciar la atención compasiva que pueda prodigarles una mujer bella. Si quieren que hagas algo por ellos en Inglaterra, te conviene mostrar interés, fingir que lo estás sopesando.

—Pero no podría hacerlo —replicó Margot.

—¿Ni para salvar la vida de tu amado?

Margot dudó.

—No sé cómo puedo anteponer a Gaston a mi país. Además, ¿por qué iba a confiar en su palabra? Sé que por mucho que lleve a cabo la atrocidad que me pidan, acabarán disparando a Gaston. Hasta el momento no han demostrado ser dignos de confianza.

—Creo que podría convencer a algún alto mando de que trasladaran a Gaston a un país neutral.

—A menos que ya esté muerto —replicó Margot con amargura.

—Claro. —Armande intentó restar importancia a esa posibilidad con un gesto displicente—. Pero aun así hay que hacer todo lo que esté a nuestro alcance. ¿Acaso no quieres salvarle la vida? ¿Te has aburrido de él?

—Por supuesto que quiero salvarle la vida —replicó Margot airada—, pero no puedo anteponer mi amante a mi país.

Armande suspiró.

—Qué noble y, sin embargo, qué ingenua. Si quieres sobrevivir debes aprender a ser más pragmática. A mí siempre me ha funcionado. —Se movió impaciente en el sofá y descruzó y cruzó de nuevo las piernas, enfundadas en unas medias de seda—. Venga, date prisa y sé buena.

—En la cocina hay comida —dijo Margot—. ¿Qué hago? Hortalizas, queso… Se estropearán y no está la situación como para ir malgastando comida.

—Dásela a esa vieja horrible de abajo. Te estará eternamente agradecida. —Armande repitió el gesto displicente con la mano.

Margot entró en la cocina y se le cayó el alma a los pies al darse cuenta de la poca comida que quedaba. Un cuarto de col, dos cebollas, una patata y un trozo de queso seco. Las raciones que se repartían en París se habían reducido al mínimo imprescindible para sobrevivir y la gente rapiñaba lo poco que hubiera en el mercado. A pesar de todo, la portera le agradecería su generosidad y tal vez tuviera la posibilidad de transmitirle un mensaje rápido. Lo metió todo en una bolsa de red, incluyendo la media botella de vino barato y los mendrugos del pan del día anterior. Como tampoco podía llevarse la leche de la jarra; decidió bebérsela y lavó la jarra en el fregadero. Si no quedaba comida en la casa, Gaston o alguno de sus amigos sabría que ella ya no se encontraba ahí. Estaba intentando pensar en una forma de comunicarle adónde iba para que pudieran encontrarla. Aunque tampoco se le ocurría quién podía ayudarla en esos momentos. Si los alemanes habían detenido a Gaston, no había nada que hacer. Hasta el momento había preferido no pensar en ello, pero en ese instante notó que las lágrimas le anegaban los ojos. Tuvo que parpadear varias veces para disimularlas.

Entonces repasó el dormitorio.

—Tengo el baúl en el desván —le dijo a Armande.

—No te vas de crucero, querida —replicó la mujer—. No necesitas gran cosa. Además, si necesitas algo más es probable que puedas volver dentro de un tiempo.

Así pues, Margot cogió la maleta pequeña que tenía en lo alto del armario. Era la que le había regalado su padre al cumplir veintiún años. Cuando la abrió, comprobó que aún olía a cuero inglés de primera, lo que le recordó a las sillas de montar y el cuarto de los arreos de Farleigh. Metió unas cuantas mudas de ropa interior, un cárdigan de cachemira, un par de pantalones, unas medias de repuesto, otra blusa y un vestido de algodón. En ese momento llevaba puestos los zapatos cómodos. No iba a necesitar tacones. Y tenía que dejar espacio para los artículos de arreglo personal.

Cuando se acercó al tocador, vio la tarjeta de Armande con las palabras «Llámala» escritas con pintalabios. No estaba donde la había dejado y se dio cuenta de que ya habían registrado el apartamento.

Era una suerte que el mensaje fuera tan inocente. Tenía su lógica que quisiera que sus amigas llamaran a su jefa. La dejó donde estaba.

—¿Ya estás lista? —preguntó Armande.

—Solo me faltan las cosas del neceser.

—Cielo, ¿acaso crees que en casa no tengo todos los jabones y sales de baño que puedas necesitar? Solo necesitas el maquillaje, el cepillo de dientes y una toallita para la cara, nada más.

—Antes tengo que empolvarme la nariz —dijo Margot—. No he podido ir al baño desde que me han despertado en mitad de la noche.

—De acuerdo, pero date prisa. El chófer alemán empezará a sospechar si tardamos demasiado. Ten en cuenta que informará de todo lo que hagas.

Margot entró en el baño y llenó el neceser en un momento: cepillo de dientes, dentífrico, el medicamento para la jaqueca, una toallita para la cara limpia y una crema hidratante. De repente se dio cuenta de lo absurdo de la situación, de que quisiera tener la cara perfecta, aunque estuvieran a punto de torturarla o matarla. Aun así, hizo sus necesidades. Cuando acabó, abrió el grifo y dejó que corriera el agua mientras levantaba el bidé y movía una baldosa. Era una suerte que se hubiera quedado la radio más pequeña. Solo tenía un alcance de ochocientos kilómetros, pero cabía en un maletín o bajo el bidé.

Margot se la quedó mirando, sin saber qué hacer. No había mejor escondite que ese. Si registraban a fondo el apartamento, la encontrarían. Y no podía usarla con Armande en la habitación de al lado. No le quedaba más remedio que tener paciencia. Si se mostraba dócil y dispuesta a colaborar, tal vez le permitieran volver a por algo que se hubiera olvidado. Sacó el medicamento para la jaqueca del neceser y lo dejó en el armario. Luego colocó el bidé en su sitio y cerró el grifo.

—*Mon Dieu*, pues sí que tenías ganas —dijo Armande con una sonrisa.

—Sí. Creía que me iba a estallar la vejiga mientras esperaba sentada a que vinieran a interrogarme. Me han tenido varias horas. —Entonces se le ocurrió una idea—. Supongo que no podría darme una ducha rápida, ¿verdad? —La ducha hacía ruido, pero no sabía si bastaría para disimular el del código morse que quería enviar por radio.

—Querida, ya te bañarás en el Ritz en cuanto lleguemos. No te faltará agua caliente. Es divino.

Margot intentó poner cara de contenta. Metió el neceser en la maleta y la cerró.

—Con esto me bastará para aguantar unos días —dijo.

—Tal vez no necesites más —afirmó Armande.

Margot prefirió no preguntar si ello significaba que por entonces la habrían liberado, o si estaría en la cárcel o muerta. Cogió la maleta y se dirigió a la puerta.

—Cuando quiera —dijo.

Capítulo 16

Dolphin Square, Londres

Joan Miller, la secretaria y mano derecha de Maxwell Knight, llamó y entró en su sanctasanctórum con una mirada seria y de desconcierto.

—Acabamos de recibir un mensaje, señor. Del duque de Westminster.

—Ah, ¿sí? ¿Qué quiere?

—Se ha puesto en contacto con él Madame Armande.

—¿La diseñadora parisina? Ah, claro, ¿no habían sido amantes? Hace años ya, y entre medias ha habido muchos otros y otras, según dicen. Bueno, ¿qué diablos quiere? ¿Diseñar uniformes para nuestro ejército?

—Quería informarnos de que los alemanes tienen a uno de los nuestros.

—Lo que faltaba. ¿De quién se trata?

—De lady Margaret Sutton, hija del conde de Westerham.

—Maldita sea mi estampa. —El propio Max Knight se mostró preocupado—. Han elegido un momento muy interesante, por no decir algo más. ¿Crees que es una coincidencia?

—No creo en las coincidencias, señor. —La señorita Miller mantenía el rostro impasible.

—Yo tampoco. ¿Cree que lo sabe? Me refiero a Armande.

—Se ha ofrecido a ayudarnos —respondió la secretaria—. Si queremos sacarla de París, hará todo lo que esté en su mano.

—Es muy amable —afirmó Max Knight—. Me pregunto qué ganará ella con todo esto.

Capítulo 17

Farleigh

Pamma se encontraba en su habitación, por fin sola. Dejó caer la chaqueta en la cama y lanzó un suspiro de alivio. Ver a toda la familia de golpe, después de varios meses sin ellos, podía resultar agotador, más aún después de su embriagador encuentro con Jeremy. El cálido sol de la tarde se filtraba por las ventanas orientadas al oeste, y más allá del patio, dos ánades aterrizaron planeando en el lago. Solo el vehículo del ejército, que aplastaba la grava del camino, le recordó que no todo en Farleigh era como en el pasado. Miró a su alrededor para observar los objetos familiares y a los que tenía muchísimo cariño: los libros gastados de tanto leerlos en la estantería blanca, *Azabache* y *Ana de las tejas verdes*; el cencerro y las muñecas que compró antes de abandonar el internado en Suiza; la fotografía enmarcada de su presentación ante Sus Majestades. De hecho, el dormitorio olía a hogar: el aroma imperecedero de las diversas capas de cera de los muebles y el levísimo olor de la chimenea en invierno.

«Hogar», pensó. Justamente aquello con lo que no se cansaba de soñar durante las noches tristes y solitarias en la Nave 3. Sin embargo, ahora que estaba en casa, no podía sacudirse esa sensación de desasosiego. Una vocecita dentro de su cabeza le decía que la necesitaban en Bletchley. Si les faltaba una persona para su turno, cabía la posibilidad de que se les pasara por alto algo crítico. ¿Seguiría con vida el hijo del guardabosque si hubieran interceptado y descifrado un mensaje dirigido a los submarinos? Bien era cierto que no formaba parte de la sección naval, pero tal vez habría podido salvarle la vida al hijo de otra persona si hubiera estado traduciendo mensajes. Se dijo a sí misma que se concedía más importancia de la que en realidad tenía, pero también sabía que la gran maquinaria de guerra necesitaba de todos los engranajes, hasta el más pequeño, para funcionar correctamente.

Posó la mirada en el perrito de porcelana que había sobre la repisa de la chimenea. Estaba sentado, con gesto de súplica, unas orejas ridículamente largas y cara triste. Se lo había regalado Jeremy cuando se alistó en la RAF porque ella lo había visto en una tienda de antigüedades de Tonbridge y la había hecho reír. Él le pidió que lo mirase una vez al día para que no se olvidara de reír, algo que le costó horrores cuando llegó la noticia de que lo habían abatido y encerrado en un campo de prisioneros de guerra. Y ahora, cuando ya nadie lo esperaba, había regresado sano y salvo. Estaba solo a un kilómetro de su casa. Debería estar dando saltos de alegría. Pero ¿por qué no se sentía feliz?

—Soy feliz —se dijo en voz alta—. Solo necesito algo más de tiempo para acostumbrarme a la nueva situación.

Se dejó caer en la cama y, de modo inconsciente, se llevó la mano a la blusa, acariciando el ojal donde faltaba el botón. Se apoderó de ella esa mezcla de miedo y excitación. Como era de esperar, él quería hacer el amor con ella. A fin de cuentas, era un hombre muy fogoso que se había pasado muchos meses sin compañía femenina. Debía de haber soñado con ese momento durante su cautiverio. Tenía su lógica que se hubiera dejado llevar, incapaz de controlarse. «Es un comportamiento normal, nada extraordinario», pensó. En el tiempo que habían estado separados, ambos habían dejado atrás la adolescencia y se habían convertido en adultos, y para los adultos era natural mantener relaciones sexuales, claro. Al menos para los adultos como ella. Por lo que había oído, estaba aceptado mantener relaciones de una noche. Salvo en el caso de gente tan remilgada como sus padres, claro. Su madre tenía una concepción de la vida muy alejada de la realidad y su padre se ruborizaba y se ponía a charlar del tiempo cuando alguien hablaba de un embarazo no deseado. Pero ellos no eran la norma. Su compañera de habitación no era virgen y no tenía inconveniente alguno en compartir con ella los detalles de sus revolcones. A Pamela no le disgustaba la idea. De hecho, ahora que tenía tiempo para analizar sus sentimientos, se sorprendió un poco al constatar que aunaban miedo y excitación. Pero también se sentía incómoda por la franqueza con la que Jeremy había admitido que no se le pasaba por la cabeza casarse con nadie en tiempo de guerra. Sus palabras sembraron la duda y no pudo evitar preguntarse si para él no sería más que una entre tantas. ¿La quería Jeremy del mismo modo en que siempre lo había amado ella?

Ben se encontraba en el jardín posterior de la vicaría. En el centro había un refugio antiaéreo y más allá se veían los rodrigones de las judías que prometían una buena cosecha en verano. Ben se apartó el pelo de la frente, como si ese gesto fuera a borrar la imagen que aún lo rondaba: el rostro iluminado de Jeremy al ver a Pamma, y la misma dicha reflejada en el de ella. Era cierto que también se había alegrado al verlo en el tren, pero sus ojos no habían refulgido con la misma intensidad que desprendieron al ver a Jeremy.

—Maldito Jeremy —murmuró.

Justamente tenía que ser él quien lograra huir de un campamento de prisioneros en Alemania. Se sentía culpable por desear que no hubiera vuelto a casa. Después de todo, era su mejor amigo. Habían compartido la infancia. Y no era culpa suya que Pamela se hubiera enamorado de él.

Ben se dijo a sí mismo que debía superarlo. La guerra seguía su curso y él tenía una misión. Se acercó a la caseta donde todavía estaba su antigua bicicleta, entre macetas y hamacas. Lanzó un suspiro al examinarla a la luz del sol. Cuando se la dio uno de los feligreses de su padre, ya tenía sus años, pero ahora se encontraba en un estado lamentable. Estaba oxidada y el asiento de cuero se había cuarteado. La limpió tan bien como pudo, la engrasó e intentó dar una vuelta en el espacio entre la iglesia y la rectoría. Al principio tembló un poco, pero enseguida se acostumbró. Sin embargo, no tardó en darse cuenta de que no iba a ser tarea fácil montar en bicicleta sin poder doblar una rodilla. Sintió una punzada fugaz de rabia al darse cuenta de que Maxwell Knight le había encomendado la misión de investigar el vecindario sin proporcionarle los medios necesarios. Quizá la gente como Knight creía que todo el mundo tenía un coche. Aunque no dejaba de ser irónico que hubiera mucha gente que tenía un vehículo propio, pero no podía comprar gasolina.

Dejó la bicicleta para excursiones más largas y se dirigió a pie hacia el pueblo. No sabía qué estaba buscando. Pasó frente a la casa del coronel Huntley, que tenía el nombre de «Simla», en honor del tiempo que había pasado en la India. Se detuvo para admirar los arbustos inmaculados y vio a la mujer del coronel, podando los rosales. Levantó la mirada al oír los pasos de Ben y lo saludó con la mano.

—Hola, Ben. Bienvenido a casa. ¿Te vas a quedar muchos días? A mi marido le encantaría organizar un equipo de críquet. No para de quejarse de que últimamente solo puede elegir entre escolares y carcamales.

Se dirigió hacia él, secándose las manos en el mandil de jardinera y con unas tijeras de podar.

—Me temo que solo tengo unos días de permiso —afirmó. No le apetecía decirle que le habían ordenado que se tomara las cosas con más calma. No quería que la gente supiera que Ben Cresswell había sufrido una crisis nerviosa a pesar de que no había disparado ni un tiro. Bastantes menosprecios tenía que aguantar ya por el hecho de no llevar uniforme.

La señora Huntley asintió y sonrió.

—Espero que te alegres de volver a casa después de estar en Londres —le dijo—. Debe de ser horrible, con todos esos bombardeos.

—Uno se acostumbra a todo.

—A veces tengo la sensación de que aquí vivimos en nuestro propio mundo —dijo—. No nos falta comida, no nos bombardean y cuando miramos por la ventana, siempre vemos este pedacito del paraíso. ¿No crees?

Ben asintió.

—Tiene usted un jardín precioso —afirmó con educación.

—El otro día un muchacho nos dijo que deberíamos convertirlo todo en un huerto para cultivar coles y patatas. Ya te imaginarás lo que le dijo mi marido: que una de las ventajas de ser británicos era que, a diferencia de los alemanes, podíamos hacer lo que quisiéramos con nuestras parcelas. Añadió que ya teníamos un huerto en el que cultivábamos lo suficiente para cubrir nuestras necesidades y que, si su mujer hallaba consuelo con las flores, él no pensaba privarla de ese placer.

La mujer del coronel sonrió al recordar sus palabras.

Ben miró alrededor.

—Me cuesta creer que estemos a solo una hora de Londres. Ha supuesto un cambio drástico regresar a un lugar en el que la vida transcurre como siempre.

La mujer del coronel frunció el ceño.

—Bueno, aquí tampoco podemos evadirnos por completo de la realidad. Están todos esos soldados de Farleigh. Los enormes camiones circulan a todas horas y los hombres que salen del pub borrachos se enzarzan en peleas con los chicos del pueblo. Ah, y también hemos tenido nuestra dosis de emoción en los últimos tiempos. ¿Has oído que encontraron un cuerpo en la finca Farleigh?

—Algo me ha contado la señora Finch —admitió—. Un paracaidista, ¿no es así? Creo que no se le abrió el paracaídas.

La mujer se le acercó.

—Me apostaría algo a que no fue un accidente. Vinieron y se llevaron el cuerpo con una furgoneta del ejército. No lo trasladaron al depósito de cadáveres local. Ya sabes qué significa eso, ¿no? Que había algo extraño. Mi marido cree que podría ser uno de esos espías alemanes de los que tanto se habla. Debieron de enviarlo para crear problemas en la base de la RAF, sabotear los Spitfire o algo parecido. —Hizo una pausa y miró alrededor como si tuviera miedo de que la pudieran estar oyendo—. Oh, pero qué maleducada soy. ¿Te gustaría entrar a tomar una taza de té? Estaba a punto de prepararme una.

—Es todo un detalle, pero debería ponerme en marcha. Últimamente no he hecho mucho ejercicio porque me he pasado el día entero encerrado en la oficina y tengo ganas de ver qué cambios ha habido en el pueblo.

—No muchos. Habrás oído hablar de esos forasteros que se han mudado al secadero, ¿no? Parece que a los Baxter les va muy bien con la guerra. Han prosperado mucho. Siempre tienen mucho trabajo, pero nadie sabe a ciencia cierta qué hacen.

—Qué misterioso —dijo Ben—. Bueno, me alegro de haber hablado con usted, señora Huntley. Dé recuerdos de mi parte al coronel.

Cuando Ben ya se había puesto en marcha, la señora Huntley lo llamó.

—Ah, y el doctor Sinclair tiene un colega alemán.

—¿Cómo? —Ben se dio media vuelta.

—Creemos que tiene acento alemán —dijo—. Afirma ser refugiado, pero vete a saber. Cabe la posibilidad de que hayan enviado a una avanzadilla de hombres antes de la gran invasión para que proporcionen indicaciones *in situ*.

—Pero el doctor Sinclair jamás acogería…

La mujer del coronel negó con la cabeza.

—Tiene demasiado buen corazón. Y desde la muerte de su mujer se siente muy solo. Me pregunto cuántos de nosotros nos habremos dejado engañar. Somos una nación de gente bondadosa.

La señora Huntley se despidió y regresó a la casa, pero se detuvo a cortar una gran rosa amarilla. Los pétalos se desprendieron y cayeron lentamente al suelo. Ben recorrió el perímetro del prado comunal, sopesando lo que acababa de oír. No le sorprendía que los Baxter estuvieran haciendo trabajos extra, bajo mano. Billy Baxter nunca le había parecido alguien digno de confianza, ni siquiera de niño. Recordaba que en una ocasión desapareció un monedero en la iglesia, cuando ambos cantaban en el coro, y su padre sospechaba que lo había robado Billy Baxter. Sin embargo, nunca hallaron el monedero ni la verdad.

Al menos podía eliminar de la lista de sospechosos al coronel y a la señora Huntley. Aunque, en realidad, nunca habían formado parte de ella. Ambos habían mostrado un gran interés por el misterioso paracaidista y tenían ganas de hablar de él. Además, el coronel había servido a su país durante años soportando el calor bochornoso de la India y consideraba que la vuelta a su hogar era un regreso al paraíso. Sin embargo, el doctor había contratado a un refugiado alemán. Eso sí que valía la pena investigarlo.

Pasó frente a la magnífica mansión victoriana de la señora Hamilton. Su padre había hecho su fortuna en las fábricas del norte y luego había trasladado a la familia a los condados más refinados del sur, lejos del humo y las chimeneas de las ciudades septentrionales. La señora Hamilton era el único miembro superviviente de la familia. Ben observó la gran casa. Se preguntó si se habría visto obligada a acoger a evacuados de Londres o si aún vivía sola, acompañada únicamente de una sirvienta tan mayor como ella, llamada Ellen. Se detuvo frente a la verja de hierro forjado, pero no se le ocurrió ninguna excusa para hacerle una visita en ese momento.

Más adelante se detuvo en el monumento a los caídos y miró la lista de hombres que habían muerto en la Gran Guerra. Dieciséis de un pueblo tan pequeño como el suyo. Tres hermanos de la misma familia. ¿Sería más larga la lista esta vez? Lanzó un suspiro y siguió andando.

La nueva casa de los Baxter se alzaba junto al almacén del albañil. Las altas puertas del almacén estaban cerradas y de dentro llegaba el ruido de un martillo. Ben se preguntó quién podía querer construir algo en época de guerra, pero cayó en la cuenta de que debía de haber mucho trabajo de reparación de los desperfectos causados por los bombardeos. Así pues, no era tan sorprendente que a los Baxter les fuera viento en popa el negocio. La jornada escolar había finalizado y los niños salían del antiguo edificio del colegio, abriéndose paso a empujones a través de la puerta. Vio a un par de muchachos de una granja que le estaban haciendo la vida imposible a un niño que no reconocía y se acercó a ellos.

—Basta ya —les ordenó—. Guardad esa energía para cuando tengáis que enfrentaros a los alemanes.

El mayor hizo una mueca de desdén.

—Vaya uno fue a hablar. Ya veo que no estás luchando contra los alemanes como mi hermano.

—El hecho de que tenga una pierna inútil no significa que no pueda luchar, Tom Haslett —replicó—. Y para tu información te diré que fui campeón júnior de boxeo en Tonbridge y me apuesto lo que quieras a que podría noquearte de un solo puñetazo. Pero no me parecería bien enfrentarme a alguien más débil y tú tampoco deberías hacerlo. Venga, largo, vete a casa.

El chico miró a su alrededor nervioso y se fue. Ben sonrió al muchacho más pequeño.

—No te había visto nunca por aquí —dijo.

—Soy Alfie. He venido de Londres.

—Ah, entonces eres tú quien encontró el cuerpo de aquel hombre —dijo.

—Así es.

—Imagino que te llevaste un buen susto.

Alfie negó con la cabeza.

—Nah, he visto cosas mucho peores en Londres.

—Eres un muchacho muy valiente. Deberías tratar de hacerte respetar un poco más. No dejes que esos matones se salgan con la suya.

Alfie suspiró.

—Son más grandes que yo y van siempre en grupo.

—Si quieres, puedo enseñarte unos cuantos trucos de boxeo mientras esté en casa.

—¿Lo haría? —preguntó Alfie, esperanzado.

—Que conste que no me gusta la violencia —dijo guiñándole un ojo—. Soy el hijo del pastor, ya me entiendes.

Alfie sonrió.

—Oye, y ¿qué se dice en la escuela sobre ese paracaidista? —le preguntó mientras caminaban juntos.

—Nadie sabe nada. Algunos dicen que era un espía alemán. Que los nazis están enviando paracaidistas para que puedan cortar los cables telefónicos cuando empiece la invasión.

—La gente cree que nos invadirán los alemanes, ¿verdad?

—Ah, sí —afirmó—. El hombre ese que vive en Farleigh, lord… no sé qué, ha organizado ejercicios para enseñarnos a luchar con horcas y palas. Yo creo que no serviríamos de gran cosa contra los tanques y los bombarderos. ¿Y usted?

—Confío en que no sea necesario llegar a ese extremo —dijo Ben—, pero si fuera necesario… —Dejó la frase en el aire.

Cuando dejó a Alfie y se adentró en el pueblo, empezó a pensar en lo que le había dicho el muchacho. Que habían enviado a aquel hombre para iniciar las tareas de sabotaje antes de la invasión. Sin embargo, no llevaba herramientas encima, nada que le permitiera cortar un cable telefónico. En tal caso, se lo tendría que haber proporcionado alguien de la zona. Y alojarlo también. Se detuvo en la consulta del médico, pero negó con la cabeza. Lo conocía de toda la vida. No era de los que traicionan a su bando y acogen al enemigo.

Ben tomó una cena ligera con su padre, un huevo duro y ensalada, pero decidió que no podía quedarse toda la noche en casa, charlando sin más, cuando lo habían enviado ahí con una misión clara.

—Me apetece bajar un rato al pub, padre. A lo mejor veo a alguno de mis viejos amigos.

—Buena idea —concedió el reverendo Cresswell.

—¿Quieres acompañarme? —preguntó Ben.

El anciano esbozó una sonrisa.

—¿Yo? Ah, gracias por la invitación, pero no creo que sea mi ambiente. No sé con qué ojos me mirarían si pidiese una copa de jerez. Pero ve tú, hijo. Ve y pásalo bien. Sabe Dios cuánto tiempo más podremos disfrutar de estos pequeños placeres.

Ben asintió. Quiso decir algo optimista, pero se quedó en blanco. En los últimos tiempos no había demasiadas noticias que invitaran al optimismo. ¿Cómo irían las cosas al cabo de un año? ¿Estarían todos bebiendo cerveza alemana? ¿O estarían muriendo de hambre, esclavizados o encerrados en un campamento de prisioneros? De nada servía pensar en ello.

Los murciélagos revoloteaban en el cielo rosado del atardecer y los grajos graznaban mientras se preparaban para pasar la noche en los grandes árboles que había detrás de la rectoría. Ben rodeó el prado comunal del pueblo en dirección al Three Bells. Cuando abrió la puerta del pub, lo recibió el agradable murmullo de las conversaciones de los clientes. Había varios hombres junto a la barra con una jarra de cerveza en las manos. Todos lo miraron.

—Buenas noches, señor Cresswell —lo saludó el camarero—. Me alegro de verlo de nuevo por casa.

Ben se acercó a la barra y pidió una pinta.

—¿Te quedarás mucho tiempo? —le preguntó uno de los clientes—. ¿O solo has venido a ver a tu anciano padre?

—Me debían algunos días de fiesta —dijo Ben— y me apetecía salir de Londres para variar.

—¿Has visto muchos bombardeos? —le preguntó otro.

—Más de los que me gustaría. Pero al final te acostumbras. En el trabajo ya nadie mira al cielo cuando suenan las sirenas de ataque aéreo.

—¿A qué te dedicas? —le preguntó otro de los presentes.

—Trabajo para uno de los ministerios —respondió.

—Pero ¿qué haces?

Ben sonrió.

—No tenemos permiso para hablar de eso.

—No tenéis permiso —dijo una voz detrás de él. Ben se dio la vuelta y vio a un muchacho delgado y pelirrojo que avanzaba hacia ellos. Billy Baxter, el hijo del albañil. Ben vio que apretaba los puños con fuerza. De pequeños, Billy siempre lo atormentaba. Ahora sonreía—. Muchos secretitos tienes, ¿no, Ben?

—Ha dicho que no puede hablar del tema —replicó uno de los hombres mayores.

Ben miró al pelirrojo.

—Veo que tampoco llevas uniforme, Billy Baxter.

—Bueno, es que yo tengo un trabajo esencial —adujo este.

—Billy, instalador de ventanas al servicio de Gran Bretaña.

Los presentes estallaron en carcajadas y Ben sonrió.

Billy se ruborizó.

—Si te hunden el tejado en el próximo bombardeo, ¿quién crees que vendrá a repararlo antes de que empiece a llover?

—Parece que te van muy bien las cosas —afirmó Ben—. Ya me he fijado en esa casita que ha construido tu padre. Parece muy elegante.

—El trabajo bien hecho siempre da sus réditos —replicó Billy.

Ben lo miró atentamente mientras pedía una pinta. Era una de esas alimañas capaz de vender a su abuela si le llegaba una buena oferta. Pero no creía que tuviera el temple necesario para trabajar para los alemanes. En el fondo era un cobarde, como demostró aquella vez en que Ben le dio un puñetazo que le hizo sangrar por la nariz y se fue corriendo a casa. El pastor le dio a su hijo un buen sermón sobre la violencia y el autocontrol, pero en el fondo parecía complacido.

Cuando ya había tomado media pinta, llegó un grupo de soldados hablando a gritos. Se abrieron paso hasta la barra y Ben se fijó en que los lugareños se apartaron. Se palpaba la tensión en el ambiente.

—¿Qué va a beber, señorita? —preguntó uno de los soldados y Ben se dio cuenta de que los acompañaba lady Diana, que vestía pantalones rojos y llevaba el pelo recogido con un pañuelo rojo, como una campesina. También se había pintado los labios de rojo.

—No la llames «señorita». Es «milady». Es la hija de un conde —le susurró uno de los soldados a su amigo.

Dido lo oyó y se rio.

—Venga, por el amor de Dios, llamadme Diana o Dido. No soporto tanta etiqueta. Ronnie, sírveme media pinta de clara, por favor.

Miró a su alrededor y su mirada se cruzó con la Ben. Le dedicó una gran sonrisa.

—Hola, Ben. Estos jóvenes tan amables se han ofrecido a acompañarme al pub. ¿Verdad que son un cielo? Solo es un breve receso de mi cautiverio, ya sabes. —Se rio, pero con la mirada le decía: «No le digas a nadie que me has visto aquí».

El camarero parecía incómodo.

—Disculpe, milady, pero este es un local público. ¿No cree que se sentiría más cómoda en el club privado de al lado? Tienen sillones y un ambiente menos bullicioso.

—Bobadas —afirmó Dido, que buscó el apoyo de Ben con una mirada fugaz—. Me he pasado la vida aislada de la gente. Quiero vivir. Quiero oír risas y hablar con la gente normal. —Miró al soldado que le había ofrecido una bebida—. Que sea una pinta, Ronnie —dijo.

Se acercó a Ben mientras le tiraban la cerveza.

—¿Qué es de ti, Dido? —le preguntó Ben—. ¿Sigues en casa?

La joven lanzó un dramático suspiro.

—Sigo atrapada en casa. Papá no me deja hacer nada de provecho, pero yo me muero por colaborar. Imagino que no podrías ayudarme a encontrar empleo en Londres, ¿verdad? ¿En el sitio donde trabajas?

—Es probable que pudiera, pero no quiero contravenir los deseos de tu madre cuando aún eres una menor. Seguro que podrías hacer algo en Sevenoaks o Tonbridge.

—¿Hacerme campesina y ayudar a criar cerdos? Poco más. Yo quiero dedicarme a algo emocionante. Se lo pediré al señor Churchill la próxima vez que lo veamos. Papá tiene buena relación con él. Y si el primer ministro dice que quiere contratarme, papá no podrá negarse, ¿verdad?

—¿Tienes alguna habilidad útil? —preguntó Ben—. ¿Sabes mecanografía y taquigrafía?

—No.

Dido se mordió el labio, un gesto que hizo que Ben se diera cuenta de lo joven que era.

—Pues eso es a lo que se dedican principalmente las mujeres —le aseguró—. Trabajo administrativo y de oficina.

—Menudo a-bu-rri-mien-to —dijo articulando cada sílaba—. Preferiría conducir una ambulancia, ser operadora de radio o incluso alistarme en el ejército.

—Las mujeres no pueden ir al frente. Aunque llevaras uniforme, tendrías que hacer tareas administrativas.

—No es justo —lamentó—. Soy tan capaz como cualquiera de estos. Y tan valiente como ellos.

—Ni hablar, señorita —dijo uno de los soldados—. Muchos nos alistamos para proteger a damas como usted. Tenemos que saber que estará a salvo en casa, esperándonos, cuando nos envíen al extranjero.

—¿Ya sabe cuándo será? —preguntó Ben.

El joven soldado frunció el ceño.

—Aún no sabemos nada. Estuvimos en Dunkerque, donde perdimos muchos hombres, pero imagino que no tardarán en buscarnos un nuevo destino. Mientras tanto, debo admitir que no se vive muy mal en Kent. Sobre todo, si tenemos en cuenta la presencia de jóvenes señoritas como usted. —Le dirigió una sonrisa a Dido.

Ben ya había decidido que no tenía sentido seguir perdiendo el tiempo en el pub, cuando llegó el doctor Sinclair acompañado de un hombre de mediana edad. Aquel tipo tenía unas facciones y una chaqueta de corte extranjero. «El misterioso alemán», pensó Ben, que se acercó a saludarlos. El doctor recibió a Ben con afecto y le presentó a su acompañante.

—Es el doctor Rosenberg. Me está ayudando en la consulta. Es un tipo espléndido.

El desconocido lo saludó con un gesto apenas perceptible de la cabeza y le estrechó la mano.

—Encantado —le dijo con un acento forastero.

—¿Es usted de Alemania? —le preguntó Ben con amabilidad.

—De Austria —respondió el doctor Rosenberg—. Estudié en la Facultad de Medicina de la Universidad de Viena antes de la guerra.

—Es uno de sus profesores más distinguidos —añadió el doctor Sinclair—. Logró huir justo a tiempo.

El hombre miró a Ben con gesto adusto.

—No se me pasó por la cabeza que pudiera correr algún peligro, a pesar de que mi abuelo era judío. ¿Acaso tengo aspecto de judío? Además, era un hombre respetado. Pero entonces llegaron los alemanes, me destituyeron de mi cargo y me dijeron que debía llevar una estrella amarilla. Fue la gota que colmó el vaso. Lo dejé todo y tomé el primer tren a Alemania, luego a Francia y luego hasta aquí. —Hizo una pausa para tomar el vaso de cerveza que le ofrecía el doctor—. Tuve la suerte de huir a tiempo. Me han llegado noticias de que otros amigos y familiares no han sido tan afortunados. Obligaron a algunos de mis colegas de la universidad a barrer las calles mientras la gente les escupía. Otros desaparecieron. Nadie sabe dónde están, pero corre el rumor de la existencia de unos campos… —Negó con la cabeza—. A veces me siento culpable de estar aquí, en este lugar tan agradable, y de poder seguir ejerciendo la medicina.

—Tomó la decisión acertada —dijo el doctor Sinclair—. Reaccionó a tiempo. Otros no lo hicieron. La mayoría de la gente cree que no les puede ocurrir algo así hasta que ya es demasiado tarde.

Ben salió del Three Bells pensando en el doctor Rosenberg. Como él mismo había dicho, no parecía judío, ya que tenía el pelo rubio y los ojos de un verde claro. Ben sopesó la posibilidad de que fuera un topo, de que lo hubieran enviado para infiltrarse en la comunidad. El doctor Sinclair era un hombre bondadoso que vivía solo. No era muy difícil embaucarlo. Tal vez el paracaidista esperaba hallar refugio en casa del médico.

Capítulo 18

Farleigh

A la mañana siguiente, la llegada del correo matinal generó una oleada de entusiasmo en varios hogares. Lady Esme levantó la mirada con un gesto de sorpresa, blandiendo una hoja de papel a los demás familiares sentados a la mesa del desayuno.

—Vaya, qué detalle —dijo—. Nos han invitado a cenar a casa de los Prescott para celebrar el regreso de Jeremy.

—¿Solo a papá y a ti, o también estamos invitadas nosotras? —preguntó Dido.

—Aquí dice que toda la familia —respondió lady Esme—. Menos Phoebe, claro, que es demasiado pequeña para asistir a este tipo de fiestas.

—¿Cómo? —Phoebe levantó la mirada de las gachas de avena—. No es justo. Nunca me dejáis participar en nada.

—Aún no eres adulta, Phoebe. No has debutado en sociedad —afirmó lady Esme.

—Dido tampoco. Nadie puede debutar desde hace un tiempo —alegó Phoebe.

—¡No me lo recuerdes! —replicó Dido, enfadada—. Si quieres hablar de injusticias, nada como lo que me he perdido yo, que no he podido asistir ni a un baile, ni a una fiesta. Nada. Nunca conoceré a un hombre y moriré siendo una solterona.

—No sé cómo van a conseguir suficiente comida para una cena como esta cuando nosotros tenemos que conformarnos con salchichas de serrín y un pastel de carne que lleva un noventa por ciento de patata. —Lord Westerham hizo una pausa en su invectiva—. Pero Prescott siempre se las apaña para conseguir lo que los demás no podemos. Va por ahí con su Rolls como si la gasolina no estuviera racionada.

—Forma parte de los comités más importantes, cielo —afirmó lady Esme—. Y, por lo tanto, tiene que desplazarse a Londres.

—¿Acaso no puede usar el tren como hacemos el común de los mortales? —le espetó su marido—. Yo miro con lupa cada gota de gasolina que gasto.

—Me parece que no has sacado el coche desde que llamaron a filas al chófer —dijo lady Esme—. Pero también es verdad que siempre has sido un pésimo conductor.

—Eso no lo admito —dijo lord Westerham—. Si lo intentara, sería un conductor fabuloso, pero como siempre he tenido chófer, no me ha parecido necesario. Además, debemos dar ejemplo a los demás y no malgastar gasolina de forma innecesaria. Y como, al parecer, ya no sirvo para contribuir de ninguna otra forma al esfuerzo bélico, más allá de formar parte de la guardia local, no tengo ninguna excusa para malgastar petróleo.

—Si me enseñaras a conducir, podría hacer de chófer —dijo Dido—. ¿Por qué no me das clases?

—¿Tú? ¿Chófer? Aunque no hubiera cupones de gasolina, la respuesta sería no y mil veces no. Supondrías un mayor peligro para el pueblo británico que los propios alemanes. Nos matarías a todos.

—No es verdad —replicó Dido con las mejillas sonrosadas—. Sería una conductora de primera. Hay muchas chicas de buena familia que conducen ambulancias y camiones. Que pueden arrimar el hombro y aportar su grano de arena, a diferencia de mí, que estoy aquí encerrada, muerta de aburrimiento.

—Sea como sea, Roddy, tendrás que sacar el coche para llevarnos a casa de los Prescott —afirmó lady Esme—. No vamos a ir en bicicleta.

—Pues no sé si quiero asistir. Ese Prescott… hay algo en él que me da mala espina. No es uno de los nuestros.

—¿Cómo puedes decir eso, papá? —Hasta entonces Pamma había guardado silencio mientras daba buena cuenta de una tostada con mermelada.

—Porque no lo es. Tal vez tenga una casa magnífica y quiera dárselas de vete a saber qué, pero todo el mundo sabe que no es de alta cuna.

—Pero ahora es uno de los nuestros —afirmó Pamma—. Tiene un título, como tú.

—Los títulos se heredan o se compran —replicó lord Westerham—. En su caso, fue lo segundo. Y no dejo de preguntarme cómo hizo su fortuna. Hay algo que no encaja.

—A ti lo que te pasa es que estás celoso, papá —dijo Dido con una sonrisilla—. Bueno, entonces ¿me enseñarás a conducir? Podría llevaros a casa de los Prescott mañana. No puedo atropellar a nadie en el trayecto.

—¡Jamás de los jamases! —exclamó lord Westerham.

—Entonces ¿qué puedo hacer?

—Quedarte en casa y ayudar a tu madre hasta que seas mayor de edad. Eso es lo que te corresponde. Haz calcetines o cascos para los soldados.

—¿Que me ponga a hacer punto? Me tomas el pelo. Si fuera tu hijo y hubiera cumplido los dieciocho, seguro que estarías orgulloso de que me alistara.

Lord Westerham torció el gesto.

—Pero no lo eres, ¿verdad? Solo he tenido hijas y mi misión es protegeros.

—Pues a la que te despistes, huiré y me casaré con un zíngaro y entonces te arrepentirás.

Dido se levantó, dejó caer la servilleta en la mesa y abandonó la sala haciendo aspavientos.

—Buena idea, así luego podrás venir a venderme pinzas para tender la ropa —le dijo lord Westerham, entre risas.

Lady Esme miró a su marido.

—Tarde o temprano, tendrás que darle libertad, Roddy. Entiendo cómo se siente. No puede quedarse aquí de brazos cruzados cuando todos los demás están contribuyendo de un modo u otro al esfuerzo bélico.

—Cuando cumpla veintiún años, podrá hacer lo que le dé la real gana. Hasta entonces, está a mi cuidado y yo siempre hago lo que considero mejor para ella. Ya sabes cómo es. Si permitimos que se marche a Londres, volverá con un bebé ilegítimo al cabo de diez minutos.

—De verdad, Roddy, a veces no tienes mesura. —Lady Esme se ruborizó—. Voy a comprobar que todos tengamos algo decente que ponernos para ir a casa de los Prescott. Hace siglos que no luzco mis mejores galas y lady Prescott siempre va a la última. —Miró a Pamela, que se había levantado de la mesa—. ¿Has traído un vestido de noche?

—Dejé casi todo el vestuario aquí. Pocas oportunidades tengo de vestirme de fiesta cuando trabajo en el turno de noche.

—¿Te importaría decírselo a Livvy? Seguro que querrá venir.

Cuando Pamela estaba a punto de atravesar la puerta, oyó que su padre decía:

—Le he dado muchas vueltas, Esme, y cuanto más pienso en ello, menos me apetece ir. Prescott se mostrará tan efusivo y magnánimo como siempre, me agasajará con su mejor whisky y me sacará de quicio.

—Pero tenemos que ir. —Lady Esme bajó la voz—. Hazlo por tu hija.

Pamela se detuvo al otro lado de la puerta.

—¿Hija? ¿Qué hija?

—Pamma, ¿quién va a ser? Es una cena para celebrar el regreso de Jeremy. Jeremy y Pamela, ya sabes.

—No, no sabía nada. ¿Es que ha pedido su mano?

—No, pero estoy convencida de que lo hará cuando llegue el momento.

Pamma decidió no esperar más y subió a su habitación. La conversación entre sus padres la había ruborizado. Todo el mundo daba por supuesto que iba a casarse con Jeremy, salvo el propio interesado, al parecer. Además, en los últimos días una duda había anidado en ella. Su hermana Dido. Al parecer, había visitado varias veces a Jeremy y la noche anterior…

La joven estaba esperando en lo alto de las escaleras.

—¿Estás segura de que no puedo irme a vivir contigo, Pamma? Si me quedo mucho más tiempo aquí, me volveré loca. Seguro que podría encontrar trabajo donde tú estás. Estoy tan desesperada que aceptaría cualquier cosa, aunque solo sea archivar documentos.

—No puedes contravenir los deseos de papá, ya lo sabes. Además, comparto habitación con otra chica en una pensión horrible y estamos en las afueras de Londres. Aisladas en el campo, donde nunca pasa nada. Te aburrirías tanto como aquí.

—Pero imagino que trabajarás con hombres.

—Eso sí. Aunque la mayoría no son muy emocionantes que digamos. O son muy mayores o son unos pipiolos con acné. Te aseguro que son la antítesis de la emoción. —Se volvió hacia su hermana—. Lo sé. ¿Por qué no le preguntas a papá si el coronel del regimiento necesita a alguien que le eche una mano? Sería una buena forma de foguearse y adquirir experiencia.

A Dido se le iluminó la cara.

—Sí, no sería un mal comienzo. Tienes razón. Buena idea, Pamma. No eres tan mala hermana.

Cuando pasó junto a ella, Pamela le dijo en voz baja:

—Sé que anoche saliste. Oí el crujido del suelo de madera y te vi entrar en tu habitación. ¿Adónde fuiste?

Pamela no podía quitarse de la cabeza la posibilidad de que Dido hubiera ido a ver a Jeremy. Además, su hermana parecía muy desinhibida en todo lo relacionado con el sexo. Es más, era obvio que sentía una gran atracción por los placeres de la carne. ¿Acaso le había dado a Jeremy todo lo que ella le había negado?

Dido sonrió.

—Fui al Three Bells con unos soldados a los que conocí.

Pamela lanzó un suspiro de alivio.

—Deberías ser más precavida, Dido. Si papá se entera, se volverá loco. ¿Y con soldados? No me parece una idea muy prudente.

—Me lo pasé en grande. Fueron muy simpáticos. Me trataron de fábula.

—Tiene su lógica, dado que eres la hija del dueño de la casa en la que se alojan. Y que perteneces a la nobleza.

—Lo que pasó ayer no tiene nada que ver con lo que imaginas. Hablamos. Nos reímos… Fue tan divertido poder ser una persona normal por un día… Era una más del grupo. ¿Es así también donde trabajas? ¿Tienen que llamarte «milady» y todas esas tonterías?

Pamela se rio.

—Claro que no. Y no me tratan distinto por ser la hija de un conde.

—Eso es lo que yo quiero. Estar en un lugar donde a nadie le importe quién soy.

Pamela le acarició el brazo a su hermana.

—Ya te llegará el momento, te lo prometo. Y como la guerra dure mucho más, me temo que todas tendremos que colaborar.

—Eso espero —afirmó Dido—. Gracias, Pamma. No le contarás nada a papá, ¿verdad?

—No, pero piensa que tendrás mucha suerte si no se va de la lengua alguien del pueblo. Ya sabes cuánto les gustan los chismes.

—Eres una hermana fabulosa —insistió Dido.

—Gracias por el cumplido. —Pamma sonrió y entró en su dormitorio.

Phoebe irrumpió en su habitación y la institutriz levantó la vista del libro que estaba leyendo.

—¿Qué te ocurre, Phoebe? —le preguntó.

—Los han invitado a todos a una cena en casa de los Prescott, menos a mí.

—Yo no le daría muchas vueltas al asunto —dijo Miss Gumble con una sonrisa al ver la cara de malhumor de su alumna—. A mí tampoco me han invitado.

—Claro que no. Solo eres una institutriz —le espetó la pequeña y una mueca asomó al rostro de la mujer.

—Para tu información, Phoebe Sutton, te diré que me crie en un entorno muy similar al tuyo. Nuestra casa no era tan espectacular como esta y mi padre no tenía título nobiliario, pero era una finca más que digna. Sin embargo, mi padre murió cuando yo estaba en Oxford y mi hermano lo heredó todo. Su mujer me dejó muy claro desde un principio que ya no era bienvenida en mi propio hogar.

—Vaya, qué mala —dijo Phoebe.

Miss Gumble asintió.

—De modo que no me quedó elección. No tenía dinero y ningún sitio adonde ir, por ello me vi obligada a dejar la universidad y buscar trabajo como institutriz. Era la única opción para no quedarme en la calle.

—¿Por qué no te has casado? —preguntó Phoebe—. Debiste de ser muy guapa de joven.

—Creo que eso pretendía ser un cumplido —afirmó Miss Gumble con una sonrisa triste—. Tuve un pretendiente, pero murió en las trincheras de la Gran Guerra, como muchos otros. Se perdió una generación entera de jóvenes. Las mujeres de mi edad se quedaron sin hombres con los que casarse.

—Vaya —repitió Phoebe—. ¿Crees que volverá a ocurrir lo mismo esta vez? ¿Crees que cuando se acabe la guerra no quedarán hombres y no podré casarme?

—Por tu bien, espero que no —dijo Miss Gumble—. Al menos cuando acabó la Gran Guerra éramos libres. Y ganamos, a pesar de que tuvimos que pagar un precio muy alto.

Capítulo 19

Vicaría de All Saints

El pastor Cresswell abrió el correo y puso cara de sorpresa.

—Bueno, bueno… —dijo—. Hemos recibido una invitación para asistir a una cena mañana por la noche, en la residencia de los Prescott. Eso sí que no nos lo esperábamos, ¿verdad, Ben?

—¿En casa de los Prescott? —Ben hizo una pausa—. Supongo que nos habrán invitado como gesto de deferencia.

—Tonterías, hijo —dijo el pastor—. Te han invitado a ti porque eres el mejor amigo de Jeremy. El gesto de deferencia es para mí.

—No tenemos por qué ir —afirmó Ben.

—¿Estás proponiendo que no asistamos? Yo no me perdería un banquete como ese en una época de penuria como la que nos ha tocado vivir. Corren muchos rumores sobre la mesa de los Prescott.

Ben lamentó que no se le ocurriera un buen motivo para quedarse en casa. Estaba convencido de que la familia de lord Westerham habría recibido la misma invitación, por lo que no le quedaría más remedido que asistir con resignación al juego de miradas entre Jeremy y Pamela. «Más vale que te vayas acostumbrando», pensó, indignado por su propia debilidad. Había vuelto a casa para trabajar y la cena reuniría a los miembros más destacados de la comunidad. Era la ocasión ideal para investigar lo ocurrido.

—Pues no podemos privarte de un suculento banquete. —Ben se levantó—. Le enviaré una nota a lady Prescott para confirmar nuestra asistencia.

Después del desayuno, Ben decidió coger la bicicleta. Era un día desapacible y parecía que iba a llover, por lo que volvió a entrar en casa para ponerse la cazadora.

—Voy a dar una vuelta en bicicleta —le dijo a su padre.

El pastor lo miró con recelo.

—No conviene que exageres con lo de ponerte en forma, Benjamin. No tienes que demostrarle nada a nadie. Tu recuperación desde que sufriste el accidente ha sido notable.

Ben tuvo que reprimir el enfado que se apoderó de él.

—Yo no diría que dar una vuelta por el pueblo sea una exageración. He pensado que podía acercarme al secadero para conocer a los artistas. Tal vez me dejen ver su obra.

—Buena suerte —le deseó el párroco con una sonrisa—. Por lo que he oído, no son muy hospitalarios, que digamos. De hecho, amenazaron con disparar a alguien que había salido a pasear por el camino público. Tuvimos que enviar a la policía a hablar con ellos y explicarles en qué consistía la servidumbre de paso.

—Pues parece que va a ser un encuentro interesante —dijo Ben y salió por la puerta.

Estaba a un kilómetro del pueblo cuando se arrepintió de su insensatez. Soplaba un fuerte viento del estuario del Támesis que amenazaba con derribarlo una y otra vez. Cuando el camino se adentraba entre setos altos, la situación se volvía soportable, pero a campo abierto era atroz. A pesar de todo, no estaba dispuesto a dar su brazo a torcer y bajar de la bicicleta para ponerse a andar. Llegó a la granja de los Broadbent. El señor Broadbent estaba limpiando la pocilga cuando apareció Ben, escoltado por dos perros que no paraban de ladrar.

—Pero si es Ben —dijo secándose las manos.

Lo invitó a tomar un té y hablaron de la escasez de jornaleros y de cómo las chicas los habían ido sustituyendo poco a poco.

—Algunas son excelentes y se dejan la piel —dijo el granjero—. Otras son un caso perdido. Ponen más empeño en ir bien peinadas y maquilladas que en hacer bien su trabajo. He pillado a un par que se escondían detrás de un almiar para fumar. ¡Junto a un montón de heno! Les he dicho que si ardía, los animales no tendrían comida para pasar el invierno y que nos moriríamos de hambre. —Negó con la cabeza—. Son unas ignorantes. Vienen de la ciudad.

Ben no había contemplado la posibilidad de que el contacto del paracaidista fuera una mujer.

—¿Hay alguna extranjera? —preguntó.

—Está Trudi, que es de Austria. Es una de las más trabajadoras. Se nota que se crio en una granja. La he puesto al mando de las más remolonas y tiene buena mano para meterlas en vereda.

Ben introdujo el tema del paracaidista, pero el granjero apenas había oído hablar de él y no mostró mayor interés en el asunto.

—Imagino que es inevitable que se produzcan accidentes en las guerras —dijo y le ofreció un pedazo de empanada de cerdo.

Cuando salía, Ben se detuvo a hablar con algunas de las chicas, que le confesaron que Trudi no era muy apreciada. Las obligaba a deslomarse y, lo que era peor, salía con uno de los soldados de Farleigh. Bastante guapo. De noche se escabullía para verse con él. Las chicas estaban encantadas de poner de vuelta y media a su compañera. Ben emprendió el camino de nuevo con el estómago lleno. La única novedad de su lista de sospechosos era Trudi que, además, salía con uno de los soldados. Se dirigió al tristemente célebre secadero, preguntándose cómo podría abordar a los dos inquilinos hostiles, que no habían mostrado ningún reparo en disparar a los intrusos que se habían adentrado en su propiedad. Ambos eran artistas, eso lo sabía. Ojalá pudiera recurrir a Guy Harcourt, su compañero de trabajo. Guy era un apasionado del diseño y el arte moderno y había intentado, en vano, convertir a Ben a su gran afición. Sin embargo, en esa ocasión no le quedaría más remedio que echar mano de sus conocimientos.

El secadero se encontraba entre dos hileras de árboles del lúpulo, pero ahora había una valla y una verja que separaba los árboles de los rosales del jardín delantero de la casa. La puerta principal estaba enmarcada por una enramada de rosas. Ben admitía que habían creado una preciosa estampa de serenidad rural, salvo por el cartel de la puerta, que rezaba: PROHIBIDO EL PASO / PROHIBIDO PEDIR.

Ben abrió la puerta de la valla y se acercó con la bicicleta hasta la puerta de la casa. Había una aldaba de latón con el rostro de un demonio; Ben vaciló antes de llamar. Al cabo de unos segundos apareció un hombre rechoncho, vestido de negro, que llevaba un jersey de pescador a pesar del calor que hacía y unos pantalones muy holgados. Tenía unos buenos mofletes, una mata de pelo rubio y un cigarrillo negro que le colgaba de la comisura de los labios. Ben percibió un aroma de tabaco extranjero.

—¿Qué quiere? Si desea que donemos metal o papel, ya puede esperar sentado.

Tenía un leve acento que Ben no supo identificar.

—Soy el hijo del párroco —se presentó Ben, pero el hombre lo interrumpió de inmediato.

—Tampoco nos convencerá de que vayamos a la iglesia. No creemos en esas sandeces.

—No he venido a hacer proselitismo —replicó Ben—. Me han dicho que son ustedes artistas y, como admirador del arte moderno que soy, me preguntaba…

—¿Es usted aficionado? ¿Quién es su artista favorito?

Ben se devanó los sesos para intentar recordar alguno de los pintores de los que le había hablado Guy, que en su momento lo había arrastrado a un par de galerías.

—Me gusta la obra de Karl Schmidt-Rottluff y también soy un gran admirador de Paul Klee, por supuesto, aunque mucho me temo que ya no está bien visto admirar a un artista alemán.

—Pues será mejor que entre —lo invitó el hombre—. La crítica ha comparado la obra de Serge con la de Schmidt-Rottluff. —El hombre entró en casa—. Serge, sal de tu madriguera. Por fin tenemos una visita civilizada —exclamó con voz aflautada.

Apareció su compañero. Era un hombre alto, enjuto, de tez oscura y facciones muy marcadas. Llevaba una bata manchada de pintura.

—Serge, este joven es un admirador de la obra de Schmidt-Rottluff. Le he dicho que te han comparado con él en varias ocasiones.

—Ah, ¿sí? —Miró a Ben con escepticismo—. ¿Le gustan los expresionistas alemanes?

—Por supuesto —afirmó Ben, con la esperanza de que la conversación no profundizara demasiado en el tema. Miró a su alrededor. En las paredes había varios cuadros horribles: manchurrones de colores primarios y figuras deformadas. Pensó que era muy probable que a Guy le gustaran—. ¿Esta es su obra, Serge?

El hombre moreno asintió.

—¿Le gusta?

—Es poderosa.

El hombre asintió de nuevo.

—Es usted muy amable.

Entonces Ben reparó en la figura de una mujer en tonos púrpura. Estaba convencido de que había visto el cuadro en otro lugar. ¿No tenía Guy una postal?

—¿Ha expuesto en muchas galerías? —preguntó.

—Unas cuantas —respondió Serge, encogiéndose de hombros.

—¿Es ruso? —preguntó Ben. El artista tenía un acento muy marcado.

—Así es. Vine aquí cuando me obligaron a pintar campesinas sanas manejando cosechadoras. Eso y nada más. En Rusia ya no hay arte.

—¿Usted también decidió venir cuando no pudo seguir practicando su arte? —le preguntó Ben al otro hombre.

El tipo sonrió.

—Soy de Dinamarca, donde todo está permitido. Más o menos. Pero hui cuando los alemanes estaban a punto de invadirnos. Y fue una suerte que lo hiciera. No habría sido un buen nazi. Para empezar, no sé hacer el saludo. Y no me gusta obedecer órdenes. —Sonrió—. Es usted la primera persona medio civilizada a la que conocemos desde que nos mudamos aquí. La mayoría son unos incultos, ¿no es cierto, Serge?

El pintor asintió.

—Incultos. —Miró a Ben con el ceño fruncido—. ¿Qué le trae por aquí?

—Como ya les he dicho, soy el hijo del párroco y he vuelto porque tengo unos días de permiso.

—¿Es usted soldado? ¿Marino?

—Civil, me temo. Sufrí un accidente de aviación.

—No se disculpe. Puede dar las gracias de no formar parte de esa carnicería. Nosotros estamos agradecidos de que aún no hayan llamado a filas a hombres de más de cuarenta, ¿verdad, Hansi?

El tipo rechoncho sonrió.

—¿Le gustaría probar nuestro licor casero de chirivía? Le advierto que es contundente.

Ben asintió y le dieron un vaso. Tomó un sorbo y se quedó sin aliento al sentir cómo se le deslizaba por la garganta aquel líquido abrasador.

—¿Se han mudado aquí de Londres? —les preguntó.

Ambos asintieron.

—Vivíamos en Chelsea, claro —afirmó el más regordete—. Hasta que uno de los bombardeos destruyó una casa a solo tres puertas de la nuestra. Entonces nos dijimos que era imposible vivir así y huimos. Este edificio nos cautivó de inmediato. Tiene mucho carácter, ¿no cree?

—Sin duda —concedió Ben—, pero aún recuerdo cuando colgaban a secar el lúpulo en la torre. ¿Usted también pinta?

—Soy escultor —respondió Hansi—. Trabajo el metal. O más bien debería decir que trabajaba el metal cuando había. Hacía obras exteriores. Ahora todo el metal se destina a construir bombas o aviones, por lo que no me queda más remedio que pasarme a la arcilla, que no escasea.

Ben los observó a ambos. Al Serge taciturno de Rusia... se lo imaginaba colaborando con los nazis. Pero ¿al afable Hansi? Sin embargo, trabajaba con metal. Podía disponer de las herramientas que pudiera necesitar un paracaidista alemán.

Al cabo de media hora se despidieron como si se conocieran de toda la vida y Ben se fue con una invitación para que volviera a visitarlos cuando pasara por allí. Se alejó bamboleándose, ya que el viento había aumentado de intensidad y el licor de chirivía había hecho mella en su sentido del equilibrio.

De camino a casa, se dio cuenta de que no había avanzado en su investigación. Los dos artistas habían llegado a Inglaterra huyendo de la tiranía y solo buscaban paz y tranquilidad para dar rienda suelta a su pulsión artística. Sin embargo, se habían instalado en un lugar apartado y Hansi no sería el primer alemán que se haría pasar por danés. Los campesinos de la zona habían vivido ahí toda su vida. Las chicas que ayudaban en las tareas del campo tenían un expediente intachable, salvo por la austríaca llamada Trudi, que salía con un soldado. Pero el paracaidista había caído en la finca de lord Westerham, probablemente por un buen motivo. A pesar de todo, Ben confiaba en que la cena de esa noche le ofreciera la oportunidad de averiguar algo más.

Capítulo 20

Nethercote
La cena

Ben y su padre enfilaron el camino de acceso a Nethercote, la residencia de los Prescott. Era una suerte que los días fueran más largos en verano. Y también era una suerte que el camino fuera recto. El trayecto de vuelta iba a ser todo un reto, porque tendrían que hacerlo a oscuras, con la única ayuda de una linterna envuelta con tela negra. No se permitía el uso de ningún tipo de iluminación exterior y tendrían que volver a casa prácticamente a tientas. Ben intentó recordar si había luna. Se volvió hacia su padre y se lo preguntó.

—Está en cuarto menguante, así que no nos servirá de gran cosa a menos que nos quedemos hasta muy tarde, algo que no ocurrirá —respondió el pastor Cresswell—. Debo admitir que me apetece disfrutar de un buen banquete, pero el resto de la velada se me está empezando a atragantar. No obstante, si los únicos invitados somos los Sutton y nosotros, no será tan duro, ¿verdad? Como en los viejos tiempos.

Ben asintió. «Los viejos tiempos», pensó. Abrieron la alta verja de hierro forjado, que los militares aún no habían requisado para aprovechar el metal, y echaron a andar por el camino de grava. Se estaba maravillando del fantástico estado de conservación del lugar, cuando su padre le dijo:

—Veo que no han intentado convertir sus jardines en patatares. Es un escándalo que ofrezca este aspecto tan fantástico. Deben de tener jardineros.

—Así es —admitió Ben—. Los vi trabajando cuando acompañé el otro día a Pamela.

—¿Acompañaste a Pamela?

Ben asintió.

—Le daba reparo venir sola a ver a Jeremy. Creo que tenía miedo de que estuviera desfigurado o algo por el estilo. Pero, en realidad, era el mismo de siempre. Aunque más delgado y pálido.

—Ese muchacho debió de ser un gato en una vida anterior —dijo el padre—, y creo que ya debe de haber gastado casi todas las siete vidas.

Ben asintió.

—Y estoy convencido de que volverá a tentar el destino a bordo de un caza en cuanto se lo permitan.

—Ya lo creo —concedió Ben.

Acababan de llegar a la puerta principal cuando oyeron un ruido de motor tras ellos. El viejo Rolls de lord Westerham apareció en el camino de acceso. El propio lord, y no un chófer, bajó del asiento del conductor para abrir la puerta de las acompañantes. Su mujer y sus hijas bajaron de una en una, alisándose los vestidos de gala arrugados. Ben observó a Pamela, que descendió del vehículo con su gracia y elegancia habituales. Llevaba un vestido largo de corte griego de color azul pálido, que quedaba perfecto para su pelo rubio y su complexión inglesa.

—Buenas noches, párroco. Me alegro de verte, Ben —dijo lady Esme—. Qué noche más estupenda tenemos, ¿verdad? Últimamente hemos podido disfrutar de un tiempo perfecto. Tanto, que parece como si se estuviera burlando de nosotros.

El padre de Ben asintió con un leve gesto.

—Buenas noches, lady Westerham. Sí, hemos tenido un tiempo espléndido. Algo esencial para las cosechas.

—Lamento que no quedaran plazas libres en el coche porque podríamos haberlo traído —se disculpó lord Westerham.

—Teniendo en cuenta la velocidad a la que conduces, habrían llegado antes a pie —le soltó Dido, que bajó la última del Rolls con un vestido rosa pálido que le confería un aspecto joven y vulnerable.

Ben cayó en la cuenta de que ninguna de ellas había podido tener un vestido nuevo desde el inicio del conflicto, ya que la tela estaba racionada. El de Diana debía de ser heredado de la puesta de largo de Pamela.

Pamela le lanzó una gran sonrisa a Ben y las chicas siguieron a sus padres. Ben y el pastor anduvieron tras ellas hasta que una doncella abrió la puerta y los acompañó a una elegante sala. Ben se fijó en que ya habían llegado varios invitados, al tiempo que lord Westerham le decía a su mujer en voz baja:

—Creía que habías dicho que era una cena íntima. Esto parece un guateque. No entiendo por qué hemos venido.

Lady Westerham lo agarró del brazo y lo arrastró para que no pudiera huir antes de que sir William y lady Prescott acudieran a saludarlos. Lady Prescott lucía un vestido de lamé dorado y su marido un frac inmaculado.

—Es una alegría que hayan podido venir —dijo ella, y le tendió las manos a lady Esme.

—La alegría fue recibir su invitación. —Lady Esme permitió que le tomara las manos—. No se imagina cuándo fue la última vez que recibimos una invitación para asistir a una cena como esta. Me siento como si acabara de huir de una jaula.

—Nos apetecía celebrar que Jeremy ha regresado sano y salvo. Todavía pienso que es un milagro. —Señaló con el brazo a los demás invitados—. No sé si conoce a todo el mundo. Obviamente conoce al coronel y a la señora Huntley. Y a la señora Hamilton. Y seguro que conoce muy bien al coronel Pritchard, puesto que comparten techo.

—Por supuesto. —Todos asintieron con la cabeza e intercambiaron cordiales saludos—. Pero ¿conoce a lord y lady Musgrove? Lord Musgrove acaba de heredar Highcroft Hall.

Ben observó a la joven y elegante pareja. Intentó ubicar Highcroft Hall.

—Ah, ¿sí? —Lord Westerham se volvió hacia su mujer, en busca de confirmación—. Tuvimos noticia de que lord Musgrove había muerto hace ya un tiempo, ¿no es así, Esme?

—Efectivamente. Nos alegramos de que la casa vuelva a estar ocupada.

El joven miró a su mujer antes de sonreír y le tendió la mano a lord Westerham.

—Es un placer. Frederick Musgrove y mi mujer, Cecile. Vivíamos en Canadá, por eso tardaron en localizarnos. Puedo asegurarle que fue toda una sorpresa cuando recibí la carta del abogado en que me comunicaba que había heredado Highcroft y el título. Me quedé sin habla. Soy el hijo de uno de los benjamines y no esperaba heredar nada. Por eso emigré a Canadá. Pero la Gran Guerra acabó con los demás herederos, así que aquí estoy. —Esbozó una sonrisa juvenil—. Hasta ahora me había ganado la vida con el sudor de mi frente, como todos los demás.

—Tampoco es que hayas sudado a mares, Freddie —dijo su mujer, que dedicó una sonrisa a los demás presentes—. Trabajaba en un banco de Toronto.

—¿Un banco? ¿De verdad? Fascinante —dijo lord Westerham, que recibió un codazo en el costado de su mujer.

—Permítanme completar las presentaciones —prosiguió lady Prescott—. Estos son nuestros vecinos, lord y lady Westerham, y sus hijas Olivia, Pamela y Diana. Y les presento también a nuestro querido párroco, el reverendo Cresswell y su hijo Ben, que ha sido el mejor amigo de nuestro hijo desde su más tierna infancia. Y hablando de nuestro hijo, ¿dónde se habrá metido? —Levantó la cabeza y una radiante sonrisa le iluminó el rostro—. Ah, ahí está, el hombre de los milagros.

Hubo una salva de aplausos. Vestido con el esmoquin, parecía aún más pálido y delgado. Esbozó una sonrisa avergonzada y su madre se acercó para agarrarlo del brazo y arrastrarlo para que saludara a los invitados.

—¿No es maravilloso? —dijo lady Prescott—. No se imaginan lo que significa volver a tenerlo con nosotros. Cuando ya casi habíamos perdido la esperanza.

—Madre, por favor.

—Eres un joven muy valiente —afirmó el coronel Huntley—. Hay que tener muchas agallas para hacer lo que hiciste. Es una prueba más de que los británicos son mucho más fuertes que los alemanes. Nunca verás a uno haciendo la misma hazaña que tú. Estarían esperando a recibir órdenes.

—Eso no es del todo cierto —dijo Jeremy—. Algunos pilotos alemanes son excepcionales. Es un privilegio luchar en combate con ellos.

—Ya basta de tanta guerra —lo interrumpió sir William—. Hablemos de cuestiones más prácticas. ¿Qué vamos a beber? ¿Whisky escocés? —le preguntó a lord Westerham—. ¿Whisky puro de malta?

—No diré que no —respondió—. Se lo agradezco mucho, Prescott. Hace siglos que no tomo un whisky decente.

Sir William chasqueó los dedos para llamar a un lacayo que atendía la mesa de bebidas.

—¿Y ustedes, bellas damas? ¿Les apetece un cóctel? ¿O prefieren un jerez?

—Ah, no sé nada de cócteles —dijo lady Esme, ligeramente ruborizada—. Será mejor que tome solo jerez.

—A mí me apetece un sidecar, si es posible —dijo Diana—. ¿Y tú, Pamma?

Pamela dudó al sentir la mirada de Jeremy en ella, pero al final dijo:

—¿Por qué no? Me apetece.

Mientras el lacayo servía las bebidas, Jeremy se acercó a Pamela, que estaba junto a Ben.

—Veo que te has levantado y puedes caminar —le dijo ella.

—Sí, me encuentro bastante bien —contestó—. Espero que el matasanos me declare apto para reincorporarme.

—No lo dirás en serio. —Pamela miró a Ben alarmada.

—Bueno, aún tardarán en dejarme pilotar un avión, pero al menos podría contribuir haciendo trabajo de oficina. Me han dicho que podría echar una mano en el Ministerio del Aire y mi padre dice que puedo quedarme en el piso de Londres.

—¿Aún tenéis un piso en Londres? —preguntó Ben.

—Sí, está junto a Curzon Street. Es de la época en que mi padre trabajaba en la ciudad entre semana. Ahora me vendrá como anillo al dedo. Tenéis que venir a visitarme. —Miró a Ben y a Diana, pero se detuvo en Pamela—. Lo sé. Cuando me haya instalado organizaremos una fiesta. ¿Qué te parece?

—¿Una fiesta en Londres? —A Diana se le iluminó la cara de emoción.

—Yo de ti no me haría muchas ilusiones —dijo Pamela en voz baja—. Seguro que papá no te dejará ir.

—Pero si le digo que Ben y tú me acompañaréis no podrá negarse, ¿no?

—No habrá trenes para volver a casa tan tarde —objetó su hermana.

—Puedes quedarte a dormir en el piso. La fiesta durará toda la noche y no se acabará hasta que desayunemos beicon con huevos.

Como en los viejos tiempos de las puestas de largo —dijo Jeremy—. Estáis todos invitados. Tú también, Livvy.

Olivia había permanecido en silencio, en un discreto segundo plano, y negó con la cabeza.

—Gracias, pero no lo creo. No me parecería bien ir de fiesta mientras mi marido está sirviendo al país.

Jeremy se rio.

—Pero ¿no le había tocado un chollo? ¿No era guardia del duque de Windsor en las Bahamas?

—Proteger a un miembro de la familia real es un trabajo muy peligroso —replicó Olivia, acalorada—. Sabes perfectamente que a los alemanes les encantaría secuestrarlo y ponerlo en el trono en lugar del rey.

—¿Su marido está al servicio del duque de Windsor? —preguntó lord Musgrove, que se había unido al grupo.

Olivia asintió.

—De hecho, a Teddy no le hizo ninguna gracia que lo obligaran a abandonar su regimiento justo antes de que partiera hacia África, pero el duque exigió sus servicios. Habían jugado juntos al polo.

—Debo decir que el pobre duque de Windsor ha recibido un trato deleznable. —Lord Musgrove tomó un sorbo de whisky—. Lo han mandado al exilio como a Napoleón.

—Es por su propia seguridad —afirmó Olivia.

—Para que no interfiera en lo que está ocurriendo en Europa —dijo sir William—. A fin de cuentas, su mujer ha mostrado un gran afecto por Hitler.

—Aun así, creo que es una pena —insistió lord Musgrove—. Siempre he pensado que era un tipo muy decente. Podría haber sido un buen intermediario si en algún momento nos viéramos obligados a negociar un acuerdo con Alemania.

—¿Un acuerdo con Alemania? —Lord Westerham se volvió y fulminó a Musgrove con la mirada—. Por encima de mi cadáver.

—Es probable que así sea —añadió lord Musgrove con una sonrisa.

El fuerte licor le quemó en la garganta a Pamela. No estaba acostumbrada a beber algo más fuerte que la cerveza y la sidra, y antes del estallido de la guerra alguna que otra copa de vino. Sin embargo, no iba a permitir que la eclipsara Dido, que parecía muy habituada a beber cócteles. Cuando la madre de Pamela recondujo la conversación a aguas más pacíficas, Jeremy se acercó a ella.

—Tú vendrás a mi fiesta, ¿no? —le susurró al oído.

—No sé si podré tomarme el día libre —le advirtió con cautela.

—¿Acaso trabajas de noche?

—Últimamente me han adjudicado ese turno.

—¿Turno de noche? ¿Qué diablos haces, colaboras en la brigada antiincendios?

—No. —Pamela se rio algo nerviosa—. Pero siempre tiene que haber alguien disponible.

—¿En qué ministerio has dicho que trabajabas?

—No lo he dicho —respondió—, pero colaboramos con diversos servicios, comprobando datos y todo tipo de informaciones.

—Me alegro mucho por ti. —Jeremy apoyó una mano en su brazo y le susurró al oído—: La fiesta es para ti. Quiero que vengas a ver el piso. —La agarró con más fuerza y la arrastró a un lado—. Mira, siento que empezáramos con mal pie. Tuve una actitud muy desconsiderada y descortés. Supongo que tenía tantas ganas... Bueno, ya me entiendes, ¿no? Me había pasado tantos meses pensando en ti, fantaseando, que me temo que me dejé llevar. ¿Podemos hacer como si no hubiera ocurrido y empezar de nuevo? Con más calma. Irnos conociendo poco a poco.

Le dirigió una mirada muy seria.

—De acuerdo —accedió Pamela.

—¡Fantástico! —exclamó él, sin dejar de mirarla.

Capítulo 21

Nethercote

El gong sonó y los invitados formaron una cola para dirigirse al comedor. Ben debía acompañar a Dido, al final de la cola. A su padre lo habían emparejado con la señora Hamilton. Jeremy y Pamela estaban juntos, obviamente. Ben la observó y vio que se reía cuando Jeremy le susurró algo gracioso.

—Somos el eslabón más débil —murmuró Diana cuando entraron en el comedor.

Las arañas de luces refulgían sobre la larga mesa de madera. Había una doncella y un lacayo que aguardaban a retirar las sillas de los comensales. Ben se sentó entre la mujer del coronel Huntley y el comandante del Regimiento Real de West Kent, al que no conocía. Jeremy y Pamela ocuparon los sitios delante de él. Lady Prescott presidía la mesa acompañada de ambos lores, Westerham y Musgrove. Su vestido y los diamantes que lucía en el cuello refulgían a la luz de las arañas. Miró a los invitados con un gesto de gran satisfacción.

—William, deberíamos hacer un brindis antes de empezar a cenar —dijo—. Para celebrar el regreso de nuestro hijo, cuando ya creíamos que lo habíamos perdido y lo dábamos… —Se le quebró la voz y se tapó la boca con una servilleta para reprimir el sollozo.

—Cálmate, querida —dijo sir William—. Jeremy ha vuelto y debemos alegrarnos. Brindemos por él, por nuestros amigos… Y brindemos también porque a pesar de que nos ha tocado vivir días aciagos, tenemos la suerte de poder reunirnos y disfrutar de la vida.

—¡Brindemos! —repitieron los comensales.

Se descorcharon las botellas de champán y los camareros llenaron las copas.

—No entiendo cómo demonios ha logrado comprar champán —dijo lady Esme.

—Fue un golpe de suerte —admitió sir William entre risas—. Conocía una pequeña bodega cerca de Covent Garden. Resulta que la casa de al lado quedó destruida en un bombardeo, el dueño cayó víctima del pánico y le dije que podía comprarle la tienda junto con todas las existencias. Dada la situación, no se lo pensó dos veces. Aceptó mi oferta y se fue. Y así es como he conseguido unos vinos exquisitos, que me durarán hasta el fin de la guerra.

—Siempre que finalice en un futuro no muy lejano —apuntó la señora Hamilton, haciendo gala de su habitual estilo desabrido.

—Y así será —afirmó sir William—. No podemos seguir así eternamente. Si Estados Unidos no interviene, estamos acabados. No podremos repeler la invasión por nuestra cuenta.

—Estados Unidos no se ha dado por aludido —espetó el coronel Huntley—. Solo le interesa prestarnos tecnología a un precio exorbitante. Está haciendo un gran negocio a costa de nuestro sufrimiento.

—No cabe duda de que necesitamos suministros. De algún lado tendrán que llegar —afirmó el coronel del regimiento—. No podemos luchar sin armas. ¿Sabe que cuando llamaron a filas a mis hombres tuvieron que realizar la instrucción con palos de madera en lugar de fusiles reales? Así de mal estábamos. Y estamos perdiendo Spitfires a un ritmo alarmante…

—En ocasiones creo que sería más sensato pactar con el señor Hitler —afirmó lady Musgrove—. Temo que el conflicto se prolongue tanto que acabaremos muertos de hambre y postrados ante

Hitler, que acabará invadiéndonos de todos modos. ¿Y qué habremos conseguido?

—Es culpa de Churchill, que es un belicista —concedió su marido—. Se le ha subido el poder a la cabeza. Creo que, en el fondo, está disfrutando con todo esto.

—¡Menuda sarta de sandeces! —bramó lord Westerham—. De no ser por Churchill, ya seríamos esclavos de Alemania.

—No creo que fuéramos esclavos. Tendríamos un trato entre dos razas arias… Iguales —dijo lord Musgrove.

—Pregúntele a los daneses y a los noruegos cómo les va —adujo el coronel Pritchard.

Se hizo un silencio incómodo.

—Preferiría que no habláramos de temas tan tristes esta noche —les pidió lady Prescott—. Se trata de una celebración, ¿recuerdan? Y si nuestro hijo logró huir de aquel horrible campo de prisioneros y cruzar media Europa para reunirse con nosotros, creo que podemos considerarlo como una señal de que los alemanes no son invencibles. Si reaccionamos con gallardía y les plantamos cara, no podrán ganar.

—Bien dicho, lady Prescott —la felicitó el coronel Huntley—. Ese es el espíritu que hay que tener. Un espíritu combativo. Los británicos jamás serán esclavos de nadie.

—¿Es la entrada para que alguien se atreva con una canción? —preguntó Jeremy con una sonrisa—. ¿«There'll Always Be an England»? ¿«Rule, Britannia»? —dijo guiñándole un ojo a Pamela.

—Es la señal para que empecemos a disfrutar de un delicioso banquete —dijo su padre. Hizo un gesto con la cabeza a los criados, que entraron con las soperas.

—¿Es sopa de ostras? —preguntó lord Westerham, asombrado—. ¿Dónde las ha conseguido?

Sir William no pudo reprimir la sonrisa.

—Su hábitat natural es el mar. De hecho, tengo un contacto en Whitstable. Al final no pudo servirme una docena para cada uno, pero creo que llega para la sopa.

—Los civiles no pueden acercarse a la costa.

Sir William no había dejado de sonreír.

—¿Quién ha hablado de civiles? Lo siento, coronel, o coroneles, más bien, pero las reglas están hechas para que las desafiemos en momentos de necesidad. Y estas ostras habrían muerto si nadie las hubiera cogido. Lo cual sería una pena.

Sir William introdujo la cuchara en el plato con auténtico deleite y los demás lo imitaron. Después de la sopa de ostras, llegó la trucha asada y sir William sonrió de nuevo.

—Antes de que me lo pregunten, me he abastecido del lago. Son todas de la zona.

A continuación, sirvieron lacón asado, finas rodajas rosadas acompañadas de la corteza y relleno de salvia y cebolla.

—No me dirá que también cría cerdos —le dijo el coronel Huntley.

—No. Este jamón me lo ha conseguido un amigo que tiene un amigo… Se puede conseguir casi de todo si uno sabe dónde buscar y está dispuesto a pagar.

—¿Se refiere al mercado negro? —Lord Westerham estaba a punto de estallar de nuevo.

—Nadie lo obliga a comerlo —respondió sir William—. De hecho, lo he obtenido de forma legítima. Una bomba cayó sobre una pocilga y los animales resultaron muertos o estaban tan malheridos que tuvieron que sacrificarlos de todos modos.

—Al menos esa es la historia a la que se aferra como a un clavo ardiendo —dijo lord Musgrove, cuyas palabras arrancaron la carcajada de los presentes.

El lacón se sirvió acompañado de patatas asadas crujientes y espárragos.

—De nuestro huerto —dijo lady Prescott con orgullo—. Este año hemos tenido una buena cosecha.

El banquete fue regado con varias botellas de burdeos. Ben comió como si estuviera soñando. Tras la austeridad de los aposentos que compartía con Guy y la desolación general de la vida en Londres, el banquete rozaba lo increíble: sentado a una mesa fastuosa, devorando un plato tras otro de exquisiteces, bebiendo vino de categoría y disfrutando de la presencia de Pamela, que estaba sentada frente a él. Estaba convencido de que la sirena del ataque aéreo podía despertarlo de un momento a otro.

—De modo que tienen Highcroft Hall para ustedes solos, lord Musgrove, ¿o se han visto en la obligación de acoger a tropas también? —preguntó lady Esme.

—De momento estamos solos, pero la casa ha conocido épocas mejoras y conviene realizar varias reparaciones. No hay muchas habitaciones preparadas para su uso. Pero el carcamal a cargo de las requisiciones tuvo a bien hacernos saber que tendríamos que acoger a nuestra cuota de evacuados si y cuando los enviaran de Londres.

—Tenemos uno en Farleigh —afirmó lady Westerham.

—Sé sincera, mamá, se lo endilgaste al guardabosque —terció Olivia.

—Me pareció lo más adecuado —replicó lady Esme—. El pobrecillo se mostraba aterrorizado en una casa tan grande como Farleigh. Y sé que el guardabosque y su mujer cuidarán muy bien de él.

—¿No es el muchacho que encontró el cuerpo en su campo? —preguntó Ben con aire inocente, aprovechando la oportunidad de cambiar de tema para observar sus reacciones.

—¿Cuerpo? —preguntó lady Prescott.

—Así es —concedió lord Westerham—. Un pobre desgraciado al que no se le abrió el paracaídas. El muchacho del guardabosque y nuestra hija menor lo encontraron. Ambos hicieron gala de un gran valor, porque el pobre soldado quedó en un estado lamentable, como podrán imaginar.

—¿Estaban realizando maniobras de instrucción? —preguntó lady Musgrove.

—Lo ignoro. Se llevaron el cuerpo de inmediato. Llevaba uniforme de los West Kent, pero el coronel aquí presente jura que no era uno de los suyos.

—Había algo raro —afirmó el coronel—. Algo que no acaba de encajar. La insignia de la gorra era la versión antigua, la del caballo de Kent.

—¡Un espía! ¡Lo sabía! —exclamó la señora Hamilton—. Me apuesto lo que quieran a que era un alemán que saltó para espiarnos o para preparar la invasión.

—Es posible —concedió el coronel Pritchard—. Aunque de poco les servirá ahora.

Los sirvientes se llevaron el lacón y trajeron el postre: profiteroles de chocolate con salsa de chocolate.

—¡Chocolate! —exclamó lady Musgrove, lanzando un suspiro de alegría—. ¿Dónde lo has encontrado?

—Seguro que cayó una bomba sobre una plantación de cacao y mi padre acudió al rescate de los árboles —dijo Jeremy, que hizo reír a todos los invitados. El vino empezaba a surtir efecto. Ben miró a su alrededor: rostros sonrientes, todos relajados y satisfechos. ¿Cómo era posible que alguno de ellos tuviera vínculos con el enemigo?

Todavía reinaba un ambiente cordial cuando la fiesta llegó a su fin.

—¿Cómo habéis venido hasta aquí? —le preguntó Jeremy a Ben.

—A pie.

—Os llevaré a casa.

—No es necesario —le aseguró su amigo—. Hace una noche agradable y no vivimos muy lejos.

—No es ninguna molestia. Espera a que se vayan todos e iré a por el coche. —No esperó a obtener respuesta. Se acercó a sus padres y se despidió de los demás invitados.

El coronel y la señora Huntley se fueron con la señora Hamilton, que había llegado en un Bentley tan maltratado por los años como el chófer que lo conducía. El Rolls de lord Westerham no era mucho más moderno. Jeremy se acercó a ayudar a lady Westerham para que subiera cómodamente al asiento del acompañante e hizo lo propio con Olivia, que se sentó detrás. Cuando llegó a Pamela, le acarició el mentón con la mano, la atrajo hacia él y la besó. Sonrió y Ben le oyó decir:

—Si mi padre me presta el coche, iré a verte mañana. Podríamos ir de pícnic.

Ben no oyó la respuesta de Pamela, pero ella le sonrió. Jeremy regresó junto a su amigo con cara de satisfacción. A lo lejos se oyó el zumbido de un avión.

—Bombarderos alemanes —dijo Jeremy, aguzando el oído—. Dios, qué ganas tengo de que me dejen pilotar de nuevo. Cuánto lo echo de menos.

Sin embargo, se volvió hacia Ben de inmediato, consciente de la falta de tacto de sus palabras.

—Cuando empiece a trabajar en el Ministerio del Aire, intentaré buscarte algo.

—¿A qué te refieres? Ya tengo trabajo —replicó Ben.

—Me refería a algo más emocionante. Un reto. Si estás atrapado en un trabajo de despacho gris y aburrido…

Ben sintió la tentación de decirle que no era un trabajo de despacho gris y aburrido. Lo que hacía era de vital importancia para la seguridad nacional, pero, claro, no podía.

—Me siento útil, no necesito más emociones —respondió al final.

—Pero es que me gustaría ayudarte —insistió Jeremy—. No soporto la idea de que te pases el día encadenado a un escritorio.

—Mira, sé que te sientes culpable por lo que ocurrió, pero fue un accidente. Sé que no querías matarnos. Y ambos sobrevivimos, así que demos gracias por eso. En cuanto a mi trabajo… —Dejó la frase en el aire cuando el zumbido del avión se convirtió en un rugido que ahogó sus palabras.

—Están volando muy bajo —gritó Jeremy—. ¿Qué te apuestas a que se dirigen al aeródromo de Biggin Hill? Los Spitfire habrán recibido órdenes de despegar. Ojalá pudiera ser uno de ellos.

La noche no era totalmente oscura y Ben distinguió las formas de los aviones que los sobrevolaban, una oleada tras otra. De repente empezaron los destellos y las explosiones. El cielo se iluminó. Los Spitfire habían dado con el enemigo. Se produjo una gran explosión y un avión se precipitó al suelo en una espiral de fuego.

—Uno de los nuestros —gritó Jeremy para hacerse oír por encima del rugido de los aviones—. Pobre desgraciado.

Los aviones pasaron y cesó el ruido.

—Voy a por el coche —dijo Jeremy.

—De verdad que no es necesario —insistió el reverendo Cresswell—. Podemos ir andando tranquilamente, Jeremy. No conviene despilfarrar gasolina.

—Tonterías —dijo el joven entre risas—. Los voy a utilizar como excusa, si no le importa. Hace tiempo que me muero por volver a conducir un coche. Espero no haberlo olvidado.

Sin embargo, cuando se dirigía a la parte posterior de la casa, se oyó la voz de su madre.

—¿Adónde vas, Jeremy? No te has despedido de los Musgrove.

Lady Prescott dijo adiós a la joven pareja que se alejaba con un Lagonda nuevo y muy moderno. «Esos no tienen problemas de racionamiento de combustible», pensó Ben.

—Voy a por el coche para acompañar a Ben y a su padre —respondió Jeremy.

Su madre lo agarró del brazo.

—No digas tonterías. Aún no puedes conducir. Ya me parece un exceso que hayas trasnochado. No olvides que acabas de salir del hospital. Has estado a punto de morir. Papá llevará a Ben. ¿Puedes encargarte, William?

—¿Que si puedo qué? —preguntó sir William en tono jovial. Estaba encantado de interpretar su papel de anfitrión en una fiesta que había sido un éxito por todo lo alto.

—Acompañar a los Cresswell a casa. No me parece indicado que Jeremy se ponga a conducir de noche. Apenas hace unos días que le han dado el alta en el hospital y se supone que debería descansar.

—Pero, madre... —intentó decir Jeremy. Sin embargo, su padre levantó una mano.

—Tu madre tiene razón, hijo. Si quieres volver a pilotar, tienes que hacer cuanto esté en tu mano para recuperar las fuerzas. Ya hemos permitido que te vayas a dormir más tarde de lo recomendable. No querrás sufrir una recaída, ¿verdad?

—Hablas de mí como si fuera un maldito inválido, la verdad —protestó Jeremy.

—Obedece a tu madre —replicó sir William con firmeza y Jeremy dio media vuelta, indignado.

—Podemos ir andando, sir William —insistió Ben—. No es necesario que nos lleve.

—¿Quieren que los acerque yo? —preguntó el coronel Pritchard de los West Kent. No habían reparado en que no se había ido—. Me temo que no puedo ofrecerles un Rolls, pero hay espacio para ambos en el asiento posterior de mi humilde Humber.

—Sería fantástico —dijo el reverendo Cresswell con una sonrisa radiante—. Aceptamos encantados, ¿verdad, Ben?

—Sí, gracias. Jeremy, ya iremos a dar una vuelta otro día, no te preocupes. —Le dirigió una sonrisa a su amigo, que le devolvió un gesto hosco.

Jeremy no encajaba bien no salirse con la suya. Se había acostumbrado a imponer su voluntad desde niño y ahora no sabía cómo reaccionar.

El reverendo y Ben se sentaron en el asiento posterior del Humber y se despidieron con un adiós. El aire gélido de la noche se colaba por la ventana abierta del conductor. Cuando salieron de la finca y tomaron el camino que conducía al pueblo, percibieron otro olor: acre, a quemado.

A través de los árboles vieron un fulgor misterioso. Un incendio iluminaba la noche.

—Es Farleigh —gritó Ben—. ¡Han bombardeado Farleigh!

Capítulo 22

Farleigh

El coronel pisó el acelerador y emprendieron una frenética carrera para llegar cuanto antes a las llamas. Al detenerse en la verja de Farleigh, comprobaron que Ben no se había equivocado. Las llamas se alzaban por encima de los árboles y asomaban sobre la torre oeste. Tardaron lo que les pareció una eternidad en llegar a la mansión. El corazón de Ben latía desbocado, a pesar de que sabía que Pamela y su familia no podían llevar mucho tiempo en casa. No habían podido subir a las habitaciones. Sin embargo, una sensación de angustia fue apoderándose de él: tal vez no fuera una coincidencia que un hombre hubiera caído en el campo de Farleigh y justo después la casa fuera bombardeada. No había pensado en la posibilidad de que el desconocido tuviera algo que ver con alguno de los miembros de la familia.

Cuando por fin llegaron, la casa era un hervidero de gente. Había hombres uniformados que trajinaban cubos de arena. Otros intentaban conectar una manguera a una bomba que había junto al lago. Ben bajó del coche antes de que este se detuviera del todo. Cuando se dirigía hacia la casa, salió a su encuentro una lady Westerham aterrada y rodeada de los perros, que ladraban enloquecidos.

—Charlie está arriba, en su habitación —le gritó a Ben, agarrándolo del brazo—. Livvy y Pamma han subido a salvarlo. ¿Y

Phoebe? No la veo por ningún lado. No puede estar dormida. Y no sé dónde se ha metido mi marido. ¡Callaos de una vez, por el amor de Dios! —les gritó a los perros—. Esto es horrible, Ben. ¿Por qué nosotros? ¿Por qué nuestro precioso hogar?

—No se preocupe. Los soldados lo tendrán todo bajo control enseguida —dijo Ben, intentando fingir una serenidad que no sentía, y le acarició la mano en un gesto que nunca se habría atrevido a realizar en otras circunstancias.

—Debo encontrar a Phoebe —dijo lady Westerham, pero Ben le puso la mano en el hombro.

—Quédese aquí. Yo iré a por Phoebe. No se preocupe, porque las llamas no han llegado a las plantas principales. —Subió corriendo los escalones y entró en la casa. El vestíbulo estaba a oscuras y no sabía orientarse muy bien después de las reformas que habían realizado para dar acogida al ejército. De repente pasaron corriendo unos hombres uniformados.

—Apártese, señor —le dijo uno de ellos—. Es mejor que salga por si acaso.

—Hay un bebé en la planta superior y también ha desaparecido una niña —gritó Ben abriéndose paso. Intentó forzar la rodilla para que se moviera más rápido mientras subía el primer tramo de escaleras. No se sentía tan seguro como había intentado transmitirle a lady Westerham. ¿Cómo iban a sofocar las llamas? ¿Cómo iban a llegar al tejado con la manguera? Intentó reprimir el pánico que lo estaba atenazando. Llegó al primer rellano. Sin rastro de Phoebe. Debía de estar durmiendo y él no sabía dónde se encontraba su dormitorio. De hecho, no sabía dónde estaba ninguna de las habitaciones tras la división de la casa. Imaginaba que la familia debía de dormir en la primera planta y abrió una puerta. Sí, era un dormitorio. El pasillo parecía intacto, pero echó a correr aporreando las puertas y gritando:

—¡Fuego! ¡Fuego! ¡Salid!

Se abrió una puerta al final del pasillo y salió Phoebe con su camisón blanco.

—Pero ¿qué pasa, Ben? —le preguntó.

—Creo que han bombardeado la casa —dijo—. Las plantas superiores están ardiendo. Están intentando sofocar el incendio, pero deberías bajar porque te está esperando tu madre.

—¿Y Gumbie? —preguntó con una mirada de miedo.

Ben pensó que se refería a un juguete.

—Déjalo todo aquí —le ordenó.

—Pero duerme en el piso de arriba, en la habitación de la torre —insistió e intentó pasar de largo—. Tengo que salvarla.

Fue entonces cuando Ben se dio cuenta de que se refería a una persona y la agarró del brazo.

—Tú baja y ya me aseguraré yo de que no le pase nada.

—Quiero acompañarte, pobre Gumbie. Tenemos que rescatarla. —La pequeña estaba al borde de la histeria.

Ben le puso una mano en el hombro para tranquilizarla.

—Phoebe, le he prometido a tu madre que te sacaría de aquí. Está aterrorizada. Tienes que reunirte con ella de inmediato. Te prometo que encontraré a Gumbie.

Al final tuvo que llevarse a la pequeña Phoebe medio a rastras por el pasillo y las escaleras. Cuando Ben subía al segundo piso, se cruzó con varios criados que bajaban con la ropa de dormir: doncellas abrazadas entre sí, la señora Mortlock con los rulos y una ayudante de cocina deshecha en un mar de lágrimas con la cara manchada.

—El señor Soames ha subido al tejado con milord para sofocar las llamas —gritó la cocinera—. No sé cómo van a apagarlo. El señor Soames es muy mayor.

—El techo de mi habitación ha cedido —dijo la doncella entre sollozos—. Podría haberme aplastado o quemarme viva.

—Deja de gimotear y baja de una vez, Ruby —le ordenó la señora Mortlock dándole un pequeño empujón—. Solo se ha desconchado una parte del enlucido.

Ben siguió subiendo. Ahora olía el humo y oía el crujido de las llamas. Se agarró a la barandilla para darse impulso. El cansancio empezaba a hacer mella en él y la pierna ya no le respondía tan bien. El humo era cada vez más denso, pero sintió un gran alivio al oír una voz que decía:

—Vamos, ven, todo saldrá bien.

Olivia se dirigía hacia él con su hijo en brazos, que no lloraba, pero tenía los ojos abiertos de par en par, aterrorizado. Los seguía la niñera, vestida con una bata de franela y con una mano sobre el pecho para intentar controlar los sollozos de pánico.

—¡Ben! —Livvy respiró aliviada al verlo—. ¡Es horrible!

Él asintió.

—¿Queda alguien aquí arriba? —preguntó.

—No lo sé. He visto bajar a algunas sirvientas, pero no sé adónde ha ido papá. Creo que quería subir al tejado para ayudar a extinguir el incendio. Espero que no haga ninguna locura.

—¿Y Pamma? —preguntó Ben con el corazón desbocado—. ¿No estaba contigo?

Olivia miró alrededor.

—Ha debido de ir a comprobar que hubieran salido todos los sirvientes. Espero que no esté intentando encontrar a papá en el tejado. Le he dicho que no lo hiciera, pero nunca me hace caso.

—No se entretenga, por favor —dijo la niñera tirándole de la manga—. Tenemos que sacar al bebé. Esto podría derrumbarse de un momento a otro.

—Vosotras bajad, yo iré a buscar a Pamma —insistió Ben.

—Ten cuidado —le pidió Livvy.

Ben salvó el último tramo de escaleras. El humo era más denso y el rugido atronador de las llamas estaba cada vez más cerca.

—¿Pamma? —gritó con voz ronca. No obtuvo respuesta. No había ni rastro de ella. El corazón le martilleaba el pecho. Fue inspeccionando las habitaciones, una tras otra. Algunas tenían la puerta abierta, otras, cerrada. Sin embargo, no encontró a nadie. Cuando llegó al final del pasillo vio una escalera de piedra en espiral que se perdía en la oscuridad—. La sala de la torre —murmuró. Sacó el pañuelo y se tapó la nariz, a pesar de que ignoraba si iba a servirle de algo. A continuación, empezó a subir las estrechas escaleras, palpando la pared. La piedra estaba caliente. Al llegar arriba, divisó una puerta abierta que conducía a un resplandor: la entrada al infierno.

Tomó aire y se adentró en una habitación llena de humo. Una parte del techo había cedido y las paredes estaban teñidas de rojo y amarillo por el resplandor de las llamas. Miró a su alrededor: había muchos libros, tanto en las estanterías como en una mesa junto a la ventana. También había papeles en una mesa, como si alguien hubiera estado trabajando hasta hacía muy poco y, para sorpresa de Ben, había también un telescopio. Al principio pensó que no había nadie porque la cama estaba vacía y deshecha.

—¡Hola! —gritó—. ¿Hay alguien?

De repente alguien apareció detrás de la cama al oír su voz y Ben se asustó tanto que retrocedió y estuvo a punto de caer por las escaleras. Entonces la reconoció.

—¡Pamma! —gritó.

—Oh, Ben —dijo ella—. Cuánto me alegro de verte. Aquí está Miss Gumble y no puedo moverla.

Ben se abrió paso entre los escombros, rodeó la cama y vio a la institutriz. Tenía medio cuerpo bajo la cama y una parte del techo se había desplomado sobre ella.

—¿Está muerta? —preguntó Ben.

—No lo creo —respondió Pamela—. Pero no tengo suficiente fuerza para levantarla.

Ben apartó un trozo grande de escayola y entre los dos lograron sacarla de debajo de la cama.

—Agárrala de los pies —le pidió Ben— y yo la agarraré de los hombros.

Antes de que pudieran levantar a Gumbie se oyó un crujido. Ben supo de inmediato que algo iba a caer.

—¡Pamma! —gritó y se abalanzó sobre ella. Ambos se desplomaron en el suelo unos segundos antes de que una viga en llamas cayera sobre la cama.

—¿Estás bien? —preguntó Ben, balbuceando al darse cuenta de que estaba encima de Pamela. Sus rostros estaban separados por escasos centímetros.

—Creo... creo que sí —respondió.

—Lo siento, no quería...

—Me has salvado. Qué rápido has sido —dijo ella sin aliento.

Ben se arrodilló, se levantó y la ayudó a ponerse en pie.

—Tenemos que salir de aquí —dijo.

Entre los dos lograron arrastrar a la mujer inconsciente y sacarla de la habitación bajo una lluvia de ascuas. El humo le escocía tanto en los ojos que apenas veía adónde se dirigían. Ya no distinguía la puerta.

—Por aquí —gritó Pamela.

Bajaron las escaleras tambaleándose. Miss Gumble pesaba bastante para lo delgada que era. Cuando llegaron abajo, la dejaron en el suelo para recuperar el resuello.

—Gracias a Dios que este pasillo no tiene alfombra —dijo Pamma——. Podemos arrastrarla por las escaleras.

—¿Y si ha sufrido alguna herida? —preguntó Ben—. ¿Y si se ha roto la columna?

—Tenemos que sacarla de aquí y rápido —insistió Pamma—. Agárrala del camisón y tira.

Se pusieron en marcha arrastrando a la institutriz. Cuando habían recorrido la mitad del pasillo, Pamela miró a Ben y sonrió.

—Me apuesto lo que quieras a que Jeremy se enfadará por no haber estado aquí —dijo.

—Quería llevarnos a casa, pero sus padres no se lo permitieron —dijo Ben, que le devolvió la sonrisa—. Y con razón. Este humo podría haber acabado con él.

—Puede acabar con nosotros si no bajamos a Gumbie por las escaleras —afirmó Pamela—. ¿Crees que podrás cargar con ella o intentamos arrastrarla por los escalones?

—Me preocupa que sus heridas empeoren. Intentaré llevarla en brazos.

—¿Y tu pierna?

—No te preocupes. —Agarró a Miss Gumble por las axilas y la levantó. Pamela hizo lo propio con los pies y empezaron a bajar los escalones, de uno en uno. Avanzaban muy lentamente. Ben creía que no podría aguantar hasta el final, cuando oyó un grupo de soldados que subía cargados con cubos de arena.

—¿Es una herida, señor? —preguntó el oficial al mando.

—La hemos encontrado inconsciente en su dormitorio.

—De acuerdo. Vosotros dos, Ward y Simms, dejad los cubos y llevad a la mujer abajo. Luego subid de inmediato —bramó el oficial.

Ben y Pamela les entregaron a Miss Gumble y ambos soldados se fueron con ella como si fuera una pluma.

—Ha sido un milagro que aparecieras justo ahora —dijo Pamela—. ¿Cómo sabías dónde estaba?

—Phoebe estaba preocupada por Miss Gumble —respondió, ya que no estaba dispuesto a admitir que la había estado buscando con desesperación.

Cuando salieron de la casa, Ben oyó la campana de un camión de bomberos de la brigada local que acudía en su auxilio. Solo esperaba que no fuera demasiado tarde.

Phoebe lanzó un grito y se abalanzó sobre los dos soldados.

—Oh, Gumbie, Gumbie. ¿Ha muerto?

—Creo que se recuperará —dijo uno de los soldados—. Seguramente solo ha inhalado humo. En cuanto respire algo de aire fresco…

Y en ese instante la institutriz se movió y tosió.

Phoebe agarró del brazo al soldado.

—Muchas gracias por salvarla.

—No hemos sido nosotros, sino el caballero y la dama que lo acompaña. Lo único que hemos hecho ha sido bajarla por las escaleras.

Phoebe miró a Ben con devoción.

—Eres maravilloso, Ben. Muchas gracias.

—Tu hermana llegó primero —admitió—. Ninguno de los dos podría haberla sacado solo.

Se sonrojó y se alegró de que estuviera oscuro.

—Sois unos héroes —dijo Phoebe— y tendréis mi agradecimiento eterno.

Pamela miró a Ben y sonrió.

—Agradecimiento eterno. Ya se lo recordaré cuando me acuse de haberme comido la última galleta. —Hizo una pausa y dirigió la mirada hacia el tejado en llamas—. Ojalá supiéramos si papá está bien.

—¿Quieres que suba a buscarlo? —preguntó Ben.

—No, ni hablar. —Pamela lo agarró para detenerlo—. Ya han llegado los bomberos y hay muchos soldados.

—Me pregunto si servirá de algo —dijo Ben, pero mientras observaba el perfil de la mansión le pareció que el resplandor de las llamas se había atenuado ligeramente. Miró a su alrededor y vio que su padre se dirigía hacia él.

—Me alegro de verte de una pieza, hijo —dijo el pastor con el brazo estirado para estrecharle la mano—. Has sido un temerario, pero te felicito.

Ben fue presa de una indescriptible sensación de placer ya que, por una vez, Jeremy no había sido el héroe, sino que era él quien había rescatado a la damisela en apuros.

Miss Gumble se incorporó tosiendo. Phoebe no se separaba de ella.

—Es el hijo del párroco, ¿no es así? —le preguntó—. Me han dicho que subió a mi dormitorio para salvarme. Mi más sincero agradecimiento.

—Has sido muy valiente, Ben —añadió Phoebe.

—En realidad, fue lady Pamela quien la encontró —puntualizó Ben—. Yo me limité a bajarla por las escaleras.

—Recuerdo que olí el humo, intenté levantarme, pero ya no recuerdo nada más —dijo mirando a Ben—. De no ser por usted…

—Phoebe estaba muy preocupada por usted y me pidió que subiera a buscarla.

Entonces intentó levantarse.

—Pero mis cosas. Mis libros. Mis papeles. Tengo que subir a salvarlo. No puedo permitir que se conviertan en pasto de las llamas.

Ben le puso una mano en el hombro para impedir que se moviera.

—Me temo que ahora no puede subir. Pero no se preocupe, creo que han logrado controlar el incendio, por lo que todavía hay esperanza. No lo demos todo por perdido.

Ben observó a Phoebe, que se sentó junto a Miss Gumble para intentar consolarla, cuando un curioso pensamiento empezó a cobrar forma en su cabeza. Todos esos libros y papeles… y un telescopio. ¿Para qué necesitaba un telescopio una institutriz?

Todos esperaban en el patio con la vista puesta en el tejado, nerviosos, luego miraron hacia la entrada en silencio. Los sirvientes habían formado un grupo a un lado. Los soldados que estaban durmiendo en tiendas observaban lo que ocurría. Otros estaban preparados para mover los vehículos aparcados cerca de la casa. Pero al alba apareció por fin un grupo de hombres con el rostro ennegrecido y la noticia de que habían extinguido el incendio. Además, los daños no habían sido devastadores. Una parte del tejado y de la azotea habían quedado destruidos. El techo se había derrumbado en algunos dormitorios de los sirvientes, pero las llamas no habían llegado a las plantas principales de la casa.

Entre los bomberos se encontraba lord Westerham, cubierto de hollín como los demás.

—El grupo de hombres al que hemos acogido es fabuloso —le dijo a su mujer, que corrió junto a él—. Sin ellos, lo habríamos perdido todo. Considero que ha sido un acto divino que destinaran al Regimiento de West Kent en Farleigh.

Lady Esme sonrió y prefirió no decir nada. Enseguida retomó su papel de señora de la mansión.

—Señora Mortlock, ¿por qué no prepara un chocolate caliente? Creo que a todos nos vendría bien.

—Por supuesto, milady —dijo la cocinera—, pero ¿tendría inconveniente en que el resto de los miembros del servicio suban a las habitaciones a comprobar la magnitud de los daños? Temen haber perdido todas sus posesiones.

—Por supuesto, adelante —dijo lady Westerham—. Y dígales que no se preocupen. Restituiremos todo lo que hayan perdido y los realojaremos. Entre todos, saldremos adelante.

—Gracias, milady —respondió la señora Mortlock con la voz tomada por la emoción.

Miss Gumble había logrado ponerse en pie.

—A mí también me gustaría subir —dijo—. Quisiera ver qué he perdido.

Ben la observó y volvió a preguntarse si el bombardeo de Farleigh había sido un accidente o deliberado. Pensó en los aviones que los habían sobrevolado. ¿Qué motivos podían tener para bombardear una casa de campo en mitad de la nada?

Capítulo 23

París

Lo primero que percibió Margot al despertar fue el aroma. Un olor suave pero embriagador. Arrugó la nariz debido a aquel perfume desconocido. Ella apenas usaba unas gotas de agua de colonia y aquel olor era más almizclado, más intenso, y lo impregnaba todo. Le llevó unos momentos identificarlo. Minuit à Paris, el perfume habitual de Gigi Armande. Y cuando lo reconoció, le vino a la cabeza dónde estaba. Abrió los ojos y vio las cortinas de seda rosa, recogidas con guirnaldas con borlas. El sol del alba se filtraba por las altas ventanas. Estaba tumbada en una cama estrecha, pero la otra ocupante de la habitación dormía en una cama lujosa con un antifaz para que no le molestara la luz. Estaba en el Ritz, en la habitación de Madame Armande.

Los detalles de las últimas veinticuatro horas se agolparon en su cabeza. La sensación de irrealidad que empezó cuando la despertó un soldado alemán en mitad de la noche, luego el traslado al supuesto cuartel general de la Gestapo, y por fin la milagrosa intervención de su jefa, Madame Armande, que la había llevado al Ritz, nada más y nada menos. Era una situación que eludía toda lógica. Pasar del terror más absoluto al *foie* de pato en un hotel de lujo en un espacio de tiempo tan reducido era algo propio del reino de la fantasía.

Los lacayos de la entrada le habían abierto la puerta.

—*Bonjour, mademoiselle* —murmuraron e hicieron una reverencia.

Cogieron la pequeña maleta que llevaba. Cruzaron el espléndido vestíbulo y subieron las escaleras cubiertas con una alfombra roja. Las únicas personas con las que se cruzaron fueron oficiales alemanes, algunos acompañados de una mujer. Su esposa, tal vez, o no. Luego Madame Armande abrió la doble puerta de la suite y la invitó a entrar.

—Bienvenida a mi humilde morada —le dijo—. ¿Te recuerda a tu hogar?

Margot se quedó boquiabierta observando los muebles dorados, las molduras del techo, las tupidas cortinas y la mullida alfombra.

Y flores, flores por doquier.

—Farleigh tiene un toque más acogedor —dijo—. Esto es puro lujo.

—Por supuesto. —Gigi Armande miró a su alrededor con satisfacción—. Sé que es temprano, pero voy a pedir el almuerzo, ¿de acuerdo? Debes de estar hambrienta. ¿Qué te apetece?

Margot estaba sin habla. Durante mucho tiempo, demasiado, su dieta había consistido en las sobras que encontraba en el mercado: sopas de verduras pochas, pan rancio que sabía a serrín y la carne… un espejismo.

—Pide lo que te apetezca —le ofreció Gigi Armande—. No te vendría nada mal engordar un par de kilos.

Y así fue como, por arte de magia, subieron a la suite una *omelette aux fines herbes*, un filete de ternera con *pommes frites* y de postre una isla flotante, una ración de merengue sobre un mar de crema inglesa, todo ello regado con una botella de vino alsaciano. No estaba muy segura de cuál era el papel que desempeñaba Gigi Armande en todo lo ocurrido, si era un ángel guardián enviado por Dios o una astuta cómplice de los alemanes cuya misión era ablandarla. Pero lo que sí sabía era que no estaba dispuesta a rechazar un banquete como ese cuando llevaba tanto tiempo pasando hambre.

Margot había reprimido sus miedos, había bebido vino para cenar y había dormido, pero ahora, con la deslumbrante luz del día, la embargó una abrumadora sensación de desesperación. Era plenamente consciente de que se encontraba en una cárcel de oro y no creía que su situación pudiera tener un final feliz. Querían ablandarla, ¡claro! Querían que se relajara para que el golpe la pillara con la guardia baja. Era solo cuestión de tiempo hasta que la devolvieran a la Gestapo. Ignoraba si los alemanes sentían un respeto tan grande por Gigi Armande que confiaban en la promesa de que iba a cuidar de la prisionera, o si la diseñadora colaboraba activamente con ellos, si todo lo ocurrido formaba parte del guion. Sin embargo, poco importaba a esas alturas. Lo único que Margot sabía era que tenía que seguirle la corriente.

Se le hizo un nudo en la garganta. Pasara lo que pasara, no podía desfallecer. Tenía que aguantar como fuera, por Gaston y por ella misma. Si existía la más remota posibilidad de que aún estuviera vivo y pudieran liberarlo, tenía que hacer todo lo que estuviera en su mano. Si creían que ella era la amante de un hombre que formaba parte de la Resistencia, una espectadora inocente, tal vez lograra salir indemne. Pero si registraban el piso a fondo, si removían cielo y tierra, encontrarían la radio. No creía que fueran a encontrar el libro de claves. Las páginas estaban insertadas cuidadosamente en una novela barata, oculta entre otros libros de la estantería. Pero la radio bastaba para delatarla. Se la llevarían de nuevo al cuartel de la Gestapo e intentarían obligarla a confesar. El único as que podía utilizar era que la quisieran mantener con vida para llevar a cabo una misión concreta. Tenía que hacerles creer que estaba dispuesta a cumplir sus órdenes.

Existía una remota posibilidad de que su situación llegara a oídos de la gente adecuada. De hecho, le había resultado relativamente fácil introducir entre las verduras que le había bajado a la portera el pequeño sobre sellado y con la dirección del destinatario. Sabía también que Madame Armande no había visto la carta que había depositado en el fondo del cesto, oculta bajo los nabos y las cebollas, con una nota escrita a mano que decía: ENVÍE ESTO, POR FAVOR. La anciana portera odiaba a los alemanes con toda el alma y aún recordaba su gesto de pena cuando vio que se la llevaban, de modo que existía la posibilidad de que echara la carta al buzón. Sin embargo, también era posible que la dirección que había usado ya no fuera una casa segura. Hacía tiempo que la certeza no formaba parte de su mundo.

Madame Armande se desperezó lentamente en la cama, se quitó el antifaz y le dijo:

—*Bonjour, ma petite.* —Como si fuera una mañana como otra cualquiera—. ¿Quieres darte un baño mientras pido el desayuno?

Margot aceptó, disfrutando de la agradable sensación del agua caliente y del dulce olor del jabón. Cuando salió, Gigi Armande estaba al teléfono y se reía.

—Qué malo eres —dijo—. Hasta luego. —Y colgó.

Sonrió y miró a Margot.

—Enseguida traerán el desayuno. Hacen unos cruasanes deliciosos.

Margot se acercó al balcón para disfrutar de las vistas y se armó de valor.

—Madame, sé que esto le parecerá una impertinencia, pero no entiendo por qué los alemanes le permiten seguir disfrutando de su suite, cuando el resto del hotel está reservado a los oficiales.

Madame Armande la miró y se rio.

—Es muy sencillo. Diseño ropa fantástica para sus esposas y conozco a todo el mundo en París. Soy alguien útil para ellos, por eso me han perdonado la vida.

Margot estaba convencida de que no le había dicho toda la verdad, pero prefirió no insistir en el tema.

Había dado cuenta de varios cruasanes con mantequilla de verdad y mermelada, por no hablar del delicioso café, cuando llamaron a la puerta.

—*Entrez*—dijo Madame Armande y apareció Herr Dinkslager, el oficial de la Gestapo del día anterior.

—Buenos días, buenos días —las saludó con efusividad—. Es un día precioso, ¿verdad? Dan ganas de ir a pasear por el Bois de Boulogne. Confío en que haya dormido bien, milady.

—Sí, muchas gracias.

—Le pido disculpas por la naturaleza primitiva de la cama. —El oficial señaló el plegatín que habían instalado para Margot—. Es lo único que hemos podido conseguir con tan poca antelación.

—No se preocupe, *mein* Herr, he dormido bien —respondió con educación.

—Siéntese, por favor. —El oficial señaló la silla dorada y brocada. Margot obedeció. El militar acercó una silla y se sentó frente a ella. Madame Armande guardó silencio en un discreto segundo plano—. La pregunta es: ¿qué hacemos con usted? —Hizo una pausa—. Varios de mis colegas se mueren de ganas de echarle las manos encima y obligarla a hablar, pero yo me precio de ser un hombre más civilizado. Creo que podemos establecer un diálogo de aristócrata a aristócrata. —Le dedicó una sonrisa afable.

Margot no dijo nada.

—Estoy convencido de que odia usted esta maldita guerra tanto como yo —afirmó el oficial.

—No la empezamos nosotros —replicó Margot sin pestañear.

—Por supuesto. Pero debería saber que Hitler tiene en muy alta estima a los británicos. Somos dos pueblos arios, la crema de la civilización. Deberíamos cooperar, no luchar. Nada haría más ilusión al Führer que firmar la paz con Inglaterra, y sé de buena tinta que una buena parte de su pueblo comparte este sentimiento. ¿No le gustaría aportar su grano de arena para forjar la paz?

—¿Cuando dice paz se refiere a capitulación? ¿A ocupación alemana?

—Una ocupación benévola.

—¿No es eso un oxímoron? —preguntó Margot—. He oído ciertas cosas sobre su ocupación benévola de Dinamarca y Noruega.

—Es nuestra obligación aplastar a todos aquellos que cometen la insensatez de resistirse —replicó el oficial alemán con naturalidad—. Pero estoy seguro de que es usted lo bastante inteligente para querer salvar la vida de sus compatriotas, así como las catedrales y mansiones señoriales como la de su familia. Sería una pena que todo ese patrimonio quedara reducido a un montón de escombros.

—¿Qué quiere que haga? —preguntó Margot.

Dinkslager la miró fijamente.

—Hay gente en su país que simpatiza con nuestra causa, que recibiría a los hermanos alemanes con los brazos abiertos. Queremos que se reúna con ellos y los ayude en sus planes.

—¿Planes?

—Para eliminar a los que se interpongan en el camino de la paz.

Margot miró por la ventana. Había varias palomas en la barandilla del balcón y detrás se veían las nubes blancas que salpicaban el cielo azul.

—¿Y Gaston de Varennes? —preguntó ella—. ¿Su liberación formaría parte del trato? ¿Lo trasladarían a un país neutral?

Herr Dinkslager se inclinó hacia atrás en su silla, como si estuviera meditando la respuesta.

—Ah, sí, el amante francés. Y su fiel querida dispuesta a hacer cualquier cosa con tal de salvarlo.

—Tengo que saber si sigue vivo —insistió Margot.

—Sigue vivo, aunque se muestra muy poco cooperativo. Creemos que puede ofrecernos mucha información sobre el funcionamiento de la Resistencia, pero hasta el momento ha preferido guardar silencio a pesar de todos nuestros intentos. —La observó fijamente con sus ojos azules—. Mire, todo esto me pone en una situación muy difícil, lady Margaret. Necesitamos esta información. Y la conseguiremos de un modo u otro, créame. Mis superiores jamás accederán a liberarlo a menos que nos diga lo que sabe. De modo que usted podría contribuir a su causa... —Hizo una pausa y se balanceó de nuevo en la silla. Margot se fijó en sus botas altas y lustrosas, que reflejaban la luz de las ventanas.

—No irá a pensar que puedo convencerlo para que hable, ¿verdad? —Se rio a pesar del miedo que la embargaba—. Creo que subestima a Gaston de Varennes. Es un hombre muy orgulloso e independiente.

Dinkslager se inclinó hacia delante de forma brusca y acercó su rostro al de Margot.

—Quiero que entienda que si no coopera su situación podría dar un giro a peor. Ha convivido con un destacado miembro de la Resistencia. Debe de haberle contado cosas, por insignificantes que sean, y tal vez lo hiciera sin darse cuenta. Con solo chasquear los dedos yo podría haber ordenado que la torturasen o pegasen un tiro por colaborar con el enemigo.

—Sin embargo, me da la sensación de que le soy más útil viva que muerta, ¿no es así? —replicó ella con más aplomo del que en realidad sentía.

Dinkslager esbozó una levísima sonrisa.

—Podría resultarnos de gran utilidad, eso es cierto. Pero no tendría ningún reparo en ordenar su ejecución si no coopera.

—Ya le dije que Gaston no compartía información conmigo. —Margot alzó la voz a pesar de sus esfuerzos por mantener la serenidad—. Ni siquiera me dijo que trabajaba con la Resistencia. En los últimos meses apenas nos veíamos, y cuando estábamos juntos lo último que nos apetecía en ese momento era hablar.

Oyó que Gigi reprimía una risa, apreciando su ingeniosa ocurrencia.

—Pero sí que sospechaba… —insinuó Herr Dinkslager.

—Sí, sospechaba, pero eso es todo. Él no me contaba nada. Ni nombres, ni planes, nada. Quería asegurarse de que no corriera peligro, de que pudiera responder a cualquier pregunta con sinceridad llegado el caso.

—Pues estamos en tablas. —Herr Dinkslager levantó las manos en un gesto de indefensión—. No puedo liberarlo hasta que nos haya proporcionado información vital.

—Y yo no puedo valorar la opción de llevar a cabo ningún tipo de tarea para usted hasta que sepa que está a salvo y lejos…, en Suiza o Portugal, tal vez.

—Pues espero que se haga cargo del dilema en que me encuentro, lady Margaret —dijo el oficial, mirándose las manos—. Por un lado, estoy sometido a una gran presión para sonsacarle información a su amante. Pero, por el otro, me gustaría trabajar para conseguir la paz y poder contar con usted como mi aliada en este largo camino. Además, estoy seguro de que usted también preferiría volver a casa para reunirse con su familia, viva y de una pieza, ¿no es así?

Le vino a la cabeza una imagen de Farleigh: los castaños en flor que flanqueaban el camino, ella montando a caballo con Pamma y Dido, echando una carrera con sus hermanas, galopando por los prados de la finca. Tuvo que hacer un gran esfuerzo para regresar a la cruda realidad.

—Por supuesto que me gustaría volver a casa, pero no puedo abandonar a Gaston. De modo que confío en que usted también se haga cargo de mi dilema, Herr Dinkslager. Me está pidiendo que traicione a mi país para salvar a mi amante.

—Le estoy pidiendo que salve a su país de la ruina. Piense en su hogar. En la abadía de Westminster. ¿Quiere que quede reducida a escombros? ¿Que mueran miles de personas más y otras tantas pierdan su hogar? Al final, toda esa gente culpará a los responsables de tamaño sufrimiento. Le aseguro que recibirán a Alemania con los brazos abiertos cuando lleguemos con alimentos y esperanzas para un futuro más halagüeño.

Margot no quería creerlo, pero debía admitir que era una posibilidad que no podía descartar si la guerra se prolongaba y no podían frenar la devastación.

—Déjeme ver a Gaston de Varennes —le dijo—. Llévenme con él. Y haré lo que pueda.

—Es una mujer sabia. —Asintió—. Coja el abrigo. Nos vamos.

Margot miró a Madame Armande. Quiso preguntar si podía acompañarlos, pero la diseñadora se apresuró a añadir:

—Pues ve. Yo tengo una prueba de vestuario con Frau Von Herzhofen.

Margot y el oficial alemán bajaron por las escaleras y subieron al vehículo que los esperaba. Dinkslager abrió la puerta y la ayudó a subir al asiento trasero como si fuera a llevarla a la ópera. Se sentó a su lado y se pusieron en marcha. Ahora que estaba lejos de la seguridad del Ritz, tuvo que hacer un gran esfuerzo para contener la sensación de pánico que la estaba embargando. ¿Iba a llevarla a ver a Gaston o al cuartel general de la Gestapo para que la interrogaran, torturasen o ejecutaran? ¿Era posible que hubiera mostrado un comportamiento tan cortés solo para que Madame Armande no sospechara lo que estaba a punto de ocurrir?

Margot vio los árboles de los Campos Elíseos en flor mientras avanzaban hacia el Arco de Triunfo. En época de paz, los cafés y las terrazas de las calles habrían estado llenas a rebosar de gente disfrutando de un café a media tarde. Ahora las calles estaban prácticamente vacías. En la acera vio a una anciana que arrastraba los pies con la cabeza gacha, como si quisiera pasar desapercibida. Se cruzó con dos soldados alemanes, pero se hizo a un lado. En la Place de l'Étoile, el círculo donde nacían varias calles como los radios de una rueda, tomaron la Avenue Foch. Antes de la guerra era un buen barrio. Edificios altos de fachadas claras con balcones y persianas de colores vivos asomaban tras las hileras de árboles. En otra época el lugar habría estado lleno de parejas elegantes paseando, tal vez con un perro. Sin embargo, esa calle también estaba desierta y solo se veían los coches de los militares alemanes aparcados en la acera. Cuando casi habían llegado al final de la avenida, en la Porte Dauphine, una de las más antiguas de la ciudad, el vehículo se detuvo. Margot vio el número de la casa: 84. «Debo recordarlo por si acaso», pensó, aunque tampoco esperaba que nadie intentara salvarla del cuartel general de la Gestapo. Se agarró las manos para que dejaran de temblar.

El chófer rodeó el vehículo para abrirle la puerta y Herr Dinkslager la condujo al interior como si la estuviera acompañando a un buen restaurante. El soldado de la puerta se cuadró y Dinkslager mantuvo una breve conversación con un hombre de uniforme negro, que asintió y habló por teléfono. Esperaron en silencio. Entonces sonó el teléfono, el hombre del uniforme negro respondió y les hizo un gesto con la cabeza.

—Ya podemos subir —dijo Herr Dinkslager.

Entraron en un típico ascensor parisino que parecía una jaula de hierro y la puerta se cerró con un estruendo irreversible. Empezaron a subir, un piso tras otro. Margot no se había dado cuenta de que el edificio fuera tan alto y, por algún motivo, había supuesto que iban a bajar a un sótano o una mazmorra. Cuando el ascensor por fin se detuvo, se abrió la puerta con un crujido metálico. Salió al descansillo y Herr Dinkslager le indicó que fuera delante. Sus tacones resonaron en el suelo de baldosas. El oficial alemán abrió la puerta, la agarró del brazo y la obligó a entrar. El corazón le latía tan fuerte que le costaba respirar, pero a pesar de todo entró con la cabeza bien alta.

Dos hombres se pusieron en pie: uno alto y rubio, casi una caricatura del prototipo de soldado alemán. El otro un tipo raquítico, la sombra de un hombre, con el pelo grasiento, ropa mugrienta y un cardenal en la mejilla izquierda. Tenía el ojo izquierdo hinchado. Margot lanzó un grito ahogado.

—¡Gaston! —exclamó.

El hombre la miró horrorizado.

—¿Qué haces aquí, Margot? Por el amor de Dios… —Se volvió hacia los alemanes—. Esta mujer no sabe nada. No le he contado nada. Ni una palabra. Libérenla de inmediato.

—Ha venido aquí por voluntad propia, *monsieur Le Comte.* Quiere lograr que lo liberemos en un país neutral como Suiza.

Gaston miró a Margot, pero no dijo nada. Ella fue incapaz de interpretar su mirada.

—¿Con qué condición?

—Que usted nos proporcione la información que queremos.

—Ya les he dicho que están perdiendo el tiempo. Jamás traicionaré a mis amigos o a mi país, me hagan lo que me hagan.

—Ya veo. —Dinkslager se volvió hacia Margot—. Tome asiento, milady.

Le ofreció una silla que había junto a una mesa de madera y la joven se sentó. El oficial cogió otra silla y se sentó junto a ella.

—Al parecer, nuestro viaje hasta aquí ha sido en vano, lady Margaret. Es una pena.

—¿Quieres que traicione a mis valientes hombres? —le preguntó Gaston a su amada, mirándola con frialdad.

—No, claro que no —respondió ella—. Quería que me demostraran que estabas vivo.

—Estoy vivo… a duras penas. Ahora suéltenla —insistió a los alemanes.

Herr Dinkslager cogió a Margot de la mano. Ella se estremeció, pero el oficial la agarró con fuerza.

—Tiene unas manos muy elegantes, milady. Manos de artista. Y qué uñas tan largas. Son curiosas, las uñas. Ahora que ya no tenemos que cazar a nuestras presas, ya no las necesitamos…

El oficial hablaba con un tono agradable, pero Margot fue presa de un pánico que le atenazó todo el cuerpo. Dinkslager le acarició la mano, jugando con los dedos, uno a uno.

—Como no sirven de nada, tal vez podríamos eliminarlas, ¿no cree? —Miró directamente a Gaston.

Margot quería apartar la mano, pero no lo hizo. No podía permitir que el alemán viera que tenía miedo. El oficial tendió la mano libre hacia el joven agente, que le dio algo parecido a una fina vara de madera. Sin mediar palabra, Dinkslager la agarró y la acercó a la uña del dedo índice de Margot al tiempo que lanzaba una mirada inquisitiva a Gaston, que permanecía inmóvil. Entonces le clavó la vara en la uña. El dolor fue tan intenso y sobrecogedor que a Margot se le saltaron las lágrimas y tuvo que apretar los labios para no gritar.

—¿Sigo? —preguntó Dinkslager mirando a Gaston—. ¿Desea que su amada sufra por culpa de su terquedad?

Gaston no abrió la boca.

—¿Quiere que le arranque las uñas, una a una? Tenga en cuenta que luego podría hacerle cosas mucho peores. Este joven que nos acompaña tiene cierto apetito…; ha pasado mucho tiempo desde la última vez que estuvo con una mujer.

Margot vio la sangre que se acumulaba en la astilla de madera y luego miró a Gaston, que mantenía un gesto impertérrito. Ella esperaba que él dijera algo.

—No es mi amante y por mí puede cortarla a dados —dijo entonces con una voz gélida—. Pero no pienso cambiar de opinión. No pienso traicionar a mis compañeros ni a mi país, hagan lo que hagan. Sin embargo, debo expresar que me parece una deshonra que torture a otra persona para sonsacarme información a mí. Lamento que esta mujer intentara prestar ayuda guiada por un sentido de la lealtad hacia mí del todo erróneo. Sin embargo, si me enviara a Suiza regresaría de inmediato otra vez para unirme a la Resistencia. ¿Por qué no dejamos de perder el tiempo y me mata de una vez por todas?

Margot se quitó la astilla del dedo ensangrentado.

—Vámonos —dijo—. Haré lo que me pidan.

Capítulo 24

Farleigh

A la mañana siguiente, después de desayunar, Ben fue en bicicleta hasta Farleigh, para comprobar la magnitud de los daños, le dijo a su padre. A simple vista, parecía que no había cambiado nada: los castaños seguían en flor, los cisnes nadaban en el lago y la gran casa se alzaba fuerte y desafiante sobre un cielo que amenazaba tormenta. Sin embargo, el olor a quemado aún impregnaba el aire y el viento arrastraba una fina lluvia de cenizas. Entonces se fijó en que las ventanas de la última planta estaban abiertas y las cortinas ondeaban como si pidieran ayuda. Se estremeció de nuevo al pensar en lo que podría haberle ocurrido a Pamela de no haber llegado a tiempo. La viga se habría desplomado sobre ella. Habría perdido el conocimiento por inhalación de humo y no la habrían encontrado hasta mucho más tarde. Recordó la sensación al sentir su cuerpo contra el suyo cuando se abalanzó sobre ella. El martilleo sincronizado de sus corazones. Sin embargo, al final sacudió la cabeza.

«Deja de soñar, Cresswell», pensó.

Al bajar de la bicicleta y subir los escalones de la casa, se encontró con Phoebe, que cruzaba el patio seguida por los perros. Vestía los pantalones de montar y una blusa de algodón.

—¡Ben! —exclamó la pequeña con una sonrisa de oreja a oreja. Aún conservaba la categoría de héroe.

—Hola, Feebs. ¿Has salido a montar? —preguntó.

—No, papá no me deja. Me ha dicho que hay mucho ajetreo en la casa y que podría molestar a los demás. Hay hombres que están examinando la bomba. De hecho, he echado una mano a Gumbie para trasladar sus cosas. La han instalado en una de las habitaciones de los mozos que hay sobre los establos. Como ahora solo tenemos uno... Pero ella no está muy contenta. Yo tampoco lo estaría, claro. No tiene agua caliente y huele a estiércol. —Dio una patada a la gravilla y miró hacia la casa—. Yo les he dicho que deberían haberle dado la habitación de Margot porque no creo que la necesite, pero papá insiste en que hay que mantener las apariencias y que no le parecía correcto que el servicio durmiera en la misma planta que la familia, aunque estemos en guerra.

Ben sonrió. Le pareció muy típico de alguien como lord Westerham. Aquella incapacidad para admitir que las cosas podían cambiar, incluso cuando el mundo se desmoronaba a su alrededor. Se detuvo para acariciar a los perros, que agitaban la cola frenéticamente.

—Aparte del traslado a la habitación del establo, ¿cómo se encuentra hoy?

Phoebe puso una cara seria.

—Aún está triste. El agua de los bomberos estropeó algunas de sus cosas. Los libros, papeles y todo eso. Tenían un gran valor para ella.

—¿Estaba escribiendo un libro?

—Una especie de tesis o tratado o como se llame. Es muy lista. Tuvo que dejar de estudiar en Oxford cuando murieron sus padres y su hermano la echó de casa y la dejó sin dinero.

—Pobre Miss Gumble.

—Sí, cuando me lo contó yo también me puse muy triste.

—¿Lo que está escribiendo tiene algo que ver con la astronomía? —preguntó Ben.

—No lo sé. ¿Por qué?

—Es que me llamó la atención que tuviera un telescopio.

—Ah, creo que es porque le gusta observar pájaros —dijo Phoebe con una sonrisa—. No es un telescopio lo bastante grande para la astronomía. Por suerte lo ha podido salvar y también algunos de los libros. Hemos puesto a secar todos los libros y los documentos mojados en una mesa de la galería.

—¿Los demás están bien?

—Sí. Mamá está enfadada con papá por todos los riesgos que corrió en el tejado, pero creo que él está muy satisfecho consigo mismo, sobre todo porque logró salvar Farleigh.

—No dejo de pensar en por qué diablos querría alguien bombardear la casa —dijo Ben.

Phoebe lo miró, ladeando la cabeza como un pájaro.

—A lo mejor tiene algo que ver con ese espía alemán.

Ben la miró sorprendido. Era inquietante que una niña de doce años expresara sus mismas sospechas en voz alta y con toda la calma del mundo, como quien habla del tiempo.

—¿Un espía alemán? —preguntó él.

—Sí, ya sabes, el que cayó en la finca. Alfie y yo lo encontramos. Y creemos que era un espía alemán.

—¿Por qué dices eso? —preguntó Ben.

—Porque llevaba el uniforme de los West Kent, pero los soldados de aquí no son paracaidistas. Creemos que su objetivo era llegar al aeródromo de Biggin Hill para espiar nuestros aviones, o ir hasta Londres para volar la abadía de Westminster o algo parecido. Pero después de lo que ha pasado, de que bombardearan nuestra casa, no sé si las dos cosas están relacionadas. ¿Hay alguien o algo en Farleigh que los alemanes quieran destruir?

Antes de que Ben pudiera responder, oyó pasos. Levantó la mirada y vio a Pamela y a Olivia que bajaban por las escaleras.

—Qué agradable sorpresa, Ben —dijo Pamela—. ¿Ya te has recuperado del calvario de anoche?

—Me encuentro bien, solo tengo un poco de sueño —respondió Ben, devolviéndole la sonrisa—. He venido a ver cómo estabais todos.

—Nos hemos repuesto razonablemente bien. Papá estaba tan alegre en el desayuno que casi parecía que lo de anoche fue algo maravilloso, en lugar de un incendio que estuvo a punto de arrasar la casa.

—Está aliviado de que no fuera más grave —añadió Olivia—. Y suerte que volvimos a esa hora. Si nos hubiéramos quedado un poco más en casa de los Prescott, ¿quién habría salvado al pequeño Charles? No quiero ni pensarlo.

—Bueno, lo lógico habría sido que lo hubiera salvado la niñera.

Livvy negó con un gesto enérgico.

—No habría hecho nada. Ya la viste anoche. Temblaba como un flan.

—Lo importante es que todo haya acabado bien —dijo Ben—. ¿Y los sirvientes? ¿Cómo se encuentran?

—Ruby aún está afectada y a los demás no les hace ninguna gracia tener que instalarse en la despensa y un almacén en desuso, pero mejor eso que quedarse a la intemperie —dijo Pamela con una sonrisa—. De hecho, los militares han venido por la mañana para evaluar los daños y dicen que pueden hacerse cargo de los materiales para reparar el tejado, una noticia fantástica. También se han ofrecido a ceder al servicio un par de habitaciones en la parte de la casa que ocupan. —Se rio—. Pero mamá ha rechazado la oferta. Dice que no piensa permitir que sus muchachas duerman cerca de esa manada de soldados. Y creo que tiene razón. Elsie no es de fiar cuando está entre hombres y tampoco les costaría mucho descarriar a Ruby.

—Ahora mismo le he enviado una carta a Teddy —dijo Olivia—. Tiene que saber que su mujer y su hijo se han visto implicados en una situación de peligro, pero que han sobrevivido. Ojalá no estuviera tan lejos. ¿Por qué no me dejaron acompañarlo a las Bahamas? No habría sido ningún estorbo.

—Porque estamos en guerra, Livvy —respondió Pamela—. Piensa en los demás hombres a los que han destinado a la otra punta del mundo y que también han tenido que dejar en casa a sus mujeres y sus hijos. No hay ningún motivo que justifique que tú puedas recibir un trato especial.

—Somos amigos del duque de Windsor. Eso tendría que valer para algo —replicó su hermana con frialdad.

—En estos momentos no sirve de gran cosa. Me atrevería a decir que el duque de Windsor supone un lastre más que un beneficio para el país —aventuró Pamela.

—Pues yo creo que lo han tratado de un modo injusto —replicó Olivia.

—¿Porque fue a visitar a Hitler a su guarida con su mujer? —preguntó Pamela. Entonces levantó la mirada y esbozó una sonrisa—. Mira a quién tenemos por aquí —dijo.

Ben se dio la vuelta y vio el Rolls de los Prescott, que avanzaba por el camino de la casa.

Se detuvo junto a ellos y bajó Jeremy.

—Dios mío, he venido en cuanto me lo han dicho —dijo—. Anoche vimos el incendio, pero creíamos que era un avión que se había estrellado. Esta mañana uno de los criados nos ha dado la noticia. ¿Son muy graves los daños?

—Por suerte no —respondió Livvy—. Una parte del tejado ha quedado destruida, el desván también ha sufrido daños. Las monstruosidades victorianas de la abuela se quemaron. Ya sabes, las aves disecadas, las flores secas y todas esas cosas. El techo de las habitaciones de algunos sirvientes se ha derrumbado... Pero por suerte el regimiento nos pudo echar una mano y sofocaron el incendio enseguida.

—¿Y ha habido alguna baja entre vosotras? —preguntó mirando a Pamela.

—No, estamos todos bien, gracias. Al menos yo lo estoy, y gracias a Ben. Subí a rescatar a la institutriz de Phoebe, que dormía en la torre este, pero cuando llegué la encontré bajo la cama. Había perdido el conocimiento y yo no podía moverla. La habitación se estaba llenando de humo y el techo amenazaba con derrumbarse en cualquier momento. No sabía qué hacer. Por suerte apareció Ben y justo cuando la estábamos sacando cayó una gran viga. Él se tiró… —Ben estaba seguro de que iba a decir «encima de mí», pero Pamela se corrigió a tiempo—, me apartó justo a tiempo y entre los dos pudimos salvar a Miss Gumble.

Jeremy miró a Ben y sonrió.

—No está nada mal, viejo amigo. Veo que ya has disfrutado de tu dosis de emoción. Tal vez no debería haberte subestimado.

—No —concedió Ben sin perder los nervios—. No deberías haberlo hecho.

—Bueno, bien está lo que bien acaba. Cuánto me alegro —dijo Jeremy—. Oye, Pamma, ¿quieres venir a dar una vuelta en coche? He convencido a mi padre para que me lo preste un rato con la excusa de venir a comprobar cómo estabais.

Pamela miró a Ben.

—Tengo que volver a Londres, al trabajo —dijo Ben—. Solo quería comprobar que estabais todos bien.

—No pueden vivir sin ti, ¿eh? —preguntó Jeremy.

—No seas tan maleducado, Jeremy —le recriminó Pamela—. Ya me gustaría ver cómo te sentirías tú si te dijeran que no puedes volver a volar.

—No quería decir… —intentó disculparse Jeremy.

—Sí que querías —replicó Ben—. Pero, tranquilo, tengo una coraza y estas cosas no me afectan. Disfrutad del paseo. —Montó en la bicicleta, pero antes de irse decidió detenerse a comprobar cómo estaba Miss Gumble.

La habitación era espartana, por no decir más. Solo había una cama, una cómoda y un par de colgadores para la ropa en la pared. Todas las superficies disponibles estaban cubiertas de libros. Y, como le había dicho Phoebe, se la veía afligida.

—Ha sido usted muy amable por venir a verme, señor Cresswell —le dijo la institutriz—. No me cansaré de agradecerle que me salvara la vida, pero he perdido muchos de mis libros. Me han quitado la vida.

—Lo lamento mucho. Tal vez pueda salvar más de los que cree.

—Pero mis documentos… Confiaba en poder acabar la tesis. Mi antiguo tutor de Oxford me dijo que iba presentar la solicitud de defensa. Cuando mi padre murió y mi hermano me dejó en la calle sin un penique a mi nombre, tuve que abandonar los estudios.

—Sí, me lo ha contado Phoebe. Lo siento.

Miss Gumble asintió.

—La vida no siempre es justa. ¿Acaso merecía Farleigh que la bombardearan?

Ben examinó la habitación intentando reconducir el tema de la conversación hacia los telescopios.

—No veo su telescopio. Espero que lograra salvarlo.

—Ah, sí, muchas gracias. No es tan fácil destruir un telescopio. Era de mi padre. Un telescopio de fabricación británica, de latón.

—¿Le gusta estudiar las estrellas? —preguntó él.

—Huy, no, para nada. —Se rio—. No es más que un pequeño telescopio. Me gustan las aves. Llevaba un tiempo observando un nido de mirlos que hay en un roble. Había un cuco. Me resultan fascinantes, ¿a usted no? Ponen los huevos en los nidos de otros pájaros y, cuando eclosionan, los polluelos son tan grandes que acaban expulsando a los demás, por lo que los mirlos solo pueden alimentarlos a ellos. —Se estremeció—. Qué cruel es la vida. No será necesario que me moleste en instalar el telescopio aquí porque no se ve el bosque, solo el patio del establo.

Ben decidió ponerse en marcha. La historia del telescopio y los documentos le parecía verosímil. Sin embargo, en las sesiones informativas habían hecho hincapié en que las mujeres eran buenas espías. Mientras se alejaba pedaleando, recordó los papeles que se estaban secando en la galería. Miss Gumble estaba reorganizando su nueva habitación, lo que podía permitirle echarles un vistazo sin que ella lo supiera. De modo que decidió rodear la casa hasta el porche que había al otro lado. Antes de la guerra, se habría cruzado con una cuadrilla de jardineros. Ahora, solo quedaban un par de ancianos que intentaban mantener la dignidad del lugar. Al no haber rastro de ellos en la galería, Ben entró. El olor dulce y húmedo de las plantas lo impregnaba todo. Vio un puñado de uvas en la parra de la esquina y varias tomateras con flores amarillas. Y ahí, en la larga mesa, estaban los libros y papeles de la institutriz. Algunos estaban tan empapados que sería imposible recuperarlos. En otros, la tinta se había corrido. Se inclinó sobre ellos para intentar descifrar algo. Entonces se irguió. Leyó las palabras «guerra de las Dos Rosas». No había fecha, pero aquellas palabras destacaban entre las demás. «Conflicto para sustituir a un rey débil por una rama más poderosa de la dinastía Plantagenet. Dos ramas del linaje real. Batalla final. El desenlace de la batalla fue la derrota de la…».

¿Era solo una coincidencia que hubiera interpretado los números 1461 como una fecha de la guerra de las Dos Rosas? ¿O cabía la posibilidad de que se tratara de un mensaje oculto? Dos ramas de la familia real. Derrota del linaje más débil… ¿el rey tartamudo? ¿El rey que era anti-Hitler? ¿Existía una trama para acabar con el rey? Examinó los demás documentos, pero no encontró ninguno que fuera claramente incriminatorio. Se preguntó si Miss Gumble podía estar trabajando para el otro bando y si podía enviar y recibir mensajes con una radio que tuviera escondida. En tal caso, ¿por qué habían tenido que lanzar a un hombre en paracaídas con una fotografía en el bolsillo?

De vuelta en la vicaría, se vistió de ciudad y bajó a la estación en bicicleta. A esas alturas ya se había corrido el rumor por todo el pueblo y un grupo de mujeres que charlaba frente a la panadería acribilló a Ben a preguntas.

—Entonces, ¿fue una bomba? —inquirió una de las mujeres—. Pensábamos que a lo mejor había sido un incendio doméstico normal.

—No, fue una bomba, de eso no hay duda —respondió Ben.

—¿Quién podría querer lanzar una bomba sobre Farleigh? —preguntó una mujer.

—Tal vez porque es una mansión señorial —murmuró otra—. Ya sabes cómo son esas ratas. Quieren obligarnos a capitular bombardeando todo aquello que nos importa. Pero no se saldrán con la suya. No hincaremos la rodilla aunque estemos rodeados de escombros.

Ben observó aquel rostro ajado y surcado de arrugas. Era una mujer que había llevado una vida sencillísima, que a buen seguro nunca había ido más allá de Sevenoaks o Tonbridge y que, sin embargo, estaba dispuesta a enfrentarse a un poderoso enemigo, por mucho que pintaran bastos.

«Quizá tengamos alguna posibilidad de vencerlos», pensó Ben.

Estaba a punto de montar de nuevo en la bicicleta cuando de detuvo junto a él una furgoneta con el nombre de Constructora Baxter en un costado. Billy bajó la ventanilla y asomó la cabeza.

—¿Vas a algún lado, Ben?

—A la estación. Tengo que ir al trabajo.

—Sube, te llevo.

—No es necesario —dijo el joven—. Puedo ir en bicicleta hasta la estación.

Billy sonrió.

—¿Con ese trasto? Pero si parece que va a caerse a pedazos antes de que llegues a la esquina.

—Ha aguantado treinta años, así que no veo por qué no va a aguantar un poco más.

—Venga, no seas tan estirado. Además, voy en esa dirección. ¿Qué harás si se pone a llover a cántaros cuando vuelvas?

Ben dudó. Claro que prefería ir en la furgoneta que pedalear con aquel trasto hasta la estación, pero no dejaba de ser Billy Baxter.

—Mira, ahora que lo pienso, podría llevarte hasta Sevenoaks y así no tendrías que cambiar de tren —le propuso Billy.

—Yo de ti aceptaría, Ben —dijo una de las mujeres—. Deja aquí la bicicleta y ya nos encargaremos de devolverla a la vicaría.

Dadas las circunstancias, no le quedaba otra opción.

—De acuerdo. Gracias —les dijo a las mujeres, asintiendo con la cabeza. Rodeó la furgoneta hasta el otro lado y se sentó junto a Billy. Se pusieron en marcha de inmediato.

—¿Adónde vas? —preguntó Ben.

—Al aserradero que hay al otro lado de Sevenoaks —respondió—. Creo que tendré que reabastecerme después de lo que pasó en Farleigh anoche. Estabas presente, ¿no? ¿Han sido muy graves los daños?

—Considerables —respondió Ben—, pero creo que el ejército lo tiene controlado. Como es una instalación militar temporal, he oído que proporcionarán los materiales necesarios para la reconstrucción —dijo y sintió un placer especial al observar el rostro de Billy.

—Pero necesitarán a un albañil cualificado, ¿no? A menos que se limiten a clavar unos cuantos tablones para evitar que entre la lluvia.

Ben no respondió, pero añadió:

—Parece que no te van nada mal las cosas a pesar de la guerra.

—No me quejo. Hay que aprovechar las oportunidades, ¿no crees? Cazarlas al vuelo.

—Pues es una pena que no hayan bombardeado más casas en Kent —afirmó Ben.

—De momento tengo suficiente trabajo, no te preocupes. Y alguna que otra ventaja.

—¿Ventaja?

—Tengo racionamiento de combustible. Tengo que desplazarme para reparar los estragos de los bombardeos y el gobierno tiene a bien concederme más cupones. De modo que puedo hacer entrega de mercancías. Dile a tu padre que me avise si alguna vez necesita algo.

—¿Te refieres al mercado negro?

Billy sonrió.

—Oferta y demanda. Me dedico a hacer una buena obra, amigo mío. Ayudo a los que tienen excedentes y los reparto entre aquellos que los necesitan.

—Con un buen margen.

La sonrisa llegó de oreja a oreja.

—No soy idiota.

«Eso descarta a Billy Baxter como contacto de los alemanes», pensó Ben. Estaba sacando un beneficio tan jugoso de la guerra, que no quería que acabase. Y si los alemanes invadieran el país, Billy sería de los primeros en abastecerlos de lo que necesitaran.

Ben se alegró cuando llegaron a la estación y se despidieron cordialmente.

Capítulo 25

Dolphin Square

Ben se encontraba en el vestíbulo, esperando a que llegara el ascensor, mientras intentaba poner en orden sus pensamientos y decidir qué iba a decirle a Maxwell Knight. ¿Podía ofrecerle alguna información de interés, más allá del bombardeo de Farleigh, el telescopio de Miss Gumble, los dos artistas del secadero...? Cuando llegó el ascensor se abrieron las puertas y Ben reprimió un grito de sorpresa al tiempo que Guy Harcourt decía:

—Cresswell, Dios mío. Qué sorpresa.

—¿Qué haces aquí? —preguntó Ben.

—Lo mismo podría preguntarte yo, viejo amigo —dijo Guy—. Digamos que ambos estamos en el mismo bando, ¿de acuerdo? Nunca me tragué la excusa de que «he tenido una crisis nerviosa y necesito unos días de descanso». Estás igual de bien que yo. Parece que ambos hemos recibido una invitación especial de determinado capitán de Dolphin Square. Vaya, vaya.

—Caray. ¿Tú también?

—Digamos que no me importa ejercer de recadero cuando me lo piden. Volverás a la pensión, ¿no?

—Pues no lo sé —respondió Ben—. También tengo que hacer algún recado. —Sonrió y entró en el ascensor.

Al llegar a su piso, salió, respiró hondo y se dirigió a la oficina. En esta ocasión, Maxwell Knight vestía un elegante uniforme del ejército. Ben entró en el sanctasanctórum.

—Adelante, Cresswell. —Knight levantó la mirada de los documentos—. Siéntese.

—Lo siento, señor, no sabía que era oficial del ejército —dijo—. Debería haberme dirigido a usted con el rango correspondiente.

Knight lo miró a los ojos.

—Si quiere que le diga la verdad, no lo soy. Pero creía que mi contribución para poner fin a esta guerra era tan importante como la de cualquier otro miembro de las fuerzas armadas, de modo que decidí que tenía el mismo derecho que ellos a llevar uniforme. —Entonces esbozó una sonrisa juvenil—. Hasta me he concedido un par de medallas. —Señaló las condecoraciones de la pechera—. Esta fue por rescatar a unos tejones. Esta por preparar unos martinis increíblemente buenos. —Entones Knight adoptó de nuevo un gesto solemne—. ¿Ya ha averiguado algo de lo que informarnos?

—No estoy muy seguro, señor. Anoche bombardearon Farleigh.

—¿De verdad? ¿Ha sufrido graves daños?

—Por suerte, no. La azotea se ha quemado y algunas habitaciones de la última planta no son habitables, pero gracias a Dios no hay que lamentar víctimas. Los soldados ayudaron a sofocar las llamas y, afortunadamente, se trata de un edificio hecho casi todo él de piedra.

—¿Eso es todo? —preguntó Knight, frunciendo el labio en un gesto que Ben interpretó como una sonrisa sarcástica.

—He llevado a cabo un reconocimiento de la zona y tengo una lista de posibles sospechosos. Pero me temo que no es muy prometedora. —Le entregó una hoja de papel a Knight, que la examinó.

—La hija mayor de lord Westerham, Olivia, está casada con el vizconde Carrington, compinche del duque de Windsor y que está con él en las Bahamas. Ella cree que el duque ha recibido un trato injusto, pero no me ha ofrecido ningún indicio de que esté dispuesta a colaborar con los alemanes. De hecho, entre usted y yo, siempre me ha parecido la menos brillante de las hermanas. Además, es presa fácil del pánico. No creo que posea el temple necesario para ser espía.

Knight volvió a sonreír.

—Las mujeres tienen unas fantásticas dotes de interpretación —le advirtió—. Pero usted la conoce de toda la vida, así que confío en su instinto. —Hizo una pausa—. ¿Quién más?

—He incluido a la institutriz de lady Phoebe en la lista. Es una mujer educada, de buena familia y que, en teoría, está escribiendo su tesis doctoral. Sin embargo, tenía un telescopio en la habitación que ocupaba en la torre. Además, ha mostrado una actitud muy posesiva con sus documentos. Me pregunto si no estaría estudiando los aviones y las rutas aéreas del aeródromo de Biggin Hill para enviárselas a los alemanes de algún modo.

Knight asintió.

—Interesante. Sí, encaja con el tipo de persona a la que podrían recurrir. Alguien descontento que cree que el mundo está en deuda con ella. Tal vez quiera vengarse de las clases altas británicas.

—No obstante, parece una mujer sincera y agradable —admitió Ben—. Afirma que usa el telescopio para observar aves.

—Ah, ¿sí? —Maxwell Knight sonrió—. Tal vez debería seguirla. Echar un vistazo a los papeles. Registrar su dormitorio para comprobar si tiene una radio oculta.

—He podido examinar los papeles que sufrieron daños en el bombardeo y todos parecen relacionados con la tesis de historia que está escribiendo, salvo por un hecho interesante. Tratan sobre la guerra de las Dos Rosas. Y dos de las batallas más importantes de esa guerra se libraron en 1461... Me preguntaba si se trataba de una coincidencia.

—Interesante —concedió Knight—. No suelo creer en las coincidencias, por lo que le recomiendo que siga investigando y registre su dormitorio a fondo si puede.

—Sí, señor. —Ben recibió el encargo con cierto desagrado.

—¿Alguien más que haya levantado sospechas?

Ben respiró hondo.

—A algunos de los vecinos les va muy bien la vida a pesar de la guerra, pero no creo que les interese que acabe. Ah, y anoche conocí a una pareja que dio a entender que alberga ciertos sentimientos proalemanes y que también son partidarios del duque de Windsor. Se trata de lord y lady Musgrove. Están en la lista. Él ha heredado una propiedad y acaban de volver de Canadá. Parece que les sobra el dinero y los cupones de combustible para moverse con total libertad. Nadie sabía nada de ellos hasta hace poco, lo que me ha llevado a preguntarme si en efecto son quienes afirman ser. Pero viven a ocho o nueve kilómetros, por lo que sería mucho más lógico que el paracaidista se hubiera dirigido a alguno de sus campos.

—Habrá que vigilarlos —comentó Knight.

—Aparte de ellos, hay dos artistas extranjeros que se han mudado hace poco a una casa que era un antiguo secadero. Uno afirma ser alemán, el otro, ruso. Diría que viven muy ensimismados, recluidos en su propio mundo, para ser espías, pero había algo… Tenían un cuadro colgado en la pared que el ruso afirmaba que era suyo, pero que, en realidad, era de un artista conocido.

—Haremos algunas comprobaciones —dijo Knight—. Los extranjeros tienen que registrarse, por lo que no nos costará demasiado averiguarlo. ¿Eso es todo?

—También hay un cirujano judío de Viena que se aloja en casa del médico. Obviamente, han empezado a correr rumores sobre él porque habla con acento alemán, pero me dijo que en Austria fue víctima de la persecución de los nazis. Hace poco que ha llegado, por lo que no deberíamos tener problemas para corroborar su historia.

Ah, y también hay una chica austríaca que está saliendo con uno de los soldados. Podría ser una forma fácil de conseguir información.

Knight levantó la mirada del informe.

—¿Corre algún otro rumor por el pueblo que debamos tener en cuenta?

—La gente está convencida de que el paracaidista era un agente alemán que tenía la misión de espiar el aeródromo de Biggin Hill.

—Buen trabajo. —Knight dobló la hoja de papel—. ¿Cuáles serán sus siguientes pasos?

—Entiendo que aún no han podido identificar la fotografía —dijo Ben.

—Todavía no.

—En tal caso, tengo un par de sugerencias. Como ya le había dicho, los números de la instantánea podrían hacer referencia a una fecha histórica de la guerra de las Dos Rosas, que tuvo dos grandes batallas: una cerca de la frontera con Gales y otra en Yorkshire. Me preguntaba si debería echar un vistazo a esos lugares para comprobar si guardan algún parecido con el terreno que aparece en la fotografía.

—Por supuesto —dijo Knight—. No podemos dejar piedra sin mover.

Ben dudó.

—¿Podría disponer de vales de viaje por motivos oficiales…?

—De ninguna manera —respondió Knight—. Esta oficina no existe, Cresswell. De aquí no puede salir nada que permita a alguien identificarnos. Lleve la cuenta de todos los gastos y se los reembolsaremos.

Ben sabía que la reunión se había acabado y se levantó. Por un momento pensó en preguntar por Guy Harcourt, insinuar que sabía que su compañero formaba parte del equipo de Knight, pero se le ocurrió que a buen seguro el protocolo exigía que nadie admitiera que conocía a otros miembros.

—Ah, y Cresswell… —dijo Knight—. No es necesario que escatime en gastos. Alójese en un hotel decente y, por una vez, disfrute de una buena comida.

Ben se detuvo en la puerta y se volvió hacia Knight, que había girado la silla para disfrutar de las vistas del Támesis.

—Disculpe, señor, pero no dejo de darle vueltas a la posibilidad de que la bomba tuviera algo que ver con el otro incidente.

Knight se volvió hacia él.

—¿Se refiere al paracaidista? ¿Qué opina del tema?

—No sé muy bien qué pensar, pero cuando se suceden dos acciones del enemigo en un radio tan corto, es inevitable preguntarse si tienen algo en común. He estado pensando que si enviaron al paracaidista a asesinar a alguien, como fracasó en su intento, tal vez decidieron bombardear la casa. —Hizo una pausa, pero Knight no dijo nada—. Sé que parece una idea descabellada, pero…

—En absoluto —concedió su superior—. ¿Cree que lord Westerham o alguna de sus hijas podría ser un objetivo tan importante como para que los alemanes enviaran a un paracaidista a acabar con ellos?

—La verdad es que no.

Knight respiró hondo.

—Opino que es más probable que hayan señalado la casa como base militar. Resulta relativamente fácil ver los vehículos militares estacionados en el jardín, a pesar de que estén cubiertos con camuflaje. Tal vez fue un bombardeo de advertencia para dejar constancia de que saben que el Regimiento de West Kent está acuartelado ahí y que volverán.

—Sí, señor. Es la misma conclusión a la que llegué yo.

Knight se volvió de nuevo.

—Por otra parte —dijo Maxwell—, debería saber una cosa sobre la familia de lord Westerham. No creo que tenga ningún vínculo con el paracaidista o la bomba, pero aun así… la Gestapo ha detenido a lady Margot Sutton en París.

—¡Caray! —exclamó Ben, antes de darse cuenta del tono pueril de su reacción. Se quedó pálido—. ¿Tienen a Margot? ¿Por culpa de su amante francés?

—Tal vez —concedió Maxwell Knight—. Pero quizá también porque era una de las nuestras.

—¿Espía? ¿Margot era espía?

—Tenía un papel menor. Cuando aún estaba abierta la embajada, se ofreció como voluntaria, ya que tenía la intención de quedarse en París. Le dieron una radio secreta y se dedicó a transmitir mensajes. Si han encontrado la radio, es probable que la torturen y la fusilen.

—¿No van a intentar sacarla de ahí? —preguntó Ben.

—Estamos preparando una operación especial de rescate —dijo Knight.

—Me gustaría ofrecerme voluntario para formar parte de la misión, señor —pidió Ben.

Knight esbozó una sonrisa.

—Admiro su valor y su lealtad, pero creo que si fuera apto para el combate, estaría pilotando un Spitfire. ¿Se imagina a sí mismo corriendo por las azoteas de París, descendiendo por los bajantes y huyendo de soldados alemanes mientras les dispara? —Ben abrió la boca, pero Knight prosiguió—: Además, ¿se imagina degollando a un centinela de guardia? Son muy pocos los que pueden llevar a cabo una misión como esa. Por eso debemos dejarlo en manos de los comandos, porque los han adiestrado para eso.

—¿Está al corriente su familia?

—No, y no puede decirles nada hasta que la misión se haya llevado a cabo de manera satisfactoria. En caso de que no sea así, decidiremos cuál es el momento y lugar más adecuados para comunicarles la noticia.

Ben asintió.

—¿Puedo pedirle que me informe del desenlace de la misión de rescate cuando se haya producido?

—Ya lo veremos. —Le hizo un gesto con la mano para que se retirase—. De momento, siga adelante con su misión.

Cuando Ben salió de la oficina, se fijó en la secretaria de Knight, Joan Miller, que se había vestido muy elegante, como si fuera a cenar al Savoy. Lucía una blusa gris de seda, collar de perlas y un maquillaje muy discreto.

—Está radiante, señorita Miller —dijo.

La secretaria sonrió.

—Muchas gracias, señor Cresswell. Tengo una cita con un caballero importante. Una debe lucir las mejores galas para tales ocasiones.

Cuando salió a la calle, Ben negó con la cabeza. Sus visitas a Dolphin Square siempre tenían un aura especial, como si fuera un capítulo de *Alicia en el País de las Maravillas*. No pudo evitar preguntarse si aquellas personas eran reales. Y también se preguntó si su misión tenía algún valor.

Capítulo 26

Bletchley Park

El domingo por la noche, Pamela tomó el tren de regreso a Bletchley. Jeremy se había ofrecido a llevarla.

La había acompañado a casa después de pasar la tarde en un pub a orillas del Medway. El entorno era muy romántico, pero la comida no había estado a la altura. El bacalao parecía cuero y el repollo una masa gris indefinida. Ambos se lo tomaron con filosofía, se rieron y compararon la comida con la que servían en Nethercote.

—¿De verdad que tienes que volver a trabajar? —preguntó él.

—Sí. Fue una suerte que me concedieran una semana libre cuando vamos tan escasos de personal, pero empezaba a tener secuelas de encadenar tantos turnos nocturnos y no había podido descansar desde Navidad.

—Pues te acompaño. De todas maneras, tengo que ir a la ciudad para que los matasanos del St Bartholomew's le echen un vistazo a las heridas de bala y se aseguren de que evolucionan bien. Así podré reincorporarme al servicio. —Debió de ver el gesto de alarma de Pamela porque se apresuró a añadir—: Pero no me subiré a un avión, tranquila. No será por falta de ganas, pero no me dejarán pilotar hasta dentro de unos meses. Me han dicho que me buscarán algún trabajo en el Ministerio del Aire. Aunque no es que me apetezca mucho. Por lo que decís Ben y tú, el trabajo es muy rutinario.

A mí me gustaría elaborar las rutas de las incursiones aéreas o interpretar fotografías aéreas.

—Ah, ¿sí? —Pamela se rio—. Pero también hay que hacer lo aburrido, Jeremy. Si los archivos no estuvieran bien ordenados y no pudiéramos encontrar alguna información en un momento crucial, el retraso podría costarnos varias vidas.

—Tienes razón —admitió Jeremy con una sonrisa—. Nunca se me han dado muy bien las tareas más tediosas. En la escuela siempre me reñían por no hincar los codos, pero luego siempre sacaba notas excelentes y los profesores tenía que comerse sus palabras. Era fantástico.

—No deberías malgastar gasolina para llevarme a la ciudad cuando podría ir en tren —dijo Pamela.

—No te preocupes por eso. Mi padre tiene prácticamente acceso ilimitado a los cupones de gasolina. Va a Londres muy a menudo.

A Pamela no le hacía ninguna gracia que Jeremy insistiera en llevarla a Bletchley. No podía ser.

—Preferiría que me llevaras a la estación —dijo— para ir en tren. Tengo un vale para los ferrocarriles.

—Cualquiera diría que intentas evitarme.

—Ni mucho menos. Me encanta estar contigo, ya lo sabes. Hoy nos lo hemos pasado de fábula, ¿no crees? Es que… bueno, necesito un poco de tiempo para poner la cabeza en orden antes de reincorporarme al trabajo. Es muy probable que me toque el turno nocturno otra vez.

—No tienen ningún derecho a obligar a las mujeres a trabajar en el turno de noche —dijo Jeremy—. Creo que te acompañaré y se lo diré.

—¡Ni hablar! —exclamó Pamela y le dio un golpe suave en la mano.

Jeremy la agarró de la mano y la besó con pasión. Poco a poco se fue abalanzando sobre ella. Pamela sentía el desagradable peso de todo su cuerpo, la lengua que se abría paso en su boca, cómo intentaba separarle las piernas con la rodilla, la mano que bajaba disimuladamente… Entonces ella se incorporó y lo apartó con brusquedad.

—¡Aquí no, Jeremy! Estamos delante de casa de mis padres. Podría vernos alguien.

Él la miró fijamente.

—Empiezo a preguntarme si aún sientes algo por mí. Antes me querías, lo sé. Y también sé que no ha cambiado lo que yo siento por ti. Debo admitir que te quiero. Que te quiero con locura. Sin embargo, cada vez que me acerco, tú me apartas.

—No lo hago a propósito —aseguró ella—. Y aún te quiero. He soñado contigo cada día que hemos pasado separados. Dormía con tu fotografía debajo de la almohada. Y quiero que me hagas el amor. Pero es que… —Se le escapó una risa nerviosa—. Tengo veintiún años, todavía soy virgen y supongo que no estoy segura del próximo paso.

Jeremy se rio.

—Pues habrá que hacer algo al respecto, ¿no crees? No te presionaré. Encontraré el lugar y el momento adecuados. Nuestro piso de Londres es muy cómodo e íntimo. Está en Mayfair. No habrá ningún familiar que pueda vernos. A finales de la semana que viene me instalaré ahí. Vendrás a hacerme una visita, ¿no?

—No sé cuándo volveré a tener un día libre —dijo Pamela—, pero iré.

—Podemos empezar con la fiesta de inauguración. Había pensado hacerla el próximo miércoles. Así me dará tiempo de instalarme. ¿Tendrás la noche libre?

—Depende del turno que me toque.

Jeremy frunció el ceño.

—Creo que por un día podrías cambiar el turno. No trabajas siete días a la semana, ¿verdad?

—No, claro que no.

—¿Y puedes desplazarte en tren hasta la ciudad?

—Sí, claro.

Jeremy le tomó la mano, jugando con sus dedos.

—Pues quedamos el próximo miércoles. Hace años que no disfruto de una fiesta en condiciones. Invita a tus amigas, si quieres. Seguro que mi padre tiene una bodega bien surtida en el piso. Más vale que lo ayudemos a beberla por si nos invaden los alemanes y lo confiscan todo.

Pamela se sentó muy erguida para intentar alisarse la falda.

—¿Crees que nos invadirán?

—Creo que es inevitable. Mira el paseo que se han dado por Francia, Bélgica, Dinamarca y Noruega. ¿Qué tenemos nosotros que no tengan esos otros países?

—Nadie nos ha invadido desde 1066 —respondió Pamela—. Napoleón invadió todos esos países, pero no pudo conquistar Gran Bretaña.

Jeremy le dio una palmada en la rodilla.

—Ese es el espíritu. Nos enfrentaremos a ellos en las playas, en los pubs y en los baños públicos…

—No te burles, Jeremy. Fue un discurso excelente y el primer ministro Churchill es un orador brillante.

—Lo siento, sí, tienes razón. Pero por mucho espíritu combativo y mucho orgullo que tengamos, no disponemos de un arsenal militar comparable al de la Wehrmacht. Si Estados Unidos nos echa una mano en ese aspecto, la situación podría dar un giro. Pero llevan años como meros observadores.

Pamela se estremeció.

—No hablemos más de ello. Estás en casa, estás a salvo y eso es lo que importa.

—Entonces, ¿vendrás a la fiesta?

—Haré todo lo posible, te lo prometo.

Pamela repasó mentalmente la conversación mientras dejaba atrás Londres y se dirigía hacia Bletchley. Una fiesta. Le parecía una opción segura. La seguridad del gran grupo. Pero también sabía que en algún momento tendría que tomar una decisión sobre su relación con Jeremy. Él quería acostarse con ella y Pamela siempre había pensado que ella también lo quería. Pero en su caso el sexo formaba parte del matrimonio. Y parecía que él no estaba mucho por la labor. Pamela había oído demasiados rumores de chicas que acababan quedándose embarazadas. Chicas que desaparecían para irse a vivir al campo para que nadie hablara del bebé.

«Pero Jeremy se casaría conmigo si pasara eso —pensó—. Claro que lo haría. Además, creo que él sabe lo que hay que hacer para evitarlo».

Al llegar a Bletchley ya se sentía mejor y, de hecho, hasta tenía ganas de reincorporarse al trabajo. Trixie estaba sentada en su cama cuando entró en la habitación. Se estaba poniendo una media de seda con mucho cuidado. Levantó la mirada y sonrió.

—Pero mira a quién tenemos por aquí. Dame un segundo, que estoy intentando ponerme las buenas sin hacerme una carrera. Como las estropee no me quedará más remedio que dibujarme la raya por detrás con lápiz, como todo el mundo. —Se subió la media y la sujetó con el liguero—. ¿Te lo has pasado bien?

—Sí, gracias. Pero la felicidad habría sido completa si no nos hubieran bombardeado la casa.

—¿Bombardeado? ¡Qué horror! ¿La destruyeron?

—No, gracias a Dios. Los daños no han sido muy graves. El Regimiento de West Kent está acuartelado en nuestra casa y no faltaron manos para sofocar el incendio. Por suerte pudieron apagarlo antes de que se expandiera sin control.

Trixie sonrió.

—Voy a tener que hacerte una visita si tienes la casa llena de esos bomboncitos con uniforme. Por cierto, hablando de bomboncitos, ¿viste a Jeremy Prescott?

—Sí.

—¿Y cómo se encuentra? ¿Se ha recuperado bien?

—Todavía está un poco pálido y delgado, pero evoluciona favorablemente, gracias a Dios. Parece uno de esos poetas románticos, ya sabes, como Keats en su lecho de muerte. Pero se está recuperando. —Le vino a la cabeza la imagen de Jeremy en el coche, intentando forzarla—. Sí, se está recuperando muy bien.

—Entonces, ¿te lo has pasado de fábula? Confiesa. Cuéntaselo todo a la tía Trixie.

—Casi siempre había alguien de la familia —dijo Pamela—. Pero un día fuimos a cenar a un pub y luego me acompañó a casa.

—Recuerdo que en una ocasión compartí taxi con él, después de un baile —dijo Trixie—. No sabía que podían pasar determinadas cosas en el asiento trasero de un taxi. Nadie me dijo que era PRET.

—¿Qué? —preguntó Pamela.

—PRET. Poco Recomendable En Taxis. Era una palabra en código habitual que utilizábamos en los bailes de las puestas de largo. ¿Es que te criaste en un convento?

—No, pero Farleigh lo parecía. Mis padres son muy mojigatos y no aprendí nada hasta que me fui al internado de Suiza.

—Donde estoy segura de que aprendiste muchas cosas, aparte de hacer reverencias y organizar cenas de gala. Al menos yo sí. —Le lanzó una sonrisa cómplice—. Esos profesores de esquí… Qué viriles son. —Acompañó las palabras con un gesto como si se estuviera abanicando.

Pamela se rio un poco nerviosa.

—¿Te hizo la pregunta Jeremy? ¿O ya teníais un acuerdo tácito, como solía decirse antes…?

Pamela se ruborizó.

—Jeremy dice que no puede pensar en casarse hasta que haya acabado esta horrible guerra.

—No le falta razón —admitió Trixie—. ¿Quién quiere casarse cuando apenas hay ropa que comprar? Yo no pienso ir al altar con un vestido de dos piezas, qué vulgaridad. Quiero la cola de dos metros, el velo y metros y metros de seda. Y el ajuar, claro.

—Entonces, ¿irás de blanco? —preguntó Pamela enarcando una ceja, lo que provocó las risas de su amiga.

—Cielo, si solo pudieran ir de blanco las novias vírgenes, se celebrarían muy pocas bodas —dijo mientras se ponía la segunda media. Entonces se levantó, se examinó ante el espejo y asintió satisfecha.

—¿Vas a algún sitio elegante? —preguntó Pamela.

—No creo. Anoche coincidí con un chico de la Nave 6 en un concierto y me invitó a ir al cine. Es un poco serio y demasiado intelectual para mi gusto, pero ¿quién no lo es en este agujero? Nadie viene aquí a pasárselo en grande, ¿no? Total, que me pareció que el cine era un plan más atractivo que quedarme a cenar aquí con la señora Entwhistle. Por cierto, esta semana la comida ha sido aún peor de lo habitual. Repollo hervido, puré de patata y una rodaja de fiambre de cerdo tres noches seguidas. Y yo sin dejar de pensar en las delicias que estarías comiendo tú en casa. ¿Habéis celebrado algún banquete?

—Pues la verdad es que sí. Hubo uno, en concreto, en casa de los Prescott, en el que comimos ostras, lacón asado y profiteroles de chocolate. Cada plato con su vino correspondiente. Pensé que me moría de felicidad.

—¿De dónde sacaron esos manjares?

—Del mercado negro. Creo que sir William tiene una amplia red de contactos.

—Pues será mejor que obligues a Jeremy a casarse contigo antes de que lo pesque otra. Siempre que quieras llevar una vida de lujo el resto de tus días. —Se aplicó una generosa capa de pintalabios—. ¿Cuándo os volveréis a ver? Kent queda muy lejos para escaparse en un día libre, ¿no?

—Me dijo que esta semana iba a mudarse al piso que tienen sus padres en Londres. Va a empezar a trabajar en el Ministerio del Aire. Ah, y ha organizado una fiesta la semana que viene, en ocho días contando a partir del miércoles. Una especie de fiesta de inauguración del piso. Espero que no me toque el turno de noche porque si no tendré que pedir que me lo cambien.

—¿Una fiesta? Pero qué ideal. ¿Puedo ir?

A Pamela la asaltaron las dudas. Por un lado, sabía que Trixie se moría de ganas de coincidir con Jeremy, pero, por el otro, no tenía ningún motivo para no invitarla.

—Sí, claro. Siempre que nos den la noche libre a las dos. Ya he avisado a Jeremy de que podía ser que me tocara trabajar en el turno de noche y que no era nada fácil conseguir un día libre.

—Tal vez no —admitió Trixie—. El viernes me entregaron una nota del comandante Travis. Quiere que te presentes ante él en cuanto te reincorpores.

—Vaya, espero que no sea para amonestarme —dijo Pamela.

—¿Por qué? ¿Has hecho algo para mancillar tu buena reputación? —preguntó Trixie—. ¿Has revelado algún secreto? Dios no quiera que hayas hablado del trabajo que realizas aquí.

—No, por supuesto que no. Aunque no me ha resultado nada fácil. Todos creen que tengo un trabajo de oficina aburrido en un ministerio cualquiera y no he podido contarles que, en realidad, lo que hago es muy importante.

—Ah, ¿sí? A veces yo también me lo pregunto. Yo tengo un trabajo de oficina aburrido en un ministerio cualquiera, pero supongo que el tuyo debe de ser más emocionante.

—Yo no lo definiría como emocionante —se apresuró a corregirla Pamela—, pero al menos sé que soy un pequeño eslabón de una larga cadena que quiere influir en el curso de la historia, y eso es lo único que me importa.

—¿Es ahora cuando tengo que ponerme en pie, ondear una bandera y ponerme a cantar «Rule Britannia»? —preguntó Trixie entre risas.

Pamela le dio un suave empujón en broma.

—Cierra el pico y vete al cine. Supongo que será mejor que baje y me resigne a cenar el puré de patatas y el fiambre de cerdo de la señora Entwhistle.

Capítulo 27

Bletchley Park

A las ocho de la mañana del día siguiente, Pamela aparcó la bicicleta frente a la gran casa y se dirigió a la imponente puerta principal. Era un día radiante. El sol rielaba en el lago donde nadaban plácidamente los cisnes. Las palomas revoloteaban en el cielo. El aire olía a rosas y madreselva. Era uno de esos días para disfrutar de un pícnic junto a la orilla del río. Sus pensamientos volaron a los días ociosos del verano en Farleigh, y al final tuvo que hacer un gran esfuerzo para regresar al presente antes de entrar en la penumbra del vestíbulo. Ignoraba qué había hecho mal. Su único pecado había sido desmayarse. Tal vez estaban a punto de decirle que no estaba a la altura del trabajo y la enviarían de vuelta a casa, humillada. Pero tampoco era la primera persona que perdía el conocimiento o había sufrido una crisis nerviosa en el trabajo. Las jornadas infinitas, las condiciones deprimentes y la presión constante acababan haciendo mella en todo el mundo.

La recepcionista salió de su cubículo al oír los pasos de Pamela.

—Ah, lady Pamela, puede subir. Llamaré al comandante Travis para comunicarle su llegada.

La mujer había empleado un tono alegre y jovial, lo cual resultaba esperanzador, pero tal vez las recepcionistas no conocían todos los detalles de las visitas. Subió por la elaborada escalera de madera y llamó a la puerta del comandante.

—Lady Pamela —la recibió él con tono jovial—. Siéntese. ¿Ha podido descansar en casa?

Pamela ocupó una silla frente al escritorio de caoba del comandante.

—Sí, señor. He dormido a pierna suelta, he comido bien... Así que ya estoy lista para reincorporarme.

—Fantástico, porque necesito que esté alerta. Voy a asignarle una nueva tarea. Debe saber que se trata de algo bastante distinto a lo que estamos acostumbrados en Bletchley y que nadie puede saber de qué se trata. ¿Me entiende? Sé que es consciente de los requisitos de confidencialidad que exige este trabajo, pero en el caso de esta misión cobra una importancia especial.

—Entiendo, señor.

Su superior se inclinó hacia delante.

—¿Qué sabe sobre la nueva New British Broadcasting Corporation?

—¿No es una emisora de radio que emite desde Alemania, dirigida a los británicos, que divulga noticias falsas?

—Así es. —La señaló con un dedo para dar más énfasis a sus palabras—. Su objetivo es infundir miedo en el corazón de los británicos para minar su voluntad de lucha y para que reciban a los alemanes con los brazos abiertos cuando nos invadan.

—No creo que nuestros compatriotas se dejen convencer tan fácilmente, señor.

—Pues se sorprendería. Hay gente que se cree cualquier cosa que oigan en la radio. No son tan cultivados como nosotros. Pero esa no es la cuestión. Creo que también habrá oído que hay quintacolumnistas en Gran Bretaña. No necesariamente extranjeros, sino ciudadanos ingleses, hombres y mujeres por igual, que por el motivo que sea muestran una gran simpatía por Alemania y están dispuestos a colaborar con las huestes hitlerianas.

—No puede ser... —dijo Pamela—. A ver, es cierto que circulan muchos rumores sobre quintacolumnistas, pero a una siempre le vienen a la cabeza exiliados rusos de dudoso origen. Y también los fascistas de Oswald Mosley, claro.

—Hay más gente de la que usted cree que desea que nos invadan —dijo—. Incluso personas a las que usted y yo conocemos. De hecho, creemos que en estos momentos se está urdiendo una conspiración. Aún no sabemos su alcance exacto, pero sospechamos que puede tener el objetivo de expulsar a la familia real y coronar al duque de Windsor en su lugar. Sabemos que tiene una clara afinidad proalemana. Lo ha demostrado en numerosas ocasiones.

—Caray, eso sería horrible —concedió Pamela, que se dio cuenta de que su reacción era más propia de una colegiala.

—Y aquí es donde entra usted en acción, lady Pamela —dijo el comandante Travis—. Sus superiores han redactado informes muy positivos sobre usted. Es rápida y perspicaz, por eso me gustaría encargarle la siguiente tarea: tenemos una emisora receptora de radio en la que los trabajadores de la WRAF escuchan y transcriben todas las emisiones de radio alemanas. Recibirá transcripciones diarias de la New Broadcasting Station y su trabajo consistirá en detectar todo aquello que pudiera ser un mensaje en código para almas afines a la causa. Podría ser una frase repetida que anuncia que las frases siguientes serán un mensaje, por ejemplo. Obviamente no puedo decirle a qué debe prestar especial atención porque no lo sé, pero usted es muy inteligente. Creo que no me equivoco proponiéndola para este puesto.

—¿Seguiré trabajando en la nave, señor?

—No, claro que no. Como le he dicho, esto quedará entre usted y yo. No puede saberlo nadie más porque cabe la posibilidad de que tengamos algún simpatizante nazi entre nosotros, en Bletchley.

—¿De verdad?

—No podemos pecar de ingenuos, lady Pamela. La Abwehr no es estúpida y sabemos que intentarán infiltrar a sus simpatizantes allí donde puedan. Por eso le exijo absoluto secretismo.

—Por supuesto. Pero ¿qué les digo a mis antiguos compañeros si coincido con ellos en la cafetería? ¿Y a mi compañera de habitación?

—Pues les dice que el comandante Travis la ha reclutado para llevar a cabo una tarea especial porque dice que le gusta ver una cara bonita al frente del archivo.

Pamela se rio al oír sus palabras.

—Entonces, ¿seguiré trabajando aquí?

—Así es. Estamos acabando de preparar una sala en el piso de arriba. Me dará parte a mí, y solo a mí. ¿Entendido?

—Sí, señor. Espero estar a la altura de las expectativas. Imagino que trabajaré sola.

—No, trabajará con un colega. Es un joven brillante que se encargará de escuchar otras emisiones alemanas en busca de posibles mensajes cifrados. Espero que se ayuden mutuamente a cribar los mensajes cifrados de los inocuos y que luego sean capaces de descifrar el código. —Como Pamela no dijo nada, añadió—: Confío plenamente en usted y creo que es la persona más adecuada para el trabajo.

—¿Cuándo quiere que empiece? —preguntó.

El comandante sonrió y, durante una fracción de segundo, su gesto serio se transformó en humano.

—No hay mejor momento que el presente.

Pamela salió del despacho y se dirigió a la estancia designada en la planta superior. Saltaba a la vista que en el pasado había albergado las habitaciones del servicio, ya que el pasillo no estaba cubierto de paneles de madera y parecía medio abandonado. Había mucho polvo y olía a cerrado. Abrió la puerta y profirió un pequeño grito al ver movimiento a su derecha. Un tipo larguirucho y desgarbado se levantó como un resorte de la mesa a la que estaba sentado.

—Caray, me has asustado —dijo Pamela riendo—. No esperaba encontrar a nadie. Debes de ser mi cómplice.

El joven rodeó la mesa y le tendió la mano.

—Froggy Bracewaite —dijo—. Y tú eres lady Pamela Sutton.

—Correcto. Imagino que tu nombre real no será Froggy.

—Ante los mandamases respondo al nombre de Reginald, pero me apodaron Froggy en Winchester y así ha quedado desde entonces. Tal vez no lo recuerdes, pero ya nos conocíamos. Si no me equivoco bailé contigo en una de las puestas de largo de tu temporada. A buen seguro aún tendrás los cardenales que acreditan mi torpeza.

—Ya decía yo que me sonabas de algo —concedió Pamela—. Pero estoy segura de que no fuiste la única pareja de baile que me pisó durante esa temporada. A nosotras nos dan clases de baile, pero a nadie se le ha ocurrido hacer lo mismo con vosotros. Por cierto, me alegro mucho de que vayamos a trabajar juntos. Me parece una tarea ingente y no quería enfrentarme sola a ella.

—Debes de ser muy inteligente porque, de lo contrario, nunca le habrían ofrecido este trabajo a una mujer —dijo Reginald—. No sé si te habrás dado cuenta, pero los hombres se quedan siempre con los mejores puestos y a las mujeres les endilgan las tareas administrativas, a pesar de que a menudo están mejor cualificadas.

—He sido una de las afortunadas —admitió Pamela—. Hasta ahora me habían asignado un trabajo bastante interesante, pero no relacionado con el descifrado de códigos. No sabría ni por dónde empezar. Tendrás que enseñarme.

Señaló los teletipos que había en la mesa.

—Ya han llegado las primeras transcripciones de la estación Y —le dijo—. Echemos un vistazo juntos y así podré enseñarte en qué debemos fijarnos.

Estaban de pie junto a la mesa y Pamela leyó la primera página.

> Estimados amigos de Gran Bretaña. Lamentamos que su irresponsable gobierno les esté infligiendo un sufrimiento innecesario. La invasión seguirá adelante según lo previsto y no pueden hacer nada para frenar el poder de la Wehrmacht alemana. Sin embargo, aquellos que nos ayuden, que nos acojan con los brazos abiertos, gozarán de una transición más fluida y podrán regresar a la normalidad mucho antes. Las luces se encenderán de nuevo, los pubs y los cines volverán a abrir sus puertas. Habrá comida suficiente para todos.

—Menuda sarta de mentiras —exclamó Pamela, una reacción que provocó la risa de Froggy—. ¿Quién se va a creer eso? —preguntó.

—Te sorprendería —le aseguró—. Sobre todo, cuando esas palabras van acompañadas de noticias como esta.

Señaló el final de la página.

> El Banco de Inglaterra está perpetuando un gigantesco fraude contra el pueblo británico. Los billetes de libra esterlina han perdido todo su valor y el gobierno está imprimiendo…

Siguieron leyendo. Información sobre el número de barcos británicos hundidos, naves que nunca llegarían a orillas británicas y que transportaban alimentos. Gran Bretaña se enfrentaba a una hambruna inminente. Sin embargo, había un almacén secreto de comida en los sótanos de Whitehall para que los miembros del gobierno y los demás funcionarios que manejaban los hilos del poder pudieran seguir comiendo bien, mientras que el trabajador medio tenía que subsistir a base de pan hecho con serrín.

Tras el deprimente y engañoso boletín de noticias, llegaron los mensajes de los soldados británicos retenidos en los *stalags* alemanes.

Del sargento Jimmy Bolton, miembro de la RAF con base en Hornchurch, y ahora prisionero en el *stalag* Dieciséis, a su mujer Minnie: «No te preocupes por mí, querida. Me encuentro bien de salud y aquí me dan de comer y me tratan bien. Muchos ánimos, enseguida volveré a casa».

—Yo no albergaría muchas esperanzas —murmuró Froggy.

Pamela asintió.

—Son mensajes insidiosos y muy deprimentes —dijo—, pero no veo nada que parezca un mensaje cifrado. No hay ninguna frase del estilo «el erizo saldrá a medianoche», como yo esperaba.

Froggy se rio.

—Los alemanes utilizan mensajes en clave muy elaborados. Primero comprobemos si las primeras letras de alguna de las frases crean alguna palabra sospechosa.

Lo intentaron, pero no encontraron nada. Probaron otras combinaciones similares, con la segunda frase de cada boletín. Los nombres propios de los supuestos prisioneros.

—Imagino que Bolton será un lugar —dijo Pamela.

Froggy negó con la cabeza.

—Pero Sims y Johnson no lo son, ¿verdad? Admito que de momento no hay nada que me llame la atención. No hay palabras ni frases repetidas. Puede que tengamos que esperar a recibir las transcripciones de varios días para averiguar si se repite alguna frase en el mismo momento cada día.

Al final del primer día, Pamela tenía la sensación de que habían sobreestimado su capacidad y que no tardarían en darse cuenta de su error y enviarla de vuelta a su unidad, relegada a la ignominia.

Cuando llegó a casa, Trixie la estaba esperando.

—¿Qué ha pasado? ¡Cuéntamelo! ¿Te ha regañado el comandante Travis?

—No, qué va. Solo me ha asignado a una nueva división. En mi departamento sobraba gente, pero en la casa grande necesitaban más personal administrativo. Y en palabras del propio comandante, le gusta ver una cara bonita en la oficina.

Trixie negó con la cabeza.

—¡Hombres! —exclamó—. Ya verías tú la gracia que les haría si una mujer dijera: «Voy a contratar a un joven, que me gusta ver a chicos fornidos luciendo palmito».

Pamela se rio.

—Seguro que hay mujeres en puestos de responsabilidad que piensan eso, pero debo admitir que me alegro de haber salido de la nave. Si los jefes trabajan en la casa principal, puedes estar segura de que la calefacción funcionará como es debido en invierno. Y estoy lo bastante cerca de la cafetería para acercarme durante los descansos.

—Pero seguirás haciendo tareas aburridas como yo —dijo Trixie—. ¿Cuándo se darán cuenta de que las mujeres somos tan capaces como los hombres y podríamos descifrar mensajes como hacen ellos?

—Creo que eso no ocurrirá a menos que se vean muy desesperados —dijo Pamela—. De hecho, tenemos a algunas mentes brillantes en la plantilla, de modo que lo entiendo. Auténticos magos de las matemáticas. A mí no se me daban mal, pero jamás habría soñado con solucionar problemas algebraicos o pasarme el día pensando en números, como algunos de esos chicos.

—Para mí que algunos están medio chiflados —dijo Trixie—. El chico que me llevó al cine, por ejemplo, no paraba de hacer un ruido gutural con la garganta o de dar golpecitos con el pie. Estaba tan cohibido que lo único que hizo fue rodearme los hombros con el brazo. Te aseguro que tú y yo somos las únicas medio normales del trabajo.

Pamela estuvo a punto de decirle que estaba colaborando con un chico con el que había bailado en una puesta de largo, pero recordó que no podía revelar ningún detalle, por trivial que pudiera parecer.

Sonó un gong.

—Creo que tenemos que bajar y enfrentarnos a la cena —dijo—. Mucho me temo que huele a pescado hervido.

—Oh, no, pescado hervido, qué horror —se lamentó Trixie—. Al menos el fiambre de cerdo no le quedaba recocido. ¿Crees que podríamos cometer la osadía de salir a hurtadillas e ir a tomar una salchicha y una pinta al pub?

—¿Cómo? ¿Y desatar su ira para que nos castigue con su estofado de carne dura y seca hasta el final de nuestros días? ¿Te has dado cuenta de que siempre le da los mejores trozos a ese hombre tan desagradable, el señor Campion?

—Claro que me he dado cuenta. Le gusta. Pero por desgracia la atracción no es mutua. A ver, ¿quién podría sentir algo por esa mujer? —Soltó una carcajada, pero volvió a adoptar un gesto serio de inmediato—. Tiene que haber alguna pensión mejor por aquí. Yo podría preguntar a mi familia si conocemos a alguien en la zona, pero ya sabes que no puedo decirles dónde estoy. Como me entere de que mi tío vive a ocho kilómetros de aquí, en una mansión, y que come faisán tres veces a la semana, te juro que me da algo. —Entrelazó su brazo con el de Pamela—. Venga, bajamos, nos enfrentamos a la bestia, o al bacalao, más bien, y luego nos vamos a tomar una pinta al pub. Yo invito.

Capítulo 28

En casa y fuera con Ben

Desde su regreso a casa tras su fugaz visita a Londres, Ben no podía deshacerse de la incómoda sensación que le provocaba la idea de tener que registrar la habitación de Miss Gumble. No tenía que ser una tarea muy complicada, ya que la institutriz se pasaba toda la mañana dando clase a Phoebe. Sin embargo, había un riesgo enorme: en la casa lo conocían todos. Si coincidía con algún miembro de la familia, tendría que pensar en una excusa que justificara su presencia. Además, era probable que lo invitaran a tomar té y no podría rechazarlo. Si lo veían subir las escaleras que conducían al piso del establo, tendría que dar demasiadas explicaciones. En ese instante entró su padre, que se sorprendió al verlo en casa.

—Vaya, pero si ya has vuelto. ¿No habías ido a Londres?

—Solo tenía una reunión —respondió Ben—, pero voy a tener que ausentarme unos días más porque he de ir al norte.

—¿Qué diablos tienes que hacer ahí arriba? —le preguntó el párroco—. Creía que trabajabas en una oficina.

—Sí, es verdad —concedió Ben—, pero me han pedido que entregue unos documentos en persona en una de nuestras delegaciones. Toda precaución es poca. Alguien podría interceptar el correo.

—¿De verdad? No puede ser. El servicio de correos británico es una institución de toda confianza.

—Nunca se sabe, papá. Los simpatizantes alemanes se han infiltrado en todas partes.

—Eso son habladurías que siembra el enemigo para infundirnos miedo a todos, para obligarnos a desconfiar del prójimo. Quieren que pensemos que hay alemanes que aterrizan a diario en nuestro país. Sabes que la mitad del pueblo cree que ese pobre desgraciado al que no se le abrió el paracaídas era un espía alemán. Menuda sarta de estupideces. Llevaba el uniforme de un soldado inglés. Yo mismo lo vi. Fue un trágico accidente, nada más.

—Es probable —concedió Ben—. Estaré fuera un par de días, pero no sé si luego volveré a casa. Depende de lo que diga mi jefe de departamento.

El pastor Cresswell miró a su alrededor.

—Ahora no recuerdo a qué venía aquí. Últimamente mi memoria es como un colador. Ah, ya me acuerdo, el libro sobre pájaros. Hay un nido de búhos en el olmo grande del jardín y creo que es un autillo. Solo lo he visto fugazmente al atardecer y quería asegurarme.

Ben tuvo una brillante idea: el telescopio de Miss Gumble. Podía pedírselo para su padre. Perfecto. Preparó la maleta para el viaje, pero luego se acercó en bicicleta hasta Farleigh. En el camino, tuvo que apartarse a un lado para ceder el paso a un convoy de camiones del ejército, y durante el parón obligado lo asaltaron de nuevo las dudas. Si le pedía a la institutriz que le prestara su telescopio, iría ella misma a buscarlo. No le permitiría que entrara en su habitación, sobre todo si tenía algo que ocultar. Pero si él subía sin su permiso y alguien lo veía, avisarían a Miss Gumble y podía armarse un buen revuelo.

—Maldición —murmuró.

No tenía madera de espía. Pensó en los hombres a los que habían enviado para rescatar a Margot Sutton de las garras de la Gestapo y se dio cuenta del ridículo que había hecho al ofrecerse voluntario para la misión. Margot debía de tener unos nervios de acero para recibir y transmitir mensajes de radio en el París ocupado. Ben siempre había sentido un respeto reverencial por ella, que era mayor que Pamma y ya de adolescente destacaba por su gran sofisticación y glamur. Pero Pamela siempre había sido la valiente, la que trepaba a todos los árboles y no se arredraba ante ningún desafío. Sintió un gran alivio de que no fuera Pamma la que estuviera en París, aguardando su rescate, ya que las probabilidades de éxito de una misión que debía llevarse a cabo en el cuartel general de los alemanes en un país ocupado eran escasas. Lo más probable era que acabasen todos muertos. Se preguntó si lord y lady Westerham sospechaban algo del peligro que corría su hija y pensó en lo difícil que era que todo el mundo tuviera que ocultar secretos.

Cuando pasó el último camión del convoy, Ben retomó su camino y llegó a la mansión. Vio que estaban descargando paneles de contrachapado y que los estaban metiendo en la casa. Debían de haber empezado los trabajos de reparación del tejado. Había soldados por todas partes, lo que le permitió pasar desapercibido entre la multitud y llegar al establo. Subió los escalones y llamó a la puerta para asegurarse de que la institutriz estaba con Phoebe. A continuación agarró la manija e intentó abrir la puerta, pero parecía cerrada con llave.

—Maldita sea —murmuró y apoyó el hombro en la puerta, que se abrió. De repente se encontraba en la habitación de Miss Gumble. El corazón empezó a latirle con fuerza mientras miraba la estancia y vio el telescopio sobre un montón de libros. Tenía que comprobar si había una radio. Eso era lo que estaba buscando. Y cualquier documento que pudiera incriminarla. La habitación era pequeña y no le llevó mucho tiempo examinar las pilas de libros y las escasas pertenencias de la institutriz. Pero no había ni rastro de la radio.

Era obvio que, si tenía una, no la escondía en la habitación del establo. ¿Se atrevería a subir a la torre para comprobar si la había dejado en su antiguo cuarto, oculta en algún rincón? Una excusa, eso era lo que necesitaba. Entonces recordó que la noche del bombardeo llevaba la americana del esmoquin. Sí, eso le valía. Salió del establo, se dirigió a la entrada de la casa y subió los dos tramos de escaleras hasta la primera planta. No lo paró nadie hasta que llegó a la escalera de caracol que conducía a la torreta de Miss Gumble. Había varios soldados haciendo maniobras para subir una tabla de madera por la estrecha escalera y uno de los hombres se volvió al oírlo.

—¿Puedo ayudarle en algo? —le preguntó—. Como verá, estamos bastante ocupados y le agradecería que nos permitiera seguir con nuestro trabajo.

—Disculpen, soy el que rescató a la mujer que dormía en esa habitación. Resulta que llevaba la americana del esmoquin y con el trajín perdí uno de los gemelos de oro. Me preguntaba si podría echar un rápido vistazo, ya que tenía un gran valor sentimental para mí.

El oficial asintió.

—Por supuesto, señor. Chicos, esperad un momento y dejad pasar al caballero.

Ben subió las escaleras. La habitación había quedado en un estado lamentable. El suelo estaba cubierto de placas de escayola y las paredes, negras. Aún olía a humo. Ben empezó a registrarla, miró debajo de la cama, junto al alféizar, comprobó si había alguna tabla del suelo que estuviera suelta y pudiera servir de escondite, pero no encontró nada. Al final decidió que no le quedaba más remedio que retirarse. Si Miss Gumble tenía una radio, o la había escondido muy bien o se había deshecho de ella.

Lo único que podía hacer era llevar a cabo la misión que le habían encomendado y comprobar si la fotografía del paracaidista coincidía con la ubicación de alguna de las batallas en el norte de Inglaterra. Tal vez se le ocurriera alguna otra vía de investigación durante el viaje.

Volvió a casa en bicicleta sin cruzarse con ningún conocido. Más tarde se dirigió a la estación y tomó un tren a Londres.

Esa tarde, justo después del té, lady Phoebe salió y fue a casa del guardabosque. La señora Robbins parecía una mujer distinta, había envejecido varios años de golpe, tenía los ojos hundidos y una expresión de aturdimiento.

—Está dentro, milady —le dijo con voz apagada—. Puede entrar, si quiere.

Phoebe había olvidado que el hijo de los Robbins había desaparecido en combate. Se preguntó si debía decir algo, pero como no se le ocurrió nada que pudiera reconfortar a la pobre mujer, se limitó a sonreír.

—Gracias, señora Robbins —añadió.

Entró en la cocina y encontró a Alfie comiendo una rebanada de pan con mermelada. El chico levantó la mirada y sonrió al verla.

—Tenemos que hablar —le dijo ella—. Deja eso y vamos a algún sitio donde no nos oiga nadie.

Alfie la siguió afuera y se alejaron unos metros de la casa.

—Tenemos que seguir con nuestra investigación. Hay novedades.

—Ah, ¿sí?

Phoebe asintió.

—Imagino que sabrás que bombardearon nuestra casa.

—Sí, lo sé. Es horrible.

—Pues estos días le he estado dando vueltas a lo de nuestro paracaidista. ¿Por qué han bombardeado Farleigh?

—Bueno, tenéis a un montón de soldados en casa —respondió Alfie con una media sonrisa.

—Sí, de acuerdo. Eso podría ser un motivo. Pero ¿y si hubiera otro?

—¿Como por ejemplo?

—Que quisieran destruir algo o matar a alguien de la casa. ¿Conoces al señor Cresswell, el hijo del párroco? —Alfie asintió—. La noche del incendio vino a casa y me salvó a mí y a mi institutriz. Fue muy valiente. Pero le llamó la atención que Miss Gumble tuviera un telescopio. Y hoy, cuando estaba dando clase, lo he visto entrar en el establo, que es donde vive ahora Gumbie. Por eso no sé si es que sospecha que está pasando algo raro o que... —hizo una pausa— tal vez tenga algo que ver con el paracaidista.

—¿Qué quieres decir? —preguntó Alfie.

—Sé que sufrió un accidente de aviación antes de la guerra, pero ¿por qué no se ha alistado en el ejército? Encaja con el tipo de persona que podría desear una victoria de los alemanes. Es reservado y artero, como los posibles colaboradores. Por eso creo que tú y yo deberíamos seguir con la investigación. Sé que se ha ido a la estación, pero si vuelve, tenemos que vigilarlo de cerca. Yo estaré atenta en casa por si veo algo sospechoso. Tú haz lo mismo en el pueblo, ¿de acuerdo?

—De acuerdo. Últimamente he prestado atención a lo que decía la gente. Más de uno piensa que el alemán que vive en casa del médico podría ser un espía.

—Pero si es judío y austríaco. Ha huido de los nazis.

—Eso dice. —Alfie sonrió—. Pero me esforzaré al máximo. ¿Sabes quién me da muy mala espina? Los Baxter. ¿No te has fijado en que siempre tienen cerradas las puertas del negocio y que la valla es tan alta que no se ve nada?

—Lo harán para que no entre nadie y les robe —dijo Phoebe.

—Puede, pero hay algo más. El otro día vi que salía la furgoneta de los albañiles y alguien cerró la puerta de inmediato. El hijo de Baxter iba al volante y cuando me vio me gritó: «¿Y tú qué miras? ¡Largo de aquí!».

—Entonces, ¿tú te encargarás de espiar a los Baxter? Fantástico —dijo Phoebe—. Ya verás como llegaremos al fondo de este misterio, Alfie. Los sorprenderemos a todos.

Capítulo 29

París

Margot se sentó junto a la ventana del hotel Ritz y miró a la calle. Todavía le dolía el dedo, que no paraba de sangrar, pero el otro dolor resultaba aún más insoportable. «Esa mujer». Así la había llamado. La había mirado sin un atisbo de emoción en el rostro. Ella no era su amada. No le importaba lo que pudiera ocurrirle. Había arriesgado su vida quedándose en París cuando podría haber vuelto a casa para estar a salvo. Además, no había tenido la más remota posibilidad de salvarlo en ningún momento. Los alemanes la habían utilizado y la habían puesto en una situación comprometida para que aceptara ayudarlos a cambio de nada.

«He sido una ingenua», pensó. Tal vez era cierto que iba a volver a casa, pero lo hacía para ayudar al enemigo. Si no cumplía con su parte, enviarían a alguno de sus agentes para que la matara a ella o a algún otro miembro de la familia. Ahora que los había visto en acción, sabía que no tendrían el más mínimo reparo en deshacerse de ella. Todavía no sabía en qué consistía su misión exactamente, pero tenía que estar relacionada con el hecho de que formaba parte de la aristocracia y que tenía contactos en las altas esferas. Sintió un escalofrío y se llevó la mano herida al pecho.

—Su actitud es digna de elogio —le había dicho Herr Dinkslager cuando abandonaron el cuartel general de la Gestapo de la Avenue

Foch—. Ha sido muy valiente, tal y como esperaba de una de las familias más antiguas de Inglaterra. Le pido disculpas por la herida del dedo. Confío en que no le queden secuelas, pero comprenderá que era necesario.

Margot no dijo nada y se limitó a mirar por la ventanilla.

—Antes de enviarla a casa tendremos que entrenarla —añadió Herr Dinkslager—. Así que de momento la dejaremos en el Ritz para que siga disfrutando de la buena comida y el buen vino.

Por el tono que el oficial empleaba con ella, era como si hubiera estado de pícnic en el campo en lugar de haberle clavado una astilla bajo la uña. Y lo peor de todo era que estaba dispuesto a repetir la tortura con el resto de los dedos y a permitir que el joven soldado la violara si con ello lograba su objetivo. «¿Qué ser humano puede comportarse así?», se preguntó ella. ¿Qué monstruo podía presentar una fachada civilizada y, al mismo tiempo, ser capaz de torturar y matar con toda la frialdad del mundo? ¿Es que nunca pensaba en su mujer, sus hijos, sus hermanas? ¿No se los imaginaba sometidos a las mismas prácticas horrorosas que infligía a los demás?

Se detuvieron frente al Ritz y la acompañó dentro. La suite de Gigi Armande estaba vacía.

—Le pediré a un sanitario que venga a vendarle el dedo —dijo—. Y organizaré la primera sesión de entrenamiento para mañana.

Ahora que estaba sola, se sentía como una prisionera a la espera de la condena. «Ha de haber algo que pueda hacer», pensó.

Tenía que haber una vía de huida por el tejado, por las habitaciones del servicio. Entonces se le ocurrió una idea absurda: «¿Y si abriera la puerta, bajara por las escaleras y saliera a la calle?». Cruzó la habitación y abrió la puerta. En cuanto lo hizo, un soldado alemán que estaba montando guardia junto a las escaleras, se volvió hacia ella. Esa vía quedaba descartada.

Entonces se le ocurrió otra posibilidad. Podía pedir algo al servicio de habitaciones. Si se lo entregaba una mujer, podía reducirla, atarla, robarle el uniforme y huir. Era una idea interesante, pero fue un paso más allá. Si la mujer se resistía y contraatacaba, ¿podría matarla de ser necesario? Margot se estremeció. Matar no era lo mismo que atar a alguien. Pero tampoco podía quedarse sentada ahí sin más. Cogió el teléfono y comprobó que no tenía señal. En ese instante entró Gigi Armande. Margot la miró como si fuera una niña a la que habían sorprendido haciendo una travesura.

—Quería pedir una copa de vino —dijo.

Armande sonrió.

—Hay un hombrecillo en recepción que activa el teléfono cuando me ve llegar. Por motivos de seguridad. ¿Qué te apetecía?

—No importa —dijo Margot, apartándose del aparato.

—Claro que sí importa. Por cierto, me han llegado noticias del pequeño incidente de esta tarde. ¿Has tomado un coñac? Es ideal para templar los nervios. —Margot negó con la cabeza—. Pero ¿te han curado la mano? —Vio el vendaje—. Qué poco civilizados son. Se lo diré a Spatzi... quiero decir a Herr Dinkslager cuando hable con él. No tiene ningún derecho a comportarse así con mis protegidas, no si espera que su mujer pueda estrenar el vestido que me ha encargado.

Se acercó a Margot y le examinó el dedo vendado.

—Tienes que hacer lo que te pidan, *ma chérie*. Si queremos sobrevivir, no nos queda más remedio que seguirles la corriente. Me parece que quieren enviarte a casa. No te hagas la valiente. Haz lo que te pidan y podrás reunirte con tu familia y estar a salvo.

Margot asintió. Estaba tan desesperada que temía romper a llorar desconsoladamente si abría la boca. Las palabras de Madame Armande y su amabilidad fueron la gota que colmó el vaso después de tantas horas sometida a una gran tensión.

Armande descolgó el teléfono y pidió salmón ahumado, una botella de chablis y una copa grande de coñac. Cuando colgó, sonrió a Margot.

—Todo irá bien —le aseguró.

—¿Cómo puede estar tan segura? —preguntó la joven con amargura.

Armande se acercó y la abrazó.

—Es un hombre muy noble, tu Gaston. Supone todo un orgullo para Francia.

—¿A qué se refiere? —Margot la miró con desesperación—. Ha permitido que me torturen. ¿Cree que eso es una actitud noble?

Armande sonrió.

—Pase lo que pase, no traicionará a la Resistencia. He oído lo que ha dicho sobre ti. Que no significabas nada para él. Conozco a los hombres, *ma chérie*. He estado con muchos. Quería asegurarse de que te dejaran en paz.

—¿Asegurarse? —preguntó Margot montando en cólera—. Pero si ha dicho que no le importaba lo que me ocurriera, que por él podían cortarme a dados.

—Claro. —Armande se encogió de hombros, en ese gesto tan típico de los franceses—. ¿No lo entiendes? Era lo único que podía hacer para que te soltaran. Si fingía absoluta indiferencia hacia lo que pudiera pasarte, los alemanes sabían que no lograrían hacerle cambiar de opinión torturándote. Además, ello tenía la ventaja de que te obligaba a aceptar el plan de los alemanes. Ahora serás su marioneta.

Margot la miró con recelo.

—Me da la sensación de que sabe mucho. Supongo que trabajará con ellos en secreto.

—Yo no trabajo con nadie, querida —dijo Armande—. Pero soy la amante de Spatzi, como imagino que habrás adivinado a estas alturas. Si no, ¿cómo crees que iba a poder vivir en el Ritz y entrar y salir a mi antojo? Y sí, confieso que estaba conchabada con ellos cuando me presenté en el cuartel de la Gestapo el día que te detuvieron. Pero lo hice porque me preocupaba por ti y quería que siguieras con vida.

—Entonces ya sabrá lo que quieren que haga en Inglaterra.

Gigi Armande se encogió de hombros.

—No conozco los detalles. Y no creo que te lo digan todo hasta que hayas establecido contacto con la persona adecuada.

—Pero querrán aprovecharse de mi posición social para matar a alguien, ¿no cree? Alguien importante. ¿A un miembro de la realeza tal vez?

Armande se encogió de nuevo de hombros.

—Ya te he dicho todo lo que sé, pero te recomiendo que finjas que les sigues la corriente hasta el final.

—No podría haber hecho nada para salvar a Gaston, ¿verdad? —preguntó con un hilo de voz.

—Me temo que era una posibilidad muy remota —concedió Armande.

Las sospechas de Margot se vieron confirmadas al día siguiente cuando la llevaron a un campo de tiro. Había participado en la caza del faisán y, de hecho, tenía buena puntería, pero intentó mostrarse torpe en el manejo de las armas para ganar tiempo.

—Debe esforzarse más, Fräulein —le dijo el oficial alemán al mando.

—Me temo que aún me duele el dedo cuando sujeto el arma. Tendrá que esperar a que me recupere del todo.

—No hay tiempo. Necesitamos que lleve a cabo la misión que le asignarán de inmediato. Vuelva a intentarlo. No podemos irnos hasta que acierte el centro de la diana cinco veces seguidas.

Los días siguientes fueron de una actividad muy intensa. Tuvo que memorizar muchas cosas, aprender muchas palabras en clave. Y comprender todas las amenazas veladas. La estarían observando en todo momento. Su familia también estaría bajo vigilancia. Ignoraba cuántos agentes activos tenían en Gran Bretaña, pero le aseguraron que iba a hacer algo muy bueno por sus compatriotas. El desenlace era inevitable. La invasión iba a producirse con toda certeza, pero ella iba a acelerar el proceso y ahorrarle un gran sufrimiento a su país.

Al cabo de unos días, cuando acababa de regresar de la sesión de entrenamiento y Gigi aún estaba en el taller, alguien llamó a la puerta. La abrió y dos oficiales alemanes irrumpieron en la habitación.

—Fräulein, tiene que acompañarnos de inmediato —le dijo uno de ellos en precario inglés—. Le espera un coche en la calle.

—¿Adónde vamos? —preguntó ella.

—No es usted quien debe hacer las preguntas —le gritó el hombre, que la agarró del brazo y le dio un empujón para sacarla de allí. Margot recorrió el pasillo escoltada por ambos y bajaron las escaleras. Se cruzaron con otros oficiales que los saludaron o asintieron con un gesto educado. Fuera los esperaba un Mercedes negro. Uno de los hombres le abrió la puerta trasera.

—Entre.

Margot obedeció. Ambos oficiales se sentaron delante y se pusieron en marcha. Aterrorizada, Margot tragó saliva. ¿Acaso la llevaban al cuartel general de la Gestapo de la Avenue Foch? ¿O habían decidido que ya no podía ayudarlos e iban a ejecutarla? Le costó horrores conseguir que dejaran de temblarle las rodillas.

Se estaban alejando del centro de París. En las afueras, la luz crepuscular bañaba los edificios. Hasta el momento nadie había dicho nada. Entonces uno de los hombres se volvió hacia el otro.

—Ha ido bastante bien, ¿no crees? —le preguntó con un acento inglés muy refinado.

El otro se volvió hacia Margot y sonrió.

—No pasa nada. Puede relajarse. Hemos salvado el primer obstáculo.

—¿No son alemanes? —preguntó Margot.

—Somos dos agentes de las fuerzas especiales. Nos han encomendado su rescate.

—Pero ¿y el coche? ¿Y los uniformes? —preguntó ella.

—Se los quitamos a dos desgraciados que estaban bebiendo en un bar a altas horas de la noche.

—¿Dónde están ahora?

—Enterrados bajo un montón de leña.

—¿Muertos?

—Eso me temo. Esto es la guerra y ellos no habrían dudado en matarla. Mire, en el asiento hay una manta oscura. Si nos paran en un punto de control, agáchese en el suelo y tápese con la manta. Y, por lo que más quiera, no se mueva.

—¿Adónde vamos?

—Al Canal, donde nos espera una lancha motora. ¿Se encuentra bien?

—Sí, estoy bien.

—No esperaba menos, teniendo en cuenta que vivía en el Ritz —replicó el otro hombre, que tenía un leve acento del norte, no tan refinado como el de su compañero—. ¿Cómo llegó al hotel?

—Era la protegida de Gigi Armande.

—Puede considerarse muy afortunada de no haber visitado el cuartel general de la Gestapo.

—He estado un par de veces ahí —dijo y no pudo reprimir un escalofrío.

—Y ha salido viva. Hay poca gente que pueda decirlo. Debe de resultarles más valiosa viva que muerta.

—Querían utilizarme para hacer hablar a Gaston de Varennes —dijo con cautela.

—¿Y habló?

—No.

—Claro que no. Así que es una suerte que la hayamos rescatado. Tenía usted las horas contadas.

Siguieron con el trayecto.

—¿Podrían decirme su nombre? —preguntó Margot.

—Nada de nombres. Así es más seguro.

Al caer la noche, siguieron conduciendo en la oscuridad, atravesando pequeños pueblos donde apenas había señales de vida. Más tarde, al cabo de una hora, llegaron al temido punto de control.

—Agáchese —susurró uno de los hombres.

Margot se encogió tanto como pudo y se tapó con la manta. El coche se detuvo.

—Los papeles, por favor, Herr teniente —exigió una voz firme.

Margot oyó el crujido de los documentos.

—¿Cuál es el motivo de su desplazamiento?

Uno de los hombres respondió en un perfecto alemán.

—Mensaje directo de Berlín que debemos entregar al general Von Heidenheim en persona, en Calais.

—¡La invasión! —exclamó el soldado—. Tiene que tratarse de la invasión.

—Eso no es asunto suyo —respondió el chófer—. Ahora déjenos continuar.

El coche se puso en marcha y se alejó.

—Ya puede destaparse —le dijo uno de los hombres y ambos se rieron.

—¿Dónde ha aprendido a hablar tan bien el alemán? —preguntó Margot.

—No esperaría que fueran a enviar a esta misión a un hombre que no poseyera un gran dominio de la lengua, ¿no? Mi madre era austríaca y soy bilingüe.

—Algo que nos ha resultado de lo más provechoso —dijo el otro—. El único alemán que sé yo es lo que aprendí durante un año en la Universidad de Heidelberg, pero solo me serviría para salir de un aprieto.

Siguieron conduciendo y solo se detuvieron en los cruces para consultar el mapa y decidir qué ruta les permitiría evitar más encuentros con el ejército alemán. A pesar de todo, los pararon una vez más, pero cuando el soldado vio sus uniformes, los dejó pasar. Al cabo de un rato, abandonaron la carretera principal y se detuvieron entre unos árboles.

—Me temo que a partir de aquí tenemos que ir a pie —dijo el oficial más refinado—. Llega la parte más arriesgada. Tome, póngase este jersey negro. Y siga mis órdenes. Si le digo que corra, hágalo como alma que lleva el diablo, ¿entendido?

Margot asintió. Ambos hombres se quitaron los uniformes, los dejaron en el vehículo y se pusieron un jersey negro de cuello alto, que se subieron para ocultar gran parte del rostro. Margot los imitó. Uno de los hombres sacó una pequeña linterna tapada con una funda para que produjera una luz muy tenue y no los vieran. Era una noche nublada y no se veía luz por ningún lado. Juntos atravesaron el bosque, aunque a Margot le costó seguirles el ritmo por culpa del calzado incómodo y de los constantes tropezones con las raíces de los árboles. Llegaron a una cabaña, pero parecía vacía. No obstante, siguieron avanzando, treparon por una verja y cruzaron un campo abierto hasta que uno de los hombres levantó la mano. Margot ya olía la sal de la brisa y oyó el murmullo de las olas que rompían en la playa de piedras.

—Ahora solo podemos rezar para que la lancha haya podido llegar y no la hayan volado. En teoría iban a utilizar una motora baja y pequeña para que fuera más difícil detectarla.

El hombre quitó la funda de la linterna y emitió varias ráfagas de luz hacia el mar oscuro. Al cabo de unos instantes, distinguieron otra ráfaga.

—Bien. Están ahí abajo y nos han visto. Ahora todo lo que tenemos que hacer es bajar a la playa, cruzarla sin pisar una mina y subir a la lancha. Pan comido —dijo entre risas.

Se acercó al borde del acantilado y les hizo un gesto para que lo siguieran. Había un estrecho sendero que conducía a la playa. Avanzaron extremando las precauciones, ya que el camino no debía de medir más de treinta centímetros de ancho y estaba cubierto de fragmentos de roca que se habían desprendido. Margot apoyaba la mano en la pared para sentirse más segura. Más adelante, junto a la costa, el haz de un reflector surcó el cielo. Oyeron el zumbido de varios aviones, pero volaban alto y pasaron de largo. «Otro bombardero que se dirige hacia Londres», pensó Margot.

Cuando llegaron abajo, esperaron. La joven estaba temblando, pero no quería que los hombres la vieran asustada. Avistó una forma oscura que se acercaba por el mar. No oyó el rugido de un motor, por lo que dedujo que debían de ir a remo. Alguien saltó al agua para sujetar la embarcación.

—¡Ahora! ¡Váyase! —le susurró uno de los hombres al oído.

Echó a correr a trompicones y resbalando por culpa de las piedras de la playa. Llegó a la lancha y la ayudaron a subir. A continuación, llegó uno de los hombres y después el otro. Se alejaron de la orilla y empezaron a remar de nuevo. Estaban a unos cien metros de la arena cuando un reflector iluminó el agua y los enfocó. Se oyeron disparos.

—¡Agáchese! —La empujaron para echarla al suelo.

El motor arrancó entre resoplidos, pero enseguida cobró vida. La lancha salió disparada a una velocidad increíble dejando tras de sí una estela de balas. Lograron alcanzar una zona segura, fuera del alcance de los disparos. Se incorporaron lentamente, con cautela. La costa se veía a lo lejos.

Unos de los hombres que la había rescatado se volvió hacia su compañero, riendo.

—Pan comido, ¿eh, amigo? Lo típico, una misión de rescate más huyendo de las garras de la Gestapo.

Esta vez Margot también se rio.

Capítulo 30

Bletchley Park

El desánimo y la frustración habían empezado a hacer mella en Pamela y Froggy, que llevaban tres días leyendo teletipos y aún no habían descubierto nada.

—Esto es como buscar una aguja en un pajar —se lamentó Froggy.

—No creo que nos hubieran encargado este trabajo a menos que considerasen que se trataba de algo importante, ¿no te parece?

—No lo sé. —Partió un lápiz por la mitad—. A lo mejor querían apartarnos de nuestro antiguo puesto y esta era la forma más fácil de hacerlo.

Pamela pensó en su jefe de sección y cómo se enfadó cuando ella solucionó un rompecabezas que acabó teniendo una gran importancia. ¿Era posible que hubiera solicitado que la quitaran de su equipo y hubiera recurrido a una treta como esa?

—Mira —dijo Pamela—, sabemos que hay quintacolumnistas en Gran Bretaña. ¿Hay una forma más fácil de ponerse en contacto con ellos que mediante una emisión que pueda oír todo el mundo?

Froggy asintió.

—Pero ¿no lo hemos probado todo ya? Las únicas frases repetidas y más obvias son: «Estas son las noticias. Ahora un comentario y algunos mensajes de sus muchachos desde Alemania». Y hemos repasado todos los mensajes en busca de algo que pudiera considerarse un código. Hemos sustituido letras, utilizado cada tres palabras, cada cinco, y no se nos ha ocurrido nada.

Pamela miró fijamente los teletipos.

—Tal vez se nos haya pasado algo por alto porque nos hemos limitado a examinar los mensajes impresos. Pero ¿y si hubiera una entonación diferente? ¿Y si la persona encargada de leerlos carraspea antes de pronunciar información importante? ¿Y si cambia el locutor cuando hay que leer algo relevante?

A Froggy se le iluminó la cara.

—Creo que podría ser interesante. Sí, vamos a pedir que nos envíen las grabaciones. Tardaremos más en escucharlo todo, pero puede que valga la pena.

Enseguida comprobaron que su petición no era tan sencilla como parecía. En el puesto de escucha no disponían de equipo de grabación, sino que había varias jóvenes de la WAAF encargadas de transcribir las emisiones.

—Si quieren escucharlas en tiempo real, mucho me temo que tendrán que ponerse los auriculares y tomar notas —dijo el comandante Travis—. Y como las frecuencias y las horas de emisión pueden ir variando, tendrán que realizar el seguimiento entre los dos durante todo el día. Aunque es cierto que no han emitido más tarde de medianoche o antes de las seis o las siete de la mañana, por lo que podrán dormir un poco. Si les parece bien, puedo enviarlos a la estación Y durante unos días para que prueben suerte. Me temo que será un trabajo aburrido. Se pasarán el día pegados a la silla, con los auriculares puestos y escuchando la radio. Pero las compañeras de la WAAF tienen mucha práctica para encontrar las horas de emisión y las frecuencias, por lo que al menos podrán ahorrarse esa parte del trabajo.

—¿Tendremos que alojarnos allí? —preguntó Pamela—. ¿Queda muy lejos?

—A casi diez kilómetros. Podríamos trasladarlos en coche, pero les sugiero que hagan noche ahí un par de días, hasta que veamos cómo va la cosa. Les pondremos dos camastros plegables, por lo que al menos no tendrán que dormir con las chicas de las fuerzas aéreas.

—Será mejor que te dé un anillo para convertirte en una mujer decente ya que vamos a pasar varias noches juntos —le dijo Froggy medio en broma cuando salieron del despacho de su superior.

Pamela sonrió.

—Creo que si trabajamos en una sala llena de mujeres no nos faltarán las carabinas. Además, yo ya he pasado varias noches en una nave llena de hombres, por lo que mi reputación está por los suelos.

—Es duro no poder contar nada a nadie, ¿verdad? —dijo Froggy.

—Pues sí —concedió Pamela—. Mi familia cree que tengo un trabajo sin importancia.

—Imagínate si fueras un hombre y no llevaras uniforme. Cada vez que voy a Londres siempre me increpa alguien. Con decirte que hasta había pensado en comprarme uno de segunda mano… Cuando le dices a la gente que no has aprobado el examen médico, te miran como si fueras un poca cosa.

Pamela se detuvo y se tapó la boca con la mano.

—Vaya, ¿y ahora qué diablos le digo yo a mi compañera de habitación?

—Pues que no le puedes contar nada, que es confidencial. Es la verdad, ¿no?

Pamela asintió. Expresado de aquel modo, le parecía un trabajo importante y emocionante. «Trixie se pondrá furiosa», pensó Pamela.

Esa misma noche coincidió con su amiga cuando pasó por casa a preparar la bolsa.

—¿Te vas otra vez? —le preguntó.

—Claro que no —respondió Pamela—. Quieren que un par de nosotros nos instalemos en la casa grande para estar disponibles en todo momento cuando los jefes necesiten algo.

—Qué suerte. Al menos estarás en la casa grande y no en una nave gélida y con corriente de aire.

—Pero tendré que dormir en una cama plegable, así que envidia, poca. Y menos aún si me despiertan a las tres de la madrugada para llevarles un té.

—Bueno, al menos no tendrás que soportar los trenes pasando junto a la ventana cada dos por tres. Ni las exquisiteces gastronómicas de la señora Entwhistle —dijo Trixie.

—Eso es verdad. —Pamela sonrió—. Pero piensa que tendrás la habitación para ti sola. Y habrá una persona menos con la que pelearse por el baño.

—Sería fantástico si pudiera subir a un chico a la habitación —dijo Trixie—. Aunque no es que esté pensando en nadie en concreto. ¿Por qué no he encontrado al menos uno que tenga cerebro y sea guapo? —Hizo una pausa y se volvió hacia Pamela—. Espero que puedas tomarte la noche libre para la fiesta de Jeremy. No te imaginas las ganas que tengo de ir. Es el único rayo de luz que ilumina mi triste vida.

—Yo también lo espero. No me han dicho nada de los días libres. Tendré que ir improvisando un poco sobre la marcha. Pero no pueden esperar que trabaje siete días a la semana, veinticuatro horas al día. Eso sería esclavitud. —Cerró la maleta—. Bueno, nos vemos dentro de un par de días. Espero.

—No te importaría que fuera a la fiesta de Jeremy si al final no pudieras ir, ¿verdad? —preguntó Trixie.

Pamela dudó. Su compañera no había tenido ningún reparo en expresar abiertamente lo que sentía por Jeremy. Pero, a fin de cuentas, era una fiesta. Y el piso estaría lleno de gente.

—Claro que no —respondió como restando importancia a la cuestión—. Te apunto la dirección. Y ya intentaré enviarte un mensaje para contarte cómo me va y cuándo volveré.

Cogió la maleta y se fue. Un vehículo del ejército los trasladó a la emisora receptora de radio.

—El lugar a donde vamos se llama Windy Ridge, Cordillera Turbulenta. Un poco más y nos mandan a Cumbres Borrascosas.

—No creo que haya muchas cumbres borrascosas en Buckinghamshire —replicó Pamela—. Además, estaremos en un edificio y será verano.

—Así me gusta, una chica preparada para todo —dijo—. Por cierto, ¿crees que te apetecería salir conmigo cuando nos den una noche libre?

Ella lo miró. Era bastante guapo, sobre todo teniendo en cuenta el nivel general de Bletchley. Y tenía un buen sentido del humor. Pero ella ya estaba con Jeremy, un chico apuesto, rico e intrépido. ¿Qué más podía desear una chica como ella?

—Te lo agradezco mucho, pero ya tengo novio. Es piloto de la RAF.

—Menuda suerte la mía —dijo él—. Las buenas siempre están pedidas. De todos modos, seguramente sea más sensato que nuestra relación no vaya más allá de lo profesional.

El Humber subió una colina y se detuvo junto a una alambrada. Al otro lado se veían las naves Nissen y las antenas. Un centinela los dejó entrar y los condujeron a una sala grande llena de chicas de la WAAF con auriculares.

—Esto parece una centralita de teléfono gigante, ¿no crees? —susurró Froggy.

Una sargenta les mostró dónde debían instalarse, un pequeño almacén que había junto a la cocina, donde podrían poner también las camas.

—Más vale que empiecen de inmediato —les dijo—. No podemos perder ni un segundo.

Pamela se puso los auriculares. Pesaban bastante. Se sentó, empezó a garabatear en su libreta y a darle vueltas a la cabeza. La primera emisión se produjo a las siete y media de la tarde. Se oyó un fragmento de la *Quinta sinfonía* de Beethoven y a continuación: «Les hablamos desde los estudios de la New British Broadcasting Station, emitiendo en los 5920 kilociclos, 63 metros». Pamela sintió un escalofrío. ¿Cuántos hogares de Gran Bretaña estaban sintonizando aquella emisora? Dieron parte de todos los barcos aliados hundidos y entonces tomó la antena otra voz: «¿Ha pensado en el destino de sus hijos? ¿Es consciente de que el plan de evacuación del gobierno o, más bien, su colapso, podría tener un profundo efecto en sus hijos e hijas durante los próximos años?». A continuación, habló de los cuatrocientos mil niños que no podían recibir educación alguna debido al caos reinante. «Qué inteligentes son, apelan a los miedos más oscuros de todos los padres», pensó Pamela.

Luego llegó el turno de la propaganda sobre la cuestión judía. Después se produjo un interludio musical, antes de emitir los mensajes de los muchachos que se encontraban en campamentos de prisioneros en Alemania.

Así finalizó la emisión. Esa misma noche hubo otra, y cuatro más al día siguiente.

—¿Qué opinas? —le preguntó Froggy—. ¿Tenemos alguna novedad?

Pamela negó con la cabeza.

—Nada. Voces muy parecidas a las de los locutores de la BBC, sin ningún rasgo distintivo. Todas combinadas con fragmentos de música alemana.

—Beethoven principalmente —concedió Froggy—. Y también *Música para los reales fuegos artificiales* de Händel, ¿verdad?

Pamela lo miró fijamente.

—¿Podría significar algo? ¿Fuegos artificiales reales? ¿Una trama para atacar a la familia real?

Froggy la miró.

—No es una idea descabellada. Podría ser que intentaran comunicarse a través de la música. Muy ingeniosos. Mañana debemos prestar especial atención a la música.

Pamela durmió a ratos durante unas cuantas horas, hasta que la despertaron las chicas del turno de mañana para prepararse el té. Se duchó con agua fría y se sentó a la mesa de trabajo. Al final del día estaba ya harta de tantas mentiras y propaganda.

—¿Qué tenemos? —le preguntó Froggy.

—La *Quinta* de Beethoven como sintonía de la emisión. Música distinta antes de las noticias, comentarios y mensajes de nuestros muchachos. Me temo que mis conocimientos musicales no dan mucho más de sí. Imagino que todos los compositores son germanos.

—Sí, por suerte yo me he criado en una familia con una gran tradición musical. Sé tocar el violonchelo. Mis hermanos y mis padres también tocan. No sería muy descabellado decir que teníamos música hasta con la sopa. Yo he reconocido dos fragmentos de la Séptima de Beethoven. Para los mensajes han recurrido a los *Conciertos de Brandeburgo* de Bach, pero también había dos fragmentos de Wagner: «La cabalgata de las valquirias» y *El crepúsculo de los dioses*.

—Impresionante —dijo Pamela—. Ahora solo hay que averiguar el significado.

—La única que nos ofrece un mensaje claro son los fuegos artificiales de Händel, ¿verdad? Deberíamos informar de ella.

—Pero no veo los detalles, ni el cómo ni el cuándo. La noticia que leyeron a continuación trataba sobre la evacuación de los niños. La he analizado, pero no he encontrado ningún mensaje oculto.

—Y si hubiera un mensaje, no podría ser muy complicado, ¿no? —se preguntó Pamela—. Me refiero a que si lo fuera, la mayoría de los simpatizantes nazis no podrían entenderlo.

—A menos que tengan un libro de claves y la palabra «niños» signifique «mañana» y la palabra «educación» signifique «pistolas».

—Pero en tal caso no podríamos interpretar nada a menos que tuviéramos las claves. Hemos de preguntarle al comandante Travis si se han incautado de algún libro.

—Buena idea. —Se levantó—. Por hoy hemos acabado. No me siento las nalgas después de pasar tantas horas sentado en una silla tan dura.

Capítulo 31

Londres

Llovía a cántaros cuando Ben llegó a Londres, bien entrada la noche. Había sobrevivido a tres días de trenes abarrotados, gente con pocas ganas de ayudar y una lluvia constante. Todo ello para nada. No había visto ninguna extensión de terreno que se pareciera al de la fotografía, ni había averiguado ningún detalle nuevo sobre las batallas que pudiera tener alguna relevancia en el conflicto bélico actual. Subió las escaleras de la pensión de Cromwell Road en la que se alojaba. Antes de la guerra era un hotel de categoría, pero el estado lo había requisado para destinarlo a los funcionarios del gobierno. Las habitaciones eran espartanas y solo tenían una cama, un armario, una mesa, una silla y un estante en un rincón, donde había un fregadero, con una alacena y un triste fogón. Para activar el fogón había que introducir una moneda de seis peniques en el contador. Cuando iba a introducir la llave, se abrió la puerta que había en el otro extremo del pasillo y asomó el rostro de Guy.

—Vaya, pareces una rata ahogada —le dijo—. Venga, entra y te preparo un té. Aún me queda un poco de coñac.

—Eres muy amable, pero no… —intentó decir Ben.

—No te hagas el mártir. No queremos que pilles una pulmonía y no puedas seguir haciendo tu trabajo.

—Al menos déjame quitarme la gabardina primero —dijo Ben.

Entró en su habitación, que estaba helada, húmeda... no podía ser menos acogedora. Colgó la gabardina detrás de la puerta y se fue a la habitación de su amigo. A diferencia de la suya, esta era cálida y acogedora. Guy había puesto unas cortinas alegres en la ventana y las paredes estaban decoradas con reproducciones de sus artistas modernos favoritos. En la repisa había una planta y la silla tenía cojines. «Guy no puede renunciar a sus pequeñas comodidades», pensó Ben. Se sentó mientras su amigo preparaba el té, aderezado con unas gotas de coñac.

—Tómatelo, te sentirás mejor.

Ben lo bebió con avidez.

—Todo el día empapado —dijo.

—¿Dónde has estado? —le preguntó Guy.

—Ayer en Yorkshire y hoy en la frontera con Gales.

—¿Qué demonios hacías ahí?

—Imagino que no pasará nada si te lo cuento... —dijo Ben—. He ido a examinar la ubicación de dos batallas antiguas.

—¿Estás escribiendo la tesis o era algo relacionado con el trabajo?

—Lo segundo, pero no puedo entrar en más detalles.

—Claro, claro. ¿Ha sido un viaje fructífero?

—Una absoluta pérdida de tiempo.

Ben sonrió.

—Como suele ocurrir con la mayoría de las cosas que hacemos —dijo Guy—. Hoy me han encargado que investigara a un posible espía alemán y, cómo no, al final ha resultado que se trataba de un judío que vive aquí desde antes de la Gran Guerra.

Ben asintió.

—Es lógico, los auténticos quintacolumnistas deben de ser muy inteligentes —afirmó—. Seguro que intentan pasar desapercibidos. De hecho, me atrevería a decir que nunca he coincidido con ninguno.

—Ah, ¿no? —preguntó Guy, que sonrió—. Pues yo estoy convencido de que sí.

—¿De verdad? ¿Dónde?

—En una reunión a la que me enviaron. Pero me temo que no puedo contarte nada más. El capitán King me pegaría un tiro. O la señorita Miller. Es más imponente que Knight, ¿no crees?

—Te doy toda la razón —dijo Ben.

Cuando salió de la habitación de su compañero, se sentía más reconfortado que al entrar, y no solo debido al coñac que le fluía por las venas.

Ambos trabajaban para el mismo departamento y, aunque no podían intercambiar información sobre sus respectivas misiones, era algo reconfortante.

A la mañana siguiente Ben se presentó en Dolphin Square para informar de los últimos avances y enseguida lo hicieron pasar al sanctasanctórum.

—Ah, Cresswell, pase. —Maxwell Knight levantó la mirada de los documentos que tenía en la mesa y le estrechó la mano—. ¿Ha sido un viaje fructuoso? ¿Ha tenido suerte?

—Me temo que no, señor —concedió Ben—. He estado en el lugar donde se libraron ambas batallas y no vi nada que se pareciera a la fotografía, lo cual me ha llevado a pensar en la posibilidad de pedir ayuda al Ministerio del Aire.

—Ya les he mandado una copia de la fotografía, pero de momento no han dicho nada. Últimamente tienen muchos asuntos entre manos y no dan abasto, pero si quiere puede dejarse caer por el ministerio para incordiarlos un poco.

—Entonces, ¿no quiere que vuelva de inmediato a Kent?

—Dígamelo usted. ¿Le ha quedado algún asunto pendiente?

—No, señor —dijo con frustración. Le habían asignado una tarea sencilla y no había logrado el más mínimo avance—. Supongo que la cuestión es averiguar si el lugar era importante. Si había algún contacto vital para los nazis. Y, en tal caso, si ya han enviado el mensaje por algún otro método, ya sea paloma mensajera o radio.

—Y si no era importante, ¿por qué enviaron a un paracaidista?

Max Knight asintió y carraspeó.

—Debería usted saber algo, Cresswell. Y esto que no salga de aquí. Nunca.

—Sí, señor. —A Ben se le aceleró el pulso.

—En el pasado le he mencionado que solo nos interesaban los aristócratas de su entorno. Y se lo dije por un motivo: seguramente habrá oído hablar de los diversos grupos proalemanes que hay activos en Gran Bretaña.

—Sí, señor. Está la Hermandad Anglogermánica y también los fascistas británicos, claro.

—Ambos grupos son relativamente inofensivos. En un principio solo aspiran a reforzar los lazos de amistad con Alemania. No creo que ninguno de los dos esté colaborando de forma activa para propiciar una invasión alemana. Sin embargo —hizo una pausa y se reclinó en la silla, a punto de perder el equilibrio—, es posible que haya oído rumores sobre un fuerte sentimiento proalemán entre las clases altas.

—Recuerdo que me habló de la existencia de partidarios del duque de Windsor, que desearían verlo en el trono —concedió Ben.

—Y que están trabajando para conseguirlo. Aún no podemos afirmar con certeza que estén dispuestos a asesinar a un miembro de la familia real actual, pero hemos tomado todas las precauciones necesarias y estamos haciendo un seguimiento de la cuestión. Mire, Cresswell, existe un grupo pequeño y secreto que acabamos de descubrir. Está formado casi exclusivamente por aristócratas. Se hacen llamar el Anillo. Algunos de ellos han llegado a la conclusión errónea de que pueden evitar la total destrucción de Gran Bretaña colaborando con la invasión alemana. Otros creen que un gobierno de corte hitleriano no sería una mala solución ya que tenemos unos vínculos estrechos con Alemania, incluida nuestra familia real.

—Hatajo de necios —exclamó Ben—. Cualquiera con dos dedos de frente se dará cuenta de que en el mejor de los casos seríamos una marioneta de los alemanes con mano de obra esclava.

—Usted y yo lo vemos. Luego están los que no pueden verlo o simplemente no quieren. Y son peligrosos, Cresswell. En sus filas hay irresponsables dispuestos a llegar donde haga falta.

—¿Cómo podemos acabar con ellos y frustrar sus planes? —preguntó Ben.

—Buena pregunta. Algunos de mis hombres han empezado a infiltrarse en sus reuniones cuando tenemos conocimiento de alguna.

Por un instante Ben pensó que Knight iba a pedirle que se infiltrara en una de esas reuniones, pero prefirió adelantarse y se ofreció voluntario.

—¿Puedo ayudar de algún modo, señor? —preguntó.

—Sí, mantenga los ojos y los oídos bien abiertos y, por el amor de Dios, averigüe la ubicación de la maldita fotografía —dijo Knight—. Pregúntele a la señorita Miller dónde se encuentra Reconocimiento Aéreo. Están escondidos en algún lugar, en las profundidades del país. Es una guarida de máxima confidencialidad. Les pondré sobre aviso de su llegada.

Ya en el ascensor, a Ben lo embargó una incómoda sensación. ¿Por qué Knight le había permitido desplazarse a Yorkshire y Herefordshire a perder el tiempo cuando ya estaban analizando la fotografía en el Ministerio del Aire? Y ¿por qué había tardado tanto en hablarle del Anillo? ¿Acaso estaban jugando con él y querían mantenerlo ocupado por algún motivo? Y se preguntó si el motivo en cuestión podía ser que el apuesto Max Knight formara parte de ese círculo.

En cuanto Ben abandonó la oficina, la secretaria del señor Knight, Joan Miller, entró y cerró la puerta tras ella.

—¿Le ha hablado del Anillo?

—Sí. Se ha mostrado incrédulo ante la posibilidad de que un grupo de aristócratas británicos estuviera dispuesto a colaborar con el enemigo. Me atrevería a decir que es un muchacho muy ingenuo.

—O un buen actor, señor. —Joan Miller lo miró fijamente a los ojos—. No podemos descartar por completo que esté colaborando con ellos. ¿Por qué, si no, iba a ofrecerse voluntario a desplazarse hasta Yorkshire cuando sabemos que acababan de celebrar una reunión en la zona?

—Mis contactos y mi instinto me dicen que Ben es de fiar, Joan. Pero tampoco sería la primera vez que me equivoco. Quizá podría dejar caer su nombre la próxima vez que se reúna con ellos. Sugiéralo como posible recluta, a ver cómo reaccionan.

—No forma parte de su ambiente, señor. Y no tiene suficiente influencia. Es un pez pequeño. No les interesará.

—Tal vez les interese si tienen un trabajo adecuado para él.

Joan Miller asintió.

—¿No le ha dicho que hemos logrado rescatar a Margot Sutton y que está sana y salva en Inglaterra?

—Aún no. Es un tema que me inquieta. La operación de rescate ha sido demasiado sencilla. Creo que la han dejado huir y la pregunta que debemos formularnos ahora es por qué.

Ben no podía dejar de lado la incómoda sensación mientras se dirigía a la estación de Victoria. ¿Lo estaban utilizando para algo? ¿Como cebo, tal vez? Tomó el metro hasta Marylebone y luego un tren de superficie en dirección a Buckinghamshire. Bajó en Marlow y tuvo que esperar a que pasara un autobús de una ruta local que lo llevara hasta Medmenham, a unos cinco kilómetros de allí. Lo embargó una sensación de irrealidad mientras observaba el Támesis, que refulgía más allá de las tiendas de Marlow. Había una barca de remos que se deslizaba por el río. Allí todo parecía igual. Era increíble que a pesar de estar tan cerca de Londres, el lugar no pareciera haberse visto afectado por la guerra. Cuando por fin llegó el autobús, tomó una ruta entre los prados donde las vacas pacían ajenas a todo. Una vez en el pueblo, siguió las instrucciones de Joan Miller y se dirigió hacia una antigua casa señorial, donde tuvo que pasar tres controles de seguridad antes de acceder al centro de operaciones. La antigua sala de baile estaba llena de mesas, cada una cubierta de mapas. Se sorprendió al comprobar que muchas de las personas que examinaban mapas eran mujeres: mujeres jóvenes, muchas de ellas vestidas con el uniforme azul del Cuerpo Auxiliar de Mujeres de las Fuerzas Aéreas. Esperó hasta que se presentó ante él una chica vestida de civil.

—Hola, ¿señor Cresswell? Nos han dicho que vendría a visitarnos. Estamos algo aislados, pero no está nada mal, ¿verdad?

—Nada mal.

Ben le devolvió la sonrisa. La chica tenía una cara muy bonita y unos rizos con cuerpo, como si fuera una especie de versión adulta de Shirley Temple. También tenía sus curvas, pero no le sobraba nada.

—Ha venido por la fotografía, ¿verdad? —preguntó ella—. Lo siento, pero es que últimamente no damos abasto y no hemos podido dedicarle mucho tiempo. Estamos centrando todos nuestros esfuerzos en localizar fábricas y almacenes ferroviarios alemanes. ¿Le apetece un té?

—Ah, no se moleste —intentó decirle, pero ella lo interrumpió.

—Venga, no se haga el remolón. ¡Cuando tenemos visita nos dejan abrir una caja de galletas!

—Entonces no puedo negarme. —Se dirigieron a una pequeña cocina, donde la chica le sirvió un té y cogió una caja de galletas de la estantería.

—Adelante, sírvase usted mismo —le dijo.

—Solo si usted me acompaña.

—En teoría no nos lo permiten, pero ¿quién se va a enterar? —Esbozó una sonrisa maliciosa y tomó una galleta Bourbon. Ben se decantó por una de crema—. Es una de las ventajas de trabajar aquí, que debemos agasajar a las visitas.

—Entonces, ¿aún no han tenido tiempo de ubicar la fotografía? —preguntó Ben.

—He realizado una investigación preliminar, pero el problema es que no disponemos de muchas fotografías aéreas de Inglaterra, sobre todo de las zonas occidentales más remotas que no son vitales para el esfuerzo bélico. De modo que estamos trabajando a partir de mapas cartográficos, por eso el proceso resulta más tedioso. Tenemos que buscar líneas de contorno que estén lo bastante juntas para indicar la existencia de una colina y que haya un río y una iglesia en un radio de un kilómetro. Pero cada vez que me pongo a investigar, tengo que dejarlo porque llegan nuevas fotografías de Alemania. ¿Es un asunto de gran importancia?

Ben asintió.

—Podría serlo —dijo—. No sé qué sabrá del tema, pero esta es la situación: hace unos días se encontró el cadáver de un paracaidista en un campo de Kent. Tenemos motivos para creer que se trataba de un espía alemán, pero lo único que llevaba en los bolsillos era esta fotografía. Por eso queremos averiguar si tiene alguna importancia.

—Ah, vaya. ¡Qué emocionante! Ahora lo entiendo. Intentaré ayudarlo y me quedaré hasta tarde.

—Gracias, es usted muy amable… —Ben dejó la frase a medias.

Ella sonrió.

—Mavis. Mavis Pugh.

—Yo me llamo Ben. Encantado de conocerte. —No estaba muy seguro de si debía estrecharle la mano.

—¿Trabajas en Londres? —preguntó ella.

—Sí, gran parte del tiempo. A veces me encargan misiones de este tipo. ¿A ti te han alojado aquí?

—No, vivo con mi madre en Marlow. Por desgracia. Es una mujer nerviosa y no quiere que nos separemos.

—¿Alguna vez te desplazas a Londres?

—Ya lo creo. En cuanto me dan un día libre, subo al tren y me voy a Londres. ¿Por qué lo preguntas? ¿Querías pedirme una cita?

—Se me había pasado por la cabeza. —Ben se ruborizó—. Lo siento. No suelo ser tan descarado con una chica a la que acabo de conocer.

—Tranquilo, no me ofende. En época de guerra hay que cazar las oportunidades al vuelo. Somos perfectamente conscientes de que cuando conocemos a un piloto de la RAF existen muchas posibilidades de que no volvamos a saber nada de él. Un día puedes estar hablando con un chico, y al siguiente te enteras de que lo han derribado. Así que hay que disfrutar de la vida mientras una pueda. Ese es mi lema.

—Entonces, ¿qué te parece si vamos al cine alguna vez?

—Me encanta el cine. —Mavis sonrió—. Mi actor favorito es Clark Gable.

—¿Te dan muchos días libres? —preguntó Ben.

—La verdad es que no. Pero suelo tener la noche libre cuando me toca un turno de mañana como hoy. No estamos muy lejos para acercarnos a la ciudad, ¿no? —Hizo una pausa y le dedicó una gran sonrisa—. ¿Qué te parece si oficializamos la cita?

—El único problema es que no sé si tengo que volver a trabajar a Londres o si puedo quedarme en la zona. Tendré que consultarlo.

—Oye, no me estarás dando largas, ¿verdad? ¿Tienes a otra?

—No, no, para nada. Y no, no hay nadie más en mi vida.

—Así me gusta. Debo decir que me gusta la idea de salir con un chico que no corre el peligro de que lo hagan pedazos al día siguiente. Es reconfortante.

—Supongo que deberíamos ponernos manos a la obra y examinar la foto —dijo Ben—. ¿Tienes teléfono en casa para que pueda llamarte?

—Preferiría que me dejaras un mensaje aquí, en el trabajo. Mi madre es muy curiosa y seguramente te invitaría a tomar el té para acribillarte a preguntas embarazosas. Supongo que lo hace con buena intención, para intentar mantenerme a salvo a pesar de lo difícil que resulta hoy en día.

—De acuerdo, pues dame el número del trabajo.

La siguió hasta la mesa y Mavis anotó el número. Había una copia de su fotografía junto a un mapa. Se inclinó para examinarlo y en ese preciso instante llamaron a Mavis.

—¿Ya tienes las fotos listas, Mavis? Ha venido a recogerlas el hombre del ministerio —anunció desde el otro extremo de la sala una mujer corpulenta que lucía los galones de sargenta y miró con recelo a Ben.

—Todo listo, señora —respondió Mavis, que se volvió hacia Ben—. Déjame entregar la documentación al enviado del ministerio y luego soy toda tuya. —A él no le pasó por alto aquella insinuación.

Cuando Mavis se dirigía hacia la puerta, esta se abrió y apareció un hombre con uniforme de la RAF.

—He venido a recoger… —dijo, pero miró a Mavis y luego a Ben—. Por el amor de Dios, pero si es Ben —exclamó Jeremy—. ¿Qué diablos haces aquí?

Cuando Ben se recuperó de la sorpresa inicial, comprendió que el inesperado encuentro tenía su lógica. A fin de cuentas, Jeremy ya le había anunciado su intención de incorporarse al Ministerio del Aire hasta que recibiera el alta para pilotar.

—Hola, Jeremy —lo saludó.

—Vaya, ¿qué haces aquí? —repitió Jeremy—. No me irás a decir que trabajas para el Ministerio del Aire.

—No, pero me han enviado a recoger una fotografía para uno de mis superiores.

—Qué increíble coincidencia —afirmó Jeremy, que se volvió hacia Mavis—. Ben y yo nos criamos juntos. De niño era mi mejor amigo. Quién me iba a decir que iba a encontrarlo aquí.

—Pues entonces podrás contarme todos los secretos de su pasado —dijo Mavis.

Jeremy enarcó una ceja.

—Ah, ya lo entiendo. Vosotros dos… qué astuto eres.

—Acabamos de conocernos —se apresuró a añadir Jeremy—. Pero le he preguntado si quería ir al cine conmigo.

—Oye, ¿por qué no la traes a la fiesta que doy el miércoles? —Se volvió hacia Mavis—. Acabo de mudarme al piso que tienen mis padres en Mayfair y voy a celebrar la libertad con una fiesta de inauguración.

—¿Mayfair? Qué elegante. —A Mavis le brillaban los ojos—. Oh, Ben, me encantaría ir.

—¿Puedes tomarte la noche libre?

—Sabes de sobra que haré lo que sea necesario para librar. Aunque tenga que aceptar los peores turnos imaginables durante un mes.

—Pues deja que te anote la dirección —dijo Jeremy—. Nos lo pasaremos en grande. Mi viejo tiene una bodega excelente y pienso sacarle un buen partido.

—¡Fantástico! —exclamó Mavis—. Cuánto me alegra que tengas unos amigos tan interesantes, Ben.

—¿Interesantes? —Jeremy frunció el ceño en un gesto burlón—. ¿Y por qué no atractivos, imponentes o gallardos?

—Eso también, sí —concedió Mavis.

—¿Vendrán las hermanas Sutton? —preguntó Ben, intentando disimular su interés.

—Solo Dido y Pamma. Livvy es demasiado formal y muy pesada, y Feebs aún es muy pequeña. No ha sido nada fácil convencer a lord Westerham de que dejara venir a Dido. La atan muy en corto.

—Tal vez tengan motivos para ello —afirmó Ben, unas palabras que arrancaron la sonrisa de su amigo.

—¿Habrá nobles? —preguntó Mavis con los ojos desorbitados—. Vaya, no me digas que eres lord... —le dijo a Ben.

—Soy un simple plebeyo, pero el padre de Jeremy es sir.

—Yo soy un simple teniente del ejército del aire —puntualizó Jeremy—. Y aún no te he dicho cómo me llamo: Jeremy Prescott. ¿Y tú?

—Mavis —respondió la joven balbuceando—. Mavis Pugh.

—Vaya, Jeremy, la has dejado abrumada —dijo Ben.

—Pero si eres teniente de las fuerzas aéreas, ¿por qué no estás volando? —preguntó haciendo gala de una mayor seguridad en sí misma.

—Porque hace poco que hui de un *stalag* de Alemania y logré regresar a casa. Recibí varios disparos y aunque todavía me estoy recuperando, no quería pasarme el día sentado en casa de brazos cruzados y ahora me permiten echar una mano en el ministerio.

—Ya decía yo que tu cara me resultaba familiar —añadió Mavis—. Vi tu fotografía en los periódicos. Mis compañeras no paraban de hablar de la hazaña de tu huida. —Miró a Ben—. ¿Tú también eras piloto?

—Él sufrió un accidente de aviación por culpa de mi impericia —se apresuró a añadir Jeremy—. No hay día que no lamente lo ocurrido. —Hizo una pausa y añadió—: Y todavía sigue en pie la oferta de conseguirte un puesto en el Ministerio del Aire. Así tendrías una excusa para visitar a Mavis a menudo.

—A pesar de que suena muy tentador, no creo que sea tan fácil cambiar de puesto en época de guerra —alegó Ben—. Además, estoy contento con el trabajo que hago ahora.

—Bueno, pues será mejor que vuelva a la ciudad —dijo Jeremy—. Nos vemos en la fiesta, recordad.

Tomó el paquete, le guiñó un ojo a Mavis y abandonó la sala.

Capítulo 32

Bletchley Park

Pamela y Froggy Bracewaite se encontraban en la casa grande, estudiando transcripciones.

—Es curioso que no utilicen siempre los mismos fragmentos musicales, ¿no crees? —dijo Froggy—. O sea, siempre empiezan con Beethoven, pero luego, entre las noticias y los comentarios, tienen un abanico de compositores alemanes entre los que van eligiendo.

—Probablemente lo utilizan como recordatorio de la superioridad de la cultura alemana —dijo Pamela.

—Pero creo que deberíamos identificar y analizar las distintas piezas elegidas. Tal vez utilicen las notas para emitir algún mensaje cifrado. Quizá sea el cuarto movimiento de la tercera sinfonía o algo por el estilo, y que esos números hagan referencia a alguna fecha.

—Creo que te estás obsesionando —dijo Pamela—. Si quisieran enviar mensajes a simpatizantes alemanes o a agentes destinados en Gran Bretaña, tendrían que ser auténticos genios para crear un código a partir de eso.

—A menos que ya tengan un libro de claves. Tal vez Bach significa una cosa. Händel otra…

—Pero no tenemos sus libros de claves —dijo Pamela—. Me pregunto si el MI5 sabe algo más al respecto. Aquí estamos aislados, hemos jurado confidencialidad y no tenemos ni idea sobre lo que saben o ignoran los demás departamentos. Creo que deberíamos preguntarle al comandante Travis al respecto.

—Quizá —dijo Froggy con un deje de duda.

Esa noche, cuando Pamela volvió a la habitación, abrió el cajón para guardar los objetos que se había llevado con ella los días que había estado fuera, pero hizo una pausa y frunció el ceño. Alguien había hurgado en sus cosas. Recordaba claramente que había dejado el único par de medias de nailon buenas que tenía envueltas en un pañuelo para que no pudieran engancharse con nada y estropearse con una carrera. Y su diario… estaba segura de que lo había dejado bajo el camisón de recambio.

Trixie llegó cuando Pamela estaba sentada en la cama, intentando comprender lo ocurrido.

—Vaya, has vuelto al país de los vivos. ¿Ya has acabado el turno de noche?

—De momento creo que sí —dijo Pamela—. Oye, Trixie, por casualidad no habrás tomado prestadas mis medias, ¿verdad? Si lo hubieras hecho no me enfadaría, pero es que no están donde las dejé.

—Por supuesto que no —respondió Trixie—. Ya me conoces, si quiero tomar algo prestado, te lo pido.

—Pues alguien ha estado hurgando en mi cajón —declaró Pamma.

—Seguro que ha sido la señora Entwhistle —afirmó Trixie—. Siempre he pensado que era una fisgona.

—Pues no sé qué esperaba encontrar, a menos que le guste leer los diarios de los demás.

—¿Por qué? ¿Acaso está lleno de jugosos detalles? —preguntó Trixie con una sonrisa.

—Qué va, es aburridísimo. «Ayer comimos empanada de carne y llovió». Y cosas por el estilo. Nunca he sido una de esas que pone en papel sus pensamientos más íntimos.

—Yo tampoco —dijo Trixie—. En mi casa había demasiados ojos curiosos. Tengo dos hermanas pequeñas, por lo que debía ser muy precavida.

—A mí me pasaba lo mismo —explicó Pamela—. Bueno, no creo que importe que la señora Entwhistle hurgara en mis cosas. Tampoco tengo nada de valor, pero me parece una actitud espeluznante, ¿no crees?

—Tal vez podríamos ponerle una trampa —sugirió Trixie—. No sé, una carta en alemán o una foto de Adolf Hitler con el mensaje: «Nos vemos a medianoche, *mein Liebling*».

Pamela se rio.

—Qué mala eres, Trixie.

—La bruja es ella, que nos roba los cupones de las raciones y se queda la comida buena para ella. Se merece todo lo que pueda pasarle.

A la mañana siguiente, Pamela y Froggy analizaron si valía la pena que siguieran escuchando las emisiones alemanas, pero ninguno de los dos quería admitir la derrota.

—Podríamos hacerlo por turnos —propuso Froggy—. En días alternos. No veo ningún motivo para pasar la noche aquí. Yo podría venir en bicicleta y tú podrías pedirle a uno de los guardias de la RAF que te llevara en coche.

—Supongo que sí —admitió Pamela—. Llegados a este punto vale la pena probar lo que sea.

Cuando Froggy se hubo ido, Pamela se puso a dar vueltas en torno a la mesa, examinando las transcripciones y las notas. Música. Y ahora mensajes de nuestros muchachos en Alemania. Nombres. Direcciones. ¿Valía la pena comprobar que fueran prisioneros de guerra reales y sus auténticas direcciones? Decidió preguntarle al comandante Travis cómo podía averiguarlo.

—Eso sería trabajo del MI5 —dijo—. Los llamaré para que envíen a alguien. Estoy de acuerdo en que vale la pena investigarlo.

Pamela volvió al trabajo y esa misma tarde le informaron de que ya había alguien del MI5 en camino. Se alisó el pelo y se puso pintalabios. Corría la leyenda de que los chicos del servicio secreto eran imponentes. Sabía que el MI5 llevaba todos los temas de contraespionaje, mientras que el MI6 era el encargado de enviar a los espías al extranjero, pero aun así debía de ser peligroso moverse en las zonas grises del mundo del espionaje. De repente alguien llamó a la puerta.

—Adelante —indicó Pamela, intentando utilizar su tono más serio.

Se abrió la puerta y apareció la última persona a la que se habría imaginado.

—¡Ben! —dijo ella.

—Pamma —exclamó él al mismo tiempo.

Ambos se rieron.

—No tenía ni idea —dijeron los dos al unísono.

—¿De verdad que trabajas para el MI5? —preguntó ella.

—No puedo decírtelo, pero como estoy aquí, imagino que podrás deducir que la respuesta es afirmativa. Pero no se lo puedes contar a nadie. Ya lo sabes. Y menos en casa.

—Por supuesto. Y tú tampoco puedes contarle a nadie que trabajo aquí.

—Solo hemos oído rumores sobre lo que ocurre en Bletchley. Estación X. Así es como os conoce el resto del mundo. Pero tiene algo que ver con códigos, ¿verdad? ¿Te dedicas a descifrar claves?

Pamela asintió.

—Pero no soy de las mejores. Llevamos varios días escuchando las emisiones de propaganda alemanas.

—¿Te refieres a la New British Broadcasting Station?

—Sí, a esa. Mi jefe cree que pueden estar utilizando mensajes cifrados durante las emisiones para hacer llegar información a los quintacolumnistas.

—Sí, nosotros también hemos valorado esa opción —concedió Ben.

—No habréis encontrado un libro de claves en manos de algún quintacolumnista, ¿verdad?

Ben sonrió.

—Sería un milagro que nos lo hubieran puesto tan fácil.

Pamela suspiró.

—El problema es que no sabemos por dónde empezar. Si los mensajes en clave van dirigidos a gente normal, a simpatizantes alemanes, los códigos deberían ser muy sencillos. No puede ser algo tan elaborado como lo que utilizan para enviar mensajes a los aviones y destructores.

—De modo que en eso has estado trabajando —dijo Ben.

—Un poco. No he podido descifrar gran cosa, sino que me he dedicado a traducir. Pero trabajo con gente brillante. Aunque no debería compartir este tipo de información, ni siquiera contigo.

—¿Trabajas sola en ello? —preguntó Ben.

—No, somos dos, pero mi compañero no está aquí hoy. Le ha tocado ir a la estación de radio a escuchar emisiones. Al principio nos enviaban transcripciones, pero luego se me ocurrió que a lo mejor se nos pasaba algo por alto si no escuchábamos los mensajes... quién sabe, una inflexión, un carraspeo o hasta la música que utilizan entre las noticias y los comentarios de opinión.

Ben asintió.

—Interesante. ¿Y qué habéis averiguado hasta la fecha?

—Estas son las últimas transcripciones y notas que hemos tomado —dijo—. Siempre finalizan las emisiones con mensajes que supuestamente son de los militares que están en campos de prisioneros alemanes. Como te imaginarás, hablan de lo bien que les tratan. Pero yo me preguntaba si son prisioneros de guerra y direcciones reales, o si es todo inventado y lo utilizan para enviar un mensaje cifrado.

Ben miró los documentos que había sobre la mesa, pero le costaba concentrarse. Era muy consciente de su presencia y hasta el leve aroma de su melena lo distraía.

—¿Quieres que comprobemos que los nombres, números de serie y direcciones son auténticos?

—Así es.

—No debería tener mayor complicación. —Leyó la página—. Menuda sarta de estupideces dicen. Me pregunto si habrá alguien que los crea.

—Mi jefe dice que hay mucha gente. Las noticias que emiten y los comentarios que las acompañan apelan a los miedos más primarios de la gente... les hace temer por la seguridad de sus hijos e intentan convencerlos de que estamos a punto de morir de hambre.

—¿Y qué son estas referencias musicales de aquí?

—Es otra idea que se nos ha ocurrido, que tal vez las obras musicales tengan alguna relevancia. Mi compañero sabe bastante de música y es el que ha identificado varias de las piezas. Sin embargo, la única que nos parece importante es los *Reales fuegos artificiales*.

—Sí, es cierto. ¿Acaso alguien planea hacer volar por los aires al rey?

—Exacto. ¿Has oído algún rumor al respecto?

—Muchos. Ninguno que nos permita llegar a una conclusión definitiva, pero... ¿Qué dijeron después de la pieza?

Pamela consultó las transcripciones.

—Toma —le tendió el documento.

—«Nuestro gran autor alemán Händel compuso esta obra para vuestro rey, prueba irrefutable de la honda y estrecha amistad que une a nuestros dos países y del maravilloso patrimonio que podemos crear cuando no nos encontramos en bandos opuestos». —Ben hizo una pausa—. No me parece que incluya ningún mensaje obvio. No hay fechas ni lugares. Se limita a exponer una serie de hechos.

—Lo sé —concedió Pamela—. Los hemos repasado varias veces, sustituyendo letras, seleccionando distintas palabras... pero nada.

—Entonces, aparte de esto, ¿se limitan a poner obras de Beethoven y Bach? —Ben examinaba los documentos.

—Han puesto un par de piezas de Wagner, pero nada más. Obras muy intensas y deprimentes. —Pamela las señaló—. Mi compañero Froggy, que sabe del tema, dice que forman parte de distintas óperas, todas del ciclo del *Anillo*.

—¿Qué has dicho? —preguntó Ben con voz aguda.

—Que las óperas forman parte del ciclo del *Anillo*.

—Dios mío. Eso es —dijo Ben—. Mira, Pamma, no sé hasta dónde puedo contarte, pero estamos investigando un grupo secreto de quintacolumnistas que está trabajando activamente con Alemania. Está formado principalmente por aristócratas y se hacen llamar el Anillo.

—Caramba —dijo Pamela—. De modo que esta es la pieza con la que hacen referencia a ellos. Les están diciendo: «Atentos a lo que viene a continuación».

—Eso parece. —Ben deslizó un dedo tembloroso por la página—. Sargento Jim Winchester, número de serie 248403. Para la señora Joan Winchester. Milton Court, 1, Sheffield. Tiene que ser eso, Pamma. ¿Qué te juegas a que esto es un mensaje para el grupo de Winchester, o una reunión en Winchester y los números conforman una fecha, un número de teléfono o el número de una calle?

A Pamela le brillaban los ojos.

—¡Sí! ¡Es fantástico!

—Debería copiarlo todo y llevármelo. Algunos de los nombres y direcciones serán auténticos, para intentar despistarnos. Pero todos los mensajes que se emitan después de Wagner deben contener información importante. Alguien de mayor rango que yo podría averiguar a qué o a quién hacen referencia. ¿Últimamente ha aumentado la frecuencia de las piezas de Wagner?

—Hace poco que hemos empezado a escuchar las emisiones, por lo que cabe la posibilidad de que lleven haciéndolo un tiempo.

—¿Te suena que haya aparecido el número 1461?

—No que yo recuerde… —respondió ella frunciendo el ceño—. Aunque podría haber formado parte de un número de serie más largo.

—No te preocupes, ya lo comprobaré yo —dijo Ben.

—Siéntate. —Rodeó el escritorio y sacó una libreta y una pluma—. Te ayudaré a copiarlos.

Se sentaron juntos, compartiendo un agradable silencio.

—¿Irás a la fiesta de Jeremy? —le preguntó Pamela al cabo de un rato.

—Sí, se lo he prometido.

—Será divertido.

—Eso espero. Iré con una chica.

—¿Una chica? —Pamela levantó la cabeza con un gesto brusco.

Ben asintió.

—Tal vez no sea una decisión muy acertada, pero es que Jeremy la invitó directamente y ella tenía tantas ganas que no podía echarme atrás.

—¿Es simpática?

—Apenas la conozco. Tal vez muestre… un exceso de entusiasmo… para lo que estoy acostumbrado.

Pamela se rio.

—¿A qué te refieres? ¿A que le gusta mucho el roce?

Ben se ruborizó.

—Me refería más bien a que es muy efusiva. Se quedó boquiabierta al saber que algunos de los invitados pertenecen a familias con título nobiliario. Y Jeremy también le ha causado una honda impresión.

—Tiene ese efecto en la mayoría de la gente —añadió Pamela entre risas, pero enseguida recuperó la seriedad—. ¿Tú lo encuentras cambiado desde su regreso?

—No he tenido ocasión de hablar largo y tendido con él, pero me parece que… a ver cómo lo digo… me parece un hombre más curtido. Tal vez haya perdido el sentido del humor.

Pamela asintió.

—Supongo que ha madurado, que en el tiempo que ha estado fuera ha pasado a ser un adulto. Además, debió de vivir una experiencia horrible en el campo de prisioneros. Y luego con la huida… No me extrañaría que no fuera tan divertido como antes.

Cuando acabaron de copiar los nombres y direcciones mencionados tras las piezas de Wagner, Ben se levantó.

—Debería irme —dijo—. Me gustaría llegar a casa antes de que oscurezca. No resulta sencillo desplazarse por Londres cuando empieza el apagón.

—Lo mínimo que puedo hacer es invitarte a cenar en la cafetería —dijo Pamela—. La comida no está mal, sobre todo en comparación con la de mi casera. Trixie y yo creemos que esa mujer es el arma secreta de los alemanes y que su objetivo es envenenar a todo el país.

Bajaron las escaleras entre risas. Fuera, el sol rielaba en la superficie del lago. Había gente sentada en el césped y parejas que paseaban bajo los árboles. Se oían los gritos de un grupo de chicos que jugaban un partido de fútbol. Ben negó con la cabeza sin salir de su asombro.

—Este lugar parece de otro mundo —dijo—. Has tenido mucha suerte de que te destinaran aquí, ¿no? Esto parece un club de campo.

—Trabajamos tanto que nos gusta aprovechar los pocos momentos de diversión que tenemos —dijo Pamela—. Hasta hace poco hacía el turno de noche de doce horas. Y la mayoría trabajamos en unas naves que parecen un congelador en invierno. Además, soportamos una gran presión. Sabemos que si no podemos descifrar un código es posible que muera toda la tripulación de un barco. Muchos compañeros míos han sufrido una crisis nerviosa y han tenido que darles la baja para que descansen y se recuperen.

—Pero tú no volviste a casa hace un par de semanas por eso, ¿verdad? —La miró preocupado.

Pamela no quería admitir que había sufrido un desvanecimiento.

—Me debían unos días y cuando supe que Jeremy había vuelto sano y salvo…

—Claro. —Ben carraspeó.

—¡Hola, Pamma! Esperadme —gritó una voz tras ellos y Trixie cruzó el patio de grava corriendo—. ¿Vais a la cafetería?

—Sí.

—Yo también. Mi estómago no soportaría otro pastel de sebo de la señora Entwhistle. —Miró a Ben—. Hola. ¿Eres nuevo?

—No, trabaja en otro departamento de Londres —se apresuró a añadir Pamela—. Ha venido a dejar unos papeles y hemos coincidido de casualidad. Nos conocemos desde niños.

—¡Qué bien! —exclamó Trixie, que le tendió la mano a Ben—. Hola, yo soy Trixie, la compañera de habitación de Pamela.

—Ben. Encantado de conocerte.

Ella le estrechó la mano con una sonrisa inquisitiva en los labios.

—¿Trabajas en un departamento ultrasecreto? —preguntó.

Ben se rio.

—De ser así tampoco podría decírtelo, ¿verdad?

—Bueno, aquí no dejan entrar a cualquiera, así que alguien debe de tener un buen motivo para enviarte aquí. —Trixie se volvió hacia Pamela—. Ya te lo sacaré cuando lleguemos a casa —le advirtió—. O le pediré una cita a Ben y se lo sonsaco a él. Por cierto, ¿por casualidad no irás a la fiesta de Jeremy Prescott?

—Pues en principio sí —respondió Ben.

—Y va con una chica, Trixie, así que las manos fuera.

—Aguafiestas —soltó la joven, frunciendo los labios en un falso gesto de enfado—. Puede que ponga en práctica todas mis armas de seducción femenina para alejarlo de ella. —Le lanzó una sonrisa coqueta a Ben—. Venga, vamos antes de que se forme cola en la cafetería. He oído que hoy han preparado coliflor gratinada con queso. —Agarró a Ben de la mano y tiró de él.

Ben aprovechó el trayecto de vuelta a Londres en tren para examinar la lista de nombres y direcciones que habían copiado. Algunos correspondían a lugares. Otros podían serlo. La señora North del 4 de Hampton Street bien podía significar Northampton. Max Knight podría confirmar si coincidían con lugares en los que se hubiera celebrado una reunión del Anillo. Pero ¿guardaba eso alguna relación con la fotografía? Si era tan importante como para poner en peligro la vida de un hombre para entregarla, lo lógico era que el mensaje no tuviera un destinatario general, sino una persona en concreto. Y no habían encontrado ninguna pista que los acercara un poco más a esa persona en cuestión. Intentó dejar a un lado la sensación de apremio que lo embargaba. La música de los *Reales fuegos artificiales* y la fecha de 1461, en la que se libraron sendas batallas para destronar a un rey, lo llevaban a creer que existía un complot para matar a la familia real, algo que podía ser inminente. Sin embargo, tuvo que recordarse a sí mismo que él formaba parte del escalón más bajo. Si no disponía de toda la información, ¿cómo iba a interpretarla correctamente? No obstante, sabía que el rey y la reina solían visitar los bombardeos de Londres para mostrar su apoyo a los ciudadanos. Podía resultar una misión sencilla para un francotirador solitario que estuviera al acecho en las sombras. Se estremeció y miró por la ventana.

Pensó en Mavis. Si podía identificar la ubicación de la fotografía, todo cobraría sentido. Intentó visualizar el lugar, la colina con pinos, pero no alcanzaba a comprender la relevancia que podía tener, a menos que hubiera una casa señorial detrás de los árboles, en la que viviera un aristócrata que fuera miembro destacado del Anillo. O que se tratara de un lugar que fuera el destino de una futura visita de la familia real.

Entonces dejó de lado la tarea que le habían encomendado y se puso a pensar en Mavis. Era una chica atractiva. Vivaracha. Divertida. Pero ¿le gustaba de verdad? ¿O acaso lo que más lo atraía era que no se pareciera en nada a Pamela y que sentía la necesidad de dejar de pensar en una chica que jamás podría ser suya? Casi sin darse cuenta, pensó en la dulzura, serenidad y elegancia que siempre destilaba. En el brillo de sus ojos cuando sonreía. En el aroma a flores de su melena.

«¡Basta ya! —se recriminó—. Piensa en otra cosa». La amiga de Pamela, Trixie. Había mostrado cierto interés por él, algo que no dejaba de sorprenderlo porque tenía toda la pinta de ser una de esas chicas capaces de perder el mundo de vista por alguien como Jeremy Prescott. Tal vez la fiesta fuera más interesante de lo que creía.

Capítulo 33

Mayfair
Piso de Jeremy

—Hoy tienes un aspecto especialmente refinado —dijo Guy Harcourt, que se había detenido en la habitación de Ben—. No me digas que vas a ir a algún lugar civilizado.

—A una fiesta en Mayfair —confesó.

—Dios mío, ¿todavía existen ese tipo de acontecimientos?

—La organiza un amigo que se ha mudado al piso de su padre.

—¿Alguien que conozca?

—Jeremy Prescott. Creo que sí lo conoces. Estudió en Oxford en la misma época que nosotros.

Guy asintió.

—Claro que lo conozco. Hicimos todo el circuito de puestas de largo. Aunque él estudiaba en el *college* de Balliol, ¿no? ¿Crees que le importaría que me acople? Estoy sumido en el abismo de la desesperación y necesito algo que me levante el ánimo.

—No veo por qué no habrías de ir. Creo que ha invitado a todo el mundo.

—¡Fabuloso! Voy a cambiarme.

—Será mejor que te dé la dirección, porque yo tengo que ir a recoger a una chica a la estación.

—¿Tienes una cita? Míralo qué calladito se lo tenía.

—Es que no te lo cuento todo —dijo Ben con una sonrisa—. Pero no estoy muy convencido de que sea una cita con todas las de la ley…

—Al menos podrás sentir el roce de otro cuerpo. Y eso es lo que importa en época de guerra —afirmó Guy—. Ni te imaginas las ganas que tengo de acostarme con alguien. ¿A ti no te pasa? Pero el maldito secretismo que nos obligan a guardar sobre nuestro trabajo me pasa factura. Todas las chicas a las que podría cautivar con mis historias de espías alemanes ahora creen que soy una ruina humana que se limita a hacer trabajo de oficina.

Ben asintió.

—Es duro, sí, pero alegra esa cara, hombre. Podrás ahogar las penas con los excelentes vinos de sir William Prescott.

Dejó a Guy cambiándose para la fiesta y se fue a la estación. Mavis ya lo esperaba. Sonrió al verlo, pero Ben percibió un destello de nervios.

—Vaya, no sabía que era una fiesta tan formal —dijo—. Me he vestido para una normal.

—Estás elegantísima —dijo Ben—. Estoy seguro de que no serás la única que no habrá elegido un vestido de gala. Yo voy así porque ya no tengo ningún traje decente. Es de antes de la guerra y he engordado un poco desde entonces.

—Creo que vas como un pincel —dijo y lo agarró del brazo. Se le había ido un poco la mano con el perfume y el vestido era algo recargado, pero le brillaban los ojos y a Ben le gustaba sentirla cerca.

—¿No has tenido ningún problema para pedir la noche libre? —preguntó.

Mavis torció el gesto.

—A mi madre no le ha hecho mucha gracia que viniera sola a Londres, pero le he dicho que iba con un grupo de amigas del trabajo y que solo íbamos a bailar.

—¿A qué hora tienes que volver? —le preguntó Ben.

—Le he dicho que a lo mejor dormía en casa de Cynthia —respondió, con una mirada de complicidad—. No estoy muy segura de que me haya creído, pero la familia de mi amiga no tiene teléfono y sé que mi madre no caminará dos kilómetros para comprobar si he dicho la verdad.

Tomaron el autobús hasta Marble Arch. Ben pensó que a lo mejor tendría que haber tirado de cartera y pedir un taxi, pero lo cierto era que tampoco abundaban y que los usuarios del transporte público eran de lo más variopintos. En Marble Arch, enfilaron Park Lane. Eran casi las nueve, pero aún no había oscurecido del todo y había gente en la calle, disfrutando del clima. Vieron a varios hombres de uniforme que entraban en Grosvenor House y Ben oyó la débil melodía de una banda de música, la confirmación de que aún se celebraban fiestas elegantes, para aquellos que podían permitírselas. En la esquina de Curzon Street había un guardia de la unidad de Precaución de Ataques Aéreos, uno de los voluntarios encargados de proporcionar avisos y consejos, dispuesto a lanzarse sobre todo aquel que infringiera las condiciones del apagón lumínico.

—¿Vais a algún sitio elegante? —les preguntó cuando pasaron junto a él.

—A una fiesta —respondió Mavis.

—No hagáis mucho ruido y recordad que no puede filtrarse luz por las ventanas. Los de este barrio creéis que podéis saltaros las normas solo porque tenéis dinero.

—Qué agradable —le susurró Ben a Mavis cuando se alejaban. Ella se rio y le tomó la mano. A Ben lo embargó una sensación cálida y reconfortante. La miró e intercambiaron una sonrisa.

El piso de Jeremy no estaba en un edificio muy grande, pero ocupaba toda una planta de una casa de estilo georgiano. Habían instalado un pequeño ascensor junto a la escalera y lo tomaron hasta el tercer piso. Ben era muy consciente de la presencia de Mavis y sospechaba que ella se arrimaba a propósito. Cuando se abrieron las puertas, los recibió el gemido del clarinete de Benny Goodman. La puerta del piso estaba entornada y una nube de humo y música los rodeó en el recibidor. Junto a este había una sala de estar grande y elegante. Aún no habían corrido las cortinas opacas y la sala estaba bañada por los últimos rayos de sol del atardecer. No resultaba tarea fácil distinguir los colores de la tapicería o identificar los viejos maestros cuyas obras colgaban de las paredes blancas, teñidas de un tono rosado. Había una docena de invitados. Dos parejas bailaban, pero Ben no las conocía. Jeremy ejercía de camarero. Cuando los vio, levantó una copa de cóctel a modo de saludo.

—¡Pasad! —exclamó—. Estaba a punto de abrir un Châteauneuf-du-Pape de veinte años.

—Tu padre te matará como se entere —dijo Ben mientras se dirigía a la barra.

—Le estoy haciendo un favor. ¿Y si cayera una bomba y todo el vino acabara en la alcantarilla? Al menos nosotros lo habríamos disfrutado. Y conociendo como conozco a mi padre, seguro que se las apaña para conseguir más botellas como estas cuando acabe la guerra.

—Aunque a lo mejor tendréis que conformaros con bodegas alemanas —dijo alguien en broma.

—¿De verdad creéis que los alemanes nos invadirán? —les preguntó Mavis con gesto asustado.

—Es una posibilidad que debemos asumir —replicó el joven que había hecho la broma—. No les ha supuesto un gran esfuerzo invadir a los demás países de Europa. Y solo nos separan los treinta y dos kilómetros del Canal de la Mancha.

—Dejemos los temas tristes para otra ocasión —dijo Jeremy—. He vuelto a casa, estoy en un piso magnífico acompañado de mis amigos y nos lo vamos a pasar en grande. ¿Vino o cócteles? Servíos vosotros mismos. —En ese momento apareció Guy—. Cielo santo, pero si es Harcourt. ¿Quién lo ha invitado?

—He sido yo —confesó Ben—. Compartimos pensión. Espero que no te importe.

—Claro que no —dijo Jeremy—. Cuantos más, mejor. —Sin embargo, Ben se dio cuenta de que no le había hecho mucha gracia. Guy se acercó a saludarlo.

—Cuánto tiempo, Prescott —dijo.

—Ya lo creo. ¿Qué es de tu vida, Harcourt?

—Tengo un trabajo de oficina, me temo. No pasé el examen médico. Parezco un hombre fornido, pero, al parecer, tengo el corazón débil.

—Es una pena —dijo Jeremy—. Bueno, tómate un trago. Dicen que el vino tinto da mucha energía, ¿no? Yo voy a llevarle una copa a mi chica favorita.

Ben había examinado la sala en busca de Pamela y la vio junto a la puerta. Parecía cohibida, algo poco habitual en ella. Entonces se dio cuenta de que no había ido sola, sino acompañada de Trixie, que lucía un vestido de tubo negro con una capa verde esmeralda.

—Hola, Ben —lo saludó y se apresuró a pasar de largo de su amiga para plantarle un beso en la mejilla.

—Estás despampanante —dijo Ben.

—Gracias por el cumplido, amable caballero —respondió ella con una sonrisa—. Bueno, ¿dónde está el anfitrión?

—Sirviendo bebidas —respondió Pamela.

En ese instante Ben vio a Dido detrás de su hermana. Iba más maquillada de lo que le habría gustado a su padre y llevaba un vestido rojo de corte oriental que la hacía parecer mayor de lo que era. Cuando ella lo vio, sonrió de oreja a oreja.

—Hola, Ben —lo saludó—. No sabía que venías. Qué bien. Esto será divertido, ¿no crees?

—¿Cómo has convencido a tu padre para que te dejara venir? —preguntó Ben.

—Pamela le ha prometido que me vigilaría como un halcón y me pondría en el primer tren de vuelta a casa de la mañana. Pero, como imaginarás, he tenido que suplicar, lloriquear y hacer mohines. Ojalá hubiera sabido que venías porque lo habría dejado más tranquilo sabiendo que también ibas a estar para vigilarme. Te considera una influencia de lo más beneficiosa.

—Menuda responsabilidad —afirmó Ben, que se dio cuenta de que no había presentado a Mavis—. Dido, esta es Mavis. Mavis, esta es... —dudó y cuando parecía que iba a decir «lady Diana Sutton», Dido lo interrumpió.

—Hola, soy Dido. Vaya, no sabíamos que Ben tenía novia. Eres muy reservado y muy pillo, Benjamin.

—Hace poco que nos conocemos —dijo Ben con una sonrisa avergonzada.

—¿Trabajáis juntos? —preguntó Dido.

—Normalmente no. Nos conocimos porque fui a entregar unos papeles al lugar donde trabaja Mavis.

Dido se volvió hacia ella.

—¿Por casualidad no tendrían algún empleo para mí? Estoy desesperada por hacer algo útil.

—Es en Buckinghamshire, Dido —le dijo Ben—. Ya sabes que tu padre no te dejaría vivir fuera de casa.

—Pues Pamela sí que puede. Y Mavis también —insistió Dido.

Mavis se rio.

—No es verdad, yo vivo con mi madre, así que aún estoy peor. He tenido que contarle un par de mentiras de las gordas para poder salir hoy con Ben.

—Bien hecho —la felicitó Dido—. Eres de las mías.

Jeremy dio una copa de vino a Pamela y otra a Dido. Entonces vio a Trixie.

—Vaya, otro rostro familiar del pasado —dijo.

—Me halaga que me recuerdes —dijo Trixie.

—¿Cómo iba a olvidarte? Eras una bailarina espléndida. Tu temporada fue de lo más divertida, ¿no es cierto? Y, además, también fue la última.

—No me lo recuerdes, por favor. Ten piedad de las pobres chicas como yo que ahora ya no podrán hacer la puesta de largo.

—Diría que no te va nada mal a pesar de ello —dijo Jeremy—. Venga, bebe. Hay de sobra. Y en el comedor hay comida. Aunque me temo que no estará a la altura de la bebida —añadió—. Le he pedido a la cocina que hiciera una mousse con un par de latas de salmón que había y hemos ahumado una trucha del lago. Y también he visto unas fresas del jardín, así que tendremos que conformarnos con eso.

—«Conformarnos con eso» —le susurró Mavis a Ben—. ¿Cómo se las ha apañado para conseguir una lata de salmón?

—Mejor no preguntes —le susurró Ben y ella respondió con una sonrisa de complicidad.

—Ven a bailar —le pidió ella—. Me gusta esta canción.

—Debo advertirte que soy un bailarín mediocre —dijo Ben.

—No es verdad. Eres un buen bailarín, no seas tan modesto —terció Pamela. Cuando Ben y Mavis se dirigían al parqué donde bailaban los demás, Pamela le susurró—: Es simpática. Te doy el visto bueno.

Era un foxtrot lento. Mavis no tuvo ningún reparo en demostrarle que le apetecía sentir el roce de su mejilla con la suya, pero fuera aún no había oscurecido y a Ben le parecía que demasiado temprano para esas cosas.

—¿Esas dos chicas son de la familia aristocrática? —le preguntó.

Ben asintió con la cabeza.

—Parecen muy agradables. No son nada engreídas.

—Son muy simpáticas, sí. Las conozco de toda la vida. Nos criamos juntos.

—¿Y esa chica tan espectacular que va de negro? Diría que te tiene echado el ojo.

—Le gusta coquetear con todo el que lleve pantalones. Trabaja con Pamela en… en otro departamento del gobierno, en el campo.

—Veo que tengo mucha competencia —dijo Mavis, que miró alrededor—. Tienes unas amistades muy glamurosas. Tu amigo Jeremy es muy guapo. Hace muy buena pareja con Pamela, ¿no te parece?

Ben levantó la mirada y vio que Jeremy estaba bailando con Pamela. Saltaba a la vista que no mostraba los mismos reparos que él, ya que agarraba a Pamma con fuerza y se deslizaban por la pista como si fueran una sola persona. Ella apoyaba la cabeza en su hombro y cerraba los ojos. Parecía muy feliz. Ben reaccionó atrayendo a Mavis hacia él, que accedió entregada.

En torno a las once, empezaron a sonar las sirenas de los bombardeos.

—¿Deberíamos bajar al sótano, a un refugio antiaéreo o algo parecido? —preguntó una de las chicas hecha un manojo de nervios.

—No irán a bombardear Mayfair, ¿verdad? —preguntó uno de los chicos, lo que arrancó las carcajadas de los demás.

—¡Tengo una idea! —gritó Jeremy—. ¿Por qué no subimos al tejado? Tendremos mejores vistas. Pero un momento, que primero quiero abrir el champán. Es un Veuve Clicquot, el favorito de mi padre.

Acto seguido se oyó el pum del corcho. Salió un chorro de champán y varios de los invitados acercaron la copa.

—¡Traed las copas! —los llamó Jeremy y, como si del flautista de Hamelín se tratara, los demás lo siguieron a la cocina—. Tal vez no sea fácil, pero lo conseguiremos —gritó para que lo oyeran por encima del zumbido atronador de los bombarderos—. Antes lo hacía a menudo.

Abrió la ventana y salió al estrecho pretil. Los demás lo siguieron. Ben salió y ayudó a Mavis, que demostró una gran agilidad y valentía. Recorrieron el pretil y luego subieron por una escalera hasta la azotea. Una vez arriba, se rieron de la bravuconada que acababan de llevar a cabo y brindaron con las copas de champán. Jeremy bajó al piso y regresó al cabo de poco con el gramófono y el disco *In the Mood*. Algunos de los invitados empezaron a bailar.

La ciudad los rodeaba con su oscuridad, pero los haces de luz de los reflectores surcaban el cielo e iluminaban los globos de barrera. Durante un fugaz instante se iluminó el Big Ben, que volvió a ser engullido por la oscuridad. Entonces vieron la forma difusa del escuadrón de aviones que avanzaba hacia ellos. Al sur se oyó el *staccato* de las baterías antiaéreas, acompañado del estruendo de las primeras bombas, que debían de ser incendiarias porque empezaron a ver fuegos a lo largo del río.

Una chica se subió al pretil que recorría el borde de la azotea.

—¡No tenemos miedo, señor Hitler! ¡Ya puede bombardearnos toda la noche! —gritó, blandiendo la copa de champán hacia el cielo.

Esta vez cayó una bomba muy cerca, seguida de otra, e hicieron añicos la calma de la noche. Las detonaciones infundían más miedo por las vibraciones que provocaban que por el propio ruido en sí. Entonces oyeron explosiones más cerca y vieron las llamas del incendio que se produjo entre la oscuridad de los árboles.

—¿Qué es ese edificio tan grande? —preguntó la chica del pretil.

—¡Han alcanzado el palacio! —gritó alguien—. Dios, han bombardeado el palacio.

El corazón le dio un vuelco a Ben. ¿Era ese el ataque que temían, el mismo del que habían advertido? ¿La música de los *Reales fuegos artificiales*? ¿El derrocamiento del rey? «El palacio es enorme —pensó—. La familia real debía de estar ya en el sótano. Tal vez hayan provocado daños en algunas estancias, pero es imposible que quemen todo el complejo…».

En ese momento los sobrevoló la primera oleada de aviones. El fuego antiaéreo de Hyde Park iluminó fugazmente el cielo nocturno. Luego otra bomba, esta vez más cerca.

—Ha sido en St. James —dijo uno de ellos—. Están tan cerca que es imposible mantener la calma.

—No seas bobo —replicó una de las chicas que estaba detrás de Ben. Le pareció que tal vez era Trixie—. No vamos a ceder. No podemos permitir que vean que estamos asustados. Jeremy, necesitamos que traigas más champán. ¿Dónde se ha metido?

Ben miró a su alrededor y no lo vio. Pamela le tiró de la manga.

—¿Dónde está Dido? No la veo por ningún lado —susurró.

—A lo mejor tenía miedo y ha bajado —dijo Ben.

Pamela negó con la cabeza.

—¿Cuándo has visto que Dido tuviera miedo?

—Bajo contigo y te ayudo a buscarla —se ofreció Ben—. No te preocupes, lo más probable es que haya ido al baño. —Se volvió hacia Mavis—. Enseguida vuelvo.

Ayudó a Pamela a bajar por la escalera y la siguió hasta la ventana, aunque ella no necesitaba su ayuda. La joven caminaba con la misma seguridad con la que trepaba a los árboles cuando eran pequeños. Ben le ofreció la mano para pasar por la ventana cuando se oyó un fuerte silbido, un fogonazo y una explosión que casi lo tiró al suelo. Al otro lado de la calle, un edificio empezó a arder y los sorprendió una lluvia de cristales y escombros. Empujó a Pamela para que entrara en el piso y la protegió con su cuerpo.

—¿Nos han alcanzado? —preguntó ella con voz temblorosa.

—No, ha sido al otro lado de la calle.

Oyeron gritos en la azotea y una voz masculina que decía:

—Bajad todos, venga, esto es un infierno.

Cuando Ben y Pamela salieron de la cocina, se abrió una puerta al final del pasillo y salió disparada Dido. Iba vestida solo con la combinación y tenía el pelo alborotado.

—¿Nos han bombardeado? —preguntó—. Han estallado las ventanas. Oh, Dios mío. Hay cristales por todas partes.

—No pasa nada, ha sido al otro lado de la calle —dijo Jeremy, que apareció acto seguido. Una toalla lo tapaba de cintura para abajo.

Pamela los miró y dijo con la voz entrecortada:

—Dido, vístete ahora. Nos vamos a casa. —Miró a Ben—. ¿Crees que habrá algún tren a estas horas?

—Tal vez lleguéis al último si os dais prisa —le dijo—. Pero si lo perdéis, podéis quedaros en mi habitación. Voy a buscar un taxi.

Los demás invitados empezaron a entrar por la ventana de la cocina, entre risas estruendosas, como suele ocurrir cuando alguien elude una tragedia por los pelos.

—¡Más champán! —exigió una voz masculina—. ¡Camarero! Tráiganos el mejor de la casa.

Jeremy regresó al dormitorio oscuro y salió al cabo de poco, después de ponerse una camisa y unos pantalones deprisa y corriendo, aunque sin americana ni corbata.

—Claro que sí. Bebidas para todos —dijo con alegría impostada. Al pasar junto a Pamela le acarició la manga—. Puedo explicártelo, Pamma...

Ella apartó el brazo con un gesto brusco.

—¡No me toques! —le dijo con frialdad—. ¿Podemos irnos, Ben?

Entonces se acordó.

—Debo decirle a Trixie que tengo que irme y que la veré mañana. Ya la llevará alguien a la estación.

En ese momento Ben también pensó en Mavis. Se abrió paso entre los invitados hasta llegar junto a ella.

—Ha ocurrido algo y tengo que acompañar a una persona a casa. Lo siento muchísimo. ¿Quieres que te deje en la estación o prefieres quedarte?

Ella lo miró confundida.

—No lo sé. ¿Se ha acabado la fiesta? No habrá trenes a esta hora de la noche.

—Puedes venir a casa, pero...

Mavis miró a Pamela, que permanecía inmóvil detrás de Ben.

—Ya entiendo lo que pasa. No te preocupes, puedo cuidar de mí misma. Ya soy mayor.

—No, no es eso. Te lo prometo. Y lo siento mucho, pero es que... —No pudo acabar la frase.

Guy apareció a su lado.

—¿Ocurre algo? —preguntó.

—Pues sí. ¿Te importaría cuidar de Mavis y asegurarte de que llega a la estación?

—Por supuesto —dijo Guy—. Pero ¿adónde vas tú?

—Pamela y Diana Sutton tienen que irse. Diana no se encuentra bien. Ya te lo contaré luego.

—De acuerdo. No te preocupes. Me portaré como un auténtico *boy scout* —le aseguró con una sonrisa.

Dido salió del dormitorio vestida, pero aún tenía el pelo alborotado y el pintalabios medio corrido.

—¡Al ascensor, ahora! —le ordenó Pamela.

Dido le lanzó una mirada desafiante a su hermana.

—He tenido que ir yo a darle lo que tú no querías —le espetó y pasó de largo con la cabeza bien alta.

Ben oyó los gritos que Jeremy profería en la sala.

—Que no se vaya nadie. ¡Un par de ventanas rotas no pueden acabar con esta fiesta! Además, no es cuestión de estorbar a los camiones de bomberos y a los voluntarios del servicio de Precaución de Ataques Aéreos que están ahora en la calle. Que siga la fiesta para poder desayunar beicon con huevos tal y como os había prometido. ¡Tengo beicon de verdad! ¡No lo olvidéis!

Las puertas del ascensor se cerraron y los tres bajaron en silencio.

Capítulo 34

Londres

Ben encontró un taxi frente al Dorchester y partieron hacia la estación de Victoria a toda velocidad. Más allá de la oscuridad de los parques, se veían varias hogueras.

—Han alcanzado el Palacio de Buckingham, esos desgraciados —dijo el taxista—. Confío en que podamos vengarnos. Que sufran por todo lo que han hecho. Si yo fuera Churchill, no le perdonaría la vida a ningún alemán, ya fuera hombre, mujer o niño.

—¿Son muy graves los daños? —preguntó Ben.

—No he podido verlos porque han cortado toda la calle. Pero las llamas se veían claramente.

Pasaron junto a Hyde Park Corner y enfilaron hacia Grosvenor Place. Dido miraba por la ventana, sin decir nada.

—¿Vais a volver a Kent? —preguntó Ben.

—Tengo que presentarme en el trabajo a primera hora —dijo Pamela—. Creo que en la línea principal hay trenes toda la noche. Además, no sé si podría resistir las ganas de lanzarla del tren en marcha.

—Entonces, ¿cómo avisarás para que vaya alguien a recogerla a la estación? —preguntó Ben.

—Llamaré desde Victoria. Les diré que ha habido un bombardeo y que hemos tenido que abandonar la fiesta precipitadamente. No hay que contar nada más.

—No es necesario que hables de mí en tercera persona —intervino Dido—. Soy un ser humano y también tengo sentimientos.

—Pues no mereces que nadie muestre sensibilidad por ti —replicó Pamela—. No sabes qué son los sentimientos. Siempre has sentido celos de todo lo que yo tenía, desde bien pequeñas. Y siempre me lo robabas.

Llegaron a la estación y corrieron en dirección a la zona de andenes.

—Once cincuenta y cinco. Creo que llegamos —dijo Ben.

—A estas horas no habrá un tren de la línea local —señaló Pamela entre jadeos mientras corrían—. Le diré a papá que vaya a recogerte a Sevenoaks.

—De acuerdo —respondió Dido, con un tono muy joven e inseguro.

—¿Quieres que la acompañe? —preguntó Ben—. Últimamente tengo un horario bastante flexible, así que no me importa.

Pamela lo miró con agradecimiento.

—¿Lo harías? Serías muy amable. No me hace gracia la idea de que suba sola a un tren durante el apagón.

—Si eso resulta más conveniente, podéis venir las dos a mi casa.

—No me parece la mejor opción. Tengo ganas de estar a solas y no creo que pueda mantener la compostura mucho más. Y quiero tener a mi hermana tan lejos como sea posible.

—Deja de hablar de mí como si fuera un pedazo de carne —exclamó Dido—. Mira, lo siento. Para mí no ha significado nada. Estábamos bebiendo y nos dejamos arrastrar por la conmoción del bombardeo… y pasó sin más. Y ¿sabes qué? Que me ha gustado y que eres una estúpida por rechazarlo siempre y apartarlo de tu lado.

—Ya basta, Dido —le soltó Pamela, que obligó a su hermana a subir al tren a empujones—. Dile a mamá que iré a verla el viernes, tal y como habíamos quedado.

—¿Qué pasa el viernes?

—Mamá ha organizado una fiesta este fin de semana y está muy nerviosa porque no tiene comida decente, le faltan sirvientes... Por eso le prometí que iría a ayudarla. —Pamela lanzó una mirada de súplica a Ben—. Si no trabajas, ¿no te gustaría venir, verdad? Quería pedirle a Jeremy que ayudara con las bebidas, pero ahora...

—Por supuesto que iré —aceptó Ben.

—Trixie me ha dicho que a lo mejor también venía. Que se vestiría de doncella para servir. —Pamela sonrió y las arrugas de preocupación desaparecieron de su rostro por un momento fugaz—. Hemos conseguido librar el viernes por la tarde y el sábado, y pensábamos tomar un tren en torno a las cuatro. Lo digo por si quieres venir con nosotras.

—Ahí estaré. —Sonrió y subió al tren después de Dido.

Se oyó el silbido. Pamela se puso de puntillas y le tomó la mano.

—No sabes cuánto me alegro de tenerte aquí, Ben. Sé que siempre puedo contar contigo.

El tren se puso en marcha y salió de la estación. Ben miró hacia atrás y vio su figura menuda, inmóvil en el andén, sin dejar de mirarlos.

Nadie cuestionó la excusa de la bomba que había caído en el edificio de al lado. Luego Ben fue a casa de su padre, donde pasó la noche, y tomó el primer tren de vuelta a Londres.

Guy abrió la puerta de su habitación en el preciso instante en que Ben subía por las escaleras.

—¿Cómo acabó la noche? —le preguntó con una sonrisa pícara—. ¿Al final fueron dos por el precio de una? Entiendo perfectamente que las prefirieras a la señorita Mavis. Una chica encantadora, pero demasiado efusiva para mi gusto. A las seis la he acompañado a la estación, tal como me habías pedido.

—Muchas gracias. Debía de estar bien enfadada conmigo.

—No creo que estuviera furiosa. En el taxi nos abrazamos y besuqueamos, por lo que creo que disfrutó de la velada y que tendrá muchas historias que contar a sus compañeras de trabajo. Cómo vive la gente de bien y todas esas cosas. —Miró a Ben—. Menuda cara traes. Venga, entra y te prepararé un café.

No tuvo que insistir.

—Gracias a Dios que el café no está racionado —dijo Guy—. Es el único vicio que tengo últimamente.

—Siempre que puedas encontrarlo —añadió Ben, que se dejó caer en la cama de su amigo—. Menuda noche —apostilló.

—¿Qué ocurrió exactamente? —preguntó Guy mientras llenaba el hervidor de agua.

—Pamela Sutton sorprendió a su hermana pequeña en la cama con Jeremy Prescott —dijo Ben—. Y solo tiene dieciocho o diecinueve años.

—Los dieciocho de ahora no son los mismos que los de antes de la guerra —replicó Guy—. Hoy en día los jóvenes maduran más rápido. No les queda más remedio. Y no son pocos los que siguen la filosofía de vivir el presente porque quién sabe dónde estaremos mañana. No les falta razón, ¿no crees? Si esa bomba hubiera caído unos metros más a la derecha, estaríamos criando malvas.

Ben se estremeció.

—Tienes razón.

—¿De modo que Diana volvió a casa en el oprobio?

—De hecho, la acompañé yo. Pamela entraba a trabajar a primera hora y estaba demasiado disgustada.

—Entonces, salía con Prescott, ¿no?

—Sí, desde hace años.

—Es una actitud muy típica de la RAF: vivo en peligro constante, por eso tengo derecho a lo que se me antoje.

—Creo que él siempre ha sido así —dijo Ben.

El hervidor silbó y Guy preparó el café.

—Quería comentarte una cosa que creo que deberías saber. Lady Margot Sutton…

—Sí, lo he oído. La Gestapo la detuvo en París, pero estábamos organizando una operación de rescate.

—Que se ha llevado a cabo con éxito —añadió Guy.

Ben enarcó las cejas.

—¿De verdad? ¿Está en casa? Es fantástico.

—Su familia aún no lo sabe e ignoro cuándo se lo comunicarán. Hay que acabar de elaborar los informes. Pero no es eso lo que quería decirte. Entiendo que el capitán King te ha hablado de una sociedad secreta llamada el Anillo.

—Así es.

—¿Sabes quiénes son y qué traman?

Ben asintió.

—Aristócratas que quieren ayudar a Alemania.

—Al parecer, Margot Sutton asistió a una reunión hace un par de noches.

—¿Una reunión del Anillo?

—Así es.

—¿El capitán King, tal como tú lo llamas, sabía que iba a asistir?

—Ya lo conoces, no le gusta mostrar la mano que tiene, pero creo que no se lo esperaba.

—¿Vamos a vigilar a Margot Sutton?

—Ya lo creo. Y cuando pueda volver a casa creo que la tarea recaerá en ti.

—Vaya —dijo Ben.

En cuanto regresó a su dormitorio, Ben le escribió una nota a Mavis para explicarle que una de las hermanas Sutton había bebido demasiado, no se encontraba bien y había tenido que acompañarla a la estación de Victoria para que tomara el último tren. Le dijo, también, que confiaba en que pudiera perdonarlo y que Guy la hubiera cuidado bien. Y que esperaba que su próxima cita fuera algo menos dramática. Más tarde la llevó a la oficina de correos de la esquina. Con un poco de suerte le llegaría en el último reparto del día o, cuando menos, al día siguiente por la mañana. No quería que pensara que la había dejado plantada por una chica más sofisticada.

Mientras tanto, Pamela se despertó sola en la habitación que compartía con Trixie. Se sentía vacía y agotada, como si se estuviera recuperando de una gripe estomacal. Se preguntó si Dido y Jeremy también se habían acostado cuando ella iba a visitarlo por las tardes a su casa. No le parecía muy probable, dada la presencia constante de su madre y los sirvientes, pero con Jeremy una nunca sabía. Le gustaba vivir en el filo de la navaja. Siempre lo había sabido.

Pamela se levantó, se desperezó y se acercó a la ventana para descorrer la cortina opaca. Era una día gris y sombrío, como su estado de ánimo. «Se acabó», pensó. ¿Cómo iba a sentirse a salvo con un hombre que la había traicionado con su propia hermana? Si se casaban, ¿se imaginaría lo peor cada vez que él volviera tarde a casa? Dido era una niñata estúpida y frustrada, ahora ya no le cabía la menor duda. Siempre se moría por conseguir todo aquello que quedara fuera de su alcance: los bailes y flirteos de la temporada de puestas de largo antes, y ahora un trabajo. No le extrañaba que se hubiera dejado seducir por Jeremy. «¿Habían llegado a hacer el amor antes de que cayera la bomba?», pensó. ¿Hasta entonces era virgen su hermana? En tal caso, ¿le había dolido? La embargó un torrente de inseguridad, en el momento en que un tren expreso pasó frente a su ventana con un rugido estremecedor.

Justo cuando estaba acabando de asearse y cepillarse los dientes, llegó Trixie a casa.

—Qué noche, Dios. —Trixie se dejó caer sobre la cama—. He bebido más de la cuenta. Como todos. Estaba tan cansada que me quedé dormida en el tren de vuelta. Suerte que pitó, porque si no me habría despertado en Crewe. —Se incorporó y miró a Pamela—. ¿Estás bien? —le preguntó.

—Creo que sí. Sobreviviré.

Trixie se arrimó y se sentó junto a ella.

—¿Pasó lo que yo creo? ¿Que encontraste a Jeremy en la cama con tu hermana?

Pamela asintió.

—Lo siento. No era el hombre adecuado para ti. Anoche, cuando te fuiste, se me insinuó. Cuando te dije que era PRET, poco recomendable en taxis, hablaba en serio. Durante la temporada de debutantes, no sabía aceptar un no por respuesta. Y si el chófer no se hubiera vuelto y me hubiera preguntado «¿Está usted bien, señorita?», estoy segura de que me habría violado. De modo que creo que estás mejor sin él. —Hizo una pausa, la miró a la cara y añadió—: He dicho una tontería, ¿no? Tú lo quieres, ¿verdad?

—Siempre lo he querido. Y creo que siempre he sabido cómo era en realidad. Que fuera tan intrépido y no tuviera miedo de nada formaba parte de su atractivo. Supongo que lo superaré. Me llevará un tiempo, pero…

Trixie asintió.

—Hay muchos peces en el mar. Pues ayer hice amistad con un chico de la RAF muy agradable. Y este sábado nos lo pasaremos en grande en la fiesta de tu madre, ¿no es así?

Pamela se dejó caer junto a su amiga.

—Ay, Trixie, ahora mismo no me apetece ni volver a casa. ¿Cómo voy a enfrentarme a Dido? ¿Cómo puedo estar bajo el mismo techo que ella?

—Es una casa grande y habrá mucha gente. ¿Por qué no nos vestimos las dos de camareras y nos dedicamos a servir las bandejas de comida? No me digas que no sería la monda.

—No tengo el cuerpo para bromas. De hecho, creo que voy a mandarle un telegrama a mi madre para decirle que al final no me han dado el día libre.

—Venga, no hagas eso —le pidió Trixie—. Yo no puedo ir sola y ya sabes cuánto me apetece. ¿Cuándo fue la última vez que disfrutamos de una velada como las de antes? El té en el jardín, vestidos de flores, amplios sombreros. Ahora todo parece un sueño, ¿no crees?

—Sí —admitió Pamela—. Tienes razón. —Suspiró—. Bueno, imagino que tendré que ir. Livvy no tiene mucha mano para organizar este tipo de fiestas y mi madre estará histérica.

—¡Bravo! —exclamó Trixie, que se levantó de nuevo—. Es mejor que me vista y me vaya al trabajo. Es una suerte que no tenga que descifrar mensajes en clave, porque les diría que se han visto aviones enemigos en Bombay, en lugar de Birmingham.

Pamela intentó sonreír mientras Trixie se metía en el baño.

Capítulo 35

Farleigh

Ben no sabía qué hacer. Había entregado los mensajes de radio de Pamela en Dolphin Square y les había informado de su teoría de que pudieran ir dirigidos a determinados miembros del Anillo. Había ido a ver a Mavis para darle la lata con la ubicación de la fotografía. Pero ¿ahora qué? Guy había insinuado la posibilidad de que le encargaran el seguimiento de Margot Sutton, pero nada podía hacer hasta que Maxwell Knight no le diera las instrucciones. Se sentía incómodo y superfluo, pero tampoco le apetecía ir a Dolphin Square y decir: «¿Qué hago ahora, señor?», como si fuera uno de los alumnos que había tenido hasta que lo llamaron a filas. Iniciativa. Eso era lo que esperaba el MI5. Él siempre había querido un desafío, no pasar desapercibido, y ahora formaba parte de una gran conspiración.

Encendió la radio y se alegró al oír que la familia real no había resultado herida en el bombardeo de la noche anterior. Movió el dial entre frecuencias con la esperanza de sintonizar algún canal alemán, pero lo dejó estar al cabo de un rato. Guy estaba de misión en algún lado. Ben se preguntó qué hacía y cuánto tiempo llevaba trabajando en secreto para Knight. Entonces hizo una pausa. Guy parecía saberlo todo del Anillo. Sabía que habían rescatado a Margot Sutton. Ello significaba que formaba parte de un círculo interno.

O... Se detuvo. Guy encajaba con el perfil de alguien que podía formar parte del Anillo. Familia aristocrática. Había sido uno de esos estudiantes de Oxford que asumía riesgos, pero al que le gustaba la buena vida. ¿Le había hablado de Margot Sutton para ahuyentar cualquier sombra de sospecha de sí mismo? Se preguntó cómo podía averiguarlo. Sin embargo, también era cierto que Maxwell Knight confiaba en él y Ben estaba seguro de que Knight poseía un don especial para juzgar a la gente. O... tal vez sabía que era un agente doble y lo estaba utilizando. Le habría gustado preguntárselo a Knight, pero sabía que no tenía ninguna prueba de que Guy no fuera lo que aparentaba. Y recordaba lo que su compañero había dicho sobre el capitán King, como él lo llamaba. Solo responde ante Churchill. Un hombre que podía ser peligroso y muy poderoso. Entonces se le pasó por la cabeza que el propio Knight era alguien capaz de dirigir una organización secreta como el Anillo. Y de nuevo pensó si lo habían contratado solo para contentar a la gente de Whitehall y con la esperanza de que no se diera cuenta de nada.

Se preguntó si debía ir a ver a Mavis, pero le pareció una opción lamentable a nivel personal, y molesta a nivel profesional. Se preguntó también si la fotografía seguía teniendo importancia. Si el paracaidista tenía la misión de entregar un mensaje importante, seguro que los alemanes ya habrían encontrado otra forma de hacerlo llegar al destinatario. Al final decidió ir a la Biblioteca Británica, donde consultó varios libros sobre las batallas en cuestión, pero no averiguó nada que no supiera ya. Un rey había sido destronado por un rival más fuerte. Habían muerto muchos hombres, pero al final se había conseguido la paz. Veía los paralelismos, pero no entendía el posible significado. Regresó a casa y se alegró al recordar que le había prometido a Pamela que volvería con ella a Kent al día siguiente.

Margot Sutton miraba por la ventana del Daimler mientras dejaba atrás Londres. Atravesaron las afueras y al cabo de poco llegaron a la campiña. Todavía le parecía imposible haber vuelto a Inglaterra. Era algo demasiado bueno para ser real. Pero lo cierto era que iba a regresar a casa, a ver a su familia. El sufrimiento había acabado. Intentó alegrarse, emocionarse, pero se sentía vacía por dentro, como si una parte de ella hubiera muerto cuando la llevaron a aquella celda del cuartel de la Gestapo. Los últimos días habían sido una auténtica pesadilla y al final no le había quedado más remedio que aceptar que aquello acabaría con su muerte o que la enviarían a un campamento de prisioneros alemán. La uña ya se le había curado. No tenía cicatrices visibles de la horrible experiencia. Sin embargo, la herida de su corazón tardaría mucho más en cicatrizar. Gaston había negado que la amara. Había mostrado un desdén absoluto por ella y por el dolor que le habían infligido.

Vio los setos verdes que se deslizaban fugazmente al otro lado de la ventana. «Fui una estúpida —pensó—. Renuncié a todo, lo arriesgué todo por un hombre que ni siquiera me amaba».

Sin embargo, los antiguos recuerdos se apoderaron de su pensamiento: Gaston y ella paseando por el Bois de Boulogne, sentado frente a ella en un pequeño café, con los ojos prendidos por las llamas del deseo y mirándola fijamente. La había amado, de eso estaba segura. Entonces pensó en lo que le había dicho Gigi Armande: que Gaston había mostrado aquel desdén solo para protegerla. En su momento ella prefirió no creerla, pero ahora se daba cuenta de que tal vez era cierto. Lo que les había dicho a los alemanes era la única forma que tenía de salvarla. Debía transmitir la impresión de que ella no significaba nada y así evitar que la siguieran torturando. Si Gaston se mostraba del todo indiferente a su sufrimiento, no tenía sentido seguir torturándola.

—Me salvó —susurró para sí—. Me quería. Me quería tanto que estaba dispuesto a morir por mí.

Margot también tuvo que asumir que nada de lo que hizo podría haberlo salvado. Él jamás habría traicionado a los compañeros de la Resistencia y los alemanes jamás lo habrían liberado.

—Leal hasta el final —murmuró y sintió un leve brillo de consuelo en la oscuridad de su dolor.

Ahora podía regresar a su antigua vida. Era libre. Bueno, no del todo, eso lo sabía. Pero prefería enfrentarse al siguiente obstáculo a su debido tiempo. De momento solo quería disfrutar de la campiña de Kent con su familia. Atravesaron Sevenoaks y el entorno empezó a resultarle cada vez más familiar. De pequeña, había recorrido esos campos a caballo infinidad de veces. «Es curioso —pensó—, pero me siento como una anciana, como si lo mejor de mi vida ya hubiera ocurrido». Y se preguntó si alguna vez volvería a sentirse normal. Luego, cómo no, las preocupaciones se apoderaron de nuevo de ella. ¿Se atrevería a seguir adelante con todo? ¿Tendría el valor necesario para que Gaston se sintiera orgulloso de ella?

Poco después atravesaron Elmsleigh. Ahí estaba el prado comunal del pueblo, con marcador de críquet, que aún mostraba la puntuación del último partido. La iglesia se alzaba por detrás. La señorita Hamilton paseaba con sus perros. No había cambiado absolutamente nada. «Solo yo», pensó Margot.

Phoebe estaba en clase, recitando los reyes y reinas ingleses en orden ante su institutriz. Había llegado a Ricardo III, pero no podía continuar. Se puso a dar vueltas por la habitación.

—Ricardo III —repetía una y otra vez.

—La batalla de Bosworth —le recordó Miss Gumble—. ¿Qué ocurrió después?

—Después… —Phoebe miró por la ventana y no pudo reprimir un grito de alegría—. ¡Es Margot! —chilló—. Ha vuelto a casa.

Bajó corriendo las escaleras de dos en dos, hasta el vestíbulo, anunciando la buena nueva a gritos.

Lord Westerham se encontraba en la sala matinal, leyendo el periódico. Lo dejó y miró a su hija.

—¿Qué te he dicho de armar semejante alboroto en casa? ¿Es que tu institutriz no te ha enseñado que no es de buena educación que una dama alce la voz?

—Pero, papá —dijo Phoebe con el rostro iluminado de alegría—, es Margot. Ha vuelto.

El viernes a mediodía, Ben se estaba preparando para ir a la estación Victoria, cuando Guy llamó a su puerta.

—Sé de buena tinta que Margot va a bordo de un coche de camino a casa, en Kent. Me preguntaba si podrías inventarte una buena excusa para ir allí.

—De hecho, estoy a punto de tomar un tren para ir a casa —afirmó—. Pamela Sutton me pidió que le echara una mano con la fiesta de jardín que ha organizado su madre mañana.

Una sonrisa iluminó el rostro de Guy.

—¿Una fiesta de jardín? ¿Todavía se organizan esas cosas? Extraordinario. Puede que me anime a tomar el tren para unirme a la celebración. ¿Fresas con nata en el jardín? Eso es muy de antes de la guerra. ¿A beneficio de qué? ¿Es para recaudar fondos para nuestras tropas?

Ben se encogió de hombros.

—Lo ignoro. Lo único que sé es que a lady Westerham le daba auténtico pavor organizar una fiesta de jardín cuando no disponía del personal ni de los productos necesarios para ello. Por eso Pamela le ofreció su ayuda.

—¿Y tú qué harás, te pondrás el frac para hacerte pasar por el mayordomo? —preguntó Guy entre risas.

—De hecho, aún tienen mayordomo. Es demasiado mayor para que lo llamen a filas. Pero no tienen ningún lacayo y solo les quedan dos doncellas.

—Hay que ver lo mal que lo están pasando las clases altas —añadió Guy con gran sarcasmo—. El otro día me escribió mi madre y me dijo que había tenido que limpiar el baño ella misma. Imagínate.

Ben sonrió y pensó en los drásticos cambios que había tenido que llevar a cambio la gente del entorno de Guy.

Estaba a punto de irse cuando oyó pasos en las escaleras y se sorprendió al ver a un valija que se dirigía hacia él. El hombre se detuvo y lo saludó.

—¿Señor Cresswell? He recibido órdenes para entregarle esto de inmediato. Es de Medmenham.

—Gracias —balbuceó Ben. El hombre lo saludó y bajó corriendo las escaleras. Ben volvió a entrar en el dormitorio, cerró la puerta y abrió el sobre de Mavis.

> Creo que he localizado el lugar de tu fotografía. Aparece en el mapa catastral. Y en realidad está en Somerset, no en Devon o Cornualles, como creías.

El corazón le dio un vuelco. Tenía que contárselo a alguien antes de reunirse con Pamela en la estación. Cogió el macuto, tomó el metro y cuando bajó se dirigió a toda prisa a Dolphin Square. Llamó al timbre, pero no respondió nadie. Tomó el ascensor y llamó a la puerta. Sin respuesta. Apareció un hombre mayor en el pasillo.

—Es inútil que lo intente —le dijo—. Se han ido. Esta mañana los he visto salir con las maletas.

—Diantres —murmuró Ben, que bajó con el ascensor, salió a la calle y se detuvo a pensar qué podía hacer. No podía hablarle a nadie de la fotografía. Guy se había ido y no sabía cuándo iba a volver. Además, seguía albergando alguna sospecha sobre Guy. No le quedaba más remedio que ir él mismo a Somerset. Pero Pamela lo estaba esperando en la estación.

Suspiró y se dirigió a Victoria.

Pamela y Trixie aguardaban frente al panel de información de los trenes. Pamela lo saludó nada más verlo.

—Has llegado, qué bien.

—Hola, Ben —dijo Trixie—. Me alegra mucho que puedas venir. Yo ya lo tengo todo preparado para hacer de doncella. Quería alquilar uno de esos trajes clásicos de doncella francesa en una tienda de disfraces, pero Pamma no me ha dejado.

—Como si mi familia hubiera tenido alguna vez una doncella francesa —replicó Pam, dirigiéndole una mirada de desesperación a Ben—. Ni siquiera la tiene mamá, que debe conformarse con una doncella de mediana edad y muy anodina llamada Philpott.

—Pues tu familia tendría que animarse un poco —insistió Trixie—. Mi madre siempre tuvo doncellas francesas y papá las perseguía por toda la casa. Gracias a ello tuvieron un matrimonio de lo más feliz.

Pamela fingió que examinaba el panel de información.

—Dentro de media hora hay un tren que sale del andén once. Es perfecto, así tendremos tiempo de sobra para comprar el billete y llegar puntuales.

—Mira, Pamma —dijo Ben carraspeando—. No sé qué hacer. Tendría que ir a Somerset de inmediato. Ha surgido algo que debo comprobar en persona. Debería ir hasta Paddington y tomar el primer tren. Ya sé que te prometí que te acompañaría para ayudar a tu madre, pero confiaba en que lo comprendieras.

—Por supuesto —le aseguró Pamela—. No importa, no te preocupes. El trabajo es lo primero.

—¿Qué ha pasado en Somerset para que sea tan importante? —preguntó Trixie—. Lo único que ocurre ahí abajo es cuando hacen sidra y queso —dijo entre risas, pero entonces miró fijamente a Ben—. Tienes un trabajo rodeado de secretos e intrigas, ¿no? Ya me lo pareció cuando te vi en Bletchley. ¿Por qué no dejas que te acompañe a Somerset? Ya sabes dónde trabajo, he firmado la ley de Secretos Oficiales. No diré nada y me muero por hacer algo emocionante.

—No creo que vaya a ser muy emocionante —dijo Ben—. Solo necesito consultar una referencia topográfica.

—Y no pienses que vas a ir con Ben —terció Pamela, fulminando a su amiga con la mirada—. Si alguien va con él, seré yo.

—Vosotras tenéis que ayudar a lady Westerham —insistió Ben.

—Pero ¿cómo te desplazarás cuando estés allí? —preguntó Pamela.

—En tren, autobús, a pie.

—En lugares como Somerset hay autobuses una vez a la semana.

—Ya me las apañaré.

—Tengo una idea —le propuso Pamela—. Ven con nosotras a Kent y le podemos pedir prestado el Rolls a mi padre. Yo te llevaré.

—Pero ¿y tu madre?

—Si saliéramos esta misma tarde, podríamos llegar a tiempo para la fiesta. ¿Crees que te llevará mucho tiempo lo que tengas que hacer ahí?

—No lo sé. A decir verdad, no sé qué he de buscar exactamente.

—A mí me parece muy interesante —insistió Trixie—. Y sigo pensando que Pamma haría bien en quedarse con su madre y que deberías llevarme contigo.

—Creo que no debería llevarme a nadie —replicó Ben, algo incómodo.

—No puedes ir solo —dijo Pamela—. Necesitas que alguien consulte el mapa mientras conduces. O, mejor aún, yo conduzco y tú consultas el mapa. Así iremos mucho más rápido.

—Imagino que tienes razón —admitió Ben.

—¿Me estás diciendo que quieres que me quede en tu casa y que cargue con el muerto yo sola? —preguntó Trixie haciéndose la ofendida.

Pamela le dirigió una mirada de agradecimiento a su amiga.

—¿Lo harías por mí?

—Si es necesario supongo que sí. Por Gran Bretaña estoy dispuesta a dejarme la piel trabajando en una fiesta en la campiña. A lo mejor me conceden una medalla, quién sabe.

Pamela se rio.

—Eres la mejor.

—Esa soy yo, Trixie, la mejor. Venga, tenemos que comprar los billetes y hay cola.

Ben se llevó a Pamela a un lado.

—¿Crees que tu padre nos dejaría el Rolls? —preguntó Ben, que aún se debatía entre tomar el siguiente tren a Paddington o disfrutar de un viaje en coche acompañado de Pamela.

—Si no quiere, se lo pediremos a los Prescott, que tienen coches de sobra —se apresuró a añadir ella—. Y también les sobra la gasolina.

—¿De verdad piensas que me prestarían un coche? —preguntó Ben.

—A mí sí —respondió con serenidad—. Aún están convencidos de que…

—Entonces, ¿lo tuyo con Jeremy ya se ha acabado?

—¿Acaso había alguna otra opción? En fin, pero eso ahora da igual. Tenemos una misión entre manos.

—Has sido muy generosa —le agradeció Ben.

—Para nada. Será una aventura y necesito algo que me levante el ánimo.

Cuando llegaron a casa, los recibió Phoebe, que todavía estaba exultante, y les comunicó que Margot había regresado. El festival de abrazos y lágrimas posterior acabó en un té que reunió a toda la familia.

—Como en los viejos tiempos —dijo lady Westerham—. Mis plegarias han sido atendidas y vuelvo a estar acompañada de todas mis hijas.

Margot estaba muy pálida y esbozó una sonrisa triste. Ben no sabía si quedarse ahora que Margot había vuelto o si debía irse para investigar la ubicación de la fotografía. Al final se decantó por lo último. Margot anunció que estaba agotada y pidió excusas para retirarse a descansar.

Tal y como había temido Ben, lord Westerham puso reparos en cederles su Rolls.

—No puedo permitir que os vayáis de excursión y gastéis la poca gasolina que me queda —bramó.

—Pero es que es importante, papá. Es por un asunto del trabajo de Ben y yo he prometido que lo ayudaría.

—Si tan importante es para su trabajo, el gobierno debería proporcionarle un vehículo. Ellos tienen gasolina y yo no —les espetó.

—Lo siento muchísimo —susurró Pamela—. No me imaginaba que sería tan tacaño. Es una pena que no podamos contarle para qué lo necesitamos. No se da cuenta de que es una cuestión de seguridad nacional. ¿Tu jefe no podría darte un vehículo?

—Creo que se ha ido a pasar el fin de semana fuera —respondió Ben—. Además, esto es un asunto que no puede esperar.

—¿De qué se trata? —preguntó Pamela en voz baja.

Ben llegó a la conclusión de que no tenía gran sentido mantener el secreto ahora que sabía que formaba parte del MI5.

—Es por el paracaidista que cayó en vuestra finca —dijo y se la llevó a un lado, donde nadie pudiera oírlos—. No llevaba ningún documento encima. Ninguna identificación. Solo una fotografía con unos números. Y por fin alguien ha identificado el lugar donde se tomó. Por eso debo ir ahí de inmediato.

—A los Prescott no les podemos contar eso —dijo Pamela, que miró por la ventana—. Oye, hay muchos vehículos militares aparcados en nuestra propiedad. ¿Crees que podríamos tomar uno prestado?

—¿Y que nos peguen un tiro antes de llegar a la puerta? —A Ben le dieron ganas de reír—. Pero podría preguntárselo al coronel Pritchard. Me pareció un tipo decente. Y está al corriente del tema del paracaidista. Además, podría decirle para quién trabajo.

—Pues hazlo —dijo Pamela—. Yo iré a ponerme algo más adecuado para conducir y prepararé una bolsa con alguna muda y el cepillo de dientes, por si tenemos que pasar la noche allí. —Le sonrió—. Hace unos días creía que no volvería a sonreír, pero ahora pienso que esto será divertido.

Capítulo 36

Viaje a Somerset

El coronel Pritchard los escuchó con interés, pero parecía indeciso.

—No puedo cederles mi vehículo propio. Y aparte de eso solo tengo camiones, tanques y vehículos blindados. Creo que llamarían mucho la atención si se desplazaran en uno de ellos y, además, dudo que tengan el permiso de conducción adecuado. —Hizo una pausa y añadió—: Pero se me ocurre una idea. ¿Han montado en motocicleta alguna vez?

—Un par de veces cuando estudiaba en Oxford —respondió Ben.

—Pues pueden llevarse la moto con sidecar de mi valija. Además, no consume mucho combustible.

De modo que al cabo de media hora se pusieron en marcha, con Pamela en el sidecar y Ben sentado en la motocicleta, si bien algo incómodo. Pamela se había puesto pantalones y una blusa de cuello abierto. Llevaba el pelo recogido con un pañuelo. Ben tuvo que concentrarse en el manejo del vehículo y apenas pensó en que llevaba una pasajera y que esa pasajera era Pamela. No era una moto muy potente, por lo que no le llevó mucho tiempo dominarla. Circulaban por carreteras casi desiertas debido al racionamiento de gasolina, pero habría sido un viaje más agradable si las autoridades no hubieran eliminado todas las señales y no se hubieran equivocado un par de veces antes de tomar la carretera principal en dirección suroeste. Pero a partir de entonces avanzaron a buen ritmo y solo se cruzaron con algún que otro camión del ejército o una furgoneta de reparto.

Eran casi las nueve de la noche cuando dejaron atrás Wiltshire y entraron en Somerset. La oscuridad amenazaba con engullirlos de un momento a otro y el sol crepuscular quedaba oculto tras un grupo de nubes oscuras. Soplaba un viento gélido.

Ben se volvió hacia Pamela con una mirada de preocupación.

—Maldita sea, no pensamos en la lluvia. Ahora me doy cuenta de que la motocicleta tiene sus limitaciones.

—Pues debemos darnos prisa para hacer el trabajo cuanto antes —lo animó Pamela—. ¿Estamos cerca?

Ben examinó el mapa.

—Bastante, sí. El último pueblo que hemos dejado atrás debía de ser Hinton St George, lo que significa que la colina debería aparecer a nuestra izquierda dentro de poco. Hemos visto muchas colinas, pero esta tiene una forma especial. —Le mostró una copia de la fotografía para que la examinara—. Fíjate en el campanario y los tres pinos. No debería ser muy difícil identificarlos.

Pamela asintió.

—Pues sigamos, Macduff.

La carretera atravesaba la llanura de Somerset, donde las vacas pacían tranquilamente en campos separados por canales de agua. A Ben le pareció que habían dejado atrás la zona más montañosa de la región y se preguntó si su sentido de la orientación los había llevado a extraviarse. Entonces atravesaron una aldea de edificios con tejados de paja y Pamela señaló.

—¡Mira, ahí está!

A medida que se aproximaban, vieron la iglesia que se alzaba por encima de los pinos. Se miraron y sonrieron. Les llevó un rato dar con la carretera que conducía a lo alto de la colina, pero llegaron a la iglesia bajo los últimos rayos de luz del día y Ben detuvo la moto. Los grajos graznaban desde lo alto de los árboles del cementerio, donde antiguas lápidas compartían espacio en un rompecabezas de ángulos desiguales. El viento del oeste les azotó el rostro mientras avanzaban. Era la iglesia de All Saints. Ben miró alrededor y vio una casa pequeña detrás del cementerio. Aparte de eso, no había ningún otro edificio a la vista. Era un sitio lúgubre y que parecía medio abandonado.

—¿Y ahora qué? —preguntó Pamela.

¿Ahora qué? Habían pasado frente a un par de casitas cuando la carretera enfilaba la colina, pero no había ni rastro de la existencia de un pueblo o de una mansión, tal como esperaba Ben.

—Supongo que deberíamos echar un vistazo a la casa del párroco antes de bajar —dijo Ben.

—¿Crees que encontraremos un semillero de simpatizantes nazis? —preguntó Pamela medio en broma—. ¿Vas armado por si acaso? —Cuando vio la cara que ponía estalló en carcajadas—. Creo que nos la han jugado —dijo—. Me parece que la fotografía contenía un mensaje oculto y que el sitio en sí era irrelevante.

—Me temo que debo darte la razón —concedió Ben. Sin embargo, encontró un sendero medio cubierto de musgo que atravesaba el cementerio y llamó a la puerta de la casa del párroco. La abrió un clérigo anciano, con el pelo blanco y ralo y un rostro angelical. Ben le dijo que estaban visitando la región del West Country y que tenían un especial interés por las iglesias antiguas, en especial las más remotas. El hombre los invitó a entrar y les sirvió vino de saúco hecho por un feligrés.

—Pero ¿dónde se encuentra su parroquia? —preguntó Pamela—. No hemos visto ninguna casa.

—Bueno —dijo el párroco—, es que esta iglesia tiene su historia. En el pasado formó parte de un monasterio que en la época de Enrique VIII pasó a manos de un noble de la zona, quien lo transformó en su mansión. Luego, durante la guerra civil, el ejército de Oliver Cromwell lo arrasó. Pero la iglesia sobrevivió y ha seguido atendiendo a las aldeas y granjas de la zona desde entonces.

—¿De modo que no existe una casa solariega?

—Lo único que quedan son las ruinas, nada más.

—¿Y en la actualidad no vive nadie aquí? —preguntó Pamela.

—No vive nadie a menos de un kilómetro de aquí —confirmó el párroco.

—Debe de sentirse solo.

El hombre asintió.

—Mi esposa murió hace tres años. Ahora viene a limpiar una mujer una vez a la semana. Yo hago las visitas a los feligreses en bicicleta, pero sí, vivo en un lugar aislado. Por suerte tengo mis libros y la radio. —Se levantó—. Dentro de poco habrá oscurecido ya, pero ¿les gustaría ver la iglesia?

—Gracias.

Ben y Pamela se levantaron y lo siguieron. El hombre cogió una linterna del taquillón del recibidor para iluminar el camino entre las lápidas. En el interior de la iglesia, los últimos rayos de luz del día se filtraban por las ventanas altas y perpendiculares. Tenían la impresión de que se encontraban en una larga nave central con pilares a ambos lados. La iglesia olía a antiguo, a humedad, y necesitaba varios arreglos debido a su estado de abandono.

El párroco los acompañó en todo momento, iluminando con la linterna las losas de mármol que señalaban las tumbas de caballeros muertos. Entonces dijo:

—Si quieren subir al campanario podrán disfrutar de unas vistas fantásticas. Yo no los acompañaré porque ya no estoy para esos trotes. La escalera tiene luz, pero no deberíamos encenderla por el apagón. Tengan, llévense mi linterna.

Les mostró una puerta que había en la pared. Al otro lado había una escalera de caracol de piedra que conducía a lo alto de la torre. El farol, cubierto con una tela negra opaca, les permitió iluminar los escalones uno a uno, pero era un lugar espeluznante y gélido. Cuando por fin llegaron a una pequeña puerta, abrieron el cerrojo y salieron a la plataforma que coronaba la torre. Un rayo del sol crepuscular atravesaba las nubes y teñía los canales de agua de tonos rosados. A lo lejos vieron las aguas abiertas del canal de Bristol.

—Este sería un buen lugar para enviar señales —dijo Ben.

Pamela asintió.

—Pero ¿quién podría hacerlo? —se preguntó.

El viento empezaba a traer las primeras gotas de lluvia.

—Deberíamos ponernos en marcha —dijo Ben.

El párroco los acompañó a la moto y se despidió de ellos con la mano. Empezó a llover con fuerza, una lluvia fuerte y racheada de mar.

—¿Crees que deberíamos volver por la mañana para averiguar quién vive aquí cerca? —preguntó Pamela.

—Me pregunto qué conseguiríamos con ello —dijo Ben, examinando los bosques oscuros que los rodeaban—. Creo que si el párroco hubiera visto a alguien desconocido o sospechoso, lo habría mencionado, ¿no te parece? Nos ha dicho que la parroquia está formada únicamente por las granjas y casas de los alrededores. Seguramente será gente que cultiva estas tierras desde hace muchas generaciones. Podríamos examinar las ruinas del antiguo monasterio a la luz del día, pero ¿no crees que el párroco lo habría notado si se hubiera producido algún movimiento extraño? Francamente, no albergo grandes esperanzas. Creo que tenías razón con lo que dijiste antes, que la fotografía contenía un mensaje oculto y que no señalaba un lugar concreto.

—Supongo —asintió Pamela—. Pues tendremos que volver a Londres para que puedas informar de lo que has averiguado. Y mi madre me matará si no regresamos a tiempo para la fiesta.

—Antes deberíamos parar a comer algo —dijo Ben—. No sé tú, pero yo me muero de hambre.

—Pues que tengas buena suerte, porque a estas horas de la noche… —Pamela se rio—. Seguro que aquí se van todos a la cama a las ocho, sobre todo ahora que el apagón impide realizar muchos desplazamientos. Francamente, no creo que sea nada fácil volver a casa a oscuras, Ben. Tal vez sería más sensato buscar algún lugar donde pasar la noche e irnos al alba.

—¿Has traído ropa de dormir?

Pamela se rio.

—Un cepillo de dientes. Pero sobreviviré.

Los árboles los resguardaron de la lluvia cuando bajaron la colina, pero al llegar a la llanura, el aguacero era torrencial.

—No podemos seguir así, Ben —gritó Pamela para hacerse oír por encima del estruendo de la lluvia. A lo lejos sonó un trueno.

—Había un pub en el primer pueblo —gritó Ben.

Ahora avanzaban muy lentamente por culpa de las cunetas anegadas de agua. Al cabo de poco atisbaron las primeras casas y vieron el cartel de un pub. Se llamaba Fox and Hounds, tenía el tejado de paja y destacaba por su estilo clásico.

Ben aparcó la motocicleta en el patio y ambos corrieron hacia la puerta. Al entrar, los recibió un murmullo de voces y varios hombres de avanzada edad apostados en la barra. Había también un par de perros. El techo tenía las vigas a la vista y había una chimenea enorme. Todas las miradas se posaron en ellos mientras se dirigían a la barra.

—Menudo baño acaban de darse —les dijo el dueño con un fuerte acento de Somerset—. Parecen dos ratas que han huido de un naufragio. —Se rio.

—Íbamos en moto —le aclaró Ben—. ¿Tendría alguna habitación para pasar la noche?

—Solo una, pero imagino que no les importará, ¿no?

Ben miró a Pamela. Antes de decir nada, ella sonrió de oreja a oreja.

—Claro que no. Le estamos muy agradecidos.

—Voy a preguntarle a mi mujer, a ver si puede subirles un tendedero para que pongan la ropa a secar —prosiguió el hombre—. ¿Quieren que les suba un par de pintas de cerveza o de sidra?

Ben miró a Pamela.

—Yo quiero una sidra, por favor —dijo ella—. ¿Y tendría algo de comer?

El hombre frunció el ceño.

—Desde que empezó el racionamiento no servimos comida. Pero mi mujer ha hecho empanadas y me atrevería a decir que nos sobran un par.

Los acompañó por una escalera de madera que crujía a cada paso que daban. Tenía una cama doble enorme cubierta con varios edredones. En cuando el dueño cerró la puerta, Pamela miró la cama y se le escapó la risa.

—Parece la del cuento de la princesa y el guisante.

—Y tú, que eres de cuna noble, estarás tan incómoda que no podrás pegar ojo —dijo Ben con un tono desenfadado.

—Al contrario, después de tanto aire fresco, dormiré como un lirón —replicó ella.

—Deberíamos quitarnos la ropa mojada —dijo Ben—. ¿Quieres que espere fuera mientras te cambias? —le preguntó, azorado.

—No estoy muy empapada —aseguró ella—. El sidecar me tapaba las piernas y la blusa solo se me ha mojado en torno al cuello. Pero la chaqueta ha quedado en un estado lamentable. —Se la quitó y la puso sobre el respaldo del sillón—. En cambio, tú… —Lo miró y se rio.

—Estoy empapado, sí —le aseguró entre risas.

—Venga, quítate la ropa. No miraré —le aseguró.

Ben se quedó en ropa interior y se tapó con una toalla.

—Tú quédate la cama, yo puedo dormir en el sillón —dijo sin mirarla.

—Ni hablar. Hay espacio de sobra para los dos —le aseguró Pamela—. Además, necesitas descansar tanto como yo.

Llamaron a la puerta y apareció la dueña con sendos vasos de sidra y las empanadas.

—Denme la ropa mojada y la pondré en el armario de la caldera para que se seque —les dijo y se fue con una sonrisa de oreja a oreja.

Pamela y Ben cenaron con apetito. Cuando acabaron ella subió a la cama y Ben apagó la luz antes de tumbarse junto a ella.

—¿Seguro que no te importa? —le preguntó.

Pamela le puso una mano en el brazo.

—No podrías ser más dulce, Ben. Contigo siempre me siento a salvo. Eres como el hermano que nunca he tenido.

—Me alegro —mintió Ben.

Permanecieron inmóviles a oscuras, escuchando el tamborileo de la lluvia y el estruendo lejano de los truenos.

—Con Jeremy nunca me he sentido a salvo —dijo de pronto Pamela—. Supongo que formaba parte de la atracción. Ya sabes, por todo eso de flirtear con el peligro. Quería acostarse conmigo, pero yo no le dejé. —Se hizo de nuevo el silencio, hasta que ella lo rompió—. Me preguntaba... ¿Crees que podría ser frígida?

—Espero que no estés insinuando que intente demostrarte que te equivocas —dijo Ben, con una risa forzada.

Pamela también se rio.

—Claro que no. Es que desde entonces no he parado de darle vueltas a la cuestión. Y me siento culpable. Si le hubiera dado a Jeremy lo que quería, él nunca habría seducido a Dido.

—No creo que tu hermana necesitara que la sedujeran —le aseguró Ben—. En cambio, creo que tú eres de las que quiere que todo sea perfecto antes de entregarte a alguien. Eres así.

—Me comprendes muy bien —dijo Pamela, que apoyó la cabeza en el hombro de Ben.

Él oía su corazón, que latía desbocado. Plenamente consciente de la proximidad entre ambos, del tacto frío de su piel. «El hermano que nunca he tenido», pensó él. Pamela se durmió enseguida y Ben permaneció inmóvil escuchando su respiración.

Se despertaron con un coro ensordecedor de pájaros y el trajín de actividad fuera. Frente a la ventana de la habitación pasó un pastor con un rebaño de vacas. Un tractor se dirigía al campo. Se miraron y sonrieron.

—Un poco arrugada, pero puedo ponérmela sin problemas —dijo Pamela.

—Estás guapísima —dijo Ben—. ¿Te importaría bajar y pedir que te devuelvan mi ropa? En cuanto me haya vestido podemos ir a desayunar y nos ponemos en marcha.

Cuando bajaron la dueña les preparó beicon, huevos y torrijas.

—Estaba delicioso —dijo Pamela—. Más aún después de lo que solemos comer en casa. Mi casera es una cocinera atroz.

—¿Han venido a pasar unos días de vacaciones? ¿Antes de que vuelvan a llamarlo a filas?

—Así es —dijo Pamela—. Nos ha interesado mucho la colina. ¿Tiene alguna historia especial?

—¿Se refiere a la colina de Churchill? —preguntó la mujer.

—¿Es así como se llama? —preguntó de pronto Ben.

—Es como la conocemos aquí de toda la vida.

—¿Qué ocurre, Ben? —preguntó Pamela, mientras la dueña se llevaba los platos—. Estás pálido.

—Estaba mirando el calendario de la pared —dijo—. Es el 14 de junio. Eso significa que la fecha es 14, 6, 1941. Fíjate en los números. 1461. La fecha de hoy. Creo que ya entiendo lo que significa. La fotografía era una orden transmitida desde Alemania para asesinar hoy a Churchill.

Capítulo 37

Somerset

—Hay que informar a alguien de inmediato. —Ben se levantó de un salto y se dirigió hacia la puerta—. Pero ¿a quién? Mi jefe está fuera. A Downing Street. Sabrán dónde está el primer ministro. Y tomarán las precauciones necesarias. —El corazón le latía con fuerza mientras echaba a correr para alcanzar a la dueña, a quien preguntó balbuceando—: ¿Tienen teléfono?

—Hay una cabina en el centro del pueblo, frente a la oficina de correos —respondió la mujer.

—Yo recojo nuestras cosas. Ve tú —le dijo Pamela.

Ben salió corriendo y al llegar a la cabina hurgó en los bolsillos en busca de alguna moneda. ¿Tenía alguna que le sirviera? Además, debía convencer a la operadora de que lo pusiera con el servicio de emergencia nacional.

—El número, por favor —dijo la voz de la operadora.

—Necesito que me ponga con Downing Street —dijo Ben, intentando mantener la calma—. Es una emergencia.

—¿Me toma el pelo? —preguntó la operadora.

—Claro que no le tomo el pelo —le espetó—. Trabajo para el MI5 y estoy en Somerset. Es de vital importancia que hable de inmediato con alguien. —El tono imperioso que empleó lo sorprendió hasta a él mismo.

—De acuerdo, señor. Haré lo que pueda. —La operadora parecía algo afectada.

Ben aguardó con impaciencia hasta que oyó una voz masculina.

—Residencia del primer ministro. ¿En qué puedo ayudarlo?

—¿Está ahí el primer ministro? —preguntó Ben.

—No, señor, creo que ha pasado la noche en las War Rooms —respondió el hombre.

—Escúcheme con atención: me llamo Benjamin Cresswell. Soy agente del MI5. Mis superiores se lo pueden confirmar si es necesario. Tengo motivos para creer que existe un complot para asesinar al primer ministro hoy.

—Señor, recibimos amenazas de muerte contra el primer ministro a diario —dijo el hombre con serenidad—. ¿Tiene alguna prueba de ello? Y ¿por qué no se ha remitido esta información a través de los canales adecuados?

—Porque mi superior se encuentra fuera este fin de semana y no puedo ponerme en contacto con él. He seguido una pista que empezó con un soldado alemán fallecido en territorio británico y ahora mismo me encuentro en mitad de la campiña, en Somerset. Y he pensado que tal vez les gustaría saberlo —dijo Ben alzando la voz.

—¿Puede ofrecerme algún detalle?

—No puedo hacerlo a través de una línea telefónica pública, ya que podrían estar escuchándonos diversas personas —dijo Ben—. Pero les sugiero que el señor Churchill no salga de las War Rooms.

—El primer ministro tiene previsto asistir a una ceremonia en el aeródromo de Biggin Hill —dijo la voz—. Estoy seguro de que no cambiará de planes por culpa de una amenaza infundada. Y estará en el aeródromo. ¿Dónde va a encontrarse mejor protegido?

—Yo ya he cumplido con mi parte —afirmó, presa de una gran frustración—. Le he informado de todo. Si decide ignorar mi advertencia, pesará sobre su conciencia.

—Mire, aconsejaré al equipo de seguridad del primer ministro que esté más alerta —contestó la voz—, pero si cree que el señor Churchill se quedará en casa como un conejo asustado por una amenaza de muerte es que no lo conoce.

Ben colgó con fuerza y regresó junto a Pamela.

—¿Se lo han comunicado al primer ministro? ¿Qué medidas van a tomar? —le preguntó.

—No lo sé —suspiró—. No sé qué más hacer.

Pamela le acarició el brazo.

—Tú ya has hecho todo lo que podías. Eres quien ha descubierto toda la trama.

—Pero de nada servirá todo eso si le pegan un tiro, ¿no? Serán necios... Pecan de autocomplacencia. ¿Qué más puedo hacer? Llamar a Biggin Hill, supongo, y desplazarnos hasta allí a toda prisa. Con un poco de suerte, llegaremos antes de que sea demasiado tarde.

Phoebe se despertó temprano, emocionada e inquieta, no solo por la fiesta y por el nerviosismo de su madre para que todo saliera bien. Pasaba algo más. ¿Por qué se habían ido en moto a toda prisa Ben y Pamela cuando Margot llegó a casa? Le daba un poco de pena la amiga de Pamela, que había acompañado a su hermana hasta allí para que luego la dejara plantada sin más. Y también estaba la llamada telefónica que había oído la noche anterior. Alguien la había hecho desde el estudio de papá de noche. Era una voz de mujer, pero Phoebe no pudo oír lo que decía a través de la gruesa puerta de madera. Luego pasó Soames y tuvo que subir corriendo a la cama. Una excursión a caballo a primera hora. Eso era lo que necesitaba.

Se puso los pantalones, las botas de montar y el casco, y bajó a los establos. Jackson ya andaba faenando con los caballos. Phoebe se detuvo y miró hacia la ventana de Miss Gumble. ¿Estaba despierta? ¿Avisaría a sus padres de que había salido a montar sin permiso?

—Ensilla a Bola de Nieve, por favor —le pidió Phoebe a Jackson.

—¿Le parece bien al señor que salga a montar sola? —preguntó el mozo.

—Me portaré bien, no iré al galope ni saltaré troncos —prometió ella—. Es que hace días que no sale de los establos y está engordando.

—Eso es cierto —concedió Jackson—. ¿Quiere que la acompañe?

—No, me harás ir muy despacio.

El mozo sonrió.

—Bueno, confío en que no se hará daño. Debo admitir que es una gran amazona. Su familia debería sentirse orgullosa.

Phoebe le dedicó su sonrisa más radiante y dirigió de nuevo la mirada a la ventana de Miss Gumble.

—No se preocupe por ella —le dijo Jackson—. Hace ya un par de horas que ha salido. Iba con los prismáticos colgados del cuello, por lo que deduzco que iba a ver pájaros, como hace de vez en cuando.

Phoebe montó en el poni y se puso en marcha. Cuando ya no podían verla desde la casa, empezó a cabalgar a medio galope, disfrutando de la agradable sensación que le producía sentir el roce de la brisa matinal en su rostro. Confiaba en cruzarse con Alfie en el campo, pero no había ni rastro de él. Se acercó al bosque, a la casa del guardabosque, pero no vio nada. Avanzaba por un camino de herradura, entre una arboleda, cuando oyó el rugido de un vehículo de motor en la pista que discurría al otro lado de unos arbustos de rododendro. No sonaba como un camión del ejército e intentó verlo, pero la vegetación era demasiado densa. Oyó que el motor se detenía y, a continuación, una voz.

—¿Recibiste mi mensaje?

Era una mujer que hablaba con un hilo de voz, apenas un susurro.

—¿Qué ocurre? —Esta vez era un hombre.

—No puedo seguir adelante.

—Tienes que hacerlo. Ya está todo planeado. No puedes echarte atrás ahora.

—Pero es que no puedo hacerlo.

—No te queda más remedio. Es obvio que yo no puedo, así que todo depende de ti. Diste tu palabra.

—No me pidas que haga eso, por favor.

—Ya sabes las consecuencias si no sigues con el plan previsto.

A Phoebe le pareció oír un sollozo. El susurro se convirtió en un murmullo. Quería alejarse, pero tenía miedo de que el ruido de las riendas o el freno pudiera delatar su presencia.

Entonces oyó la conversación con claridad.

—Aquí está la pistola. Ya está cargada. Tómala y no nos decepciones.

Entonces se cerró la puerta de un coche y oyó el sonido de un motor dando marcha atrás. Intentó atravesar los arbustos, pero el sotobosque era demasiado denso para un poni. Cuando encontró la forma de rodear los matorrales, ya no había nadie y la única prueba de lo que había ocurrido eran las marcas de los neumáticos.

El corazón de Phoebe latía desbocado. Se lo había pasado en grande jugando a los detectives y los espías con Alfie, pero siempre había sido eso, un simple juego. Ahora había alguien que había entregado una pistola cargada a otra persona, y esa otra persona estaba asustada. ¿Quiénes eran y por qué se habían reunido en Farleigh? Tenía que contárselo a alguien. Si acudía a su padre, era probable que no la creyera. A su madre no le interesaría lo ocurrido. Podía contárselo a Pamma, pero no estaba en casa. Y Miss Gumble había salido a observar pájaros. ¿Qué decía el cartel de las siete reglas? «Denunciar cualquier actividad sospechosa a la policía». En su caso seguramente era el agente del pueblo. No le parecía un hombre que destacara por su inteligencia, pero podía transmitir la información a la gente adecuada.

Tenía que encontrar a Alfie para contárselo. Él la creería. Regresó a la casa del guardabosque, bajó del caballo y ató las riendas a la rama de un árbol. La señora Robbins abrió la puerta con cara de preocupación.

—Buenos días, milady, ¿qué ocurre? El señor Robbins ha decidido quedarse en la cama hasta tarde, aún va vestido con la ropa de dormir y no estamos preparados para recibir visitas.

—Lo siento, pero ¿está despierto Alfie? Me gustaría hablar con él —preguntó Phoebe.

—Está en la cocina, desayunando. Voy a buscarlo —le dijo.

Phoebe esperó y no tardó en aparecer Alfie, secándose la boca.

—Prepara unas gachas estupendas. Qué buena cocinera es —dijo con una sonrisa—. ¿Qué pasa? Pareces preocupada.

—Es que lo estoy —se apresuró a responder Phoebe—. No sé qué hacer. Resulta que hace un rato he salido a montar y he oído un coche circulando por la pista que hay detrás de los rododendros. Luego he oído voces. Una era de una mujer que estaba asustada y la otra, de un hombre. Le ha dicho que tenía que hacer algo y le ha entregado una pistola cargada.

—Caray —dijo Alfie—. ¿Quién era?

—Ese es el problema, que yo iba montada en Bola de Nieve y los arbustos son muy densos en esa zona. Cuando encontré una forma de llegar a la pista, ya se habían ido. ¿Qué te parece que deberíamos hacer?

—Pues decírselo a tu padre.

—Ya lo había pensado, pero él creerá que no he oído bien o que me lo invento. Tal vez deberíamos hablar con el agente Jarvis.

—¿Con ese? Pero si es más tonto que un zapato —replicó Alfie con un gesto de desdén.

—Pero es la autoridad, ¿no? Mira, mi padre no me creerá, mi madre no me hará caso y Pamma no está.

Alfie asintió.

—De acuerdo, vamos a ver al agente Jarvis. Pero antes déjame acabar el desayuno.

—Esto es urgente, Alfie —lo apremió Phoebe—. Vístete, venga. Yo llevaré a Bola de Nieve al establo y nos vemos aquí dentro de media hora.

Phoebe montó en el poni e hizo el trayecto de vuelta a casa a medio galope, algo que no pareció hacerle mucha gracia al animal.

—¿Ya ha vuelto Miss Gumble? —preguntó Phoebe cuando le dio las riendas al mozo.

—Aún no le hemos visto el pelo, milady —respondió Jackson.

—Vaya.

A Phoebe se le acababa de ocurrir que Miss Gumble podía ser la persona ideal a la que contarle lo ocurrido. Ella sí la tomaría en serio y sabría qué hacer. Pero mientras subía los escalones de casa, un pensamiento horrible le vino a la cabeza. ¿No era cierto que Ben Cresswell había demostrado sospechar de Miss Gumble? Había preguntado por su telescopio y sus papeles. Ben era un tipo sensato, y Pamela y él se habían ido precipitadamente. Eso significaba que estaba ocurriendo algo. Phoebe revisó el plan. Tal vez debía ir a casa del párroco a ver si había vuelto. De no ser así, podía dejarle un recado. Pamma y él tenían que volver antes de la fiesta del jardín de su madre. Si alguien sabría qué hacer, ese era Ben.

Phoebe entró en el comedor, que estaba vacío, robó una tostada, la untó con mermelada y la engulló. Le apetecía una taza de té, pero sabía que si entraba su padre le caería una buena regañina por presentarse a desayunar con ropa de montar. Entonces oyó pasos y levantó la mirada, pero solo era Trixie, la amiga de su hermana, que había ido a echarles una mano con la fiesta. Estaba muy guapa y radiante con su vestido veraniego y sonrió al ver a Phoebe.

—Hola, Phoebe —le dijo—. ¿Vas a salir a montar? Hace un día precioso. Si no me hubieran condenado a trabajos forzosos, te acompañaría.

—De hecho, acabo de volver —afirmó la jovencita—. Ahora me voy al pueblo con Alfie. ¿Te importa decírselo a los demás cuando los veas?

—Así lo haré —dijo Trixie—. ¿Quién es Alfie, tu novio? —preguntó con una sonrisa socarrona.

Phoebe se sonrojó.

—Claro que no. Vive con el guardabosque, pero somos amigos. Y tenemos que hacer un trabajo importante. He oído una conversación y tengo que avisar a la policía.

—Muy bien. —Trixie asintió y sonrió—. Pero no tardes en volver para no disgustar a tu madre. Hoy necesitamos la ayuda de todo el mundo, como ya sabes.

—Tranquila, volveré enseguida —le aseguró Phoebe, que se fue como una exhalación.

Capítulo 38

Regreso de Somerset

Ben forzó la motocicleta al máximo en el trayecto de vuelta a Kent. Agarrado con fuerza al manillar, miraba al frente con férrea determinación. ¿Y si no le hacían caso? ¿Cómo podía llegar a Biggin Hill antes que el primer ministro? Y aunque llegara a tiempo, ¿qué demonios podía hacer?

Al menos parecía que iban a tener un día radiante. «Lady Westerham se alegrará por su fiesta de jardín», pensó. Pero, claro, tenía que llevar a Pamma a su casa. Otra preocupación más. Pamela iba a recibir una buena reprimenda por no ayudar con los preparativos de la fiesta, pero tenían que darse cuenta de que esa misión era más importante.

Dejaron atrás Stonehenge, Hampshire, cruzaron los elegantes jardines de Surrey y llegaron a Biggin Hill en torno a mediodía. La verja estaba cerrada, pero apareció un guardia en cuanto Ben se quitó las gafas.

—Lo siento, pero la ceremonia ya ha acabado —les comunicó.

—¿Aún está aquí el primer ministro? —preguntó Ben de forma algo brusca.

—Ya se ha ido —respondió el guardia.

Ben lanzó un suspiro de alivio.

—¿De vuelta a Londres?

El guardia sonrió.

—No suele compartir sus planes conmigo, pero he oído que quería aprovechar y pasar por casa. Como estaba tan cerca...

Chartwell, claro. «Está a tiro de piedra», pensó Ben. ¿Debía intentar alcanzar al primer ministro?

—¿Cuál era el motivo de la ceremonia? —preguntó Pamela, que bajó del sidecar para desentumecerse un poco.

—Era en honor de los caídos en la batalla de Inglaterra del año pasado. Y para otorgar unas cuantas medallas, nada más. Ya sabe, para mantener la moral de la gente y todo eso. Uno de nuestros hombres ha regresado a Inglaterra después de huir de un campo de prisioneros alemán. Menuda historia. Fue el único superviviente del intento de fuga. Le dispararon y se hizo el muerto, pero aun así logró cruzar toda Alemania y toda Francia. El primer ministro se deshizo en halagos hacia él.

—Lo conocemos —dijo Pamela—. Es un buen amigo. ¿Aún está aquí?

El guardia miró.

—La última vez que lo he visto se estaba despidiendo de su familia —dijo—. Ah, miren, ahí está. Un momento, voy a buscarlo. Eh, artillero Davis. Han venido a verlo unos amigos —gritó.

Se acercó un hombre enjuto y nervudo. Al ver a Ben y Pamela puso cara de confundido.

—¿Sí? ¿En qué puedo ayudarlos? —les preguntó.

—Lo siento —dijo Ben—. Nos hemos equivocado. Creíamos que era nuestro amigo, el teniente Prescott de las fuerzas aéreas. También huyó de un campo de prisioneros hace poco.

—¿Prescott? —El hombre negó con la cabeza—. ¿Ha regresado a Inglaterra? Que me aspen, creíamos que había muerto.

—No, si estaba en el mismo campo de prisioneros, sobrevivió a la fuga haciéndose el muerto, como usted —le explicó Pamela—.

Lo hirieron, pero logró llegar a Inglaterra. Los dos fueron muy valientes.

El hombre se rascó la cabeza y se apartó la gorra a un lado.

—Eso no es así, señorita. El teniente Prescott estaba en el mismo campo, pero no formó parte de la fuga. Un par de semanas antes, se lo llevaron en un vehículo del ejército alemán. De hecho, cuando nos sorprendieron los alemanes en el bosque, al salir del túnel, pensé que a lo mejor habían torturado a Prescott y que se lo había contado todo. De modo que al final llegó a casa... Me pregunto cómo lo consiguió. Creíamos que había muerto.

Ben miró a Pamela. Ninguno de los dos sabía qué decir.

—Gracias, artillero Davis —dijo Pamela al final—. Y enhorabuena por la merecida medalla.

Ben la miró con admiración. No era de extrañar que la gente respetara a las clases altas. Acaba de recibir un segundo golpe devastador, pero había mantenido la calma con serenidad y elegancia. A pesar de todo, el desconcierto y la confusión le impedían pensar con claridad. Si los alemanes habían sacado a Jeremy del campo de prisioneros, ¿cómo diablos se las había apañado para llegar a casa? Una cosa era escapar de un campo de prisioneros. Otra muy distinta era huir de la Gestapo. Y ¿por qué había mentido sobre su participación en la fuga? ¿Había nadado río abajo? Ben miró a Pamela. La única forma de huir de la Gestapo era que lo hubieran soltado. Sintió náuseas y un escalofrío. Jeremy era su amigo de toda la vida. Le parecía imposible que fuera un traidor. Tenía que haber una explicación lógica a todo aquello.

Al final, logró serenarse y pensar en la misión que tenía entre manos.

—Entonces, el primer ministro y todo su séquito se han ido, ¿no es así?

El guardia de la puerta asintió.

—Efectivamente.

—¿Y se dirigían a Chartwell?

—Esa era la idea original, por lo que he oído. Pero el primer ministro cambió de opinión al final porque no quería que abrieran la casa solo para él.

El soldado, que andaba no muy lejos de ahí, añadió:

—Creo que al final iban a acudir a una fiesta de jardín. La primera dama le dijo al primer ministro que no se entretuviera porque no quería llegar tarde y disgustar a los Westerham.

Pamela subió al sidecar blanca como la cera.

—No me lo puedo creer —dijo—. Pensaba que lo conocía, pero ahora me doy cuenta de que es un desconocido. No sospecharás que… —Pero fue incapaz de acabar la frase.

Phoebe y Alfie cruzaron la verja y se dirigieron hacia el pueblo.

—¿A quién crees que van a disparar con esa pistola? —preguntó Alfie.

—Al primer ministro, ¿a quién si no? —dijo Phoebe—. Va a venir a la fiesta que han organizado mis padres. Teníamos razón desde el principio, Alfie. Ha de haber un espía alemán en los alrededores. Ojalá pudiéramos averiguar quién es.

—Podemos decírselo a los mayores y que lo decidan ellos —dijo Alfie—. Pero la fiesta será un lugar seguro. Pueden poner guardias en la puerta. Yo diría *de que* es imposible escalar el muro.

—Qué mal hablas, Alfie —le dijo Phoebe con aire remilgado y lo miró—. Pero me alegro de que me des la razón. No me gustaría tener que enfrentarme a esto yo sola.

Se hicieron a un lado al oír el ruido de un vehículo. Era una furgoneta blanca pequeña de reparto, que se detuvo junto a ellos.

—¿Adónde vais, jovenzuelos? —Jeremy Prescott bajó la ventanilla.

—Ah, hola, Jeremy —lo saludó Phoebe—. Íbamos al pueblo a denunciar una cosa muy grave.

—¿Grave? Espero que no sea la desaparición del champán para la fiesta —dijo entre risas—. Mi padre ya ha enviado seis botellas.

—No, es grave de verdad —añadió Alfie—. Alguien podría disparar al primer ministro esta tarde.

—¿Cómo? ¿Es una broma? —Jeremy todavía sonreía.

—No, no es ninguna broma, es de verdad —replicó Phoebe.

—¿Cómo lo habéis averiguado?

—Phoebe ha oído una conversación hoy por la mañana. —Alfie se acercó a la furgoneta para que no lo oyera nadie—. Un hombre le ha dicho a una mujer que tenía que hacerlo y le ha dado una pistola cargada. Y la mujer estaba muy disgustada.

—Cielo santo. ¿De verdad? —Jeremy ya no sonreía—. Tienes razón, esto es grave. Deberíamos ir a contárselo a la policía de inmediato. —Salió y rodeó la furgoneta—. Venga, subid, que os llevo.

Había abierto la puerta trasera. Los niños subieron al vehículo y la puerta se cerró tras ellos.

—Eh, no nos encierres aquí dentro. Está muy oscuro —gritó Alfie, pero la furgoneta ya se había puesto en marcha de nuevo.

Al cabo de unos minutos, al ver que no paraban, Phoebe le susurró a Alfie:

—Me parece que no vamos a la comisaría.

—No. Será mejor que bajemos la próxima vez que frene un poco, ¿de acuerdo?

—Sí. Esto me da muy mala espina.

Phoebe se acercó a la puerta y la palpó.

—Creo que no hay forma de abrirla desde dentro —susurró—. Tenemos que aporrearla y gritar. Alguien nos oirá.

—Pero también nos oirá Jeremy. ¿Y si viene y nos mata? —dijo Alfie.

—No digas tonterías. Es Jeremy. Lo conozco de toda la vida. Él nunca… —Hizo una pausa—. No creo que nos matara —afirmó con un hilo de voz.

La furgoneta avanzaba a toda velocidad y los niños daban bandazos de un lado a otro, pero al final se detuvo. Tembló como si se hubiera cerrado la puerta del conductor.

—¡Ahora! —le susurró Alfie a Phoebe—. Golpea en los lados y grita. Venga, vamos.

—¡Socorro! —gritaron—. ¡Abrid la puerta! —Golpearon en las paredes con los puños.

Entonces Alfie se dio cuenta de algo.

—Ha dejado el motor en marcha. Espero que no estemos en un garaje porque, si no, no duraremos ni cinco minutos.

—¡No digas eso!

Phoebe se acercó a la rendija entre las dos puertas, pero no vio nada.

Entonces Alfie rompió a llorar.

—Oh, Dios —gritó—. ¡Sácame de aquí!

Aporreó la puerta de la furgoneta.

—Cálmate —le dijo Phoebe, que le había puesto una mano en la espalda y notaba cómo temblaba.

—No soporto estar encerrado aquí dentro —dijo—. Desde que estalló la puerta del refugio antiaéreo, y no podíamos salir y todo el mundo se puso a gritar, y pensé que íbamos a morir. Tengo que salir…

Phoebe le dio una palmada en el hombro.

—Todo saldrá bien, Alfie. Encontraremos una forma de escapar.

—¿Cómo?

Phoebe miró a su alrededor, en busca de algo que pudiera hacerlo sentir mejor.

—Tú eres de Londres, eres un *cockney*, ¿no sabes forzar cerraduras?

—Te parecerá difícil de creer, pero en Londres también hay gente honrada, no son todos delincuentes. —Parecía algo mosqueado, pero al menos había dejado de llorar.

—Lo siento, no lo decía por eso. Me refería a que tú has tenido que hacer cosas que los demás no podemos ni imaginar. Mira, hoy llevo horquillas —le dijo. Se quitó una y se la dio—. Inténtalo.

Phoebe contuvo el aliento.

—No puedo —dijo Alfie al final—. Parece que la cerradura está al otro lado.

—Vaya. Pues no se me ocurre qué otra cosa podemos hacer, ¿y a ti?

—No perder la esperanza, supongo —dijo.

—Ahí estás, Pamela, por fin —le dijo lady Westerham a su hija cuando la motocicleta se detuvo frente a Farleigh—. Me prometiste que vendrías a ayudarme. Margot y tu amiga se han portado de fábula. No te imaginas todo lo que han hecho. Y Dido también.

—Lo siento, mamá. Era un asunto de vital importancia, de lo contrario no me habría ido —dijo Pamela—. Se trataba de una cuestión de seguridad nacional.

—¿Qué tienes tú que ver con cuestiones de seguridad nacional? —preguntó lady Westerham con cierto desdén—. No es asunto tuyo. Déjalo en manos de los profesionales. Y, por el amor de Dios, ve y cámbiate antes de que lleguen los invitados.

Ahora que habían llegado a Farleigh, Ben se sentía un poco mejor. Había hablado con el coronel Pritchard, que se tomó su advertencia muy en serio, pero le pidió que no se preocupara. La casa estaba llena de soldados. Habría alguien montando guardia en la puerta y comprobarían la identidad de los invitados antes de dejarlos entrar. «Pero ¿y si el enemigo ya está dentro?», pensó Ben. Se miró los pantalones arrugados. No iba vestido adecuadamente para una fiesta, pero tampoco quedaba tiempo para ir a cambiarse a casa. Tendría que mantenerse en un discreto segundo plano, observando la situación. Inspeccionó el jardín posterior de la casa y vio que habían instalado sillas y mesas bajo un haya. También había una mesa grande en la grava, junto a la casa. Las botellas de champán estaban enfriándose en cubos de hielo. Las bandejas de sándwiches y pasteles estaban tapadas con servilletas blancas. Había un gran cuenco de fresas junto a una jarra con nata. Dos doncellas disponían las tazas de té en un extremo, mientras otra llevaba una bandeja de vasos.

Trixie y Margot salieron por la puerta cristalera, cargando con un gran centro floral. Trixie vio a Ben.

—Ah, ya habéis vuelto. Gracias a Dios. Lady Westerham estaba muy enfadada. ¿Estáis bien?

—Sí, gracias —contestó Ben—. Siento haberos abandonado con todo el trabajo, pero no pudimos hacer nada. Nos sorprendió una tormenta.

—Tranquilo, nos las hemos apañado bien —dijo Margot—. Me lo he pasado en grande. Es fantástico formar parte de un acontecimiento como este. La vida normal, como la conocíamos antes. Una no la valora hasta que la pierde. Mira toda la comida y bebida que hay. En París nos estábamos muriendo de hambre, nos alimentábamos con sopa de nabo y pan rancio.

—Debes de estar muy contenta de haber vuelto a casa —dijo Ben.

—Ni te lo imaginas —respondió, rehuyendo la mirada de su amigo.

—Pero ha tenido que dejar a su novio en París —terció Trixie—. Me estaba contando la historia. Qué triste...

—A estas alturas seguramente ya estará muerto —dijo Margot—. Pero era muy valiente y jamás habría traicionado a sus amigos, algo digno de admiración.

Ben la miró con recelo. Estaba convencido de que Margot les ocultaba algo.

—Pues ahora que ya has vuelto, te nombro responsable de servir el champán —dijo Trixie—. A mí se me da fatal abrir las botellas.

—No creas que yo soy un experto en la materia —alegó Ben—. Además, tampoco voy vestido para una fiesta. Hemos vuelto directamente de West Country.

—¿Habéis encontrado lo que buscabais? —preguntó ella. Ben notaba la presencia de Margot a su lado.

—En realidad no. Ha sido una falsa alarma —dijo—. Solo era un antiguo monasterio quemado por los hombres de Cromwell.

—¿Qué os traíais entre manos? ¿Estabais jugando a buscar el tesoro? —preguntó Margot.

—No, queríamos identificar el lugar que aparecía en una fotografía que me dio mi superior —respondió Ben—. Ahora ya no importa mucho. Bueno, ¿qué quieres que haga?

—Creo que las doncellas necesitarán ayuda con la tetera, que pesa una barbaridad. Nosotras subimos a cambiarnos.

Ben aprovechó para echar un vistazo alrededor mientras ayudaba a colocar el gran termo de té. El jardín donde se habían instalado las mesas estaba rodeado por una pérgola de rosales, setos altos y otros arbustos. Era una zona que ofrecía muchos escondites a alguien que quisiera ocultarse. Cuando las demás se fueron, decidió inspeccionar, buscando rincones concretos que tuvieran una vía de huida sencilla hacia el bosque. A diferencia de la parte delantera de la casa, con el lago y los jardines que ofrecían unas vistas que abarcaban varios kilómetros, la pérgola conducía a un jardín de rosas cerrado y luego se encontraban los huertos. Y más allá se alzaban los tejos. Un sinfín de posibilidades para disparar con un arma. Se estremeció. ¿Por qué diablos no lo habían celebrado en el jardín delantero? «Seguramente porque querían mantenerse al margen del trajín del Regimiento de West Kent», pensó Ben. Querían ofrecer la imagen idílica de una casa de campo tranquila, alejada de todo aquello que tuviera que ver con la guerra.

De repente apareció Pamela, con un aspecto sereno. Lucía un vestido de gasa de color amarillo limón precioso y un sombrero blanco adornado con margaritas.

—Trixie y Margot están arriba cambiándose. Trixie se ha portado de fábula. Siempre había pensado que a pesar de ser una chica lista, no estaría a la altura en una situación de crisis, pero lo cierto es que hoy se ha dejado la piel. Y ¿no es maravilloso tener a Margot en casa? Es un milagro, Ben. No te imaginas el tiempo que llevaba soñando con este momento. —Ben se fijó en el gesto de tensión que reflejaba su rostro y en cómo sus ojos saltaban de un lugar a otro—. ¿Qué hacemos ahora? —le preguntó Pamela.

—Esperar. Los hombres del coronel están en la puerta. No puede entrar nadie, así que no creo que ocurra nada.

Pamela le tomó la mano.

—Eso espero. Tengo miedo, Ben. Si matan al primer ministro, el país entero se sumirá en el caos, ¿no crees?

—Eso es lo que esperan los alemanes. Debemos tomar medidas para que… —No acabó la frase. ¿Cómo podía decirle a Pamela que sospechaba de su amada hermana?

En ese momento aparecieron lord y lady Westerham. Ella tenía un aspecto majestuoso con su vestido se seda púrpura y un sombrero de plumas a juego.

—Creo que lo hemos conseguido —le dijo a su marido—. Ahora solo queda esperar a los invitados.

En ese momento los perros se pusieron a ladrar histéricos.

—¡Silencio! ¡Sentaos! Animales estúpidos… —gritó lord Westerham. Le hizo un gesto a Soames, que aguardaba en la puerta—. Llévešelos dentro y enciérrelos. No sé qué les ha dado. Normalmente se portan muy bien.

Empezaron a llegar los invitados, uno a uno: el coronel y la señora Huntley llegaron acompañados de la señorita Hamilton. Sir William y lady Prescott. Los Musgrove. El coronel Pritchard del Regimiento de West Kent. Ben se fijó en que iba armado.

—He traído a algunos de mis hombres para que echen una mano en todo lo que sea menester, lady Westerham.

—Es usted muy amable, pero creo que ya lo tenemos todo bajo control —afirmó Esme.

Margot y Trixie bajaron juntas. Margot llevaba un vestido ajustado y muy fino, que a buen seguro era el máximo exponente de la moda parisina. Ben la observó y llegó rápidamente a la conclusión de que no podía esconder un arma en ningún lado. Ni siquiera llevaba bolso.

Pamela se acercó a Trixie.

—¿Estás bien? Pareces agotada.

—No me siento muy bien, pero sobreviviré —dijo Trixie—. Solo es una leve migraña. Tal vez me eche un rato en cuanto empiece la fiesta. No creo que nadie me eche de menos.

—Yo sí. Has sido de gran ayuda —aseguró Pamela.

Trixie sonrió.

—Así soy yo. Trixie al rescate.

—Yo también debería irme —le dijo Ben a Pamela—. No puedo permitir que el primer ministro me vea con estas pintas, como si fuera un peón de granja desaliñado.

—Creo que estás muy bien así —le aseguró Pamela, que le dedicó una sonrisa cautivadora.

Ben se ocultó en las sombras, entre los arbustos. Había alguien tras la pérgola. Una mujer vestida con un vestido rojo chillón. Ben se acercó hasta ella. Era Dido.

—¿Qué haces aquí? —preguntó.

La joven se sobresaltó al oírlo.

—Ah, pero si eres tú, Ben. Pues me he escondido para fumar un cigarrillo. Papá no sabe que fumo, pero necesitaba templar los nervios antes de enfrentarme a todo el mundo.

Ben levantó la cabeza.

—Oigo voces —dijo—. Creo que el primer ministro ya ha llegado. Será mejor que te dejes ver.

Dido lanzó un suspiro exagerado.

—Supongo que, si me obligan, tendré que hacerlo.

Mientras la observaba alejarse con su atrevido vestido, oyó que había alguien más en el jardín de rosas. Se dio la vuelta y vio que Guy Harcourt se dirigía hacia él.

—¿Qué haces aquí? —se apresuró a preguntarle Ben.

—Ya te dije que a lo mejor venía a aguaros la fiesta, ¿no? —Sonrió—. De hecho, he venido con una avanzadilla para asegurarme de que estaba todo en orden para la visita del primer ministro. ¿Has podido vigilar a lady Margot?

—Lleva un vestido tan escueto que no tiene donde esconder un arma —dijo Ben, examinando a su amigo. ¿No llevaba una pistolera bajo la americana? ¿Debería decir algo? La situación le parecía irreal. Decidió que debía encontrar al coronel para advertirle de que estuviera atento a Guy.

—Ah, champán, qué bien —dijo Guy—. Ya sabía yo que esta misión tendría sus ventajas.

Dejó a Ben y se dirigió a la mesa donde estaban sirviendo el champán en las copas alargadas. Una salva de aplausos y vítores anunció la llegada de Winston Churchill. Ben lo vio aparecer por la esquina de la casa, acompañado de lord Westerham. Clementine Churchill y lady Esme los acompañaban unos metros por detrás, charlando.

Entonces Ben oyó una voz entre los arbustos detrás de él.

—¿Estás ahí? —susurró alguien, por lo que no pudo adivinar si se trataba de un hombre o una mujer. Ben se acercó al lugar del que provenía la voz—. ¡No puedo hacerlo! Ya te lo dije.

Ben rodeó un gran arbusto y vio a Trixie al otro lado. Tenía una pistola en la mano, pero se encontraba de espaldas al primer ministro y estaba temblando.

—Tómala. No la quiero. No deseo formar parte de esto. —Le tendió el arma a una persona que se encontraba oculta entre las sombras. Entonces, para sorpresa de Ben, apareció Jeremy y le arrebató la pistola.

—Eres una inútil. No eres una de los nuestros. Lo lamentarás.

Acto seguido se dirigió a un lugar desde el que tuviera una línea de visión directa con el primer ministro. Churchill se encontraba a unos veinticinco metros. Cuando Ben oyó que Jeremy cargaba el arma, se situó ante él.

—Aparta de ahí, no quiero dispararte —le advirtió Jeremy, con los ojos inyectados en sangre.

—Si quieres disparar al primer ministro, antes tendrás que dispararme a mí —replicó Ben.

—¡Jeremy, no! —Ben oyó el grito de Pamela, que corría hacia ellos. Jeremy la miró, apartando fugazmente los ojos del primer ministro. Ben aprovechó el instante, se abalanzó sobre el arma y logró desviarla hacia arriba en el momento en que el atacante apretaba el gatillo. Profirió un grito desgarrador cuando la bala lo derribó.

Le pareció que todo ocurría a cámara lenta.

—¿Cómo te atreves? Nos has traicionado a todos —gritó Pamela.

La joven se arrodilló junto a Ben mientras Guy y los soldados los rodeaban y lo miraban. Ella le acarició el pelo.

—No te mueras —le susurró—. No te mueras, por favor.

—Todo saldrá bien. —Ben logró esbozar una sonrisa valiente. A decir verdad, no sentía dolor, solo el roce extraño y lejano de la mano cálida de Pamela en su frente—. Creo que solo me ha rozado el hombro. —Intentó incorporarse—. Debo perseguirlo, no puedo permitir que huya.

En ese instante perdió el conocimiento.

Capítulo 39

Farleigh, una furgoneta

Phoebe y Alfie dormían en el suelo de la furgoneta. Habían intentado llamar la atención por todos los métodos posibles, abrir la puerta a la fuerza, pero todo había sido en vano. Los laterales del vehículo eran de metal. Nadie podía oírlos. La furgoneta se mecía con el traqueteo del motor. El interior empezó a llenarse de humo y se les humedecieron los ojos.

—Alguien se dará cuenta de que no estoy y vendrán a buscarme —dijo Phoebe, intentando animar a su amigo.

—Pero ¿y si nos ha dejado en un lugar aislado? ¿Y si estamos en mitad de un campo o en un garaje? —preguntó Alfie.

Phoebe pegó la oreja a la pared.

—No creo que estemos dentro de un edificio. Me parece oír pájaros.

—¿Cuánto oxígeno crees que nos queda? —preguntó Alfie.

Phoebe intentó mirar a través de la rendija de las puertas. No creía que fuera a servirle de mucho, pero sabía que su misión era mantener la calma y una actitud positiva. Tenía madera de líder. Y una líder no permitía que los demás vieran que tenía miedo.

—Creo que nos llega de sobra. Y seguramente es mejor que no pueda entrar el aire, porque así tampoco podrá entrar el humo.

—Qué optimista —dijo Alfie, que le arrancó una sonrisa a pesar de las circunstancias.

Entonces ocurrió algo que les levantó el ánimo. Oyeron ruido de perros, que olisqueaban la furgoneta y luego empezaron a ladrar.

—Parecen los ladridos de nuestros perros. ¡Bien hecho! —gritó Phoebe—. ¡Id a buscar ayuda! —Se volvió hacia Alfie—. ¿Lo ves? No podemos estar muy lejos. Quizás estemos en Farleigh. No tardarán en llegar.

Se pusieron a aporrear y gritar con todas sus fuerzas, pero no llegó nadie. Al cabo de poco, se impuso de nuevo el silencio.

—Alfie, no te estarás quedando dormido, ¿verdad? —preguntó Phoebe.

—Estoy muy cansado —murmuró—. No aguanto despierto.

Phoebe lo zarandeó.

—No puedes dormirte. De ninguna de las maneras. ¿Me oyes?

Alfie murmuró algo incomprensible. A Phoebe todo le daba vueltas.

—No puedo dormirme —repetía una y otra vez, pero al final también acabó perdiendo el conocimiento.

Al cabo de un rato se despertaron al oír un fuerte portazo. Durante unos segundos, Phoebe no recordó dónde estaba. Se sentía mareada, como si la hubieran drogado. Intentó incorporarse, pero cayó de nuevo cuando el vehículo se puso en marcha. Era obvio que iban a gran velocidad.

Entonces algo impactó con la parte posterior de la furgoneta y se oyó un fuerte crujido.

—Creo que alguien nos ha disparado —gritó Phoebe, zarandeando a Alfie—. Despiértate, pero no te levantes.

Alfie murmuró algo incomprensible, todavía medio aturdido. Ambos se tiraron al suelo, incapaces de soportar los bandazos que daba la furgoneta al tomar las curvas. Pero ya no se oían disparos. Alfie despertó e intentó incorporarse.

—Mira —dijo el muchacho, arrastrándose hacia puerta—. La bala ha hecho un agujero en la puerta. Eso está bien, ¡así podemos respirar aire fresco!

—Será difícil como esto siga dando bandazos —dijo Phoebe—. Espero que no vuelvan a dispararnos. Estoy mareada, ¿tú no?

—Me encuentro fatal, mierda —murmuró.

—No digas palabrotas —le recriminó Phoebe, aunque, en el fondo, se alegraba de que su amigo hubiera recuperado el conocimiento y pudiera hablarle de nuevo.

Aquel viaje parecía interminable.

—¿Crees que se dirige al Canal para reunirse con un submarino alemán? —preguntó Alfie.

—No lo sé. Y tampoco sabemos si es el espía alemán, ¿no?

—¡Pero cómo no va a serlo! —exclamó Alfie—. Si nos ha encerrado aquí en cuanto le has dicho que habías oído la conversación sobre la pistola.

Phoebe asintió.

—Sí, tienes razón. Pero es que aún no me lo creo. Es Jeremy. Lo conozco de toda la vida. Es uno de los nuestros. ¿Cómo es posible que se comporte así?

—Los alemanes debieron de obligarlo a trabajar para ellos cuando lo encerraron en el campo de prisioneros.

—Los alemanes nunca podrían obligar a un auténtico patriota a trabajar para ellos —replicó Phoebe con vehemencia—. Un inglés de pura cepa preferiría la muerte.

—Pues espero que no tenga eso en mente y no le dé por despeñarse por un precipicio —dijo Alfie.

—Eres la alegría de la huerta —le espetó Phoebe.

En ese instante oyeron un fuerte impacto. La furgoneta dio una sacudida, pero no frenó la marcha. Sin embargo, al cabo de unos segundos se detuvo en seco. Un portazo. De repente se abrió la puerta. La luz del sol y el aire fresco inundaron el interior del furgón. Se incorporaron con los ojos entornados.

—Pero si estáis vivos —dijo Jeremy, con un tono que reflejaba sorpresa y alivio, en lugar de ira. Entró, agarró a Phoebe del pelo y la sacó a rastras—. Venga, tú te vienes conmigo.

La niña gritó y parpadeó, cegada por el sol. Le temblaban tanto las piernas que a duras penas se tenía en pie. Alfie la agarró de la blusa, pero Jeremy lo derribó sin miramientos y sujetó de nuevo a Pamela.

—Venga, muévete. Rápido.

Ella miró a su alrededor mientras la arrastraba. Estaban en la pista de un aeródromo.

—¡Socorro! —gritó, pero Jeremy le tapó la boca con la mano sin dejar de caminar.

Alfie se puso en pie como buenamente pudo. La cabeza aún le daba vueltas y salió corriendo detrás de Phoebe como un borracho. Jeremy y ella se dirigían a uno de los Spitfire que había estacionados en la pista. Sacó fuerzas de flaqueza y se abalanzó sobre Jeremy para intentar placarlo a la altura de las piernas.

—¡Suéltala! —le gritó.

Jeremy se volvió y le asestó un fuerte puñetazo que lo hizo salir despedido. El muchacho se dio un fuerte golpe contra el suelo.

—¡No le hagas daño a Alfie! ¡Asqueroso! —gritó Phoebe al notar que Jeremy apartaba la mano de la boca. Sin pensárselo dos veces, le agarró la mano y le clavó los dientes. Jeremy profirió un rugido de dolor y apartó la mano. Phoebe aprovechó la situación para coger a Alfie.

—Venga, corre.

Jeremy desenfundó una pistola, la levantó, pero al final dijo:

—Qué diablos, marchaos, mocosos. Largo. Ya no puede detenerme nadie.

Mientras los niños corrían hacia las naves, vieron un vehículo blindado que avanzaba hacia ellos. Se detuvo con un frenazo y bajaron dos soldados de las fuerzas aéreas.

—Dos niños —gritó uno de ellos—. ¿Qué demonios hacéis aquí?

—Tienen que pararlo —les pidió Phoebe sin aliento después de su hazaña—. Jeremy Prescott. Nos ha secuestrado. Es un espía alemán.

—No me digas… —les soltó el primer soldado con una sonrisa—. ¿Queréis tomarnos el pelo?

—No, claro que no. —Phoebe lo miró fijamente—. Soy lady Phoebe Sutton, hija de lord Westerham, y nos ha secuestrado Jeremy Prescott. Suponemos que quería disparar a Winston Churchill. Si no me cree, puede llamar a Farleigh, pero primero debería detener a Jeremy Prescott antes de que haga algo horrible. Cuando nos hemos escapado se dirigía hacia esos aviones.

De repente se oyeron unos gritos y todos alzaron la mirada. Un Spitfire se dirigía hacia la pista de despegue.

—Ha robado un avión. —Un soldado se acercó corriendo—. Le ha disparado a uno de nuestros hombres y ha robado un Spitfire.

El zumbido del motor se convirtió en un rugido. El aparato recorrió la pista y alzó el vuelo.

—¿Ahora ya me cree? —preguntó Phoebe con gesto triunfal.

—Habéis sido muy valientes —los felicitó el comandante del campamento después de que los niños repitieran su historia por sexta o séptima vez. Se encontraban en su despacho y bebían un té—. Ya se ha acabado todo. Puedes relajarte y llorar para desahogarte si lo necesitas.

Phoebe frunció el ceño y levantó la barbilla en un gesto desafiante.

—A mi padre no le gustaría que llorase en público. Se supone que debemos dar ejemplo. —Se puso en pie—. ¿Cree que alguien podría llamar a mis padres y llevarnos a casa en coche?

Cuando llegó a casa no pudo contener más las lágrimas. Phoebe descubrió que ni siquiera la habían echado de menos.

—Creíamos que estabas en tu habitación porque no querías ayudar con los preparativos —dijo lady Esme—. Y porque no te gusta ser educada con los desconocidos en las fiestas.

—Pero ¿no vinieron a buscaros los perros? —preguntó Phoebe, cuya angustia empezaba a hacer mella en la aparente serenidad de su madre—. Creía que vendrían.

Lady Westerham la miró horrorizada.

—Sí que vinieron los perros. Ladraban como locos y estaban armando demasiado jaleo antes de que llegaran los Churchill. Tuve que pedirle a Soames que los llevara dentro y los encerrara. —Entonces hizo algo muy poco habitual en ella y abrazó con fuerza a Phoebe—. Mi pequeña —dijo—. Y pensar que podrías haber muerto...

—Poco faltó. Si Alfie no hubiera sido tan valiente y no hubiera derribado a Jeremy, tal vez me habría llevado a Alemania con él. O me habría matado. —Sin previo aviso, rompió a llorar.

Cuando se calmó un poco, y sentada junto a su madre, su padre le preguntó:

—Dime, hija, ¿por qué diablos no acudiste a nosotros si creías que alguien quería atentar contra el primer ministro?

—Porque no sabía si me creeríais —dijo Phoebe—. Además, se suponía que debíamos denunciar cualquier actividad sospechosa a las autoridades. Es lo que dice el cartel.

—¿A las autoridades? —refunfuñó lord Westerham—. Ese cretino del pueblo no reconocería a un espía aunque lo tuviera a un palmo de sus narices y le mordiera.

—No hables así delante de los niños, Roddy —lo reprendió lady Westerham.

—Un traidor asqueroso ha secuestrado a nuestra hija, podría haberla matado, ¿y a ti te preocupa que pueda escuchar alguna palabra malsonante? —le preguntó él—. Lo que deberíamos hacer es enviarla a un buen internado donde tenga menos tiempo libre.

Phoebe miró a Dido y sonrió.

—¿Por qué a ella la recompensáis por correr un riesgo estúpido? —preguntó Dido—. ¿Por qué no me enviáis a mí a una escuela del extranjero? O al menos dejadme conducir un camión.

—Por encima de mi cadáver —dijo lord Westerham—, que probablemente es como acabaría si alguien te pusiera al volante de cualquier vehículo.

Alfie había permanecido sentado, en incómodo silencio, en la sala matinal. Se moría de ganas de irse a casa. Era curioso, pero ahora consideraba que su hogar era la casa del guardabosque y se preguntó si alguna vez querría volver con su madre a Londres, aunque acabara la guerra.

Al final se levantó.

—Debería marcharme, la señora Robbins estará muy preocupada.

—Por supuesto. —Lady Westerham lo miró con dulzura—. Será mejor que te vayas, claro. Eres un muchacho muy valiente. Muchas gracias por lo que has hecho.

Alfie se detuvo al llegar a la puerta, se volvió y miró atrás.

—He descubierto el misterio del patio de Baxter. ¿Sabes qué está haciendo? Ataúdes. Montones y montones de ataúdes.

—Preparándose para la invasión —dijo lord Westerham—, que ahora parece una posibilidad algo más remota gracias a lo que no ha ocurrido hoy.

Lady Westerham miró a su alrededor, como si acabara de darse cuenta de que faltaba una de sus hijas.

—¿Pamma aún está con Ben? —preguntó lady Westerham.

—Sí, se ha quedado en el hospital —dijo Margot—. Ha sido muy valiente. Espero que se recupere bien.

—Imagino que estará muy orgulloso de haber podido hacer algo por su país al final —añadió lord Westerham.

Pamela estaba en el hospital, sentada junto a la cama de Ben, que tenía el hombro vendado. Se le veía algo pálido, pero podía sentarse incorporado y estaba plenamente consciente.

—Aún no me creo lo de Trixie —dijo Pamela—. Al parecer siempre había trabajado para los alemanes. Robaba información en Bletchley.

—Me pregunto por qué lo hacía —dijo Ben.

—Por la emoción, supongo. Imagino que ya nos lo dirá. Creo que su padre siempre ha sido proalemán y pronazi. Pero Jeremy… ¿por qué nos ha traicionado de esta forma? ¿Crees que le lavaron el cerebro o que lo torturaron en Alemania?

—Me pregunto si no lo habrá hecho por un perverso sentido del patriotismo. Creo que algunos opinan que si la guerra finalizara ahora, Gran Bretaña evitaría la destrucción de los monumentos más preciados, aunque ello implicara quedar bajo el yugo alemán.

Pamela se estremeció.

—Ahora nunca lo sabremos —dijo—. ¿Crees que habrá huido a Alemania con ese avión? Supongo que sí.

Ambos alzaron la cabeza al oír unos pasos sobre el suelo de baldosas. Se descorrió una cortina y apareció Guy Harcourt.

—Lo siento, ¿he interrumpido una cita? —preguntó con una sonrisa perversa.

—Claro que no. Adelante, entra —le dijo Pamela.

Guy se quedó a los pies de la cama.

—¿Cómo te sientes, viejo amigo?

—Como si una mula me hubiera arreado una coz en el hombro. Pero por lo demás, bien. Me han dicho que he tenido mucha suerte y que la bala atravesó el músculo y salió por el otro lado.

—Ya lo creo que has tenido suerte. De hecho, traigo noticias. El avión de Prescott fue abatido en el Canal.

—¿Nuestros Spitfire lo persiguieron y lo derribaron? —preguntó Ben.

Guy esbozó una sonrisa socarrona.

—No, al contrario. Lo derribaron los Messerschmitt alemanes. Ironías de la vida.

Ben le tomó la mano a Pamela.

—Lo siento —dijo.

—Pobre Jeremy. Qué final tan horrible —afirmó ella.

—Es así como le habría gustado acabar, extinguiéndose como unos fuegos artificiales. —Ben dirigió la mirada hacia la ventana. A pesar de todo lo ocurrido, Jeremy había sido una parte importante de su vida, tanto si le gustaba como no.

Guardaron silencio mientras de fondo se oían los ruidos del hospital: el traqueteo de un carro, la voz firme de una enfermera que daba una orden.

—Me pregunto cómo es posible que nadie sospechara de Prescott antes. Supongo que el enemigo confiaba en que no sobreviviría nadie de la fuga que pudiera contar la verdad sobre él.

—Entonces, ¿crees que el hombre que cayó en nuestra finca tenía la misión de entregarle un mensaje? —preguntó Pamela.

—Sin duda. —Ben miró a Guy y asintió—. El hecho de que no llevara nada más consigo, solo la fotografía, era una prueba clara de que no necesitaba ir muy lejos. No necesitaba dinero, cartilla de racionamiento o herramientas. Seguramente Jeremy ya había pensado dónde podía esconderlo.

—Y la fotografía era la confirmación de la fecha para matar a Churchill, una vez que sus agentes averiguaron que iba a visitar un aeródromo cercano —dijo Pamela, atando cabos.

—¿Cómo sabían que se iba a organizar una fiesta en Farleigh? —preguntó Guy—. Atentar contra el primer ministro en un aeródromo era una misión muy arriesgada.

—En un principio no iban a perpetrar el atentado en Farleigh —dijo Ben—, sino en Chartwell, pero Churchill dio al traste con el plan y los Westerham se ofrecieron enseguida.

—Al final la información debió de llegar al destinatario por otros medios —añadió Pamela—. Quizá en uno de esos mensajes de radio que intentábamos descifrar.

—En realidad, llegó a ver la fotografía —terció Ben—. Vino a la central de Reconocimiento Aéreo cuando yo estaba allí y la fotografía estaba a la vista de todo el mundo, en la mesa.

—¿Cuándo fue eso? —preguntó Guy.

—Hace unos días.

—Creo que ya lo tenía todo planeado antes de eso —dijo Pamela—, a juzgar por la insistencia de Trixie al ofrecerse para echar una mano con la organización de la fiesta. Lo tenían planificado desde antes.

Guy asintió.

—Estoy de acuerdo. De hecho, creemos que formaba parte de un plan más ambicioso que se puso en marcha cuando volvió a Inglaterra, un plan para facilitar la invasión, el regreso del duque de Windsor y asesinar a la familia real. Jeremy estaba al mando de todo.

Pamela se estremeció.

—No digas eso, por favor. No soporto la mera idea de pensar en ello. —Se puso en pie—. Creo que debería irme. Mi familia estará preocupada. A lo mejor papá deja que Margot venga a recogerme.

—Podría llevarte a casa —se ofreció Guy.

—Eres muy amable —dijo y le regaló la radiante sonrisa que siempre encandilaba a Ben—. Voy un momento al baño, así os dejo hablar de aquello que no podáis comentar en mi presencia.

—Qué lista es —la elogió Guy y Pamela se fue—. Y qué guapa. Debo admitir que se lo ha tomado todo con una serenidad encomiable, teniendo en cuenta que era su novia.

—Creo que lo de la fiesta le abrió los ojos y le permitió descubrir cómo era el auténtico Jeremy —dijo Ben.

—Ahora tienes vía libre para llenar ese vacío —añadió Guy con una sonrisa.

—No sé yo... Ella me ve como un hermano.

—No creo que esa mirada que te ha echado sea muy fraternal —dijo Guy—. Como no lo fue el modo en que se abalanzó sobre ti cuando te dispararon.

Ben permaneció inmóvil, mirando al techo. Lo embargaba una agradable sensación. Había lugar para la esperanza. No debía precipitarse, pero había esperanza.

Entonces recordó la pregunta sin respuesta.

—En cuanto a Margot, ¿crees que trabaja para los alemanes?

Guy se arrimó a su amigo.

—No debería decírtelo, pero, en realidad, está trabajando como agente doble. Está enviando información a los alemanes, se ha infiltrado en las reuniones del Anillo, pero nos comunica todo lo que ocurre. Tuvo que fingir que estaba dispuesta a seguir adelante con sus planes, claro. Ah, y ha solicitado su ingreso en el cuerpo de operaciones especiales. Irá a Escocia en tren.

—Vaya —dijo Ben—. Me alegro de que no formara parte de toda la trama.

—Pues podría haber sido mucho peor. Los alemanes querían que matara al rey en una fiesta que se había organizado este fin de semana. El rey y Churchill eliminados de un plumazo. Pero al final la fiesta se canceló por culpa del bombardeo del Palacio de Buckingham. Y, claro, ella no tenía ninguna intención de seguir adelante con la misión, pero como nos advirtió de todo, estaremos atentos por si organizan un nuevo intento de asesinato. Es una chica valiente. De las de verdad.

Pamela volvió.

—¿Nos vamos? —preguntó. Se acercó a Ben, se inclinó, le acarició el pelo y le besó en la frente—. Volveré mañana —le susurró.

Guy tenía razón. La mirada que le lanzó no tenía nada de fraternal.

Capítulo 40

Iglesia del pueblo

El día de San Juan, el pastor Cresswell celebró un oficio especial en la iglesia en memoria del marino Robbins. Asistió todo el pueblo, así como la familia de lord Westerham y el personal de Farleigh. El señor y la señora Robbins se sentaron juntos en la primera fila de bancos, cogidos de la mano, con la mirada fija en los devocionarios mientras el coro y la congregación cantaban: «O God, Our Help in Ages Past». Alfie se sentó junto a ellos, triste y orgulloso al mismo tiempo.

En el banco de al lado, reservado para el servicio de la familia Farleigh, Miss Gumble parecía absorta en sus pensamientos. Si enviaban a Phoebe a un internado —y ella ya les había recomendado un par de escuelas para chicas de primera clase que estarían a la altura de las grandes dotes de Phoebe—, ya no la necesitarían más. Sin embargo, ella también tenía la cabeza bien amueblada y tal vez podía utilizarla para servir a su país. Se preguntó con quién podía hablar del tema.

Ben había recibido el alta y se estaba recuperando en casa, donde la señora Finch lo trataba a cuerpo de rey. Durante su estancia en el hospital recibió una visita de Maxwell Knight, que lo elogió por el excelente trabajo que había hecho.

—Quiero que siga trabajando con nosotros, aunque sea exalumno de Oxford —le aseguró.

Pamela se desplazó desde Bletchley para la ocasión. No veía a Trixie desde su detención y aún no había asimilado todo lo que había ocurrido. ¿La habían reclutado los alemanes antes de la guerra y había conseguido el puesto en Bletchley para espiar, o se había pasado al bando enemigo, ya fuera por convicción o bajo coacción, cuando ya trabajaba allí? Tal vez nunca lo sabría. En cuanto a Jeremy… todavía resultaba demasiado doloroso pensar en él. Suponía que la herida acabaría cicatrizando con el tiempo. Entonces, instintivamente miró a Ben, que también la estaba mirando, y sonrió.

NOTA HISTÓRICA

Este libro es una obra de ficción, pero los hechos que relata no distan mucho de la verdad.

Al inicio de la Segunda Guerra Mundial, había varias organizaciones y sociedades proalemanas en Inglaterra. Una de las más peligrosas fue un grupo llamado The Link (El Eslabón), compuesto principalmente por aristócratas que creían que a Gran Bretaña le convenía firmar la paz con Alemania cuanto antes para evitar la destrucción de todos los monumentos nacionales. Resulta difícil afirmar con certeza cuál habría sido su papel en caso de invasión.

Maxwell Knight dirigió un departamento secreto del MI5 desde su piso de Dolphin Square, con el nombre de Miss Copplestone. Joan Miller fue su secretaria real y una espía de primera. Y sí, también tenía animales vivos en su despacho.

Bletchley Park era tal y como lo he descrito. En la actualidad puede visitarse y ver las condiciones espartanas en las que se llevó a cabo una labor tan magnífica.

Puede que hayas percibido ciertas similitudes entre la diseñadora Gigi Armande y Coco Chanel, que pudo vivir en el Ritz y sobrevivir a la guerra gracias a que fue la amante de un oficial alemán de alto rango.

Lord Westerham y Farleigh son producto de mi imaginación, pero la ubicación de la casa es un lugar real de Kent, muy cerca de donde crecí y fui a la escuela. Me he inspirado en dos mansiones de la zona: Penshurst Place y Knole, ambas dignas de una visita. La residencia de Churchill, Chartwell, también se encuentra muy cerca.